Bibliothèque
Verner, Ont

D1786721

ROM
SHELD

Sheldon, Sidney

Si c'était demain

V

WEST NIPISSING PUBLIC LIBRARY
WNP030705

SI C'ÉTAIT DEMAIN

SIDNEY SHELDON

SI C'ÉTAIT DEMAIN

*Traduit de l'américain
par*
Claude SEBAN

FRANCE LOISIRS
123, boulevard de Grenelle, Paris

Titre original :

IF TOMORROW COMES
(William Morrow and Company, Inc. New York, 1985).

Édition du Club France Loisirs, Paris,
avec l'autorisation des Éditions Stock.
© 1985, by Sidney Sheldon.
© 1987, Éditions Stock pour la traduction française.
ISBN 2-7242-3438-3

*Pour Barry
Avec affection*

Première Partie

1

La Nouvelle-Orléans
Jeudi 20 février. 23 heures

Elle se dévêtit lentement, rêveusement, puis, une fois nue, choisit un déshabillé rouge vif. Le sang ne se verrait pas. Doris Whitney parcourut une dernière fois du regard cette chambre agréable que trente ans d'habitudes lui avaient rendue chère, s'assurant que tout y était bien rangé. Elle ouvrit le tiroir de sa table de nuit et en retira le revolver avec précaution. Il était noir, luisant et atrocement froid. Elle le posa à côté du téléphone et composa le numéro de sa fille à Philadelphie. La sonnerie retentit, lointaine, puis une voix dit doucement :
« Allô ?
— Tracy... J'avais simplement envie de t'entendre, ma chérie.
— Maman ! Quelle bonne surprise !
— Je ne t'ai pas réveillée, au moins ?
— Non, je lisais un peu avant de dormir. Charles et moi devions dîner dehors, mais il fait trop mauvais. Il neige énormément. Et là-bas, quel temps fait-il ? »
« Seigneur ! Nous parlons du temps alors que j'aimerais lui dire tant de choses, pensa Doris Whitney. Mais je ne peux pas. »
« Maman, tu es toujours là ? »
Doris Whitney fixa son regard sur la fenêtre.

« Il pleut. »

« Comme dans un mélodrame, se dit-elle. Comme dans un film de Hitchcock. »

« Qu'est-ce que j'entends ? » demanda Tracy.

Le tonnerre. Trop absorbée par ses pensées, Doris n'y avait pas fait attention. Un orage avait éclaté sur La Nouvelle-Orléans. « Pluie ininterrompue, avait annoncé la météo. Dix-neuf degrés à La Nouvelle-Orléans. Averses orageuses en fin de journée. N'oubliez pas votre parapluie. » Elle n'aurait pas besoin de parapluie.

« C'est le tonnerre, Tracy. Dis-moi ce qui se passe à Philadelphie, ajouta-t-elle en s'efforçant de prendre un ton enjoué.

— J'ai l'impression d'être une princesse de conte de fées. Je ne croyais pas qu'on pouvait être aussi heureux. Je dois voir les parents de Charles demain soir. Les Stanhope de Chestnut Hill ! fit-elle d'un ton emphatique. De véritables institutions ! J'ai l'estomac comme une corde à nœuds.

— Ne t'en fais pas, ma chérie, ils t'aimeront.

— Charles dit que c'est sans importance. *Lui* m'aime et, moi, je l'adore ! J'ai hâte que tu le connaisses enfin. Il est fantastique !

— J'en suis sûre. »

Elle ne rencontrerait jamais Charles ; elle ne ferait jamais sauter ses petits-enfants sur ses genoux. « Non, il ne faut pas que je pense à ça. »

« Se rend-il compte de la chance qu'il a de t'avoir ?

— Je le lui répète sans arrêt, fit Tracy en riant. Mais assez parlé de moi. Comment vas-tu ? »

« Vous êtes en parfaite santé, Doris, lui avait dit le Dr Rush. Vous vivrez centenaire. » C'était une de ces ironies de l'existence.

« A merveille.

— Et ce petit ami ? »

Le père de Tracy était mort cinq ans auparavant, mais, en dépit des encouragements de sa fille, Doris Whitney n'avait jamais envisagé de sortir avec un autre homme.

« Pas de petit ami. »

Elle détourna la conversation.

« Et ton travail ? Toujours passionnant ?

— Oh oui ! Et Charles veut bien que je continue à travailler après notre mariage.

— C'est magnifique, ma chérie. Il m'a l'air d'un homme très compréhensif.

— Très ! Tu verras quand tu le connaîtras. »

Un coup de tonnerre retentit, comme un signal donné en coulisse. L'heure avait sonné. Elle n'avait plus rien à ajouter qu'un ultime adieu.

« Au revoir, ma chérie, dit-elle en veillant à ce que sa voix ne tremble pas.

— Nous nous verrons au mariage, maman. Je t'appelle dès que Charles et moi en aurons fixé la date.

— Oui. »

Il lui restait pourtant une chose à dire.

« Je t'aime très fort, Tracy. »

Et Doris Whitney raccrocha soigneusement le combiné.

Elle prit le revolver. Il n'y avait qu'une seule manière de s'y prendre. Vite. Elle appuya le canon contre sa tempe et pressa sur la détente.

2

Philadelphie
Vendredi 21 février. 8 heures

Tracy Whitney sortit de son immeuble. Une neige fondue, grisâtre, tombait sur les limousines étincelantes qui descendaient Market Street, chauffeur en uniforme au volant, et sur les taudis abandonnés, aux portes et fenêtres barricadées de planches, qui se pressaient au nord de la ville. Elle nettoyait les limousines et faisait un gâchis détrempé des piles d'ordures qui s'amoncelaient devant les maisons mal tenues des quartiers populaires. Tracy Whitney se rendait à son travail. Elle prit Chestnut Street en direction de la banque, marchant d'un pas vif et se retenant à grand-peine de chanter à tue-tête. Elle portait un imperméable et des bottes jaunes. Sa capuche, jaune elle aussi, recouvrait tout juste la masse soyeuse de ses cheveux châtains. Âgée de vingt-cinq ans environ, svelte et athlétique, elle avait un visage mobile et intelligent, des lèvres pleines et sensuelles et des yeux pétillants qui pouvaient passer en un instant d'un vert tendre de mousse au jade le plus foncé. Sa peau passait par toute la gamme de nuances, du blanc translucide au rose profond selon qu'elle était furieuse, fatiguée ou surexcitée. Sa mère lui avait dit un jour : « Tu sais qu'il m'arrive vraiment de ne pas te reconnaître. Tu as toutes les couleurs du vent. »

Ce matin-là, les gens se retournaient en souriant sur

son passage, enviant le bonheur qui éclatait sur son visage. Elle leur rendait leur sourire.

« C'est indécent d'être heureux à ce point, se disait-elle. J'épouse l'homme que j'aime et je vais bientôt mettre *son* enfant au monde. Que peut-on désirer de plus ? »

En arrivant en vue de la banque, Tracy jeta un coup d'œil à sa montre. Huit heures vingt. La Philadelphia Trust and Fidelity Bank n'admettrait ses employés que dans dix minutes. Mais Clarence Desmond, vice-président et directeur du service international, débranchait déjà le système d'alarme extérieur et ouvrait la porte d'entrée. Tracy aimait assister à ce rituel matinal. Elle resta debout sous la pluie tandis que Desmond pénétrait dans la banque et refermait la porte à clé derrière lui.

Les banques du monde entier ont des mesures de sécurité secrètes ; la Philadelphia Trust and Fidelity Bank ne faisait pas exception à la règle. La routine était immuable. Seul le signal de sécurité changeait chaque semaine. Cette semaine-là, c'était un store vénitien à demi baissé. Il indiquait aux employés attendant dehors que l'inspection des locaux était en cours. Clarence Desmond visitait les toilettes, le dépôt, la chambre forte et la salle des coffres pour s'assurer qu'aucun intrus ne s'y cachait, prêt à prendre les employés en otage. Il ne lèverait le store que lorsqu'il serait sûr d'être absolument seul.

C'était toujours le doyen des comptables qui entrait le premier. Il se postait alors près du signal d'alarme jusqu'à ce que tous les employés aient franchi la porte, puis refermait à clé derrière eux.

A huit heures trente précises, Tracy pénétra dans le luxueux vestibule avec ses collègues et ôta imperméable, chapeau et bottes, en les écoutant avec un secret amusement se plaindre du temps.

« Ce sacré vent a emporté mon parapluie, dit un guichetier. Je suis trempé.

— J'ai vu deux canards descendre Market Street à la nage, plaisanta le caissier principal.

— D'après les prévisions météo, cela va durer encore une bonne semaine. Je donnerais cher pour être en Floride ! »

Tracy sourit et gagna son bureau. Elle dirigeait le service des virements par câble. Jusqu'à une date récente, les virements de banque à banque et de pays à pays étaient une opération longue et laborieuse, requérant d'innombrables formulaires et tributaire des services postaux et internationaux. L'arrivée de l'ordinateur avait modifié la situation. D'énormes sommes d'argent pouvaient désormais être transférées instantanément. Tracy était chargée du traitement des virements reçus pendant la nuit et des transferts électroniques de fonds vers les autres banques. Toutes les transactions étaient codées et les codes régulièrement changés pour prévenir toute intervention non autorisée. Des millions de dollars électroniques passaient ainsi chaque jour par les mains de Tracy ; le sang nourricier qui, aux quatre coins du globe, apportait la vie aux affaires. C'était un travail fascinant et, avant que Charles Stanhope III entre dans la vie de Tracy, il n'y avait pour elle rien de plus passionnant au monde. La Philadelphia Trust and Fidelity Bank avait une importante activité internationale. A l'heure du déjeuner, Tracy et ses collègues commentaient les opérations de la matinée. La conversation était animée.

« Nous venons de clore le crédit syndiqué de cent millions de dollars à la Turquie, annonça Deborah, le chef comptable.

— A la réunion de conseil de ce matin, il a été décidé que nous participerions au nouveau concours bancaire accordé au Pérou, confia Mae Trenton, la secrétaire du vice-président. La commission est payable d'avance et se monte à plus de cinq millions de dollars.

— Il paraît que nous allons y aller de cinquante millions dans le programme d'aide au Mexique, ajouta Jon Creighton, le fanatique de la banque. Cette bande d'immigrés clandestins ne mérite pas un sou !

— Il est intéressant de constater que les pays qui reprochent aux États-Unis d'avoir trop le sens du profit sont les premiers à nous mendier des prêts », remarqua Tracy.

C'était sur ce sujet que Charles et elle avaient eu leur première dispute.

Tracy avait rencontré Charles Stanhope à un colloque financier où il donnait une conférence. Il dirigeait un établissement financier, fondé par son arrière-grand-père et qui avait d'importantes relations d'affaires avec la banque de Tracy. A la fin de sa conférence, Tracy l'avait abordé pour contester son analyse de la situation des pays du tiers monde qui, d'après elle, étaient incapables de rembourser les sommes colossales empruntées aux banques du monde entier ainsi qu'aux gouvernements des pays occidentaux. Charles avait d'abord été amusé, puis intrigué par les arguments passionnés de la belle jeune femme qui lui faisait face. Ils avaient poursuivi leur conversation au restaurant où il l'avait emmenée dîner.

Au début, Charles Stanhope n'avait guère impressionné Tracy, bien qu'elle sût qu'il était considéré comme le plus beau parti de Philadelphie. Homme d'affaires prospère de trente-cinq ans, il appartenait à l'une des plus vieilles familles de la ville. Un mètre quatre-vingts, des cheveux blond roux clairsemés, des yeux marron, l'air sérieux et un peu pédant, il faisait partie pour Tracy des gens riches et ennuyeux.

Comme s'il avait lu ses pensées, Charles s'était penché vers elle en déclarant :

« Mon père est convaincu qu'on ne lui a pas donné le bon nouveau-né à la maternité.

— Comment ?

— Je suis une espèce de dégénéré. Je ne fais pas de l'argent le but suprême de l'existence. Mais n'allez surtout pas le répéter à mon père. »

Il était d'une simplicité si charmante que Tracy avait commencé à éprouver de la sympathie pour lui. « Je serais curieuse de savoir quel effet cela fait d'être mariée à un homme comme lui, à un membre de l'establishment. »

Il avait fallu au père de Tracy la majeure partie de sa vie pour monter une société qui aurait fait sourire de dédain les Stanhope. « Les Stanhope et les Whitney ne pourraient pas plus se mélanger que l'huile et l'eau, avait-elle pensé. Et les Stanhope sont l'huile, bien entendu. Mais qu'est-ce que je suis en train de me raconter ? Quelle assurance, mes aïeux ! Un homme m'invite à dîner et me voilà en train de décider si je veux l'épouser ou pas ! Nous ne nous reverrons probablement jamais. »

« Accepteriez-vous de dîner avec moi demain soir ? » avait demandé Charles à cet instant précis.

Philadelphie offrait une profusion éblouissante de spectacles et d'activités. Le samedi soir, Tracy et Charles allaient écouter l'orchestre de Philadelphie dirigé par Ricardo Muti ou assister à un ballet. Pendant la semaine, ils exploraient Newmarket et les boutiques de Society Hill. Ils commandaient des steaks au fromage à la terrasse de Geno's et dînaient au café Royal, l'un des restaurants les plus sélects de la ville. Ils faisaient leurs courses à Head House Square et flânaient dans les galeries du musée d'Art et du musée Rodin.

Tracy s'arrêta un jour devant *Le Penseur,* jeta un regard à Charles et déclara avec un sourire malicieux :

« C'est toi. »

Charles n'avait aucun goût pour les exercices physiques tandis que Tracy y prenait grand plaisir. Tous les dimanches matin, elle courait donc le long de West River Drive ou au bord du fleuve Schuylkill. Le samedi après-midi, elle suivait des cours de *tai chi chuan* et, après une heure d'efforts, épuisée mais radieuse, elle rejoignait Charles chez lui. Fin cuisinier, il adorait préparer des plats exotiques. La *pastilla* marocaine, les *guo bu li,* sorte de boulettes de Chine du Nord, et le tajine de poulet au citron étaient ses spécialités.

Charles était l'homme le plus pointilleux que Tracy eût

jamais rencontré. Elle était arrivée une fois avec un quart d'heure de retard à un de leurs rendez-vous : il en avait été si contrarié que cela avait gâché la soirée. Elle s'était alors promis d'être toujours ponctuelle pour lui.

Tracy n'avait eu que peu d'expériences sexuelles. Il lui sembla pourtant que Charles faisait l'amour comme il menait sa vie : avec une méticulosité et une correction parfaites. Un soir où elle avait décidé de se montrer hardie et non conformiste, il en avait été si choqué qu'elle se mit secrètement à se demander si elle n'était pas une sorte de maniaque sexuelle.

Sa grossesse, inattendue, la plongea dans l'irrésolution. Charles n'avait jamais parlé de mariage et elle ne voulait pas qu'il s'y sente contraint à cause de l'enfant. Elle n'était pas certaine de pouvoir se résoudre à un avortement, mais la décision inverse était tout aussi difficile à prendre. Pourrait-elle élever l'enfant seule ? Était-il juste de le priver de père ?

Elle décida de révéler son état à Charles un soir après le dîner. Elle avait préparé un cassoulet que, dans sa nervosité, elle avait oublié sur le feu. Lorsqu'elle déposa devant lui la viande et les haricots brûlés, elle oublia tout du discours qu'elle avait soigneusement préparé et déclara tout à trac :

« Je suis tellement désolée, Charles... Je suis enceinte. »

Un silence suivit, interminable, puis, alors que Tracy s'apprêtait à le rompre, Charles dit :

« Nous allons nous marier, bien sûr ».

Un immense soulagement envahit Tracy.

« Je ne veux pas que tu penses... Je... Tu n'es pas *obligé* de m'épouser. »

Charles l'interrompit d'un geste.

« Je veux t'épouser, Tracy. Tu seras une épouse merveilleuse. Mes parents vont être un peu surpris, évidemment », ajouta-t-il avec lenteur.

Puis il lui sourit et l'embrassa.

« Pourquoi surpris ? demanda-t-elle.

— Je crains que tu ne te rendes pas bien compte de ce

qui t'attend, ma chérie, répondit-il avec un soupir. Les Stanhope n'épousent que des gens de leur monde — entre guillemets.
— Et ils t'ont déjà choisi une femme, n'est-ce pas ?
— Cela n'a aucune espèce d'importance, répondit Charles en l'enlaçant. C'est qui *j'ai choisi* qui compte. Nous dînerons chez mes parents vendredi prochain. Il est temps que tu fasses leur connaissance. »

A neuf heures moins cinq, Tracy remarqua que le bruit augmentait sensiblement dans la banque. Les employés commençait à parler un peu plus vite, à se déplacer plus vivement. Les portes de la banque s'ouvriraient dans cinq minutes et tout devait être prêt. Par la fenêtre, elle apercevait les clients qui faisaient la queue dans le froid et la pluie.

Tracy regarda le garde regarnir de formulaires de retrait et de dépôt les corbeilles métalliques disposées sur les six tables alignées dans l'allée centrale. On délivrait aux clients réguliers des formulaires de dépôt dotés d'un code magnétique individuel qui permettait de créditer automatiquement les comptes concernés. Mais il arrivait souvent qu'ils les oublient et aient à en remplir de nouveaux.

Le garde jeta un coup d'œil à la pendule. Dès que l'aiguille marqua neuf heures, il alla à la porte et l'ouvrit cérémonieusement.

La journée bancaire avait commencé.

Pendant les quelques heures qui suivirent, Tracy fut trop occupée pour penser à quoi que ce soit d'autre que son travail. Tous les virements devaient être contrôlés deux fois pour s'assurer que le code en était correct. Lorsqu'elle devait débiter un compte, Tracy introduisait dans l'ordinateur le numéro de celui-ci, la somme et le nom de la banque bénéficiaire du virement. Chaque banque avait son numéro de code ; un répertoire confidentiel regroupant tous les établissements importants du monde en donnait la liste.

La matinée s'écoula très vite. Comptant profiter de son heure de déjeuner pour aller chez le coiffeur, Tracy avait pris rendez-vous chez Larry Stella Botte. Il était cher mais l'occasion en valait la peine : elle voulait impressionner favorablement les parents de Charles. « Il faut que je leur plaise, pensa-t-elle. Qu'ils lui aient choisi une autre femme m'est égal. Personne ne peut le rendre plus heureux que moi. »

A treize heures, alors qu'elle enfilait son imperméable, Clarence Desmond la convoqua dans son bureau. Desmond était l'image même du cadre important. Si la banque avait eu recours à la publicité télévisée, il aurait été son porte-parole idéal. Vêtu de manière très classique, respirant une autorité tranquille, assez vieille école, il inspirait confiance.

« Asseyez-vous, Tracy. »

Il mettait un point d'honneur à connaître le prénom de tous les employés.

« Fichu temps, n'est-ce pas ?
— Oui.
— Enfin, il faut tout de même que les gens vaquent à leurs occupations. »

Il avait épuisé sa réserve de banalités.

« Je crois savoir que vous êtes fiancée à Charles Stanhope, dit-il en se penchant vers elle.
— Mais nous n'en avons averti personne, fit Tracy, étonnée. Comment... ?
— Tout ce qui concerne les Stanhope se sait, répondit Desmond avec un sourire. J'en suis très heureux pour vous. Je présume que vous reviendrez travailler chez nous ? Après la lune de miel, bien entendu. Nous serions désolés de vous perdre : vous êtes l'un de nos plus précieux éléments.
— Charles et moi en avons discuté. Il pense comme moi que je serai plus heureuse en travaillant. »

Desmond sourit, satisfait. Stanhope et Fils était un des établissements les plus importants du monde financier. Obtenir pour sa succursale ce compte de choix serait une excellente opération.

« Lorsque vous reviendrez de votre voyage de noces, vous aurez de l'avancement, Tracy, déclara-t-il en se redressant. Ainsi qu'une importante augmentation. »

Tracy savait cette promotion méritée et en était fière. Elle était impatiente de l'annoncer à Charles. Il lui semblait que les dieux se concertaient pour la combler de bonheur.

Les parents de Charles Stanhope habitaient une vieille demeure imposante de Rittenhouse Square devant laquelle Tracy était souvent passée. C'était un des édifices célèbres de la ville. « Il va désormais faire partie de ma vie », pensa-t-elle.

Elle était extrêmement tendue. Son brushing n'avait pas résisté à l'humidité ambiante. Elle avait changé quatre fois de robe. Fallait-il qu'elle s'habille simplement ou avec recherche ? Elle possédait une robe d'Yves Saint-Laurent, achetée après force économies chez Wanamaker. « Si je la mets, ils me jugeront extravagante. Mais, si je porte une de ces robes que j'ai achetées en solde chez Post Horn, ils penseront que leur fils se déclasse. Oh ! Et puis zut ! C'est ce qu'ils vont penser de toute manière ! »

Elle s'était finalement décidée pour une jupe simple de laine grise, un chemisier de soie blanche et la fine chaîne d'or que sa mère lui avait envoyée à Noël.

Un majordome en livrée lui ouvrit.

« Bonsoir, mademoiselle Whitney. »

« Il connaît mon nom. Est-ce bon signe ou pas ? »

« Puis-je vous débarrasser de votre manteau ? »

Il dégouttait sur leur luxueux tapis persan.

Le majordome la précéda le long d'un vestibule en marbre qui semblait deux fois plus vaste que celui de la banque. « Mon Dieu, pensa-t-elle, affolée. Je n'aurais pas dû m'habiller comme ça ; c'était Yves Saint-Laurent qui convenait. »

Au moment où elle pénétrait dans la bibliothèque, elle sentit son collant filer au niveau de la cheville. Les parents de Charles étaient devant elle.

Stanhope père était un homme d'environ soixante-cinq ans à l'air sévère. Le succès se lisait sur sa personne. Il offrait l'image de ce que serait son fils dans trente ans. Il avait les yeux marron comme lui, un menton volontaire et une frange de cheveux blancs. Tracy l'aima immédiatement ; c'était le grand-père idéal pour leur enfant.

La mère de Charles était imposante. Bien qu'assez massive et de petite taille, elle donnait une impression de majesté. « Elle a l'air énergique et solide, pensa Tracy. Elle fera une merveilleuse grand-mère. »

« C'est si aimable à vous d'être venue, ma chère, dit Mme Stanhope en lui tendant la main. Nous avons demandé à Charles de nous laisser quelques instants seuls avec vous. Vous n'y voyez pas d'inconvénient ?

— Mais bien sûr que non, intervint le père de Charles. Asseyez-vous... Tracy, c'est bien ça ?

— Oui, monsieur. »

Ils s'installèrent tous deux sur un canapé, face à elle. « Pourquoi ai-je l'impression que je vais subir un interrogatoire ? » pensa Tracy. « Dieu ne t'enverra jamais de difficultés que tu ne puisses surmonter, mon petit, lui disait sa mère. Il faut simplement faire un pas après l'autre. »

Le premier pas de Tracy fut une ébauche de sourire qui finit en grimace car, au même instant, les mailles de son collant filèrent jusqu'au genou. Elle tenta de dissimuler l'estafilade de ses mains.

« Vous et Charles voulez donc vous marier ? » dit Mme Stanhope d'un ton cordial.

Le mot « vouloir » dérangea Tracy. Charles devait pourtant leur avoir dit qu'ils *allaient* se marier.

« Oui, répondit-elle.

— Vous ne vous connaissez que depuis assez peu de temps, n'est-ce pas ? »

Tracy lutta conte l'irritation qui la gagnait. « J'avais raison. Cela va bien être un interrogatoire. »

« Mais suffisamment pour savoir que nous nous aimons, madame.

— *Aimer* ? murmura M. Stanhope.

— Pour être tout à fait sincère, la décision de Charles nous a assez étonnés, son père et moi, dit Mme Stanhope. Il vous a parlé de Charlotte, naturellement ? »

Son sourire était glaçant.

« Je vois, reprit-elle devant l'expression de Tracy. Charles et elle ont grandi ensemble. Ils ont toujours été très proches et... eh bien, très franchement, tout le monde s'attendait à les voir annoncer leurs fiançailles cette année. »

Elle n'avait pas besoin de décrire Charlotte. Tracy aurait pu faire son portrait. Riche, du même milieu que Charles, excellente éducation, elle habitait à côté, aimait les chevaux et gagnait des coupes.

« Parlez-nous de votre famille », suggéra M. Stanhope.

« Mon Dieu, c'est digne d'un film de Hollywood, pensa Tracy, affolée. Je suis Rita Hayworth rencontrant les parents de Cary Grant pour la première fois. J'ai besoin de boire un verre. Dans ce genre de films, le majordome arrive toujours à la rescousse avec les apéritifs. »

« Où êtes-vous née, ma chère ? demanda Mme Stanhope.

— En Louisiane. Mon père était ouvrier. »

Rien ne l'obligeait à ajouter ce détail, mais cela avait été plus fort qu'elle. Qu'ils aillent donc au diable ! Elle était fière de son père.

« Un *ouvrier* ?

— Oui. Il a monté à La Nouvelle-Orléans une petite entreprise dont il a fait une société relativement importante. A sa mort, il y a cinq ans, maman l'a remplacé.

— Que fabrique cette... euh... société ?

— Des tuyaux d'échappement et d'autres accessoires automobiles. »

M. et Mme Stanhope échangèrent un regard avant de déclarer à l'unisson :
« Je vois. »
Tracy se raidit. « Combien de temps me faudra-t-il pour apprendre à les aimer ? » se demanda-t-elle en contemplant leurs visages inamicaux. Puis, à sa propre consternation, elle se mit à babiller sottement :
« Je suis sûre que ma mère vous plaira. Elle est belle, intelligente et charmante. Elle est du Sud. Elle est très petite, bien sûr ; à peu près de votre taille, madame... »
Les mots s'arrêtèrent sur ses lèvres, étouffés par le silence oppressant. Elle éclata d'un rire nerveux qui mourut sous le regard de Mme Stanhope.
« Charles nous a dit que vous étiez enceinte », déclara négligemment M. Stanhope.
Oh ! Comme elle aurait voulu qu'il ne l'eût pas fait ! Ils avaient une attitude si ouvertement réprobatrice, comme si leur fils n'y était pour rien, comme s'il s'agissait d'une souillure. « Maintenant je sais ce que j'aurais dû porter, pensa-t-elle, le rouge de l'infamie. »
« Je ne comprends pas comment à notre époque et... »
Mme Stanhope n'acheva jamais sa phrase car, à cet instant précis, Charles entra dans la pièce. Tracy n'avait jamais été aussi heureuse de sa vie de voir quelqu'un.
« Alors, dit-il avec un large sourire, comment vous entendez-vous tous les trois ?
— Très bien, chéri », répondit Tracy en se précipitant dans ses bras. « Charles n'est pas comme ses parents, Dieu merci, pensa-t-elle en se serrant contre lui. Comment pourrait-il leur ressembler ? Ils sont bornés, snobs et froids. »
Quelqu'un toussa discrètement derrière eux : le majordome était là, un plateau à la main. « Tout va s'arranger, se dit Tracy. Le film finira bien. »
Le repas était excellent, mais Tracy était trop tendue pour en profiter. La discussion, courtoise et impersonnelle, roula sur la banque, la politique et l'état alarmant du monde. Personne ne l'accusa à haute voix d'avoir forcé la main de Charles « Après tout, il est bien naturel

que ce mariage les préoccupe. Charles héritera un jour de leur société ; il est important qu'il ait une épouse à la hauteur de la situation. Et il l'aura », se promit-elle.

Charles prit tendrement sa main qui tirebouchonnait nerveusement un coin de nappe sous la table et lui fit un clin d'œil complice. Son cœur déborda de bonheur.

« Tracy et moi préférerions un mariage discret, déclara-t-il. Et ensuite...

— Tu n'y penses pas, coupa Mme Stanhope. Il n'y a pas de petit mariage dans notre famille, Charles. Des dizaines de nos amis tiendront à assister à la cérémonie. Nous devrions peut-être nous occuper des invitations sans plus tarder, ajouta-t-elle en jaugeant la silhouette de Tracy du regard. Si cela vous va, bien entendu ?

— Oui. Oui, bien sûr », répondit Tracy.

Il allait donc y avoir un mariage. Pourquoi en avait-elle jamais douté ?

« Certains des invités viendront de l'étranger. Je prendrai mes dispositions pour les héberger ici.

— Avez-vous pensé à votre voyage de noces ? demanda M. Stanhope.

— C'est un secret, répondit Charles en serrant la main de Tracy.

— Et combien de temps durera ce voyage ? insista Mme Stanhope.

— Une cinquantaine d'années », répondit-il.

Tracy l'aurait volontiers embrassé.

Après le dîner, ils allèrent prendre un cognac dans la bibliothèque. Tracy parcourut la pièce du regard, admirant les boiseries de chêne, les livres reliés, les deux Corot, le Copley et le Reynolds. Elle aurait aimé Charles avec ou sans fortune, mais elle devait reconnaître que le mode de vie qui l'attendait ne lui déplaisait pas.

Il était près de minuit lorsque Charles la raccompagna à son petit appartement près du parc Fairmont.

« J'espère que la soirée n'a pas été trop pénible ? Mes parents sont parfois un peu guindés.

— Oh non ! Ils ont été charmants », mentit Tracy.

Elle était épuisée nerveusement mais, quand ils arrivèrent devant sa porte, elle demanda :
« Tu entres un moment ? »
Elle avait besoin qu'il la serre contre lui, besoin de l'entendre dire : « Je t'aime, ma chérie. Personne ne pourra jamais nous séparer. »
« Non, pas ce soir. J'ai un emploi du temps chargé demain matin.
— Bien sûr, je comprends », dit-elle en dissimulant sa déception.
Il posa un rapide baiser sur ses lèvres et la quitta.

L'appartement flambait. Une sirène de pompiers, stridente, déchira brusquement le silence. Tracy se redressa en sursaut, engourdie de sommeil, cherchant à déceler une odeur de fumée. Le bruit ne cessait pas et elle comprit au bout d'un moment qu'il s'agissait du téléphone. Elle regarda son réveil. Deux heures trente. Affolée, elle pensa aussitôt qu'un accident était arrivé à Charles. Elle se précipita sur le combiné.
« Allô ?
— Tracy Whitney ? » demanda une voix masculine.
Elle hésita : si c'était un de ces appels obscènes...
« Qui êtes-vous ?
— Lieutenant Miller, police judiciaire de La Nouvelle-Orléans. Êtes-vous Tracy Whitney ?
— Oui, répondit-elle, le cœur battant à tout rompre.
— Je crains d'avoir une mauvaise nouvelle à vous annoncer. »
Sa main se crispa sur le combiné.
« Il s'agit de votre mère.
— Elle... elle a eu un accident ?
— Elle est morte, mademoiselle. »
C'était bien un appel obscène. Un détraqué cherchait à la terroriser. Sa mère allait parfaitement bien. Elle était vivante. *Je t'aime très fort, Tracy.*
« Je suis vraiment désolé de vous l'apprendre aussi brutalement », disait l'homme.

C'était vrai. C'était un cauchemar, mais elle ne rêvait pas. Le choc la rendait muette, l'hébétait.
« Allô... ? Mademoiselle Whitney, vous êtes là ? Allô... ?
— Je vais prendre le premier avion. »

Assise dans la petite cuisine de son appartement, elle pensait à sa mère. Il était impossible qu'elle fût morte. Elle avait été si chaleureuse, si pleine de vie. Il y avait eu tant d'affection, tant de complicité entre elles. Tracy avait toujours pu lui confier ses problèmes, lui parler de l'école, des garçons et, plus tard, des hommes. A la mort de son père, bien des gens avaient proposé à sa mère de racheter l'affaire. Les sommes offertes lui auraient permis de vivre dans l'aisance jusqu'à la fin de ses jours, mais elle s'était obstinément refusée à vendre. « Je ne peux pas abandonner une entreprise à laquelle ton père à consacré tant d'efforts. » Et elle avait continué à la faire prospérer.

« Oh ! Maman, je t'aime tant ! Tu ne verras jamais ni Charles ni notre enfant », pensa-t-elle en fondant en larmes.

Elle se prépara une tasse de café qu'elle laissa refroidir sans la boire. Elle souhaitait désespérément appeler Charles, lui parler, l'avoir à ses côtés. Mais la pendule de la cuisine marquait trois heures trente. Elle ne voulait pas le réveiller. Elle lui téléphonerait de La Nouvelle-Orléans. Faudrait-il qu'ils modifient les dispositions prises pour leur mariage ? Elle se reprocha immédiatement cette pensée. Comment pouvait-elle se préoccuper de cela à un moment pareil ? « Prenez un taxi et faites-vous conduire au commissariat central dès votre arrivée », lui avait dit le lieutenant Miller. Pourquoi le commissariat ? Que s'était-il passé ?

L'aéroport de La Nouvelle-Orléans était bondé. Bousculée par des voyageurs impatients, Tracy suffoquait. Elle attendait sa valise sans parvenir à fendre la foule qui la séparait du tapis roulant. Son anxiété ne cessait de croître en songeant à l'épreuve qu'il allait lui falloir affronter. Elle cherchait à se persuader qu'il s'agissait d'une erreur, mais les paroles du lieutenant ne cessaient de résonner à ses oreilles. *Une mauvaise nouvelle... Elle est morte, mademoiselle... Je suis vraiment désolé...*

Lorsque Tracy eut enfin réussi à reprendre sa valise, elle monta dans un taxi et répéta au chauffeur l'adresse que lui avait donnée le lieutenant :

« 715, South Broad Street, s'il vous plaît.

— Chez les poulets, hein ? » fit l'homme en lui souriant dans le rétroviseur.

Pas de conversation. Pas maintenant. Elle était en plein désarroi.

« Vous venez pour la fête, mademoiselle ? » dit-il encore.

« Non, pour la mort », pensa-t-elle sans avoir la moindre idée de ce qu'il voulait dire. Son bavardage ne lui parvint plus que comme un bourdonnement dépourvu de sens. Le regard dans le vide, elle ne vit rien des lieux familiers qu'ils traversaient. Ce ne fut qu'en arrivant à proximité du Vieux Carré qu'elle prit conscience du vacarme croissant. C'était les clameurs d'une foule en délire, hurlant quelque litanie venue du fond des âges.

« J'peux pas vous emmener plus loin », déclara le chauffeur.

Levant les yeux, Tracy découvrit alors un spectacle incroyable. Des centaines de milliers de gens, vociférant, masqués, déguisés en dragons, en alligators géants, en dieux païens ; une marée humaine couvrant chaussées et trottoirs, emplissant les rues de leurs cris cacophoniques ; une orgie de corps et de musique, de chars et de danses.

« Feriez mieux de sortir avant qu'ils renversent mon taxi, dit le chauffeur. Ah ! Ce foutu Mardi gras ! »

Bien sûr ! On était en février ; la ville entière fêtait le début du carême. Tracy sortit du taxi, sa valise à la main. Elle fut immédiatement happée par la foule hurlante et dansante. C'était obscène, un sabbat de sorcières, un million de Furies célébrant la mort de sa mère. Sa valise lui fut arrachée des mains et disparut ; un homme ventripotent affublé d'un masque de diable l'enlaça ; un daim lui pelota les seins ; un panda géant la souleva de terre. Elle se débattit, se libéra, chercha à fuir. Mais c'était impossible. Elle était cernée, prise au piège, partie intégrante de la fête, de ses chants et ses danses. Elle marcha avec la foule, le visage ruisselant de larmes. Il n'y avait pas d'issue. Quand elle réussit enfin à se dégager et à se réfugier dans une rue paisible, elle était au bord de la crise de nerfs. Elle resta longtemps immobile, appuyée contre un lampadaire, prenant de profondes inspirations, retrouvant peu à peu son sang-froid. Puis elle se dirigea vers le commissariat.

Le lieutenant Miller, un homme entre deux âges à l'air harassé, paraissait mal à l'aise.
« Je suis désolé de ne pas être allé vous chercher à l'aéroport, dit-il à Tracy. Mais la ville entière a perdu la boule. Vous étiez la seule personne que nous pouvions appeler.
— Pourriez-vous me dire ce... ce qui est arrivé à ma mère ?
— Elle s'est suicidée. »
Un frisson glacial parcourut Tracy.
« C'est impossible ! dit-elle d'une voix cassée. Pourquoi se serait-elle donné la mort ? Elle avait toutes les raisons de vivre !
— Elle vous a laissé une lettre. »

La morgue, froide, impersonnelle, terrifiante. Tracy suivit un long couloir blanc jusqu'à une grande pièce, aseptisée et vide. Puis elle comprit qu'elle n'était pas vide, mais remplie de morts.
Un assistant en blouse blanche se dirigea nonchalamment vers un mur, saisit une poignée et tira un immense tiroir.
« Vous voulez jeter un œil ? »

« Non! je ne veux pas voir le corps sans vie qui repose dans cette boîte. » Elle aurait voulu fuir, se retrouver quelques heures plus tôt, à l'instant où les sirènes de pompiers retentissaient. « Faites que ce soit vraiment un incendie. Pas le téléphone. Pas ma mère ! » Elle s'avança lentement, déchirée par un cri silencieux. Puis elle regarda les restes sans vie de celle qui l'avait portée, nourrie, qui avait ri avec elle, qui l'avait aimée. Elle se pencha et posa un baiser sur la joue de sa mère. Elle était froide, caoutchouteuse.

« Oh ! Maman, murmura-t-elle. Pourquoi ? Pourquoi ? »

« Nous devons procéder à une autopsie, disait l'assistant. C'est la loi quand il s'agit d'un suicide. »

La lettre laissée par Doris Whitney n'expliquait rien.

« Ma chère Tracy,
« Pardonne-moi, je t'en prie. J'ai échoué et ne supporte pas l'idée d'être à ta charge. C'est la meilleure solution. Je t'aime tant.
« Ta mère. »

C'était aussi froid, aussi dénué de sens que ce corps étendu dans un tiroir.

Cet après-midi-là, Tracy s'occupa des funérailles, puis gagna en taxi la demeure familiale. Les rumeurs du carnaval lui parvenaient comme une célébration incongrue et sinistre.

Les Whitney habitaient une maison victorienne à Garden District dans le quartier résidentiel d'Uptown. Elle était en bois, comme la plupart des constructions de La Nouvelle-Orléans, et ne possédait pas de sous-sol, le terrain étant situé au-dessous du niveau de la mer.

Pour Tracy qui y avait grandi, c'était un lieu chargé de souvenirs chauds et agréables. Elle n'y était pas revenue depuis plus d'un an et, quand le taxi s'arrêta devant l'entrée, elle eut un choc en voyant fiché dans la pelouse un large panneau qui annonçait : A VENDRE, SOCIÉTÉ IMMOBILIÈRE DE LA NOUVELLE-ORLÉANS. C'était impossible. Sa mère lui avait si souvent répété qu'elle ne vendrait jamais cette vieille maison où ils avaient été si heureux.

Saisie d'une crainte irraisonnée, Tracy se dirigea vers la porte. Ses parents lui avait confié une clé de la maison lorsqu'elle était entrée en terminale. Depuis, elle l'avait toujours sur elle, comme un talisman, la promesse d'un havre qui lui serait toujours ouvert.

Elle poussa la porte et s'immobilisa, frappée de stupeur. Les pièces étaient entièrement vide. Les beaux meubles anciens avaient disparu. La maison ressemblait à une coquille vide, désertée par ses habitants. Elle courut de pièce en pièce avec une incrédulité croissante. On aurait dit qu'un désastre soudain avait frappé. Elle monta au premier étage et s'arrêta sur le seuil de cette chambre qu'elle avait occupée pendant tant d'années. Quatre murs nus et froids lui firent face. « Oh ! Mon Dieu, qu'est-ce qui a bien pu arriver ? » Elle entendit sonner et redescendit ouvrir dans un état second.

Otto Schmidt attendait sur le pas de la porte. Le contremaître de la société d'accessoires automobiles Whitney était un homme âgé au visage ridé, maigre comme un clou mais à l'estomac distendu par la bière. Quelques rares cheveux gris couronnaient encore son crâne chauve.

« Je viens d'apprendre la nouvelle, Tracy, dit-il avec un fort accent allemand. Je...

— Oh ! Otto, s'écria Tracy en serrant ses mains dans les siennes. Je suis si contente de vous voir. Entrez. Il n'y a malheureusement plus un seul siège, s'excusa-t-elle en le conduisant dans la salle de séjour. Cela ne vous fait rien de vous asseoir par terre ?

— Non, non. »

Ils s'assirent face à face, l'air morne et malheureux. Tracy avait toujours vu Otto Schmidt travailler pour son père. Elle savait combien il lui avait été indispensable. Quand sa mère avait repris l'affaire, Schmidt était resté pour l'aider à la gérer.

« Je ne comprends pas ce qui arrive, Otto. La police dit

que maman s'est suicidée. Mais elle n'avait aucune raison de le faire, vous le savez. Elle n'était pas malade ? demanda-t-elle brusquement. Elle n'était pas atteinte d'un...

— Non, ce n'était pas ça, répondit-il d'un ton réticent en fuyant son regard.

— Vous savez ce qui s'est passé », dit Tracy avec lenteur.

Il lui jeta un regard de côté. Ses yeux bleus larmoyaient.

« Votre maman ne vous a rien dit de ses ennuis. Elle ne voulait pas vous inquiéter.

— Quels ennuis ? fit Tracy en fronçant les sourcils. Continuez..., *je vous en prie !* »

Il hésita, ouvrant et fermant ses mains calleuses.

« Avez-vous déjà entendu parler de Joe Romano?

— Joe Romano ? Non, pourquoi ?

— Romano a pris contact avec votre mère, il y a six mois de cela. Il voulait acheter la société. Elle lui a dit qu'elle ne souhaitait pas vendre, mais il lui a offert dix fois ce que valait l'affaire et elle a fini par accepter. Elle était aux anges. Elle comptait tout placer en valeurs mobilières pour vous assurer à toutes les deux un revenu confortable. Elle voulait vous en faire la surprise. J'étais si heureux pour elle. Cela fait trois ans que je dois prendre ma retraite. Mais je ne pouvais pas l'abandonner, n'est-ce pas ? Ce Romano... »

Il cracha presque le mot.

« Ce Romano lui a versé un petit acompte. Le reste, le gros de la somme, aurait dû arriver le mois dernier.

— Continuez, Otto, fit Tracy avec impatience. Qu'est-il arrivé ?

— Lorsque Romano a repris l'affaire, il a licencié tout le monde et placé des gens à lui. Puis il a mis la société à sac. Il a vendu les immobilisations et commandé beaucoup de matériel qu'il revendait à bas prix sans l'avoir payé. Les fournisseurs ne se sont pas inquiétés : ils croyaient encorer traiter avec votre mère. Quand ils ont commencé à lui réclamer le règlement de leurs factures, elle est allée demander des explications à Romano. Il lui a répondu que l'affaire ne l'intéressait plus et qu'il lui rendait son entreprise. Mais celle-ci ne valait déjà plus rien et votre mère devait un demi-million de dollars qu'il lui était impossible de rembourser. Si vous saviez comme elle s'est battue, Tracy ! Nous en étions malades, ma femme et moi. Mais il n'y avait rien à faire. Ils l'ont forcée à déposer son bilan. Ils lui ont tout pris... la société, cette maison et même sa voiture.

— Oh ! Mon Dieu !

— Ce n'est pas tout. Le procureur a informé votre mère qu'il allait la poursuivre pour fraude et qu'elle était passible d'emprisonnement. C'est ce jour-là qu'elle est vraiment morte, je crois. »

Tracy bouillait d'une rage impuissante.

« Mais pourquoi ne leur a-t-elle pas dit la vérité ? Il suffisait qu'elle leur explique ce que cet homme avait fait.

— Joe Romano travaille pour un certain Anthony Orsatti, répondit le vieux contremaître en haussant les épaules. Orsatti règne sur La Nouvelle-Orléans. J'ai appris trop tard que Joe Romano n'en était pas au premier coup de ce genre. Même si votre mère lui avait intenté un procès, cela aurait duré des années. Elle n'avait pas l'argent nécessaire pour le combattre.

— Pourquoi ne m'a-t-elle rien dit ? »

C'était un cri de douleur. Penser au calvaire enduré par sa mère la déchirait.

« C'était une femme fière. Et, d'ailleurs, qu'auriez-vous pu faire ? Personne n'y peut rien. »

« Vous vous trompez ! » pensa farouchement Tracy.

« Je veux voir Joe Romano. Où puis-je le trouver ?

— Oubliez-le, répondit Otto d'un ton ferme. Vous n'avez aucune idée de son pouvoir.

— Où habite-t-il, Otto ?

— Près de Jackson Square. Mais cela ne sert à rien d'y aller, Tracy, croyez-moi. »

Elle ne répondit pas. Elle était en proie à un sentiment qu'elle ne connaissait pas : la haine. « Joe Romano a tué ma mère. Il le paiera », se jura-t-elle.

3

Il lui fallait du temps. Du temps pour penser, pour dresser un plan. Revenir dans cette maison vide était au-dessus de ses forces ; elle prit donc une chambre dans un petit hôtel de Magazine Street, loin du Vieux Carré où le carnaval se déchaînait toujours. Comme elle n'avait pas de bagages, le réceptionniste se montra soupçonneux.

« C'est quarante dollars la nuit, déclara-t-il. Payable d'avance. »

Une fois dans sa chambre, Tracy téléphona à Clarence Desmond pour l'avertir qu'elle ne pourrait pas venir travailler pendant quelques jours.

« Ne vous inquiétez pas, répondit-il en dissimulant sa contrariété. Je trouverai quelqu'un pour vous remplacer jusqu'à votre retour. »

Il espéra qu'elle n'oublierait pas de faire part à Charles Stanhope de son extrême compréhension.

Tracy appela ensuite Charles.

« Charles, mon chéri...

— Où diable es-tu donc, Tracy ? Mère a essayé de te joindre toute la matinée. Elle voulait déjeuner avec toi. Vous avez tous les préparatifs à mettre au point.

— Je suis désolée, chéri. Je suis à La Nouvelle-Orléans.

— *Où ça ?* Que fais-tu là-bas ?

— Ma mère est... morte. »

Le mot était si dur à prononcer.

« Oh ! fit-il en changeant instantanément de ton. Je suis désolé, Tracy. Cela a dû être très soudain ? Elle était assez jeune, n'est-ce pas ? »

« *Très* jeune », pensa-t-elle tristement.

« Oui.
— Que s'est-il passé ? Comment te sens-tu ? »

Tracy ne put se résoudre à lui dire que sa mère s'était suicidée. Elle souhaitait désespérément se confier à lui, lui raconter les terribles manœuvres dont sa mère avait été la victime, mais elle se l'interdit. « C'est mon problème, se dit-elle. Je ne peux me décharger de mon fardeau sur lui. »

« Ne t'inquiète pas, chéri. Je vais parfaitement bien.
— Veux-tu que je vienne te rejoindre ?
— Non, merci, ce n'est pas la peine. L'enterrement a lieu demain : je serai à Philadelphie lundi. »

Quand elle raccrocha, elle resta allongée sur le lit de l'hôtel, l'esprit dans le vague. Elle compta les panneaux insonorisants qui quadrillaient le plafond. Un... deux... trois... Romano... quatre... cinq... Joe Romano... six... sept... il paierait. Elle n'avait aucun plan. Elle savait seulement qu'elle ne le laisserait pas s'en tirer à aussi bon compte, qu'elle trouverait un moyen de venger sa mère.

Tracy quitta l'hôtel en fin d'après-midi. Elle longea Canal Street jusqu'à la boutique d'un prêteur sur gages. Un homme d'un pâleur cadavérique, le front ceint d'une visière verte démodée, était assis derrière un guichet grillagé.

« ... désirez ?
— Je... je voudrais une arme.
— Quel genre ?
— Un... revolver.
— Un trente-deux, un quarante-cinq, un... »

Tracy n'avait jamais eu un revolver en main de sa vie.

« Un... un trente-deux fera l'affaire.
— J'ai un bon Smith et Wesson à deux cent vingt-neuf dollars ou un Charter Arms à cent cinquante-neuf dollars. »

Tracy n'avait pas beaucoup de liquide sur elle.

« Vous n'avez rien de moins cher ?

— Si, des frondes, répondit-il en haussant les épaules. Écoutez, je vous laisse le Charter à cent cinquante et je vous mets une boîte de balles en prime. Ça marche ?

— D'accord. »

Tracy le regarda choisir un revolver dans l'arsenal étalé sur une table derrière lui.

« Vous savez vous en servir ?

— On... on appuie sur la détente. »

L'homme émit un grognement.

« Vous voulez que je vous montre comment le charger ? »

Elle allait lui répondre non, lui dire qu'elle ne comptait s'en servir que pour effrayer quelqu'un. Mais elle se rendit compte que cela paraîtrait ridicule.

« Oui, s'il vous plaît. »

Elle le regarda introduire les balles dans le barillet.

« Merci, dit-elle en sortant son porte-monnaie.

— Il me faut votre nom et votre adresse pour la police. »

Tracy n'y avait pas pensé. Menacer Joe Romano d'une arme était un délit pénal. « Pourtant, c'est lui le criminel, pas moi. »

L'homme l'observait. Sous sa visière, ses yeux paraissaient jaune pâle.

« Nom ?

— Smith. Joan Smith.

— Adresse ?

— Dowman Road. 3020 Dowman Road.

— Il n'y a pas de 3020 Dowman Road, observa-t-il sans lever la tête. Ce serait en plein milieu du fleuve. On va mettre 5020. »

Il lui présenta le reçu qu'elle signa.

« C'est tout ?

— C'est tout. »

Il glissa avec précaution le revolver entre les barreaux du guichet. Tracy contempla fixement l'arme, puis la mit dans son sac et quitta rapidement la boutique.

« Hé ! cria l'homme. N'oubliez pas qu'il est chargé ! »

Jackson Square est au cœur du Vieux Carré. La belle cathédrale Saint-Louis le domine comme une bénédiction. De hautes haies et de gracieux magnolias protègent ses ravissantes vieilles demeures et ses immeubles du vacarme de la circulation. Joe Romano habitait l'une de ces maisons.

Tracy attendit que la nuit tombe pour agir. Les défilés du carnaval s'étaient déplacés vers Chartres Street, et elle distinguait l'écho lointain de leur folle sarabande.

Debout dans l'ombre, elle observait la maison, sentant le poids du revolver qui alourdissait son sac. Son plan était simple. Elle allait raisonner Joe Romano, lui demander de blanchir la réputation de sa mère. S'il refusait, elle le menacerait de son arme pour le contraindre à faire des aveux écrits qu'elle confierait au lieutenant Miller. Celui-ci l'arrêterait et le nom de sa mère serait lavé. Elle désirait désespérément la présence de Charles. Mais il valait mieux agir seule sans le mêler à cela. Elle lui en parlerait quand tout serait fini, quand Joe Romano serait derrière les verrous, là où était sa place. Un piéton approchait. Tracy attendit qu'il la dépasse et que la rue soit de nouveau déserte.

Elle alla à la porte et sonna. Rien. « Il doit être à un de ces bals costumés du Mardi gras, pensa-t-elle. Mais j'ai tout mon temps. » La lumière du porche s'alluma soudain, la porte s'ouvrit et un homme apparut sur le seuil. Tracy le dévisagea avec étonnement. Au lieu du gangster à la mine patibulaire qu'elle avait imaginé, elle avait en face d'elle un homme au physique agréable qu'on aurait pris pour un professeur d'université.

« Bonsoir, dit-il aimablement. Puis-je vous aider ?
— Êtes-vous Joe Romano ? demanda-t-elle d'une voix mal assurée.
— Oui. Que puis-je pour vous ? »

Il avait un air engageant et ouvert. « Ce n'est pas étonnant que maman se soit laissé duper », pensa-t-elle.
« J'aimerais vous parler.
— Mais certainement, répondit-il après l'avoir parcourue d'un regard appréciateur. Entrez, je vous en prie. »
Tracy pénétra dans un séjour garni de beaux meubles anciens brunis. Joseph Romano vivait bien. « Grâce à l'argent de ma mère », se dit-elle avec amertume.
« J'allais me servir un verre. Que prenez-vous ?
— Rien.
— De quoi vouliez-vous me parler ? demanda-t-il en la contemplant avec curiosité. Mademoiselle...
— Tracy Whitney. Je suis la fille de Doris Whitney. »
Un bref instant, le nom sembla ne rien lui dire. Puis son regard s'éclaira.
« Ah oui ! J'ai entendu parler de votre mère. C'est bien dommage. »
Bien dommage. Il l'avait poussée au suicide et c'était tout ce qu'il trouvait à dire.
« Le procureur croit ma mère coupable de fraude, monsieur Romano. Vous savez qu'il n'en est rien. Je veux que vous m'aidiez à blanchir son nom.
— Je ne parle jamais affaires pendant le carnaval, répondit-il en haussant les épaules. Ma religion s'y oppose. Je vais vous servir un verre, ajouta-t-il en se dirigeant vers le bar. Vous vous sentirez mieux ensuite. »
Il ne lui laissait pas le choix. Elle ouvrit son sac et en sortit le revolver qu'elle pointa sur lui.
« Ce qu'il me faut pour me sentir mieux, monsieur, c'est le récit exact de ce que vous avez fait à ma mère.
— Vous feriez mieux de ranger ça, mademoiselle. Le coup pourrait partir.
— Il *va* partir si vous ne faites pas exactement ce que je vous dis. Vous allez expliquer par écrit comment vous avez ruiné la société et acculé ma mère à la faillite et au suicide. »
Il l'observait avec attention.
« Et si je refuse ?

— Je vous tuerai », répondit-elle en sentant le revolver trembler dans sa main.

Joe Romano s'avança vers elle, un verre à la main.

« Vous n'avez pas l'air d'une meurtrière, mademoiselle. Je ne suis absolument pas responsable de la mort de votre mère, dit-il d'un ton doux et persuasif. Et croyez-moi, je... »

Il lui jeta le contenu de son verre au visage. Tracy sentit l'alcool lui brûler les yeux et, un instant plus tard, un coup la désarmait.

« Votre mère m'avait caché qu'elle avait une fille aussi bandante. »

Il la tenait solidement, lui immobilisant les bras. Aveuglée et terrifiée, Tracy chercha a lui échapper, mais il l'accula contre un mur.

« Tu as du cran, poulette, fit-il d'une voix rauque. J'aime ça. Ça m'excite. »

Tracy sentait son corps pressé contre le sien. Elle se débattit encore, mais en vain. Elle ne pouvait rien contre sa force.

« On est venu chercher des émotions fortes, hein ? Eh bien, Joe va se faire un plaisir de t'en donner. »

Elle essaya de crier mais ne parvint à émettre qu'un râle.

« Lâchez-moi ! »

Il déchira son chemisier.

« Hé ! regardez-moi un peu ces nichons, murmura-t-il en en pinçant la pointe. Vas-y, résiste ! J'adore ça !

— Lâchez-moi ! »

Il se mit à pétrir ses seins, brutalement, la renversant sur le plancher.

« Je parie que tu n'as jamais été baisée par un vrai mec. »

Il était allongé sur elle à présent, l'écrasant de son poids. Ses mains remontèrent le long de ses cuisses. Tracy se débattit aveuglément. Ses doigt frôlèrent le revolver. Elle l'empoigna et il y eut une explosion, soudaine, assourdissante.

« Oh ! mon Dieu ! » cria Romano.

Son étreinte se relâcha. Un brouillard rouge devant les yeux, Tracy, horrifiée, le vit rouler sur le côté, la main crispée sur le flanc.

« Tu as tiré... espèce de garce. Tu m'as eu... »

Tracy était paralysée, incapable de faire un mouvement. Elle était au bord de la nausée ; une douleur lancinante lui vrillait les yeux. Elle se releva péniblement et gagna en titubant une porte à l'autre extrémité de la pièce. C'était la salle de bains. Elle alla en chancelant jusqu'au lavabo, le remplit d'eau froide et s'y baigna les yeux jusqu'à ce que la douleur s'apaise et que sa vue redevienne nette. Elle se regarda dans la glace. Ses yeux étaient injectés de sang, hagards. « Mon Dieu, je viens de tuer un homme. » Elle retourna en courant dans la salle de séjour.

Joe Romano gisait sur le sol. Une tache de sang s'élargissait sur le tapis blanc.

« Je suis désolée, dit Tracy, livide. Je ne voulais pas...

— Ambulance... »

Sa respiration était saccadée.

Elle se précipita vers le téléphone et appela le service d'urgence.

« Envoyez immédiatement une ambulance, dit-elle d'une voix étranglée. Au 421, Jackson Square. Un homme a été blessé. Un coup de revolver. »

Elle raccrocha et se tourna vers Joe Romano. « Oh ! Mon Dieu, faites qu'il ne meure pas ! pria-t-elle. Vous savez que je ne voulais pas le tuer. » Elle s'agenouilla près de lui pour voir s'il vivait toujours. Il avait les yeux clos mais respirait.

« L'ambulance va arriver », promit-elle.

Elle s'enfuit.

Elle s'efforça de ne pas courir de peur d'attirer l'attention, serra étroitement sa veste pour dissimuler son chemisier déchiré, puis, dès qu'elle fut à quelques rues de la maison, chercha à héler un taxi. Elle en vit passer plusieurs, occupés par des gens insouciants et heureux. Une sirène d'ambulance retentit, toujours plus proche. Quelques secondes plus tard, la voiture passait devant Tracy,

filant à toute allure vers la demeure de Joe Romano. « Il faut que je parte d'ici », se dit-elle. Devant elle, un taxi s'arrêta, déposant des clients. Elle courut, redoutant de le voir repartir.
« Vous êtes libre ?
— Ça dépend. Où allez-vous ?
— À l'aéroport.
— Montez. »
Dans le taxi, Tracy pensa à l'ambulance. Et si les soins arrivaient trop tard et que Joe Romano soit déjà mort ? Elle serait une meurtrière. Le revolver qu'elle avait laissé chez lui portait ses empreintes. Elle pouvait dire à la police que Romano avait tenté de la violer et que le coup était parti accidentellement, mais ils ne la croiraient pas. Elle avait acheté ce revolver. Combien de temps s'était écoulé ? Une demi-heure ? Une heure ? Il fallait qu'elle quitte La Nouvelle-Orléans au plus vite.
« Ça vous plaît, le carnaval ? » demanda le chauffeur.
Elle déglutit.
« Je... oui. »
Elle sortit son miroir de poche et essaya tant bien que mal de se faire un visage présentable. Chercher à obtenir des aveux de Joe Romano avait été stupide. Tout avait mal tourné. « Comment vais-je oser raconter à Charles ce qui s'est passé ? » Il serait scandalisé, elle le savait. Mais, quand elle lui aurait tout expliqué, il comprendrait. Charles saurait quoi faire.

« Est-ce vraiment ce matin que je suis arrivée ? se demanda Tracy lorsque le taxi la déposa à l'aéroport international de La Nouvelle-Orléans. Tout s'est-il vraiment passé en un seul jour ? » Le suicide de sa mère... L'horreur de cette foule qui la happait... Cet homme jetant dans un râle : « Tu m'as eu... espèce de garce. »
En pénétrant dans l'aéroport, il lui sembla que tout le monde la dévisageait d'un air accusateur. « Voilà ce que donne une mauvaise conscience », se dit-elle. Elle aurait voulu pouvoir se renseigner sur l'état de Joe Romano.

Mais comment ? Elle n'avait aucune idée de l'hôpital où il avait été transporté. « Il guérira. Charles et moi reviendrons pour les funérailles de maman et Joe Romano sera hors de danger. » Elle chercha à chasser de son esprit l'image de cet homme gisant sur le tapis blanc qu'il rougissait de son sang. Il fallait qu'elle rentre, qu'elle retrouve Charles.

Elle se présenta au guichet de la compagnie aérienne Delta.

« Je voudrais un aller simple sur le prochain vol à destination de Philadelphie, s'il vous plaît. En classe touriste. »

L'employé consulta son ordinateur.

« Vol 304. Vous avez de la chance : il me reste une place.

— A quelle heure part-il ?

— Dans vingt minutes. Vous n'avez que le temps d'embarquer. »

Au moment où elle ouvrait son sac, Tracy sentit, plus qu'elle ne vit, les deux policiers qui s'approchaient d'elle.

« Tracy Whitney ? » demanda l'un d'eux.

Son cœur s'arrêta de battre. « Nier mon identité serait stupide. »

« Oui...

— Vous êtes en état d'arrestation. »

Et Tracy sentit l'acier froid des menottes qui se refermaient autour de ses poignets.

Ce n'était pas elle qu'on emmenait. Comme dans un film au ralenti, elle se regarda traverser l'aéroport, menottes aux poignets, sous les regards curieux des badauds. On la poussa sans ménagement dans une voiture de police noire et blanche. Une grille d'acier la séparait des sièges avant. La voiture démarra en trombe dans un hurlement de sirène, gyrophare tournoyant. Tracy se rencogna dans son siège, cherchant à devenir invisible. Elle était une meurtrière. Joseph Romano était mort.

Mais c'était un accident. Elle leur expliquerait ce qui s'était passé. Ils la croiraient. Il *fallait* qu'ils la croient.

Tracy fut conduite à un commissariat du quartier Alger, sur la rive ouest de La Nouvelle-Orléans. C'était un bâtiment sinistre et inquiétant qui décourageait l'espoir.

Le poste était bondé d'individus à l'air peu recommandable, prostituées, maquereaux, voleurs, et leurs victimes. Les deux policiers firent avancer Tracy jusqu'au bureau du sergent de garde.

« C'est cette Whitney, sergent, annonça l'un d'eux. Nous l'avons arrêtée à l'aéroport alors qu'elle s'apprêtait à fuir.

— Non, je...

— Détachez-la.

— C'était un accident, réussit-elle à dire. Je ne voulais pas le tuer. Il a essayé de me violer et... »

Elle ne parvenait pas à maîtriser le tremblement hystérique de sa voix.

« Êtes-vous Tracy Whitney ? coupa le sergent d'un ton bref.

— Oui, je...

— Enfermez-la.

— Non ! attendez, implora-t-elle. Il faut que je téléphone. Je... j'en ai le droit.

— On connaît la musique, hein ? grogna le sergent. Tu as été en taule combien de fois, poupée ?

— Jamais. C'est...

— Tu as droit à un appel de trois minutes. Numéro ? »

Affolée, Tracy ne parvenait à se souvenir ni du numéro de Charles ni même de l'indicatif de Philadelphie. 251 ? Non, ce n'était pas ça. Elle tremblait.

« Alors, ça vient ? »

215 ! C'était 215.

« 215-555-93-0-1. »

Le sergent composa le numéro et lui tendit l'appareil.

La sonnerie retentit plusieurs fois, sans réponse. *Il fallait que Charles soit chez lui.*

« Terminé, dit le sergent en tendant la main vers le combiné.

— Attendez ! » cria Tracy.

Mais elle se rappela que Charles débranchait son téléphone la nuit pour ne pas être dérangé. Elle n'avait aucun moyen de le joindre.

« Ça y est ? demanda le sergent.

— Oui », répondit-elle d'un ton morne.

Un policier en manches de chemise l'emmena. On releva son identité, ses empreintes, puis il la conduisit jusqu'à une cellule vide.

« Vous passerez devant le juge demain matin », déclara-t-il avant de s'éloigner, la laissant seule.

« Rien de tout cela n'arrive vraiment, se dit-elle. C'est un terrible cauchemar. Mon Dieu ! Je vous en prie, faites que ce ne soit qu'un rêve ! » Mais la couchette malodorante, la fosse d'aisances, les barreaux étaient réels, bien réels.

Les heures se traînèrent, interminables. « Si seulement j'avais pu avoir Charles. » Jamais de toute son existence elle n'avait eu autant besoin de quelqu'un. « J'aurais dû me confier à lui dès le début. Si je l'avais fait, rien de cela ne serait arrivé. »

A six heures, un gardien désabusé lui apporta un gobelet de café tiède et de la bouillie d'avoine froide. Elle ne put y toucher. Elle avait l'estomac noué. A neuf heures, une surveillante vint la chercher.

« C'est l'heure, cocotte.

— Il faut que je téléphone. C'est très...

— Plus tard. Il ne faut pas faire attendre le juge. C'est le dernier des salauds. »

Elle escorta Tracy jusqu'à une porte qui donnait sur une salle d'audience. Un vieux juge siégeait, la tête et les mains agitées de tressaillements continus. Devant lui se tenait le procureur Ed Topper, un homme mince d'une quarantaine d'années aux cheveux poivre et sel coupés en brosse, au regard noir et froid.

Tracy était à peine assise que l'huissier l'appelait à la barre. Le juge parcourait une feuille de papier avec force branlements de tête.

Maintenant. C'était maintenant qu'elle devait s'expliquer, leur faire connaître la vérité. Elle serra ses mains l'une contre l'autre pour les empêcher de trembler.

« Ce n'était pas un assassinat, Votre Honneur. J'ai tiré, mais c'était un accident. Je ne voulais que l'effrayer. Il a essayé de me violer et...

— Perdre le temps de la Cour sur cette affaire me paraît inutile, Votre Honneur, coupa le procureur. Cette femme s'est introduite par effraction dans la demeure de M. Romano, armée d'un revolver de calibre trente-deux, pour y dérober un Renoir estimé à un demi-million de dollars. M. Romano l'a prise sur le fait et elle a fait feu de sang-froid, le laissant pour mort. »

Tracy sentit le sang se retirer de son visage.

« De... de quoi parlez-vous ?

— Nous avons en notre possession l'arme qui a blessé M. Romano, poursuivit le procureur d'un ton dur. Elle porte les empreintes de Mlle Whitney. »

Blessé ! Joseph Romano était donc vivant. Elle n'avait tué personne.

« Elle s'est enfuie avec la toile qui, à l'heure actuelle, est probablement chez un receleur. Le ministère public requiert donc l'emprisonnement de Tracy Whitney pour tentative d'homicide et vol à main armée et demande que la caution soit fixée à cinq cent mille dollars.

— Comparaissez-vous par avoué ? » demanda le juge en se tournant vers Tracy.

Hébétée de stupeur, elle ne l'entendit même pas.

« Avez-vous un avocat ? répéta-t-il en élevant la voix.

— Non, je... Ce... ce que cet homme a dit est faux. Je n'ai jamais...

— Pouvez-vous en supporter les frais ? »

Il y avait le fonds de secours de la banque. Il y avait Charles.

« Je... Non, Votre Honneur, mais je ne comprends pas...
— La Cour vous en attribuera un. Vous êtes condamnée à être détenue ou à verser une caution de cinq cent mille dollars. Affaire suivante.
— Attendez ! C'est une erreur ! Je ne suis pas... »
Elle ne sut jamais comment elle avait quitté le tribunal.

L'avocat commis d'office s'appelait Perry Pope. Il avait près de quarante ans, un visage anguleux et engageant et des yeux bleus intelligents. Tracy le trouva immédiatement sympathique.
Il entra dans sa cellule, s'assit sur sa couchette et déclara :
« Pour quelqu'un qui n'a passé que vingt-quatre heures en ville, on peut dire que vous avez fait sensation. Mais vous avez de la chance, ajouta-t-il avec un large sourire. Vous tirez comme un pied. La blessure est superficielle et Romano vivra. »
Il sortit une pipe de sa poche.
« Vous permettez ?
— Oui. »
Il bourra et alluma sa pipe en la dévisageant.
« Vous ne ressemblez pas vraiment au criminel endurci moyen, mademoiselle Whitney.
— Je ne suis pas une criminelle, je vous le *jure*.
— Tâchez de m'en convaincre. Racontez-moi ce qui s'est passé ; depuis le début. Prenez votre temps. »
Tracy lui raconta tout. Il l'écouta jusqu'au bout sans l'interrompre. Puis, se laissant aller contre le mur de la cellule, il murmura d'un air sombre :
« Le salaud.
— Je ne comprends pas de quoi ils parlaient, dit Tracy d'air désorienté. Je ne sais rien de cette toile.
— C'est très simple, en fait. Joe Romano vous a pigeonnée, comme il a pigeonné votre mère. Vous avez donné tête baissée dans un coup monté.

— Je ne comprends pas.
— Je vais vous faire un dessin. Romano va réclamer à sa compagnie d'assurances une indemnité d'un demi-million de dollars pour ce Renoir qu'il doit avoir caché en lieu sûr. C'est *vous*, et non lui, que celle-ci poursuivra. Dès que les choses se seront un peu tassées, il vendra la toile à un particulier et ramassera un autre demi-million de dollars. Tout cela parce que vous avez joué les justiciers du dimanche. Ne vous est-il donc pas venu à l'esprit que des aveux obtenus sous la menace n'avaient pas la moindre valeur ?
— Je... suppose... Je me suis seulement dit que, si je parvenais à lui arracher la vérité, il y aurait une enquête.
— Comment êtes-vous entrée chez lui ?
— J'ai sonné et il m'a ouvert.
— Ça n'est pas sa version. Il affirme que vous avez brisé une fenêtre pour entrer et qu'il vous a surprise en train de vous éclipser avec le Renoir. Lorsqu'il a essayé de vous arrêter, vous avez fait feu et vous vous êtes enfuie.
— Il ment !
— Peut-être, mais c'est *son* mensonge, sa maison, et *votre* revolver. Savez-vous seulement à qui vous avez affaire ? »

Tracy fit signe que non.

« Eh bien, laissez-moi vous apprendre deux ou trois petites choses, mademoiselle. Cette ville est sous la coupe de la famille Orsatti. Rien ne s'y fait sans le feu vert d'Anthony Orsatti. Qu'il s'agisse de permis de construire, de routes, de filles, de loteries ou de drogue, c'est par lui qu'il faut passer. Joe Romano a débuté comme tueur à gages ; c'est maintenant le bras droit d'Orsatti. Et vous êtes entrée chez lui et l'avez menacé de votre arme ! » conclut-il en secouant la tête.

Effondrée et épuisée, Tracy ne répondit pas immédiatement.

« Me croyez-vous ? demanda-t-elle enfin.
— Et comment ! dit-il en souriant. Votre histoire est si absurde qu'elle ne peut être que vraie.

— Pouvez-vous m'aider ?

— Je vais essayer, répondit-il avec lenteur. Je donnerais n'importe quoi pour les mettre tous sous les verrous. Cette ville est à eux ainsi que la plupart de ses juges. Si vous passez en jugement, ils vous enfonceront si bas que vous ne reverrez jamais le jour.

— *Si* je passe en jugement ? » fit Tracy, déroutée.

Pope se leva et se mit à arpenter la cellule.

« Je ne veux pas que vous comparaissiez devant un jury, car, croyez-moi, ce serait *son* jury. Il n'y a qu'un seul juge qu'Orsatti ne soit jamais parvenu à acheter : Henry Lawrence. Si j'arrive à faire que ce soit lui qui vous entende, je suis pratiquement sûr de pouvoir arranger votre affaire. Ce n'est pas très orthodoxe, mais je vais lui parler. Il hait Orsatti et Romano autant que moi. Il ne nous reste plus qu'à prendre contact avec lui. »

Par l'entremise de Perry Pope, Tracy put téléphoner à Charles.

« Allo ? fit la voix familière de sa secrétaire.

— Harriet ? Tracy Whitney à l'appareil. Est-ce que...

— Oh ! M. Stanhope a cherché à vous joindre, mademoiselle. Mais nous n'avions pas votre numéro. Mme Stanhope est impatiente de vous rencontrer pour mettre au point les préparatifs du mariage. Si vous pouviez l'appeler...

— Puis-je parler à M. Stanhope, Harriet ?

— Je suis désolée, mademoiselle. Il vient de partir à Houston pour une réunion. Voulez-vous me laisser votre numéro ? Il vous téléphonera certainement dès que possible.

— Je... »

Il ne fallait pas qu'il lui téléphone à la prison. Pas avant qu'elle n'ait pu tout lui expliquer.

« Je... je rappellerai. »

Elle reposa lentement le combiné. « Demain, se dit-elle avec lassitude. Je lui expliquerai tout demain. »

Cet après-midi-là, Tracy fut transférée dans une cellule plus vaste. On lui servit un délicieux dîner qui venait de chez Galatoire. Puis, quelques instants plus tard, ce furent des fleurs accompagnées d'un mot :

« Courage. Nous allons battre ces salauds. Perry Pope. »

Il vint la voir le lendemain matin. Son sourire apprit à Tracy qu'il lui apportait de bonnes nouvelles.

« La chance est avec nous ! s'exclama-t-il. Je quitte à l'instant le juge Lawrence et Topper, le procureur. Topper a fait un barouf du diable, mais le marché est conclu.

— Le marché ?

— J'ai raconté votre histoire au juge. Il est d'accord pour que vous plaidiez coupable.

— Coupable ! fit Tracy, médusée. Mais je... »

Il l'interrompit d'un geste.

« Écoutez-moi. En plaidant coupable, vous épargnez à l'État les frais d'un procès. J'ai convaincu le juge de votre innocence. Il connaît Joe Romano et il me croit.

— Mais... si je plaide coupable, que va-t-il m'arriver ?

— Le juge vous condamnera à trois mois de prison...

— La prison !

— Laissez-moi finir. Vous serez mise en liberté surveillée et pourrez quitter la Louisiane.

— Mais... je vais avoir un casier judiciaire. »

Perry Pope poussa un soupir.

« Si vous êtes jugée pour vol à main armée et tentative d'homicide, vous risquez dix ans de prison. »

Dix ans !

« C'est à vous de décider, continua-t-il patiemment. Je ne peux que vous conseiller au mieux. C'est un véritable miracle qu'ils aient accepté. Mais ils exigent une réponse immédiate. Vous pouvez refuser. Vous pouvez prendre un autre avocat et...

— Non. »

Elle savait qu'il était honnête. Étant donné les circonstances, il avait fait l'impossible. Si seulement elle avait pu parler à Charles ! Mais c'était maintenant qu'il fallait répondre. Sans doute avait-elle de la chance de s'en sortir

avec trois mois de prison avec sursis. Ce fut pourtant au prix d'un effort sur elle-même qu'elle déclara :
« J'accepte. »
— Bien joué. »

On n'accorda aucun appel téléphonique à Tracy avant sa seconde comparution devant le juge. Ed Topper et Perry Pope l'encadraient. Devant eux siégeait un homme distingué d'une cinquantaine d'années au visage lisse et aux cheveux fournis : le juge Henry Lawrence.

« La Cour a été informée que la défenderesse souhaitait plaider coupable, dit-il à Tracy. Est-ce exact ?
— Oui, Votre Honneur.
— Les deux parties y consentent-elles ?
— Oui, Votre Honneur, répondit Perry Pope.
— Le ministère public est d'accord, Votre Honneur », déclara le procureur.

Le juge resta longtemps silencieux. Puis, se penchant en avant, il plongea son regard dans celui de Tracy.

« Si ce grand pays qui est le nôtre est en si piteux état, c'est en grande partie parce que les rues grouillent d'une vermine qui se croit tout permis, de gens qui se moquent de la loi. Certains États de ce pays entourent les criminels de prévenances, mais en Louisiane notre attitude est différente. Lorsque, en perpétrant un vol, une personne cherche froidement à donner la mort, nous pensons, nous, qu'elle doit être punie comme elle le mérite. »

Gagnée par un début de panique, Tracy se tourna vers Perry Pope. Il ne quittait pas le juge du regard.

« La défenderesse a reconnu s'être attaquée à un personnage éminent de notre communauté, à un homme connu pour sa philanthropie, pour sa générosité. Elle a tiré sur lui alors qu'elle cherchait à dérober un objet d'art d'une valeur de cinq cent mille dollars. »

Son ton se fit plus dur encore.

« Eh bien, cette Cour va veiller à ce que vous ne profitiez pas de cet argent pendant les quinze ans à venir. Car ces quinze ans vous les passerez dans le pénitencier pour femmes de l'État de Louisiane. »

La salle d'audience se mit à tourner devant les yeux de Tracy. C'était une horrible plaisanterie. Le juge était un acteur parfait pour le rôle, mais il se trompait de tirade. Ce n'était absolument pas ce qu'il était censé dire. Elle se tourna vers Perry Pope pour le lui expliquer mais ne put rencontrer son regard. Il manipulait des papiers et, pour la première fois, Tracy remarqua ses ongles rongés jusqu'à la pulpe. Le juge s'était levé et ramassait ses notes. Elle resta là, figée, hébétée, incapable de comprendre ce qui lui arrivait.

L'huissier s'approcha et la prit par le bras.

« Venez.

— Non ! cria Tracy. Non, je vous en prie ! C'est une terrible erreur, Votre Honneur ! Je... »

L'huissier resserra son étreinte et elle comprit qu'il n'y avait pas eu d'erreur. Elle avait été jouée. Ils allaient la détruire.

Exactement comme ils avaient détruit sa mère.

4

L'affaire Tracy Whitney, accompagnée de sa photo, fit la une du *New Orleans Courier*. Les plus grandes agences de presse s'emparèrent de la nouvelle et la transmirent aux journaux à travers tout le pays. Quand elle sortit de la salle d'audience, Tracy eut à faire face à une équipe de journalistes de télévision. Humiliée, elle tenta de dissimuler son visage, mais les caméras restèrent impitoyablement braquées sur elle. Les médias s'intéressaient beaucoup à Joe Romano. Qu'une ravissante cambrioleuse ait tenté de le tuer était encore plus passionnant. Tracy avait l'impression d'être entourée d'ennemis.
« Charles me sortira de là, se répétait-elle sans fin. Mon Dieu, faites qu'il me sorte de là ! Notre enfant ne peut pas naître en prison. »

Elle n'obtint l'autorisation de téléphoner que l'après-midi suivant. Ce fut Harriet qui répondit.

« Tracy Whitney à l'appareil. J'aimerais parler à M. Stanhope.

— Un instant, mademoiselle. Je... je vais vois s'il est là », répondit la secrétaire d'une voix hésitante.

Quand, après une torturante attente, Tracy entendit enfin la voix de Charles, elle faillit pleurer de soulagement.

« Charles...

— Tracy ? C'est toi ?

— Oui, chéri. Oh ! Charles, j'essaye de te joindre depuis...

— Je devenais fou, Tracy ! Les journaux sont pleins d'histoires insensées à ton sujet. Je n'arrive pas à croire ce qu'ils racontent.
— Rien n'est vrai, chéri. *Rien*. Je...
— Où es-tu maintenant ?
— Dans... dans une prison de La Nouvelle-Orléans. Ils vont m'emprisonner pour un crime que je n'ai pas commis, Charles ! »

Elle s'aperçut avec horreur qu'elle pleurait.

« Attends. Écoute-moi. Les journaux disent que tu as tiré sur un homme. Ce n'est pas vrai, n'est-ce pas ?
— J'ai bien tiré, mais...
— Alors, *c'est* vrai.
— Mais cela ne s'est pas passé comme ils le disent. Je peux tout t'expliquer. Je...
— As-tu vraiment reconnu être coupable de tentative d'homicide et de vol ?
— Oui, Charles, mais seulement parce que...
— Mon Dieu, mais si tu avais tant besoin d'argent, tu aurais dû m'en parler. Et faire feu sur un homme... Je n'arrive pas à y croire et mes parents non plus. Tu fais les gros titres du *Daily News* de ce matin. C'est la première fois qu'un scandale éclabousse notre famille. »

Sa voix vibrait d'une réprobation contenue qui glaça Tracy. Elle avait mis ses derniers espoirs en lui et il était de *leur* côté. Elle fit un effort pour ne pas hurler.

« J'ai besoin de toi, chéri. Il faut que tu viennes. Tu peux tout arranger.
— Puisque tu as reconnu ta culpabilité, je ne vois pas ce qu'il peut y avoir à arranger, répondit-il au bout d'un long silence. La famille ne peut pas se permettre d'être mêlée à une affaire de ce genre, tu t'en rends certainement compte. Cela a été un coup terrible pour nous. Il faut croire que je ne t'ai jamais vraiment connue. »

Chaque mot était un coup de massue. Le monde s'écroulait autour d'elle. Jamais elle ne s'était sentie aussi seule. Elle n'avait plus personne vers qui se tourner. Personne.

« Et... et l'enfant ?

— C'est ton enfant, Tracy. Agis au mieux. Je suis désolé. »

Et la communication fut coupée.

« Si vous avez fini, j'aimerais bien appeler mon avocat », dit un prisonnier derrière elle.

Lorsque Tracy fut reconduite à sa cellule, la surveillance lui annonça :

« Soyez prête à partir. On viendra vous chercher à cinq heures demain matin. »

Elle eut une visite. Otto Schmidt semblait avoir vieilli de plusieurs années depuis leur rencontre. Il avait l'air malade.

« Je suis seulement venu vous dire combien nous sommes désolés, ma femme et moi. Nous savons que vous n'êtes pour rien dans tout ça. »

« Si seulement Charles avait parlé ainsi. »

« Nous irons à l'enterrement de votre mère demain.

— Merci, Otto. »

« Ils vont nous enterrer toutes les deux demain », pensa-t-elle misérablement.

Étendue sur l'étroite couchette de la cellule, les yeux fixés au plafond, elle resta éveillée jusqu'à l'aube, repassant sans fin dans son esprit sa conversation avec Charles. Il ne lui avait pas laissé la plus petite chance de s'expliquer.

Il fallait qu'elle pense à son enfant. Elle avait lu des articles sur les femmes qui accouchaient en prison. Mais ces récits lui avaient paru si éloignés de sa vie alors, comme s'ils concernaient des habitants d'une autre planète. Et maintenant c'était à elle que cela arrivait. « C'est ton enfant. Agis au mieux », avait dit Charles. Elle voulait le garder. « Mais il ne me le laisseront pas. Ils me l'enlèveront parce que je vais être emprisonnée pendant quinze ans. Il vaut mieux qu'il ne sache jamais rien de sa mère. »

Elle pleura.

A cinq heures du matin, un gardien entra dans sa cellule accompagné d'une surveillante.
« Tracy Whitney ?
— Oui. »
Elle fut surprise du son étrange de sa voix.
« Par décision du tribunal criminel de l'État de Louisiane, vous êtes transférée au pénitencier pour femmes de Louisiane du Sud. Et on se magne, beauté ! »
On l'entraîna le long d'un couloir flanqué de cellules. Les coups de sifflets fusèrent.
« Bon voyage, poupée.
— Dis-moi où tu as planqué cette toile, Tracy, on partagera à la sortie.
— Si c'est au pénitencier que tu vas, demande Ernestine Littlechap. Elle te chouchoutera. »
En passant devant le téléphone, Tracy fit des adieux silencieux à Charles.

Elle était dehors, dans une cour. Un car de police jaune aux vitres munies de barreaux attendait, moteur au ralenti. Une demi-douzaine de femmes s'y trouvaient déjà, surveillées par deux gardes armés. Tracy regarda leurs visages. Ils exprimaient la méfiance, l'indifférence ou le désespoir. Leur vie allait prendre fin. Elles étaient des parias qu'on allait enfermer dans des cages comme des animaux. Tracy se demanda quels délits avaient commis ces femmes, s'il y en avait parmi elles qui étaient aussi innocentes qu'elle. Elle se demanda ce qu'elles lisaient sur *son* visage.
Le trajet fut interminable. A l'intérieur du car, l'air était brûlant et irrespirable. Mais Tracy ne s'en rendit pas compte. Elle s'était retirée en elle-même et ne voyait plus ni ses compagnes ni le paysage luxuriant qui défilait devant leurs yeux. Elle était dans un autre temps, un autre lieu.

Elle était une petite fille, à la plage avec ses parents. Son père la portait sur ses épaules et entrait avec elle dans l'océan. Elle hurlait et il lui disait : « Ne fais pas le bébé, Tracy. » Il la jetait dans l'eau froide qui la submergeait. Elle suffoquait, en proie à la panique. Son père la prenait dans ses bras et recommençait. Depuis ce jour, l'eau la terrifiait...

Étudiants et parents emplissaient la grande salle de l'université. C'était elle qui devait prononcer le discours d'adieu de sa promotion. Elle avait parlé pendant un quart d'heure, tenant des propos pleins d'idéalisme, de références intelligentes au passé et de rêves lumineux pour l'avenir. Le doyen lui avait remis une clé Phi Bêta Kappa. « Je veux que tu la gardes », avait dit Tracy à sa mère dont le visage rayonnait d'une fierté émouvante...

« Je vais à Philadelphie, maman. On m'a proposé un emploi dans une banque. »

Annie Mahler, sa meilleure amie, l'appelait. « Tu vas adorer Philadelphie, Tracy. C'est plein de spectacles et de musées. La ville est belle et manque de femmes. Les hommes sont vraiment affamés, je t'assure ! Je peux te trouver un boulot à la banque où je travaille... »

Charles lui faisait l'amour. Elle regardait les ombres mouvantes au plafond en pensant : « Combien de filles aimeraient être à ma place ? » Charles était un si beau parti. Elle se sentait aussitôt honteuse ; elle aimait Charles. Il se mouvait en elle, plus profondément, plus vite, au bord de la jouissance ; il murmurait d'une voix rauque : « Tu es prête ? » Et elle mentait, disait oui. « C'était bon pour toi ? — Oui, Charles. » « Ce n'est donc rien de plus que ça ? » pensait-elle. Et elle se sentait à nouveau coupable...

« Eh ! Toi, je te parle ! Tu es sourde ! Descends ! »

Tracy leva les yeux. Elle était dans le car de police. Celui-ci s'était arrêté dans un enclos sinistre cerné de murs. Neuf clôtures successives surmontées de barbelés entouraient les deux cents hectares de pâturages et de bois qui constituaient le terrain du pénitencier pour femmes de Louisiane du Sud.

« Dehors, dit le garde. C'est ici que tu t'arrêtes. »

Ici, c'était l'enfer.

5

Une surveillante trapue, les traits durs, les cheveux teints, s'adressait aux nouvelles arrivées.

« Il y en a parmi vous qui sont ici pour longtemps, très longtemps. La seule façon de vous y faire, c'est d'oublier complètement le monde extérieur. Votre peine, vous pouvez la purger en douceur ou très mal. Nous avons des règles ici, et vous les respecterez. Vous vous lèverez, travaillerez, mangerez et irez aux toilettes quand nous vous le dirons. Désobéissez à une seule de nos règles et vous regretterez d'être en vie. Nous aimons la tranquillité ici et nous savons mater les fortes têtes. »

Son regard se posa sur Tracy.

« Après l'examen médical, continua-t-elle, vous passerez à la douche. Ensuite, on vous conduira à vos cellules et, demain, vos tâches vous seront attribuées. C'est tout. »

Au moment où elle se détournait, une pâle jeune fille à côté de Tracy dit :

« Excusez-moi, s'il vous plaît. Est-ce que...

— Ferme ta sale gueule ! hurla la surveillante, le visage déformé par la fureur. Tu ne l'ouvres que si on te parle, compris ! C'est valable pour les autres ! »

Elle appela d'un geste deux gardiennes.

« Sortez-moi ces salopes d'ici. »

Effarée par le ton autant que par le vocabulaire de la surveillante, Tracy suivit les autres prisonnières jusqu'à une vaste pièce carrelée de blanc où les attendait un gros homme portant une blouse maculée.

« En file, ordonna une des gardiennes.

— Je suis le Dr Glasco, mesdames, déclara l'homme. Déshabillez-vous. »

Les femmes échangèrent des regards hésitants.

« Jusqu'où faut-il..., commença l'une d'elles.

— Se déshabiller, vous savez ce que ça veut dire ! Enlevez vos vêtements, *tous* vos vêtements. »

Les femmes commencèrent à se dévêtir lentement. Certaines étaient gênées, d'autres, indignées, d'autres encore, indifférentes. A gauche de Tracy, il y avait une femme d'une quarantaine d'années qui tremblait violemment, à sa droite, une jeune fille d'une maigreur pathétique, couverte d'acné, qui ne devait pas avoir plus de dix-sept ans.

« Étendez-vous sur la table, dit le docteur à la première femme de la file. Et passez vos pieds dans les sangles. Allez, dépêchez-vous, ajouta-t-il en la voyant hésiter. Vous faites attendre tout le monde. »

Quand elle fut allongée, il lui introduisit un spéculum dans le vagin.

« Maladie vénérienne ? demanda-t-il.

— Non.

— Nous saurons bientôt à quoi nous en tenir. »

Une seconde femme remplaça la première. Au moment où le docteur s'apprêtait à l'examiner avec le spéculum, Tracy s'écria :

« Un instant !

— Qu'y a-t-il ? » demanda-t-il en la contemplant avec étonnement.

Tous les yeux étaient fixés sur elle.

« Je... Vous n'avez pas stérilisé cet instrument. »

Le Dr Glasco eut un sourire froid.

« Nous avons une gynécologue dans la maison, on dirait. On n'aime pas les microbes, hein ? Passez en bout de file !

— Quoi ?

— Vous êtes sourde ? Passez derrière. »

Tracy obéit sans comprendre.

« A présent, si vous n'y voyez pas d'inconvénient, nous allons continuer. »

Au moment où il se penchait sur la femme étendue sur la table, Tracy comprit brusquement pourquoi elle allait passer en dernier. Il allait utiliser le *même* spéculum non stérilisé pour elles toutes. Une colère brûlante l'envahit. Il aurait pu les examiner séparément au lieu de les dépouiller délibérément de leur dignité. Et elles se laissaient faire. *Si elles avaient protesté d'une seule voix...*

« A votre tour, *madame la doctoresse.* »

Tracy hésita, mais elle n'avait pas le choix. Elle s'allongea sur la table et ferma les yeux. Il lui écarta les jambes, l'examina brutalement, la meurtrissant. Volontairement. Elle serra les dents.

« Vous avez la syphilis, une blennorragie ?
— Non. »

Elle ne parlerait pas de son enfant, pas à ce monstre. Elle attendrait de voir le directeur.

Quand il en eut fini avec elle, le Dr Glasco enfila une paire de gants de caoutchouc.

« En file et penchez-vous en avant, ordonna-t-il. Nous allons examiner vos jolis petits culs.

— Pourquoi faites-vous cela ? ne put s'empêcher de demander Tracy.

— Je vais vous le dire, *docteur.* Parce que vos trous de balle sont de merveilleuses cachettes. J'ai un joli stock de marijuana et de cocaïne récupéré sur des dames de votre genre. Et maintenant, penchez-vous. »

Il parcourut toute la file, explorant anus après anus. Tracy avait la nausée. Elle lutta contre la bile qui lui montait à la gorge, contre les haut-le-cœur qui la soulevaient.

« Si vous vomissez ici, je vous frotte le visage dedans », menaça le docteur.

Puis, se tournant vers les gardiennes :

« Emmenez-les aux douches. Elles puent. »

Toujours nues, leurs vêtements à la main, les détenues furent conduites jusqu'à une autre pièce bétonnée qui abritait une dizaine de douches sans porte.

« Posez vos vêtements dans le coin, ordonna une surveillante. Utilisez le savon désinfectant. Lavez-vous des pieds à la tête, cheveux inclus. »

Tracy entra dans la douche. L'eau était froide. Elle se savonna vigoureusement en pensant : « Je ne serai plus jamais propre. Quelle sorte de gens est-ce donc ? Comment peuvent-ils traiter des êtres humains ainsi ? Je ne pourrai pas supporter quinze ans de cette vie. »

« Hé ! Toi ! dit une gardienne. C'est terminé. Sors de là. »

Tracy obéit. Une autre prisonnière prit sa place. Elle ne réussit à se sécher qu'imparfaitement avec la mince serviette usée qu'on lui tendit.

Lorsque la dernière femme se fut douchée, elles furent emmenées dans une vaste lingerie. Une prisonnière latino-américaine prit leurs mesures et leur donna des uniformes gris. Chacune d'entre elles reçut deux robes, quatre slips, deux soutiens-gorge, deux paires de chaussures, deux chemises de nuit, une ceinture menstruelle, une brosse à cheveux et un sac à linge. Elles s'habillèrent sous le regard des surveillantes, puis on les poussa dans une pièce où se trouvait un gros appareil photo monté sur un trépied.

« Mets-toi contre le mur. »

Tracy se mit contre le mur.

« Visage face à l'appareil. »

Elle regarda fixement l'appareil. Clic.

« Tourne la tête à droite. »

Elle obéit. Clic.

« A gauche. Par ici, maintenant. »

On pressa les doigts de Tracy sur un tampon encreur, puis sur une fiche blanche.

« La main gauche. La droite. Essuie-toi les mains sur ce chiffon. C'est fini. »

« Elle a raison, se dit Tracy. C'est fini. Je suis un numéro, sans nom, sans visage. »

« Whitney ? demanda une gardienne. Le directeur veut te voir. Suis-moi. »

Un brusque espoir souleva Tracy. Charles ne l'avait

donc pas abandonnée. *Mais non, bien sûr !* Pas plus qu'elle-même n'aurait pu le faire. C'était la brutalité du choc qui expliquait sa première réaction. Mais il avait eu le temps de réfléchir, de comprendre qu'il l'aimait toujours. Il avait parlé au directeur, lui avait dit qu'il s'agissait d'une terrible erreur. On allait la libérer.

Elle suivit la gardienne le long d'un couloir coupé par deux séries de portes à gros barreaux que gardaient des surveillants des deux sexes. Elle franchissait la seconde quand elle fut presque renversée par une prisonnière. C'était une géante, la femme la plus énorme que Tracy ait jamais vue. Elle dépassait largement le mètre quatre-vingts et devait peser dans les cent quarante kilos. Elle avait un visage plat et grêlé où brillaient des yeux jaunes de bête fauve. Elle rattrapa Tracy et son bras pressa ses seins.

« Hé ! On a une nouvelle, dit-elle à la gardienne avec un fort accent suédois. Pourquoi pas la mettre chez moi ?

— Désolée. Elle a déjà son affectation, Bertha. »

L'amazone caressa le visage de Tracy qui eut un mouvement de recul.

« C'est pas grave, *littbarn*, fit la géante en riant. La Grosse Bertha te reverra. Nous avons tout le temps. Tu vas pas nous quitter tout de suite. »

Quand elles atteignirent le bureau du directeur, Tracy défaillait d'impatience. Charles serait-il là ou n'y aurait-il que son avocat ?

« Il va la recevoir, déclara la secrétaire du directeur. Attendez ici. »

Installé derrière un bureau couvert d'éraflures, George Brannigan étudiait des papiers. La quarantaine bien entamée, mince, il avait un visage sensible marqué par les soucis et des yeux noisette enfoncés.

Brannigan dirigeait le pénitencier pour femmes de l'État de Louisiane du Sud depuis cinq ans. Il y était arrivé plein d'idéalisme, décidé à moderniser l'administration pénitentiaire par des réformes radicales. Mais la prison avait eu raison de son zèle, comme de celui de bien d'autres avant lui.

Quatre à six détenues occupaient des cellules conçues à l'origine pour n'en recevoir que deux. Il savait que la situation était la même partout. Les prisons du pays étaient surpeuplées et manquaient de personnel. Des milliers de délinquants étaient sous les verrous sans autre occupation que de couver leur haine et leurs projets de vengeance. C'était un système stupide et brutal, mais c'était le seul qui existât.

Il appela sa secrétaire par l'interphone.

« Faites-la entrer. »

Vêtue de l'uniforme grisâtre de la prison, le visage défait par la fatigue, Tracy Whitney restait ravissante. En contemplant son beau visage candide, le directeur se demanda combien de temps elle le conserverait. Il s'intéressait beaucoup à cette prisonnière. Pour un délinquant primaire qui n'avait tué personne, quinze ans de prison étaient une peine d'une sévérité excessive. Que Joe Romano ait été le plaignant ne rendait sa condamnation que plus suspecte. Mais le directeur n'était qu'un gardien. Il ne pouvait pas s'opposer au système : il l'incarnait.

« Asseyez-vous, je vous en prie », dit-il.

Tracy obéit avec plaisir ; ses jambes se dérobaient sous elle. Il allait lui parler de Charles, de sa libération prochaine.

« J'ai étudié votre dossier. »

C'était certainement Charles qui le lui avait demandé.

« Vous allez être parmi nous très longtemps. Quinze ans. »

Elle le regarda, atterrée.

« Vous... vous n'avez pas eu... Charles ? bégaya-t-elle.

— Charles ? » répéta-t-il avec incompréhension.

Et elle sut. Une peur atroce lui tordit l'estomac.

« Écoutez-moi, je vous en prie ! Je suis innocente. Je n'ai rien à faire ici. »

Combien de fois avait-il entendu ces mots ? Cent fois ? Mille fois ? *Je suis innocente.*

« Vous avez été déclarée coupable, répondit-il. Le meilleur conseil que je puisse vous donner, c'est d'essayer de purger votre peine au mieux. Vous vous faciliterez les choses en acceptant votre emprisonnement. Il n'y a pas de pendule en prison ; il n'y a que des calendriers. »

« Je ne peux pas rester enfermée ici quinze ans, pensa Tracy avec désespoir. Je préfère mourir. Mon Dieu, faites que je meure ! Mais ce serait tuer mon enfant. *Notre* enfant, Charles. Pourquoi n'es-tu pas ici ? Pourquoi ne m'aides-tu pas ? » Et elle commença à le haïr.

« Si vous avez un problème particulier, disait le directeur. Si je peux vous aider, n'hésitez pas à venir me voir. »

Il savait combien ces mots étaient vides de sens. Elle était jeune, belle et sans défense. Les lesbiennes de la prison se jetteraient sur elle comme des animaux. Il n'y avait pas une seule cellule sûre ; chacune, ou presque, avait son caïd. Brannigan avait entendu parler de viols dans les douches, dans les toilettes et même dans les couloirs, la nuit. Mais ce n'était que des rumeurs car les victimes étaient toujours muettes. Ou mortes.

« Si vous vous tenez bien, dit-il avec douceur, vous pourriez être relâché dans douze ou...

— Non ! »

C'était un cri de désespoir total. Les murs du bureau l'enserraient, l'étouffaient. Elle hurlait. Un gardien fit irruption dans la pièce et la ceintura.

« Doucement », lui ordonna le directeur.

Impuissant, il la suivit du regard tandis qu'on l'entraînait.

On lui fit suivre une série de couloirs, longer des cellules occupées par des détenues de toutes les races, noires, blanches, jaunes, métisses, qui la regardèrent en lui criant des mots au passage, des mots prononcés avec une dizaine d'accents différents et qui lui paraissaient dépourvus de sens.

« Vent frais...

— Viande sèche...

— Bien fraîche... »

Ce ne fut qu'en atteignant son bloc que Tracy comprit ce qu'elles psalmodiaient sans fin :

« Viande fraîche. »

6

Le bloc C renfermait soixante femmes, à raison de quatre par cellule. Lorsque Tracy avança le long du couloir malodorant, des visages se pressèrent contre les barreaux ; ils exprimaient l'indifférence, le désir, la haine. Tracy marchait dans un univers sous-marin, dans un monde étrange, cauchemardesque qui se révélait à chaque pas. Elle avait la gorge à vif, déchirée par un hurlement silencieux. Sa convocation chez le directeur avait été sa dernière lueur d'espoir. A présent, il n'y avait plus rien, rien que la perspective atterrante d'être enfermée dans ce purgatoire pendant quinze ans.

La surveillance ouvrit la porte d'une cellule.

« Entre ! »

Tracy cligna les yeux. Trois femmes l'observaient en silence.

« Avance ! » jeta la surveillante.

Tracy hésita, puis fit un pas en avant. La porte claqua derrière elle.

Elle était chez elle.

Quatre couchettes, une table surmontée d'un miroir fêlé, quatre petits placards et des latrines à la turque suffisaient à encombrer l'espace exigu de la cellule.

Les trois femmes la dévisageaient toujours. La Portoricaine rompit le silence.

« On dirait que nous avons une nouvelle pensionnaire », dit-elle d'une voix gutturale.

Elle aurait été belle si une balafre livide n'avait couru de sa tempe à sa gorge. Elle paraissait ne pas avoir plus de quatorze ans jusqu'à ce qu'on rencontre son regard.

Une Mexicaine trapue entre deux âges déclara :

« *Que suerte verde !* Bienvenue. Pourquoi ils t'ont coffrée, *querida* ? »

Tracy était trop paralysée pour répondre.

La troisième femme était une Noire. Elle faisait près d'un mètre quatre-vingts. Son visage était un masque dur et froid où brillaient des yeux méfiants. Son crâne rasé luisait d'un éclat bleuté dans la pénombre.

« Ton pieu est là-bas dans le coin. »

Tracy s'approcha de la couchette. Le matelas était immonde, maculé de souillures accumulées, Dieu seul savait par combien d'occupantes. Elle ne pouvait se résoudre à le toucher et, malgré elle, elle exprima sa répulsion à haute voix.

« Je... je ne peux pas dormir là-dessus.

— Te force pas, chérie, fit la Mexicaine avec un large sourire. *Hay tiempo*. Tu peux coucher sur le mien. »

Tracy prit soudain conscience des courants sous-jacents qui électrisaient l'atmosphère et dont l'intensité la paralysa. Les trois femmes la guettaient, l'observaient avec une insistance qui lui donnait l'impression d'être nue. *Viande fraîche*. Elle fut brusquement terrifiée. « Je me trompe, pensa-t-elle. Oh ! Faites que je me trompe. »

« A qui... A qui dois-je demander un matelas propre ?

— A Dieu, répondit la Noire dans un grognement. Mais on ne l'a pas beaucoup vu par ici ces derniers temps. »

Tracy regarda à nouveau son lit. Plusieurs cafards s'y traînaient. « Je ne peux pas rester ici, se dit-elle. Je vais devenir folle. »

« Faut que tu t'y fasses », dit la femme noire comme si elle devinait ses pensées.

Tracy se souvint des paroles du directeur : « Vous vous faciliterez les choses en acceptant votre emprisonnement. »

« Je m'appelle Ernestine Littlechap, continua la Noire.

Elle, c'est Lola, ajouta-t-elle en désignant la Portoricaine. La maousse, c'est Paulita. Elle vient du Mexique. Et toi ?

— Je... je m'appelle Tracy Whitney. »

Elle avait failli dire : « Je m'appelais Tracy Whitney. » Il lui semblait que son identité se dissolvait. Une brusque nausée lui souleva l'estomac et elle agrippa le bord de la couchette.

« D'où tu viens ? demanda la Mexicaine.

— Je suis désolée. Je... je n'ai pas envie de parler. »

Ses jambes ne la soutenaient plus. Elle se laissa tomber sur le lit et essuya la sueur froide qui perlait sur son visage. « Mon enfant, pensa-t-elle. J'aurais dû parler de ma grossesse au directeur. Il me mettra dans une cellule propre. Peut-être même me permettront-ils d'être seule. »

Elle entendit un bruit de pas dans le couloir ; une surveillante passait devant la cellule. Tracy se précipita vers la porte.

« Excusez-moi, dit-elle. Il faut que je voie le directeur.

— Je l'envoie chercher de suite, répondit la surveillante par-dessus son épaule.

— Vous ne comprenez pas. Je... »

La surveillante était déjà loin.

Tracy se mordit le poing pour ne pas hurler.

« T'es malade ? » demanda la Portoricaine.

Tracy secoua la tête, incapable de parler. Elle regagna sa couchette, la contempla un instant, puis s'y étendit avec lenteur. C'était un acte de résignation, l'abandon de tout espoir. Elle ferma les yeux.

C'était son dixième anniversaire, le plus beau jour de sa vie. « Nous allons dîner chez Antoine », annonçait son père.

Antoine ! C'était un nom qui évoquait un univers fascinant ; un nom qui parlait de beauté et de richesse. Tracy savait que son père n'avait pas beaucoup d'argent. « L'an prochain nous pourrons nous offrir des vacances » était un refrain éternel à la maison. Et voilà qu'ils allaient chez Antoine ! Sa mère lui faisait mettre sa belle robe verte toute neuve et son père disait avec fierté : « Regardez-vous un peu toutes les deux ! Je suis accompagné des deux plus jolies femmes de La Nouvelle-Orléans. Tout le monde va m'envier. »

Le restaurant était encore plus merveilleux que Tracy ne l'avait imaginé. Son décor raffiné, les nappes blanches, les scintillants couverts d'argent et d'or marqués de leur monogramme : tout l'éblouissait. « C'est un palais, se disait-elle. Je suis sûre que les rois et les reines y viennent. » Elle était trop surexcitée, trop occupée à admirer les clients élégants pour manger. « Quand je serai grande, je viendrai chez Antoine tous les soirs, et j'inviterai papa et maman. »

« Tu ne manges rien, Tracy », disait sa mère.

Et, pour lui faire plaisir, elle se forçait à avaler quelques bouchées. Les serveurs lui apportaient un gâteau surmonté de dix bougies et entonnaient : « Joyeux anniversaire... » Et les autres dîneurs se retournaient pour l'applaudir. Tracy avait l'impression d'être une princesse. La cloche d'un tramway retentissait dans la rue.

La cloche sonnait, bruyante, insistante.

« C'est l'heure du dîner », annonça Ernestine Littlechap.

Tracy ouvrit les yeux. Le bloc tout entier résonnait du bruit des portes qu'on ouvrait. Allongée sur son lit, elle essaya désespérément de s'accrocher au passé.

« Hé ! C'est l'heure de la bouffe, dit la jeune Portoricaine.

— Je n'ai pas faim, répondit-elle, le cœur soulevé à l'idée de la nourriture.

— *Es llano*. C'est simple, expliqua Paulita, la Mexicaine. Ça leur est égal que t'aies faim ou pas. Tout le monde doit aller au réfectoire. »

Les détenues se mettaient en rang dans le couloir.

« Tu ferais mieux de te bouger, sinon tu vas dérouiller », prévint Ernestine Littlechap.

« Je ne peux pas bouger, pensa Tracy. Je vais rester ici. »

Ses compagnes de cellule la quittèrent pour rejoindre la double file des prisonnières. Une surveillante courtaude aux cheveux blonds oxygénés aperçut Tracy sur sa couchette.

« Hé ! toi, cria-t-elle. Tu n'as pas entendu la cloche ? Sors de là.

— Je n'ai pas faim, merci, répondit Tracy. J'aimerais être dispensée de réfectoire. »

La surveillante la dévisagea avec incrédulité, puis s'engouffra dans la cellule.

« Tu te fous de qui ? Tu te crois à l'hôtel, peut-être ? Debout et magne-toi le train ! Je pourrais te coller un rapport pour ça. Si ça se reproduit, c'est le trou, compris ? »

Tracy ne comprenait pas ; elle ne comprenait rien de ce qui lui arrivait. Elle se leva péniblement et prit place dans la file à côté d'Ernestine Littlechap.

« Pourquoi..., commença-t-elle.

— Ferme-la ! marmotta la Noire entre ses dents. Interdit de parler sur les rangs. »

Après avoir suivi un couloir étroit et lugubre en franchissant deux séries de portes de sécurité, les femmes pénétrèrent dans une immense salle occupée par de grandes tables de bois et des chaises. Elles firent alors la queue devant un long comptoir où on leur servit le menu du jour : un morceau de thon aqueux, des haricots verts flasques, un flan blanchâtre, accompagnés d'un café incolore ou d'un jus de fruits synthétique. Les détenues affectées au service jetaient des louches de cette pitance peu appétissante dans leur assiette de fer-blanc en criant sans discontinuer :

« Avancez... Suivante... Avancez... Suivante... »

Une fois servie, Tracy hésita, ne sachant où aller. Elle chercha Ernestine Littlechap du regard, mais celle-ci avait disparu. Tracy se dirigea alors vers la table où Lola et Paulita, la grosse Mexicaine, avaient pris place. Vingt femmes y étaient assises, dévorant leur repas avec voracité. Tracy contempla le contenu de son assiette, puis la repoussa, prise de nausée.

Paulita s'en saisit aussitôt.

« Si t'en veux pas, je le prends.

— Il faut que tu manges, observa Lola. Sinon tu ne tiendras pas le coup longtemps. »

« Je ne veux pas tenir le coup. Je veux mourir. Comment peuvent-elles supporter cette vie ? Depuis combien de temps sont-elles ici ? Des mois ? Des années ? » En pensant à la cellule puante, au matelas grouillant de vermine, elle serra les dents pour ne pas hurler.

« S'ils voient que tu manges pas, ils te collent au trou », disait la Mexicaine.

Puis, devant l'air interrogateur de Tracy, elle ajouta :

« Le cachot... toute seule. Ça te plairait pas. »

Elle se pencha vers Tracy.

« T'as jamais été en taule, hein ? Je vais te donner un tuyau, *querida*. C'est Ernestine Littlechap la patronne ici. Sois gentille avec elle et t'as plus à t'en faire. »

Une demi-heure après leur arrivée au réfectoire, une sonnerie retentit et les prisonnières se levèrent. Paulita se précipita sur un haricot unique laissé dans une assiette. Tracy la rejoignit dans la file et elles reprirent le chemin de leur cellule. Le dîner était terminé. Il était quatre heures de l'après-midi. Cinq longues heures les séparaient de l'extinction des feux.

Lorsqu'elles atteignirent leur cellule, Ernestine Littlechap y était déjà. Tracy se demanda avec indifférence où elle était passée pendant le repas. Elle jeta un coup d'œil aux latrines. Mais, malgré sa vessie douloureuse, elle ne pouvait se résoudre à les utiliser sous le regard des trois autres. Elle attendrait que les lumières s'éteignent. Elle s'assit sur le bord de sa couchette.

« Il paraît que t'as rien mangé, observa Ernestine Littlechap. C'est stupide. »

Comment le savait-elle et pourquoi s'en souciait-elle ?
« Comment dois-je m'y prendre pour voir le directeur ?
— Tu fais une demande écrite. Les gardiennes s'en servent pour se torcher. Pour elles, toutes celles qui veulent voir le directeur sont des emmerdeuses. »
Elle s'approcha de Tracy.
« Il y a des tas de choses qui peuvent t'attirer des ennuis ici. Ce qu'il te faut, c'est une amie qui t'aide à les éviter, quelqu'un qui connaît bien le zoo », dit-elle avec un sourire qui découvrit une dent de devant en or.
Tracy leva les yeux vers son visage. Il lui sembla qu'il flottait quelque part à la hauteur du plafond.

Elle n'avait jamais rien vu de plus immense.
« C'est une girafe », disait son père.
Ils étaient au zoo d'Audubon Park. Tracy adorait ce parc. Le dimanche, ils s'y rendaient pour écouter les concerts, puis ses parents l'emmenaient à l'aquarium ou au zoo. Ils marchaient lentement en s'arrêtant devant les animaux en cage.
« Ils ne sont pas malheureux, papa ? — Non, Tracy. C'est le paradis pour eux : on les nourrit, on les soigne et ils sont à l'abri de leurs ennemis. »
Tracy leur trouvait l'air triste. Elle aurait voulu les libérer. « Je ne voudrais jamais être enfermée comme ça », pensait-elle.

A vingt heures quarante-cinq, une sonnerie retentit à travers toute la prison. Ses compagnes de cellule commencèrent à se dévêtir. Tracy ne bougea pas.
« Tu as un quart d'heure pour te préparer », annonça Lola.
Les trois femmes étaient en chemise de nuit quand la surveillante blonde oxygénée passa devant la cellule. En voyant Tracy allongée sur son lit, elle s'arrêta.
« Déshabille-toi ! ordonna-t-elle. Vous ne l'avez pas

mise au courant ? demanda-t-elle en se tournant vers Ernestine.

— Si, on lui a dit.

— On sait s'occuper des emmerdeuses ici, prévint la surveillante. Tu fais ce qu'on te dit ou je te casse la gueule. »

Quand elle se fut éloignée, Paulita conseilla :

« Tu ferais mieux de l'écouter, mon chou. La vieille Culotte d'acier est une sale garce. »

Tracy se leva et, tournant le dos aux autres, commença lentement à se dévêtir. Puis, ne gardant que son slip, elle enfila sa grossière chemise de nuit. Elle sentait le regard des trois femmes posé sur elle.

« Tu es drôlement bien foutue, commenta Paulita.

— Ça, on peut le dire », approuva Lola.

Tracy fut parcourue d'un frisson.

« Nous sommes tes amies, dit Ernestine d'une voix rauque en s'approchant d'elle. On va prendre bien soin de toi.

— Laissez-moi tranquille ! s'écria Tracy avec violence. Toutes ! Je... je ne suis pas comme ça.

— Tu seras comme on voudra, mon chou, répondit Ernestine avec un petit rire.

— *Hay tiempo*. Rien ne presse. »

Les lumières s'éteignirent.

L'obscurité était l'ennemie de Tracy. Elle resta assise sur le bord de son lit, tendue, sentant les trois femmes prêtes à se jeter sur elle. Mais ce n'était peut-être que son imagination. Elle était à bout de nerfs et tout lui paraissait menaçant. Ses compagnes l'avaient-elles vraiment menacée ? Pas vraiment. Elle avait vu des intentions sinistres dans une attitude qui n'était probablement qu'amicale. Elle avait entendu parler de l'homosexualité qui sévissait dans les prisons. Mais cela devait être l'exception, et non la règle. L'administration pénitentiaire ne permettait certainement pas ce genre de conduite.

Pourtant, elle ne pouvait se départir d'une sourde appréhension. Elle décida de ne pas dormir de la nuit. Si une des trois femmes s'approchait, elle appellerait à l'aide. Les surveillantes avaient pour tâche de veiller à la sécurité des prisonnières ; elle n'avait rien à craindre. Il lui fallait simplement rester aux aguets.

Assise dans le noir, Tracy veilla, guettant le moindre bruit. Elle entendit ses trois compagnes aller successivement aux latrines, puis regagner leur lit. Quand elle n'en put plus, elle s'y rendit à son tour. Elle essaya de tirer la chasse, mais elle ne marchait pas. La puanteur était presque intolérable. Elle regagna rapidement sa couchette et s'y assit. « Il fera bientôt jour, se dit-elle. Je demanderai à voir le directeur dès demain matin. Je lui parlerai de mon enfant et il me changera de cellule. »

Tous ses membres lui faisaient mal. Elle s'allongea et sentit quelque chose ramper sur son cou. Elle réprima un hurlement. « Il faut que je tienne jusqu'au matin. Tout ira bien demain matin. Une minute après l'autre ».

A trois heures, ses yeux se fermèrent irrésistiblement. Elle s'endormit.

Une main lui fermait la bouche ; deux autres pétrissaient ses seins. Elle essaya de se redresser et de crier, sentit qu'on lui arrachait sa chemise de nuit et son slip. Des mains glissèrent entre ses cuisses, les écartèrent. Elle se débattit farouchement, luttant pour se relever.

« Laisse-toi faire, et ça se passera bien », murmura une voix dans l'obscurité.

Tracy lança un coup de pied dans la direction de la voix. Il atteignit son but.

« *Carajo !* jura quelqu'un. On va lui apprendre à cette salope ! Foutez-la par terre. »

Tracy reçut un coup de poing en plein visage, un autre dans l'estomac. Quelqu'un était allongé sur elle, la clouant au sol, l'étouffant. Des mains obscènes la violaient.

Elle réussit à se dégager un instant, mais une des femmes l'empoigna et lui cogna la tête contre les barreaux. Le sang gicla de son nez. On la jeta sur le sol bétonné, lui immobilisant bras et jambes. Elle lutta avec une énergie désespérée, mais elle n'était pas de force à résister aux trois femmes. Elle sentit des mains, des langues, la caresser. On lui écarta les jambes ; un objet dur et froid la pénétra. Elle se tordit, cherchant désespérément à crier. On lui plaqua un bras sur la bouche. Elle y planta les dents, mordant de toutes ses forces. Un cri de douleur étouffé retentit.

« Espèce de pute ! »

Des poings lui martelèrent le visage... Elle sombra dans la douleur, toujours plus profondément, jusqu'à ne plus rien sentir.

Ce fut la sonnerie qui la réveilla. Elle était étendue par terre, nue sur le ciment froid. Ses trois compagnes de cellule étaient dans leur lit.

Dans le couloir, Culotte d'acier criait :

« Debout là-dedans ! »

En passant devant la cellule, elle vit Tracy allongée sur le sol au milieu d'une flaque de sang, le visage tuméfié, un œil poché et fermé. Elle ouvrit la porte et pénétra dans la cellule.

« Qu'est-ce qui se passe ici ?

— Elle a dû tomber de son lit, suggéra Ernestine Littlechap. »

La surveillante poussa Tracy du pied.

« Debout ! »

Sa voix trembla infiniment lointaine à Tracy. « Oui, pensa-t-elle. Il faut que je me lève. Il faut que je sorte d'ici. » Mais il lui était impossible de bouger. Tout son corps n'était qu'un hurlement de souffrance.

La surveillante la redressa en la saisissant par les coudes, et elle faillit s'évanouir de douleur.

« Qu'est-ce qui s'est passé ? »

A travers son œil valide, Tracy vit les ombres confuses

de ses compagnes de cellule qui attendaient sa réponse en silence.

« Je... je... »

Elle s'efforçait de parler, mais aucun son ne sortait de ses lèvres. Elle essaya encore et un instinct profond, atavique, lui fit dire :

« Je suis tombée de mon lit.

— Je supporte pas les mariolles ! tonna la surveillante. Tu vas aller au trou : ça t'apprendra le respect. »

C'était l'oubli, un retour au sein maternel. Elle était seule dans l'obscurité. Il n'y avait aucun meuble dans l'étroite cellule souterraine, rien qu'un mince grabat jeté à même le ciment. Un trou infect servait de fosse d'aisances. Allongée dans le noir, Tracy se fredonnait des chansons que son père lui avait apprises bien des années auparavant. Elle ignorait combien elle était près de la folie.

Elle ne savait pas vraiment où elle était, mais cela n'avait pas d'importance. Seule comptait la douleur qui la martyrisait. « J'ai dû tomber et me faire mal. Mais maman va me soigner. »

« Maman... », appela-t-elle d'une voix cassée.

Puis, comme son appel restait sans réponse, elle se rendormit...

Elle dormit quarante-huit heures. La douleur s'apaisa peu à peu jusqu'à ne plus être qu'un endolorissement. Tracy ouvrit les yeux. Elle était environnée de néant. Il faisait si noir qu'elle ne pouvait même pas distinguer la configuration de sa cellule. Les souvenirs remontèrent en foule à sa mémoire. Ils l'avaient emmenée chez le docteur. Elle entendait sa voix : « Une côte cassée et une fracture au poignet. On lui raccommodera ça. Les coupures et les hématomes ne sont pas jolis, mais ça s'arrangera. Elle a perdu son enfant... »

« Oh ! Mon bébé, murmura Tracy. Elles ont tué mon enfant. »

Et elle pleura. Elle pleura sur la mort de son enfant, sur elle-même, sur la folie du monde entier.

Étendue dans le noir sur son mince matelas, Tracy brûlait d'une haine si intense qu'elle en tremblait ; une haine dévorante qui consuma tout, ne laissant subsister en elle qu'un seul désir : la *vengeance*. Ce n'était pas de ses compagnes de cellule qu'elle voulait se venger. Elles étaient des victimes tout autant qu'elle. Non, c'était après les hommes qui l'avaient jetée là qu'elle en avait, à ceux qui avaient détruit sa vie.

Joe Romano : « Votre mère m'avait caché qu'elle avait une fille aussi bandante... »

Anthony Orsatti : « Joe Romano travaille pour un certain Orsatti. Il règne sur La Nouvelle-Orléans... »

Perry Pope : « En plaidant coupable, vous épargnez à l'État les frais d'un procès... »

Le juge Henry Lawrence : « Vous passerez les quinze prochaines années dans le pénitencier pour femmes de Louisiane du Sud... »

C'étaient eux, ses ennemis. Et puis il y avait Charles qui n'avait même pas pris la peine de l'écouter. « Si tu avais tant besoin d'argent, tu aurais dû m'en parler... Il faut croire que je ne t'ai jamais vraiment connue... C'est ton enfant, agis au mieux... »

Ils paieraient. Tous. Elle n'avait aucune idée de la manière dont elle s'y prendrait. Mais elle savait qu'elle se vengerait. « Demain, pensa-t-elle. Si demain arrive un jour. »

7

Elle perdit toute notion du temps. Il n'y avait jamais la moindre lumière dans la cellule, jamais aucune différence entre le jour et la nuit. De temps en temps, un vasistas s'ouvrait au bas de la porte et on lui glissait un repas froid. Tracy n'avait pas d'appétit mais elle se forçait à vider son assiette. *Il faut que tu manges, sinon tu ne tiendras pas le coup longtemps.* C'était un conseil qu'elle comprenait à présent. Il lui faudrait toutes ses forces pour mettre son projet à exécution. Elle était dans une situation que tout autre aurait jugé sans espoir : elle était enfermée pour quinze ans, sans argent, sans ami, sans rien. Mais elle avait au plus profond d'elle-même des ressources inépuisables d'énergie. « Je survivrai, se dit-elle. J'affronte mes ennemis les mains nues, avec mon courage pour seul bouclier. » Elle survivrait comme ses ancêtres l'avaient fait avant elle. Le sang mêlé des Anglais, des Irlandais et des Écossais coulait dans ses veines. Elle avait hérité de leurs meilleures qualités : l'intelligence, le courage, la ténacité. « Mes ancêtres ont survécu aux famines, aux pestes, aux inondations ; je survivrai à cette épreuve. » Ils étaient avec elle dans les ténèbres : les bergers et les trappeurs ; les fermiers et les commerçants ; les médecins et les enseignants ; tous les fantômes du passé. Et tous faisaient partie d'elle-même.

« Je ne vous abandonnerai pas », murmura-t-elle.

Et elle se mit à préparer son évasion.

Tracy savait qu'elle devait avant tout retrouver ses forces physiques. La cellule était trop exiguë pour des exercices classiques, mais assez grande pour la pratique du *tai chi chuan,* cet art martial centenaire enseigné aux guerriers pour les préparer au combat. Il ne nécessitait qu'un espace réduit et permettait de faire travailler tous les muscles du corps. Tracy se leva et exécuta les premiers mouvements. Chacun d'eux avait un nom et une signification. Elle commença par une posture offensive : « Le combat contre les démons », puis passa à une autre, plus paisible : « Cercler la lumière. » Les mouvements, très lents, étaient fluides et gracieux. Ils devaient venir de *tan tien*, le centre psychique, et étaient tous circulaires. Tracy entendait son professeur : « Éveillez votre *chi*, votre énergie vitale. C'est d'abord aussi lourd qu'une montagne, puis cela devient aussi léger qu'une plume d'oiseau. » Tracy sentait l'énergie courir dans ses doigts. Elle se concentra jusqu'à être tout entière dans ces mouvements hors du temps.

« Saisissez la queue de l'oiseau, devenez la cigogne blanche, repoussez le singe, affrontez le tigre. Que vos mains deviennent des nuages, qu'elles communiquent l'eau de la vie. Laissez le serpent blanc ramper et chevauchez le tigre. Tirez sur le tigre, retrouvez votre *chi* et revenez à *tan tien*, le centre. »

Le cycle complet des exercices prenait une heure. Lorsque Tracy s'arrêta, elle était épuisée. Elle recommença deux fois par jour jusqu'à ce que ses forces commencent à lui revenir.

Quand elle n'exerçait pas son corps, Tracy exerçait son esprit. Étendue dans l'obscurité, elle résolvait des équations complexes, manipulait en pensée l'ordinateur de sa banque, se récitait les vers des pièces de théâtre qu'elle avait jouées à l'université. Elle était perfectionniste et, lorsqu'elle avait obtenu un rôle qui exigeait qu'elle adopte plusieurs accents différents, elle s'y était exercée pendant des semaines avant la générale. Un chasseur de jeunes talents lui avait même proposé un essai filmé à Hollywood.

« Non, merci, avait-elle répondu. La célébrité ne me tente pas. Ce n'est pas pour moi. »

Tu fais la manchette du Daily News de ce matin, avait dit Charles. Mais elle le chassa de ses pensées. Certains compartiments de son esprit devaient rester clos pour l'instant.

Elle joua à un jeu : citer trois sujets absolument impossibles à enseigner.

Apprendre à une fourmi la différence entre catholicisme et protestantisme.

Faire comprendre à une abeille que c'est la terre qui tourne autour du soleil.

Expliquer à un chat la différence entre communisme et démocratie.

Mais elle s'appliqua surtout à trouver un moyen d'abattre ses ennemis, un par un. Elle se souvint d'un de ses jeux d'enfant : une main levée vers le ciel suffisait à faire disparaître le soleil. C'était ce qu'ils avaient fait, mais avec sa vie.

Tracy ignorait combien de prisonnières avaient été brisées par l'isolement du cachot. Cela lui aurait d'ailleurs été égal.

Quand, au bout de sept jours, la porte s'ouvrit, la lumière qui inonda brutalement la cellule l'aveugla.

« Debout, ordonna un garde. Tu retournes là-haut. »

Il se pencha pour l'aider à se relever mais, à son étonnement, elle se leva sans effort et sortit de la cellule d'un pas ferme. Les autres prisonnières qu'il était venu chercher étaient soit prostrées, soit agressives. Mais pas celle-ci. Elle avait une dignité, une assurance qu'on rencontrait rarement en prison. Tracy resta un instant immobile, laissant ses yeux se réaccoutumer à la lumière. « Quelle gonzesse du tonnerre, pensa le gardien. Décrassée, elle aurait une sacrée classe. Je parie qu'elle serait prête à tout pour quelques faveurs. »

« Une jolie fille comme toi ne devrait pas subir ce genre de traitement, déclara-t-il tout haut. Si on était copains tous les deux, je m'arrangerais pour que ça n'arrive plus. »

Tracy se tourna vers lui et, en rencontrant son regard, il décida sur-le-champ d'en rester là.

Quand ils eurent quitté le sous-sol, il la confia à une surveillante.

« Dieu, que tu pues ! s'exclama celle-ci. Va prendre une douche. Je vais faire brûler tes vêtements. »

L'eau froide parut délicieuse à Tracy. Elle se lava les cheveux et se savonna énergiquement des pieds à la tête avec un savon noir. Quand elle fut séchée et habillée de propre, la surveillante lui annonça :

« Le directeur veut te voir. »

La dernière fois qu'elle avait entendu ces mots, Tracy avait espéré une libération. Elle n'aurait jamais plus cette naïveté.

Brannigan était debout devant la fenêtre lorsque Tracy entra dans son bureau.

« Asseyez-vous, dit-il en se retournant. J'étais à une conférence à Washington. Je ne suis rentré que ce matin. On n'aurait pas dû vous mettre au cachot. »

Tracy le regardait, le visage impassible.

« D'après ce rapport, vos compagnes de cellule vous ont fait subir des violences sexuelles.

— Non, monsieur. »

Le directeur hocha la tête d'un air compréhensif.

« Vous avez peur, je sais. Mais je ne permettrai pas aux détenues de faire la loi dans cette prison. Les coupables seront punies, mais il me faut votre témoignage. Vous serez protégée. Maintenant, dites-moi ce qui s'est passé et qui en porte la responsabilité.

— Moi, monsieur, répondit Tracy en le regardant dans les yeux. Je suis tombée de mon lit. »

Le directeur la dévisagea longuement, puis demanda avec un désappointement visible :

« Vous en êtes absolument sûre ?

— Oui, monsieur.

— Vous ne changerez pas d'avis ?
— Non, monsieur.
— Très bien, dit-il en poussant un soupir. Puisque c'est votre dernier mot. Je vais vous faire transférer dans une autre cellule où...
— Je ne souhaite pas changer de cellule.
— Comment ? fit-il avec stupéfaction. Vous voulez retourner dans la même cellule ?
— Oui, monsieur. »

Il était dérouté. Il s'était peut-être trompé à son sujet. Elle avait peut-être cherché ce qui lui était arrivé. Dieu seul savait ce que ces satanées femmes pensaient ou faisaient. Il aurait aimé être muté dans une gentille prison bien normale, une prison d'hommes. Mais sa femme et Amy, leur petite fille, se plaisaient au pénitencier. Ils habitaient une ravissante maison au milieu des prés et des bois qui entouraient la ferme pénitentiaire. Elles vivaient là comme à la campagne, mais lui devait affronter ces femmes hystériques vingt-quatre heures sur vingt-quatre.

« Très bien, dit-il avec une certaine gêne. Tâchez d'éviter les ennuis à l'avenir.
— Oui, monsieur. »

Réintégrer sa cellule fut pour Tracy l'épreuve la plus dure de son existence. Dès qu'elle y entra, elle fut assaillie par le souvenir des heures terribles qu'elle y avait vécues. Elle n'y trouva pas les trois femmes, parties travailler. Après s'être étendue, Tracy réfléchit, les yeux au plafond. Puis, se penchant, elle s'escrima sur le cadre du lit jusqu'à faire sauter un morceau de métal qu'elle dissimula sous son matelas. A onze heures, lorsque la cloche sonna, elle fut la première à sortir de sa cellule.

Paulita et Lola étaient installées à une table du réfectoire proche de l'entrée. Ernestine Littlechap était invisible. Tracy choisit une table occupée par des inconnues et ne laissa pas une miette de son repas insipide. Elle passa l'après-midi seule dans sa cellule. A trois heures moins le quart, les trois femmes la rejoignirent.

Paulita la regarda avec étonnement, puis déclara avec un large sourire :

« Alors, ma jolie chatte, tu nous reviens ? Ça t'a plu, ce qu'on t'a fait, hein ?

— On te réserve beaucoup mieux », dit Lola.

Tracy resta impassible. Toute son attention était concentrée sur Ernestine Littlechap. C'était pour elle qu'elle était revenue dans cette cellule. Elle ne lui faisait pas confiance, loin de là. Mais elle avait besoin d'elle.

Je vais te donner un conseil, querida. *C'est Ernestine Littlechap la patronne ici...*

Ce soir-là, lorsque la sonnerie annonça la prochaine extinction des feux, Tracy se leva et se dévêtit. Sans aucune fausse pudeur cette fois. Quand elle fut nue, la Mexicaine émit un long sifflement à la vue de ses seins pleins et fermes, de ses longues jambes fuselées et de ses cuisses soyeuses. Lola avait le souffle rauque. Tracy enfila sa chemise de nuit et se coucha. Les lumières s'éteignirent. La cellule était plongée dans l'obscurité.

Une demi-heure passa. Tracy écoutait la respiration des trois femmes.

« *Mama* va te câliner bien comme il faut ce soir, murmura Paulita. Enlève ta chemise de nuit, bébé.

— On va t'apprendre à bouffer de la chatte jusqu'à ce que tu fasses ça bien », pouffa Lola.

La Noire n'avait toujours pas prononcé une parole. Tracy sentit les deux femmes s'approcher d'elle. Mais elle était prête. Elle leva le morceau de métal qu'elle avait dissimulé sous son matelas et frappa de toutes ses forces, atteignant l'une d'elles au visage. Un hurlement de douleur retentit. Elle donna un coup de pied à la seconde silhouette qui s'effondra.

« Approchez-vous encore et je vous tue, dit-elle.

— Sale garce ! »

Tracy les entendit se préparer à une nouvelle attaque. Elle serra son arme improvisée.

« Ça suffit ! déclara brusquement Ernestine Littlechap. Laissez-la tranquille.

— Je saigne, Ernie. Je vais lui régler son compte.

— Ta gueule ! Fais ce que je te dis. »

Il y eut un long silence, puis Tracy entendit les deux femmes regagner leur couchette, le souffle court. Elle resta immobile, sur le qui-vive.

« Tu as du cran », dit Ernestine Littlechap.

Tracy garda le silence.

« T'as pas craché le morceau au dirlo. Si tu l'avais fait, tu serais de la viande froide », continua la Noire avec un petit rire.

Tracy n'en doutait pas.

« Pourquoi as-tu refusé d'être transférée dans une autre cellule ? »

Elle savait donc tout ?

« Je voulais revenir ici.

— Ah oui ? Pourquoi ? » demanda Ernestine, intriguée.

C'était l'instant que Tracy avait attendu.

« Vous allez m'aider à m'évader. »

8

Une surveillante s'approcha de Tracy et lui annonça :
« Tu as un visiteur, Whitney.
— Un visiteur ? » répéta-t-elle avec étonnement.
De qui pouvait-il s'agir ? Et soudain elle sut. *Charles.*
Il était donc venu finalement. Mais c'était trop tard. Il n'avait pas été là au moment où elle avait eu désespérément besoin de lui. Elle n'aurait plus jamais besoin de lui. Ni de quiconque.

Tracy suivit la surveillante jusqu'au parloir.

Un parfait inconnu était assis à une petite table de bois. C'était un des hommes les plus laids que Tracy eût jamais vus. Petit, la silhouette empâtée et androgyne, le nez long et pincé, la bouche petite et amère, il avait un grand front bombé et des yeux marron dont l'éclat intense était encore amplifié par les verres épais de ses lunettes.

« Je m'appelle Daniel Cooper, annonça-t-il sans se lever. Le directeur m'a autorisé à vous parler.

— A quel sujet ? demanda Tracy avec méfiance.

— J'enquête pour l'Association internationale de protection des assurances. Un de nos clients a assuré le Renoir dérobé à M. Romano.

— Je ne peux pas vous aider. Je ne l'ai pas volé. »

Elle s'apprêtait à quitter la pièce, mais se figea en entendant Cooper déclarer :

« Je le sais. »

Elle se tourna vers lui, tendue, sur la défensive.

« Personne n'a volé ce tableau. Vous avez été la victime d'un coup monté, mademoiselle Whitney. »

Très lentement, Tracy s'assit en face de lui.

Daniel Cooper avait commencé à s'occuper de cette affaire trois semaines auparavant quand son supérieur, J. J. Reynolds, l'avait convoqué dans son bureau au siège de l'A.I.P.A. à Manhattan.

« J'ai un travail pour vous, Dan », lui annonça-t-il.

Daniel Cooper avait horreur d'être appelé Dan.

« Je vais être bref. »

Si Reynolds souhaitait être bref, c'était que Cooper le mettait mal à l'aise, lui comme tout le personnel de l'Association, d'ailleurs. Cooper était un homme étrange, *inquiétant*, comme disaient beaucoup d'entre eux. Il était d'une insociabilité farouche. Personne ne savait où il habitait, s'il avait une femme, des enfants. Il ne frayait avec personne, n'assistait jamais ni aux fêtes ni aux réunions de bureau. C'était un solitaire et, si Reynolds le supportait, c'était uniquement parce que c'était un damné génie, un bouledogue doté d'un ordinateur à la place du cerveau. Daniel Cooper avait à lui seul récupéré plus de marchandises volées et découvert davantage d'escroqueries aux assurances que tous les autres enquêteurs réunis. Reynolds aurait juste aimé savoir de quoi ce satané type était fait. Être assis en face de cet homme au regard de fanatique le rendait nerveux.

« Un de nos clients a assuré un tableau pour un demi-million de dollars et..., commença-t-il.

— Le Renoir. La Nouvelle-Orléans. Joe Romano. Une certaine Tracy Whitney a été reconnue coupable et condamnée à quinze ans de prison. Le tableau n'a pas été retrouvé. »

« Le fils de pute, pensa Reynolds. S'il s'agissait de quelqu'un d'autre, je me dirais qu'il fait de l'épate. »

« C'est cela, reconnut-il à contrecœur. Cette Whitney

l'a planqué quelque part et nous voulons le récupérer. A vous de jouer. »

Cooper quitta le bureau sans ajouter un mot. J. J. Reynolds le suivit du regard en se disant pour la énième fois : « Un jour, je trouverai ce qui fait courir ce salaud. »

Cooper traversa l'immense bureau où cinquante employés travaillaient côte à côte, programmant des ordinateurs, tapant des rapports, répondant au téléphone. Le vacarme était assourdissant.

« Il paraît qu'on t'a donné l'affaire Romano, lui dit un collègue au passage. Petit veinard. La Nouvelle-Orléans est... »

Cooper continua son chemin sans répondre. Pourquoi ne le laissaient-ils pas en paix ? C'était tout ce qu'il demandait. Mais ils s'entêtaient à le poursuivre de leurs avances sournoises.

C'était devenu un jeu au bureau. Ils étaient résolus à percer sa mystérieuse réserve et à découvrir sa véritable personnalité.

« Que fais-tu vendredi soir, Dan... ? »

« Si tu n'es pas marié, Dan, Sarah et moi connaissons une fille du tonnerre... »

Ne voyaient-ils donc pas qu'il n'avait pas besoin d'eux, qu'il ne *voulait* pas d'eux ?

« Viens donc, juste pour un verre... »

Mais Daniel Cooper savait où cela pouvait mener. Un verre innocent pouvait conduire à un dîner ; un dîner, au début d'une amitié ; et l'amitié pouvait entraîner des confidences. C'était trop dangereux.

Daniel Cooper vivait dans la terreur que quelqu'un découvre un jour son passé. « Laisse le passé enterrer ses morts. » C'était un mensonge. Les morts ne restaient jamais dans leur tombe. Tous les deux ou trois ans, un journal à sensations exhumait le vieux scandale. C'était les seuls moments où il se soûlait.

Daniel Cooper aurait pu occuper un psychiatre à plein temps, s'il avait été capable d'exprimer ses émotions. Mais il lui était impossible de parler du passé à quiconque. La seule preuve matérielle qu'il conservait de ce terrible jour était une coupure de journal jaunie qu'il avait dissimulée dans sa chambre, là où on ne la trouverait jamais. Il la regardait de temps en temps en guise de punition, mais chaque mot de l'article était gravé dans son esprit.

Il se douchait ou prenait un bain au moins trois fois par jour, mais ne se sentait jamais propre. Il croyait fermement à l'enfer, à ses bûchers éternels et savait ne pouvoir gagner son salut sur terre qu'en expiant. Il avait essayé de s'engager dans la police new-yorkaise mais, refusé en raison de sa taille — de dix centimètres inférieure à celle requise —, il était devenu détective privé. Il se considérait comme un chasseur traquant les transgresseurs de la loi. Il était la vengeance de Dieu, l'instrument qui attirait la colère divine sur la tête des pécheurs. Il n'y avait qu'ainsi qu'il pouvait se racheter et se préparer à l'au-delà.

Il se demanda s'il avait le temps de prendre une douche avant de partir pour l'aéroport.

Sa première étape fut La Nouvelle-Orléans. Il y passa cinq jours et, avant d'en avoir terminé, il savait tout ce qu'il désirait savoir sur Joe Romano, Anthony Orsatti, Perry Pope et le juge Henry Lawrence. Il lut les copies des débats judiciaires et de la condamnation de Tracy Whitney. Il interrogea le lieutenant Miller qui lui parla du suicide de la mère de Tracy. Il alla voir Otto Schmidt qui lui raconta comment la société Whitney avait été dépouillée. Bien que n'ayant pris aucune note au cours de ses entretiens, Cooper aurait pu répéter chaque conversation mot pour mot. Il était convaincu à quatre-vingt-dix-neuf pour cent que Tracy était une innocente victime mais, pour lui, c'était encore insuffisant. Il s'envola pour Philadelphie et s'entretint avec Clarence Desmond, le vice-président de la banque où Tracy Whitney avait travaillé. Charles Stanhope refusa de le recevoir.

A présent, devant la jeune femme assise en face de lui, il n'avait plus le moindre doute sur son innocence. Il ne lui restait plus qu'à rédiger son rapport.

« Romano vous a utilisée, mademoiselle. Il aurait tôt ou tard demandé à être indemnisé du vol de ce tableau. Vous êtes simplement arrivée au bon moment pour lui faciliter les choses. »

Le cœur de Tracy battait plus vite. Cet homme *savait* qu'elle était innocente. Il disposait sans doute des preuves nécessaires pour la disculper. Il parlerait au directeur ou au gouverneur de l'État et l'arracherait à ce cauchemar. Elle eut soudain du mal à respirer.

« Vous allez m'aider ?
— Vous aider ? répéta-t-il, étonné.
— Oui. A obtenir une grâce ou...
— Non. »

Le mot avait la brutalité d'une gifle.

« *Non ?* Mais *pourquoi ?* Puisque vous savez que je suis innocente... »

Comment les gens pouvaient-ils être aussi stupides ?

« Mon travail est terminé. »

Dès qu'il fut de retour à son hôtel, Cooper se déshabilla et prit une douche. Il se savonna des pieds à la tête et resta près d'une demi-heure sous le jet d'eau bouillante. Puis, après s'être séché et habillé, il se mit à la rédaction de son rapport.

Adressé à : J. J. Reynolds.
Réf. : Dossier n° Y — 72-830-412.
Objet : *Deux Femmes dans le café rouge.* Peinture à l'huile de Renoir.

Je suis parvenu à la conclusion que Tracy Whitney n'a pris aucune part au vol du tableau cité en objet. Je suis convaincu que Joe Romano a contracté cette assurance dans l'intention de simuler un cambriolage, d'empocher l'indemnité et de revendre le tableau à un particulier. Le Renoir doit déjà avoir quitté le pays. Étant donné la célébrité du tableau, il devrait à mon avis réapparaître en Suisse, pays dont la législation protège les possesseurs de bonne foi. Il suffit en effet à un acheteur d'alléguer celle-ci pour que les autorités helvétiques lui permettent de conserver une œuvre d'art, même volée.

Recommandations : Comme nous ne disposons d'aucune preuve tangible de la culpabilité de Romano, notre client se verra contraint de l'indemniser. Il serait en outre inutile de compter sur Tracy Whitney pour la restitution du tableau ou le versement de dommages et intérêts. Celle-ci ignore en effet tout du Renoir et ne dispose, à ma connaissance, d'aucun bien. Elle est de plus incarcérée au pénitencier pour femmes de Louisiane du Sud pour les quinze ans à venir.

S'arrêtant un instant, Daniel Cooper pensa à Tracy Whitney. C'était sans doute une femme que les autres hommes trouvaient belle. Quel effet auraient sur elle ces quinze ans de prison ? Mais il se posait la question sans véritable intérêt. Cela ne le concernait en rien.

Daniel Cooper signa son rapport et se demanda s'il avait le temps de prendre une autre douche.

9

Culotte d'acier fit affecter Tracy Whitney à la laverie. Des trente-cinq tâches assignables aux détenues, la lessive était la pire. Des rangées de machines à laver et de planches à repasser occupaient une pièce immense où la chaleur était suffocante. Emplir et vider les machines, transporter les lourds paniers jusqu'aux tables de repassage était un labeur abrutissant et harassant.

Le travail commençait à six heures du matin. On accordait aux détenues une pause de six minutes toutes les deux heures. A la fin de leur journée de neuf heures, la plupart des femmes tombaient littéralement de fatigue. Tracy travaillait mécaniquement, ne parlant à personne, s'isolant dans ses pensées.

En apprenant son affectation, Ernestine Littlechap avait remarqué :

« Culotte d'acier veut ta peau.

— Ça m'est égal. »

Ernestine Littlechap était intriguée. Elle ne reconnaissait plus la jeune femme terrifiée qu'on avait amenée dans sa cellule trois semaines auparavant. Quelque chose l'avait transformée et Ernestine était curieuse de savoir quoi.

Tracy travaillait depuis huit jours à la laverie quand une surveillante vint la trouver en début d'après-midi.

« J'ai un transfert pour toi. Tu passes à la cuisine. »

Le travail le plus convoité de la prison.

Il y avait deux sortes de nourriture au pénitencier. Les détenues mangeaient hachis, hot-dogs, haricots et ragoûts insipides ; les surveillants et l'administration, des repas cuisinés par de vrais chefs. A leur menu figuraient steaks, poissons frais, côtelettes, poulet, légumes frais, fruits et desserts appétissants. Les prisonnières qui travaillaient à la cuisine avaient accès à ces repas et en profitaient pleinement.

En pénétrant dans la cuisine, Tracy ne fut pas vraiment étonnée d'y trouver Ernestine Littlechap.

« Merci », lui dit-elle en se contraignant à prendre un ton amical.

Ernestine répondit par un simple grognement.

« Comment as-tu réussi à tourner les ordres de Culotte d'acier ?

— Elle n'est plus ici.

— Que lui est-il arrivé ?

— On a un petit système. Quand une matonne nous les casse trop, on s'en débarrasse.

— Tu veux dire que le directeur écoute... ?

— Merde, qu'est-ce qu'il vient faire là-dedans ?

— Alors, comment pouvez-vous... ?

— C'est facile. Chaque fois que la surveillante qu'on veut plus voir est de service, y commence à y avoir des pépins, des plaintes. Une détenue signale qu'elle lui a peloté la chatte. Le lendemain, une autre se plaint d'avoir été brutalisée ; puis une troisième l'accuse d'avoir volé un objet dans sa cellule — une radio, disons. Et voilà qu'on la retrouve dans la chambre de Culotte d'acier... Culotte d'acier disparaît. C'est pas les matons qui font la loi ici, c'est *nous*.

— Pour quelle raison es-tu en prison ? » demanda Tracy.

La réponse ne l'intéressait pas, mais il lui fallait établir des relations amicales avec cette femme.

« Ça n'est pas arrivé par la faute d'Ernestine Littlechap, tu peux me croire. J'avais toute une bande de filles qui travaillaient pour moi.

— Tu veux dire... ?

— Des putes ? fit Ernestine en riant. Non, elles travaillaient comme femmes de chambre dans des maisons chic. J'avais ouvert un bureau de placement et j'avais au moins vingt filles. Les gens riches ont beaucoup de mal à trouver des domestiques. Alors j'ai fait de chouettes pubs dans les meilleurs canards. Lorsqu'ils m'appelaient, je leur filais mes filles. Elles faisaient le tour du propriétaire et, quand leurs patrons étaient au boulot ou à la campagne, elles ramassaient l'argenterie, les bijoux, les fourrures, tout ce qui valait le coup, et elles décampaient. »

Elle poussa un soupir.

« Si je te disais ce qu'on se faisait comme argent de poche net d'impôts, tu me croirais pas.

— Comment t'es-tu fait prendre ?

— Un caprice du sort, mon chou. Une de mes filles servait à déjeuner chez le maire et, parmi les invités, il y avait justement une vieille dame qu'elle avait nettoyée... Quand la police l'a cuisinée, ma fille s'est mise à chanter. Elle a chanté tout l'opéra, et voilà où se retrouve cette pauvre vieille Ernestine ! »

Elles étaient à l'écart des autres devant une cuisinière.

« Je ne peux pas rester ici, murmura Tracy. J'ai des affaires à régler dehors. Peux-tu m'aider à m'évader. Je...

— Commence à éplucher ces bon Dieu d'oignons, coupa Ernestine. On a du ragoût de mouton ce soir. »

Le téléphone arabe de la prison était extraordinaire. Les prisonnières étaient au courant du moindre événement bien avant qu'il ne se produise. Des détenues appelées rats de poubelles ramassaient les notes jetées au panier, écoutaient les conversations téléphoniques et lisaient le courrier du directeur. Soigneusement résumées, les informations étaient ensuite transmises aux détenues importantes ; Ernestine Littlechap était en tête de liste. L'autorité dont elle jouissait auprès des surveillantes et des prisonnières n'échappait pas à Tracy. Depuis qu'on la considérait comme la protégée d'Ernestine, elle avait une paix totale. Elle restait pourtant sur ses gardes, s'attendant à ce que la Noire lui fasse des avances. Mais Ernestine gardait ses distances. Tracy se demandait pour quelle raison.

Dans le règlement intérieur de dix pages distribué aux détenues à leur arrivée, on pouvait lire à l'article 7 : « Toute forme de sexualité est rigoureusement interdite. Une cellule ne doit pas compter plus de quatre détenues. Les lits ne seront pas occupés par plus d'une prisonnière à la fois. »

Le contraste avec la réalité était si saisissant que le règlement était une source inépuisable de plaisanteries pour les détenues. Au fil des semaines, Tracy vit arriver quotidiennement de nouvelles détenues. Le scénario était toujours le même. Celles qui pénétraient dans une prison pour la première fois n'avaient pas la moindre chance. Elles arrivaient, timides et effrayées, et les « jules » les guettaient. Cela se passait en plusieurs étapes. Dans le monde terrifiant et hostile du pénitencier, le « jules » se montrait amical, invitait sa victime dans la salle de détente où elles regardaient ensemble la télévision. Quand le « jules » lui prenait la main, la nouvelle se laissait faire de peur d'offenser son unique amie. Elle remarquait vite que les autres détenues la laissaient tranquille. Sa dépendance augmentait, les familiarités du « jules » aussi, jusqu'à ce que la nouvelle soit prête à tout accepter pour ne pas perdre sa seule amie.

Celles qui refusaient de céder étaient violées. Quatre-vingt-dix pour cent des femmes qui entraient au pénitencier étaient contraintes — de gré ou de force — à des pratiques homosexuelles dans le mois qui suivait leur arrivée. Tracy était révoltée.

« Comment se fait-il que les autorités pénitentiaires laissent faire ? demanda-t-elle à Ernestine.

— C'est le système. C'est pareil dans toutes les prisons. Tu peux pas séparer mille deux cents femmes de leurs mecs et t'attendre à ce qu'elles baisent pas. Et puis ce n'est pas seulement une histoire de cul. Si on les viole, c'est pour le pouvoir, pour leur montrer tout de suite qui commande. Les nouvelles sont à la merci de toutes celles qui veulent leur sauter dessus. Leur seule manière de s'en tirer, c'est de devenir la femme d'un « jules ». Comme ça, personne ne les touche. »

Tracy savait par expérience qu'elle avait affaire à une spécialiste.

« Il n'y a pas que les détenues, continua Ernestine. Les gardiennes ne sont pas mieux. Mettons que de la viande fraîche arrive et qu'elle soit accro à la blanche. Elle est en manque ; il lui faut absolument son shoot ; elle sue, elle tremble... Eh bien, la surveillante peut lui trouver de l'héroïne. Mais elle veut une petite faveur en échange. Alors la nouvelle la broute un coup et elle a sa piqûre. Les matons sont encore pires. Ils ont la clé des cellules et se paient du cul en libre service. Tu risques de te faire mettre en cloque, mais ils peuvent te rendre des tas de services. Si tu veux de la came ou la visite de ton petit copain, tu fais une partie de jambes en l'air. Ça s'appelle du troc et ça a lieu dans toutes les prisons du pays.

— C'est horrible !

— C'est de la survie », répliqua Ernestine.

Le plafonnier de la cellule faisait briller son crâne rasé.

« Tu sais pourquoi le chewing-gum est interdit ?

— Non.

— Parce que les filles le collent dans les serrures. Ça leur permet de sortir la nuit et de se rendre visite. Nous suivons les règles que nous voulons bien suivre. Les filles qui sortent d'ici sont peut-être des cloches, mais c'est des cloches démerdardes. »

Les histoires d'amour fleurissaient dans le pénitencier. Le code régissant les rapports de couples était appliqué encore plus strictement qu'à l'extérieur. Les rôles d'hommes et de femmes étaient recréés et joués jusqu'au bout. Les « jules » changeaient de nom. Ernestine s'appelait Ernie ; Tessie, Tex ; Barbara devenait Bob ; Katherine,

Kelly. Elles portaient les cheveux coupés court ou rasés et ne faisaient aucune tâche ménagère. C'était leurs « femme » qui nettoyaient, reprisaient et repassaient pour elles. Lola et Paulita se disputaient farouchement les attentions d'Ernestine en cherchant mutuellement à se supplanter.

Les jalousies étaient féroces et donnaient souvent lieu à des rixes. Quand un « jules » surprenait des échanges de regards entre sa « femme » et une rivale, de violentes scènes éclataient. Des lettres d'amour circulaient sans cesse à travers la prison, distribuées par les rats de poubelles.

Pliées en petits triangles appelés « cerfs-volants », elles étaient aisément dissimulables dans un soutien-gorge ou une chaussure. Les détenues se les passaient quand elles se frôlaient en entrant au réfectoire ou en allant à leur travail.

Tracy vit bien des femmes s'éprendre de leurs surveillantes. C'était un amour engendré par le désespoir et la soumission. Les prisonnières dépendaient des surveillantes pour tout : leur nourriture, leur confort et parfois même leur vie. Tracy s'interdisait d'éprouver le moindre sentiment pour quiconque.

Les rapports sexuels avaient lieu jour et nuit, dans les douches, dans les toilettes, dans les cellules. Les « julies » appartenant à des gardiennes étaient libérées la nuit pour les rejoindre dans leur quartier.

Après l'extinction des feux, Tracy avait coutume de se boucher les oreilles pour ne plus entendre plaintes et râles.

Un soir, Ernestine tira de dessous son lit une boîte de riz soufflé qu'elle répandit sur le sol du couloir. Tracy entendait d'autres détenues l'imiter dans les cellules voisines.

« Que se passe-t-il ? demanda-t-elle.

— C'est pas tes oignons, répondit Ernestine d'un ton dur. Reste dans ton lit. Reste juste dans ton foutu pieu ! »

Quelques minutes plus tard, un cri de terreur jaillit

d'une cellule toute proche. Une nouvelle détenue y avait été amenée le jour même.
« Oh ! Mon Dieu, non ! Arrêtez ! Non ! »
Tracy sut alors ce qui se passait. Elle en éprouva un immense écœurement. Les hurlements continuèrent, longtemps, puis se muèrent en sanglots désespérés, déchirants. Tracy ferma les yeux de toutes ses forces, brûlant d'une rage farouche. Comment des femmes pouvaient-elles agir ainsi entre elles ? Elle croyait que la prison l'avait endurcie mais, au matin, son visage portait des traces de larmes.
Déterminée à ne rien laisser voir de ses sentiments à Ernestine, elle lui demanda négligemment :
« A quoi servait le riz soufflé ?
— C'est notre système d'alarme. Si les matonnes essaient de nous épier en douce, on les entend venir. »

Tracy comprit vite pourquoi les détenues disaient : « faire un tour à l'école » en parlant d'un séjour au pénitencier. C'était en effet une expérience instructive, mais ce qu'on y apprenait était peu orthodoxe.
La prison regorgeait de spécialistes de toutes les formes imaginables de délits. Elles échangeaient leurs méthodes d'escroquerie, de vol à l'étalage ou de vol sur les ivrognes. Elles se mettaient au courant des derniers moyens à la mode en matière de chantage, se renseignaient sur les indicateurs et les policiers en civil.
Dans la cour, Tracy assista un matin à une conférence sur le vol à la tire donnée par une vieille détenue à un groupe de jeunes femmes fascinées.
« Les vrais pros viennent de Colombie. Il y a une école à Bogota — l'école des dix clochettes — où on paie deux mille cinq cents dollars pour apprendre à devenir pickpocket. Ils accrochent au plafond un mannequin habillé d'un costume où il y a dix poches pleines d'argent et de bijoux.
— Quelle est l'astuce ?

— Il y a une petite clochette sur chaque poche. T'as pas ton diplôme avant de savoir vider toutes ces foutues poches sans les faire sonner.

— J'étais avec un type qui se baladait dans la foule, les deux mains bien en vue, et qui vidait toutes les poches qui passaient à sa portée.

— Comment il pouvait bien s'y prendre ?

— La main droite était fausse. Il y avait une fente dans son pardessus et, avec sa vraie main, il délestait poches, serviettes et sacs à main. »

Dans la salle de détente, l'enseignement continuait.

« J'aime bien le coup des consignes automatiques, disait une ancienne. Tu traînes dans une gare jusqu'à ce que tu tombes sur une vieille dame qui en bave pour mettre sa valise ou un gros paquet dans une de ces consignes. Tu l'aides et tu lui donnes la clé, mais pas la bonne, celle d'une consigne vide. Dès qu'elle est partie, tu te sers et tu mets les bouts. »

Un autre après-midi, deux détenues condamnées pour prostitution et détention de cocaïne parlaient à une nouvelle arrivée, une jolie fille qui ne semblait pas avoir plus de dix-sept ans.

« C'est pas étonnant que tu te sois fait agrafer, cocotte, lui disait l'une des détenues d'un ton de reproche. Avant de parler bizness à un micheton, il faut le palper un peu, histoire de voir s'il a pas un flingue. Et il faut *jamais* lui dire ce que tu vas lui faire. Arrange-toi pour que *lui* te dise ce qu'il veut. Comme ça, si c'est un flic, il t'a monté le coup, tu piges ?

— Sûr ! Et mate toujours leurs mains, ajouta l'autre professionnelle. Si un miché te raconte qu'il est ouvrier, regarde s'il a les mains abîmées. Un tas de flics en civil s'habillent en travailleurs, mais ils ne pensent pas à leurs mains. »

Le temps ne passait ni vite ni lentement. Il était, tout simplement. Tracy pensait souvent à un aphorisme de saint Augustin : « Qu'est-ce que le temps ? Si personne ne me le demande, je le sais. Mais s'il me faut l'expliquer, je l'ignore. »

La routine carcérale était immuable :

4 h 40	Sonnerie
4 h 45	Lever
5 heures	Petit déjeuner
5 h 30	Retour aux cellules
5 h 55	Sonnerie
6 heures	Alignement des groupes de travail
10 heures	Promenade
10 h 30	Déjeuner
11 heures	Alignement des groupes de travail
15 h 30	Dîner
16 heures	Retour aux cellules
17 heures	Salle de détente
18 heures	Retour aux cellules
20 h 45	Sonnerie
21 heures	Extinction des feux

Les règles étaient inflexibles. Toutes les détenues devaient se rendre au réfectoire. Aucune conversation n'était permise sur les rangs. Les armoires personnelles ne devaient pas contenir plus de cinq produits de beauté. Les lits devaient être faits avant le petit déjeuner et rester impeccables pendant la journée.

Le pénitencier avait une musique qui n'appartenait qu'à lui : les sonneries, le bruit des pieds sur le ciment, le claquement des portes de fer, les chuchotements du jour, les hurlements de la nuit..., le grésillement des talkies-walkies des surveillantes, le fracas des plateaux à l'heure des repas. Et, toujours, les barbelés, les murs, la solitude, l'enfermement et le parfum entêtant de la haine.

Tracy devint une prisonnière modèle. Son corps réagissait machinalement aux bruits qui scandaient la routine carcérale : celui de la barre transversale verrouillant sa cellule après le contrôle du soir et l'ouvrant à l'heure du réveil, la cloche sonnant le début du travail et celle qui en annonçait la fin.

Mais, si son corps était prisonnier, son esprit était libre de préparer son évasion.

Les détenues n'étaient pas autorisées à téléphoner et avaient le droit de recevoir deux appels de cinq minutes par mois. Tracy en reçut un d'Otto Schmidt.

« J'ai pensé que vous aimeriez savoir que l'enterrement de votre mère s'est bien passé, dit-il avec embarras. Je me suis occupé des frais, Tracy.

— Merci, Otto. Je... Merci. »

Ils ne pouvaient rien se dire de plus.

Elle ne reçut plus aucun appel.

« Tu ferais mieux d'oublier le monde extérieur, lui conseilla Ernestine. Personne ne t'y attend. »

« Tu te trompes », se dit sombrement Tracy.

Joe Romano
Perry Pope
Le juge Henry Lawrence
Anthony Orsatti
Charles Stanhope

Ce fut dans la cour de promenade que Tracy eut affaire à la Grosse Bertha pour la seconde fois. La cour était un grand rectangle délimité par les hauts murs d'enceinte intérieurs et extérieurs de la prison. Les détenues avaient droit à une demi-heure de promenade tous les matins. C'était un des rares endroits où les conversations étaient autorisées et les femmes s'y rassemblaient par petits groupes pour échanger potins et nouvelles. Quand elle entrait dans la cour, Tracy éprouvait un brusque sentiment de liberté. Elle était à l'air libre ; le soleil brillait très haut au-dessus d'elle et, quelque part, très loin dans le ciel bleu, elle entendait un avion prendre son essor.

« Hé ! Toi, ça fait un moment que je te cherche. »

Tracy se retourna pour découvrir l'énorme Suédoise qui l'avait bousculée le jour de son arrivée.

« Il paraît que t'es collée avec une négresse. »

Tracy voulut s'éloigner, mais la Grosse Bertha lui saisit le bras d'une poigne de fer.

« Personne ne me fausse compagnie, Sois sage, *littbarn.* »

Elle l'acculait contre un mur, l'écrasant de son énorme masse.

« Lâche-moi !

— T'as besoin d'être sucée comme il faut et je vais m'en occuper. Tu vas être toute à moi, *älskade.* »

Derrière Tracy, une voix familière jeta :

« Enlève tes sales pattes en vitesse ! »

Les poings serrés, les yeux flamboyants de colère, le crâne étincelant sous le soleil, Ernestine Littlechap défiait la Suédoise du regard.

« T'es pas assez mec pour elle, Ernie.

— Mais assez pour *toi* ! Emmerde-la encore, et je te bouffe toute crue au petit déjeuner. »

L'atmosphère était chargée d'électricité. Les deux amazones se lançaient des regards brûlants de haine. « Elles sont prêtes à s'entre-tuer pour moi », pensa Tracy. Puis elle comprit que cela n'avait en fait pas grand-chose à voir avec sa personne. Une réflexion d'Ernestine lui revint en mémoire : « Ici, tu te bats, tu baises ou tu te fais la belle. Si tu défends pas ta place à l'ombre, t'es foutue. »

Ce fut la Grosse Bertha qui battit en retraite. Elle jeta un regard méprisant à Ernestine, puis se tourna vers Tracy en déclarant :

« Je suis pas pressée. T'es ici pour un bout de temps, beauté. Moi aussi. Tu ne perds rien pour attendre. »

Ernestine la suivit du regard.

« C'est une belle ordure, dit-elle. Tu te souviens de cette infirmière de Chicago qui rectifiait tous les malades ? Celle qui les bourrait de cyanure pour le plaisir de les regarder mourir ? Eh bien, c'est cette sœur de charité qui en pince si dur pour toi. Merde ! T'as besoin d'un ange gardien, Whitney, parce qu'elle te foutra pas la paix.

— M'aideras-tu à m'évader ? »

Une sonnerie retentit.

« C'est l'heure de la bouffe », dit Ernestine.

Cette nuit-là, Tracy pensa à Ernestine.

Bien qu'elle n'eût plus jamais tenté de la toucher, Tracy ne lui faisait toujours pas confiance. Elle ne pourrait jamais oublier ce qu'elle et ses deux compagnes lui avaient fait subir. Mais elle avait besoin d'Ernestine.

Tous les après-midi après déjeuner, les détenues étaient autorisées à passer une heure dans la salle de détente. Elles y regardaient la télévision, bavardaient ou lisaient revues et journaux récents. Tracy feuilletait un magazine quand une photo retint son attention, une photo de mariage. On y voyait Charles Stanhope et sa nouvelle épouse sortir d'une chapelle, enlacés et souriants. Cela fit à Tracy l'effet d'un coup de massue. La douleur qu'elle éprouva en regardant le visage heureux de Charles se mua en une fureur froide. C'était avec cet homme qu'elle avait un jour souhaité partager sa vie. Il l'avait froidement abandonnée à son sort ; il avait laissé mourir leur enfant. Mais cela s'était passé ailleurs, dans un autre temps, dans un autre monde. « C'était une illusion, se dit-elle. La réalité, elle est ici. »
Elle referma violemment le magazine.

Les jours de parloir, on reconnaissait sans peine celles des détenues qui avaient la visite d'un ami ou d'un parent : elles se douchaient, mettaient des habits propres et se maquillaient. Ernestine revenait en général du parloir souriante et pleine d'entrain.

« Mon Al ne rate jamais une visite, dit-elle à Tracy. Il sera là quand je sortirai. Tu sais pourquoi ? Parce que je lui donne ce qu'aucune autre femme ne peut lui donner.

— Tu veux dire... au lit ? fit Tracy sans pouvoir dissimuler son embarras.

— Tu l'as dit ! Ce qui se passe derrière ces murs n'a rien à voir avec le dehors. Ici, on a parfois besoin de chaleur humaine, de quelqu'un dans nos bras qui dise nous aimer. On a besoin de sentir que quelqu'un se fiche pas complètement de nous. Si ce n'est pas réel, si ça dure pas, c'est pas important. C'est tout ce qu'on a. Mais quand je suis dehors, conclut-elle avec un grand sourire, alors là, je deviens une bon Dieu de nymphomane, t'entends ? »

Quelque chose intriguait Tracy depuis longtemps. Elle décida le moment venu de mettre le sujet sur le tapis.

« Pourquoi me protèges-tu, Ernie ?
— J'en sais foutrement rien.
— J'aimerais vraiment le savoir. »

Elle choisit ses mots avec soin.

« Toutes celles qui sont tes... tes amies t'appartiennent. Elles font tes quatre volontés.
— Si elles veulent pas que je leur abîme le portrait, elles ont intérêt.
— Mais ça ne s'applique pas à moi. Pourquoi ?
— Tu t'en plains ?
— Non. Je suis curieuse.
— Bon, je vais te le dire, répondit Ernestine après avoir réfléchi un moment. T'as quelque chose que je veux. Non, pas ça, fit-elle devant l'expression de Tracy. J'ai tout ce qu'il me faut, mon chou. Ce que tu as, c'est de la classe, de la vraie, je veux dire. Comme ces dames chic dans *Vogue* ou *Town and Country* qui servent le thé dans des théières en argent. C'est à ce monde-là que tu appartiens. Ta place est pas ici. Je ne sais pas comment tu t'es foutue dans ce merdier, mais je parierais que tu t'es fait baiser par quelqu'un. »

Elle regarda Tracy et poursuivit presque avec timidité :

« J'ai pas vu grand-chose de décent dans ma vie. T'en fais partie. »

Puis se détournant, elle ajouta d'une voix presque inaudible :

« Je suis désolée pour ton môme. Vraiment... »

Ce soir-là, après l'extinction des feux, Tracy murmura dans le noir :

« Il faut que je m'évade, Ernie. Aide-moi, je t'en prie.
— J'essaie de dormir, bon Dieu ! Arrête ça, tu veux ! »

Ernestine initia Tracy au langage de la prison. Des groupes de femmes parlaient dans la cour.

« Cette vrille a baissé son fendard devant une lamdé et, après ça, fallait lui filer a cléber avec une cuillère à rallonge... »

« Elle avait plus lape de ballon à tirer. Mais elle s'est fait prendre dans une tempête de neige par un éplucheur qui l'a envoyée chez le morticole. Ciao le décambutage et les noces. »

Tracy avait l'impression d'écouter des Martiens.

« De quoi parlent-elles ? »

Ernestine éclata d'un rire tonitruant.

« Tu connais donc pas ta langue ? Une vrille qui baisse son fendard, c'est une lesbienne qui passe du rôle de mec à celui de nana. Elle a eu une histoire avec une lamdé, une fille. On ne pouvait plus lui faire confiance : il fallait donc la tenir à distance. Plus lape de ballon, ça veut dire qu'elle était pas loin de sa libération. Mais elle a été surprise en train de prendre de l'héroïne par un éplucheur, quelqu'un qui applique le règlement à la lettre. Le morticole, c'est le toubib de la prison.

— Et le décambutage et les noces ?

— T'as donc rien appris ? Le décambutage, c'est la sortie ; les noces, une libération conditionnelle. »

Tracy savait qu'elle n'attendrait ni l'une ni l'autre.

Ce fut le lendemain que la Grosse Bertha et Ernestine en vinrent aux mains. Les détenues jouaient au base-ball dans la cour sous la surveillance des gardiennes. La Grosse Bertha était à la batte. Après avoir manqué deux balles, elle renvoya la troisième à toute volée et courut vers la première ligne que tenait Tracy. Elle heurta celle-ci de plein fouet, la renversa et s'abattit sur elle. Ses mains se coulèrent entre les jambes de Tracy.

« Personne ne dit non à la Grosse Bertha, ma salope, murmura-t-elle. Je viendrai te chercher cette nuit, *littbarn*, et je te baiserai comme il faut. »

Tracy lutta farouchement pour se libérer. Puis, soudain, elle sentit quelqu'un soulever son agresseur. Un bras passé autour du cou énorme de la Suédoise, Ernestine l'étranglait.

« Espèce de foutue garce ! hurlait-elle. Je t'avais prévenue. »

Elle lacéra le visage de la Grosse Bertha de ses ongles en visant les yeux.

« Je suis aveugle ! cria la Suédoise. Je suis aveugle ! »

Elle empoigna les seins d'Ernestine et tira. Les deux femmes se battaient à coups de poing et de griffes quand quatre gardiennes se précipitèrent sur elles. Il leur fallut cinq minutes pour les séparer. Toutes deux furent conduites à l'infirmerie. Ernestine ne fut ramenée dans sa cellule que tard dans la soirée. Lola et Paulita l'entourèrent aussitôt de leurs attentions.

« Ça va ? murmura Tracy.
— Du tonnerre ! » répondit Ernestine d'une voix assourdie.

Tracy se demanda si elle était gravement blessée.

« On m'a accordé la conditionnelle hier, reprit Ernestine. Je vais sortir de ce trou. T'as un problème. Cette salope te foutra plus la paix maintenant. Et, quand elle aura fini de te baiser, elle te tuera. »

Puis, après un long silence, elle ajouta :

« Peut-être qu'il serait temps qu'on parle de ta foutue cavale, toi et moi. »

10

« Tu n'auras plus de gouvernante demain, annonça le directeur à sa femme.
— Pourquoi ? demanda Sue Ellen Brannigan avec surprise. Judy est très gentille avec Amy.
— Je sais, mais elle a purgé sa peine. Elle sera libérée demain matin. »
Ils prenaient leur petit déjeuner dans cette maison confortable qui était un des avantages en nature dont bénéficiait le directeur du pénitencier. Parmi les autres figuraient les services d'une cuisinière, d'une femme de chambre, d'un chauffeur et d'une gouvernante pour leur fille Amy. Toutes ces domestiques étaient des détenues de « confiance[1] ». En arrivant au pénitencier cinq ans plus tôt, l'idée d'habiter dans l'enceinte même de la prison avait inquiété Sue Ellen Brannigan et celle d'avoir des criminelles à son service, encore davantage.

« Comment peux-tu être sûr qu'elles ne nous voleront pas et ne nous couperont pas la gorge au milieu de la nuit ? avait-elle demandé.
— Si elles le font, je ferai un rapport à leur sujet », avait promis son époux.
Il avait obtenu l'accord de sa femme mais sans la convaincre. Les craintes de celle-ci s'étaient toutefois

---

1. Prisonniers à qui sont accordés certains privilèges en raison de leur bonne conduite.

révélées sans fondement. Soucieuses d'obtenir au plus vite une réduction de peine, les détenues de « confiance » ne cherchaient qu'à faire bonne impression et travaillaient avec zèle.

« Je commençais juste à lui laisser Amy en toute tranquillité », se plaignit Mme Brannigan.

Elle ne voulait que du bien à Judy sans pour autant avoir envie de la voir partir. Dieu seul savait quel genre de femme la remplacerait. On racontait tant d'histoires horribles sur ce qui arrivait aux enfants confiés à des inconnus.

« Tu as quelqu'un d'autre en vue, George ? »

Le directeur avait mûrement réfléchi à la question. Une dizaine de détenues auraient pu s'occuper très convenablement de leur fille. Mais il ne parvenait pas à chasser Tracy Whitney de ses pensées. Il y avait dans son cas quelque chose qui le mettait profondément mal à l'aise. Criminologue professionnel depuis quinze ans, il se vantait de savoir jauger les prisonniers. Parmi celles dont il avait la charge, certaines étaient des criminelles endurcies, d'autres avaient agi sous l'empire de la passion ou d'une tentation passagère. Mais Tracy Whitney ne lui semblait entrer dans aucune de ces catégories. Ses protestations d'innocence ne l'avaient pas troublé, car c'était l'attitude classique de tous les prisonniers. Ce qui le dérangeait, c'était l'identité de ceux qui l'avaient envoyée en prison. Le directeur avait été nommé par une commission municipale ayant à sa tête le gouverneur de l'État. Or, bien qu'il se refusât à se mêler de politique, il en connaissait néanmoins tous les acteurs. Joe Romano appartenait à la Mafia ; c'était le bras droit d'Orsatti. Perry Pope, l'avocat de Tracy Whitney, était payé par eux, tout comme le juge Henry Lawrence. La condamnation de la jeune femme sentait décidément mauvais.

Brannigan prit sa décision.

« Oui, dit-il, j'ai quelqu'un en vue. »

Dans la cuisine de la prison, il y avait un petit renfoncement où l'on avait installé une table en Formica et quatre chaises. C'était le seul endroit où l'on pouvait disposer d'une relative intimité. Tracy et Ernestine y buvaient un café pendant leur pause.

« Y serait peut-être temps que tu me racontes pourquoi t'es si pressée de te faire la paire », dit Ernestine.

Tracy hésita, ne sachant si elle pouvait lui faire confiance. Mais elle n'avait pas le choix.

« Il y a des gens qui ont mal agi envers ma famille et moi. Il faut que je sorte pour leur rendre la monnaie de leur pièce.

— Ah oui ? Qu'est-ce qu'ils t'ont fait ?

— Ils ont tué ma mère », dit lentement Tracy.

Chaque mot lui faisait mal.

« Qui, "ils" ?

— Je ne pense pas que leurs noms te disent grand-chose. Joe Romano, Perry Pope, un juge appelé Henry Lawrence, Anthony Orsatti...

— Bordel ! Tu te fous de ma gueule ou quoi ?

— Tu les connais ? fit Tracy, étonnée.

— Les *connaître* ! Qui ne les connaît pas ? Rien ne se passe dans c'te bon Dieu de Nouvelle-Orléans de merde si Romano et Orsatti ne disent pas amen. Tu peux pas te frotter à eux : ils te réduiront en poussière.

— Ils l'ont déjà fait », répondit Tracy d'une voix sans timbre.

Ernestine jeta un regard autour d'elle pour s'assurer qu'on ne pouvait les entendre.

« Ou tu es complètement cinglée ou tu es la gonzesse la plus tarée que j'aie jamais vue. Tu parles d'*intouchables* ! Oublie-les, et vite !

— Non, je ne peux pas. Il faut que je sorte d'ici. Est-ce possible ? »

Ernestine resta longtemps silencieuse.

« On en reparlera dans la cour », dit-elle enfin.

Elles étaient dans la cour, à l'écart des autres.

« Il y a eu douze cavales dans cette taule. Deux des

détenues ont été abattues, les dix autres ont été rattrapées et ramenées ici. »

Tracy ne fit aucun commentaire.

« Le mirador est occupé vingt-quatre heures sur vingt-quatre par des gardes armés de mitraillettes. Et ce sont des putains d'enfants de salauds. Si quelqu'un s'évade, ça leur coûte leur job, alors ils réfléchissent pas longtemps avant de te descendre. La prison est entourée de barbelés : si tu passes au travers, ils ont des chiens capables de renifler un pet de moustique. Il y a un poste de gardes nationaux à quelques kilomètres d'ici. Quand un prisonnier est en fuite, ils envoient des hélicoptères avec armes et projecteurs à bord. Tout le monde se fout que tu sois ramenée morte ou vivante. Ils ont même une préférence pour les cadavres : ça décourage les suivants.

— Mais il y a quand même des tentatives, fit Tracy avec obstination.

— Celles qui se sont tirées avaient de l'aide du dehors : des amis qui leur faisaient passer des armes, de l'argent, des vêtements ; des voitures qui les attendaient... »

Elle se tut un instant pour donner plus de poids à ses derniers mots :

« Elles se sont *quand même* fait prendre.

— Ils ne me prendront pas », jura Tracy.

Une surveillante se dirigeait vers elles.

« Le directeur veut te voir, cria-t-elle à Tracy. Dépêche ! »

« Nous avons besoin de quelqu'un pour garder notre petite fille, dit le directeur. Ce n'est pas une obligation. Vous pouvez refuser si vous le souhaitez. »

Quelqu'un pour garder notre petite fille. L'esprit de Tracy était en ébullition. Cela faciliterait peut-être son évasion. En travaillant dans la maison du directeur, elle pourrait sans doute en apprendre beaucoup plus sur l'organisation de la prison.

« J'aimerais faire ce travail », répondit-elle.

George Brannigan était content. Il avait le sentiment étrange et déraisonnable d'avoir une dette envers cette femme.

« Parfait. Vous serez payée soixante *cents* de l'heure. L'argent sera versé à votre compte en fin de mois. »

Les détenues n'avaient pas le droit d'avoir de l'argent sur elles. Les sommes accumulées pendant leur détention leur était remises à leur libération.

« Je ne serai plus ici à la fin du mois », pensa Tracy.

« Très bien, dit-elle à haute voix.

— Vous commencerez demain matin. La surveillante vous donnera tous les détails nécessaires.

— Merci, monsieur. »

Il la dévisagea et eut envie d'ajouter quelque chose ; il ne savait pas très bien quoi.

« Ce sera tout », dit-il.

Quand Tracy annonça la nouvelle à Ernestine, celle-ci déclara d'un air songeur :

« Ça veut dire qu'ils vont t'accorder la "confiance". Tu vas pouvoir te déplacer plus librement. Ça pourrait rendre ton évasion un peu plus facile.

— Comment puis-je m'y prendre ?

— Tu as trois possibilités, mais elles sont toutes risquées. La première, c'est de coller du chewing-gum dans les serrures de ta porte et du couloir. Tu te faufiles dans la cour, tu jettes une couverture sur les barbelés et tu décampes à toutes jambes. »

Pourchassée par des chiens et des hélicoptères. Tracy sentait déjà les balles des gardes la déchiqueter. Elle frissonna.

« Quelles sont les autres solutions ?

— La deuxième, c'est de trouver une arme et de prendre un otage. Si tu te fais cueillir, c'est deux dollars et cinq *cents* de mitraille. Deux à cinq ans de taule de plus, expliqua-t-elle devant l'air perplexe de Tracy.

— Et la troisième ?

— Elle est réservée aux détenues de "confiance"

qu'on envoie travailler dehors. Une fois que tu es dans la nature, t'essaies d'y rester. »

Tracy réfléchit un instant. Sans argent, sans voiture, sans refuge sûr, elle n'avait pas la moindre chance.

« Ils découvriraient ma disparition au premier contrôle et se lanceraient aussitôt à ma recherche, dit-elle.

— Il n'y a pas de plan d'évasion parfait, répondit Ernestine en soupirant. C'est pour ça que personne a jamais réussi à se tirer d'ici. »

« J'y arriverai », se jura Tracy.

Ce fut le matin anniversaire de son cinquième mois de prison que Tracy fut conduite chez les Brannigan. Elle appréhendait sa rencontre avec l'épouse et la fille du directeur. Ce travail était d'une importance vitale pour elle : il allait lui fournir la clé de la liberté.

Tracy entra dans la grande cuisine accueillante et s'assit. Elle transpirait si abondamment qu'elle sentait la sueur couler de ses aisselles. Une femme vêtue d'un peignoir vieux rose apparut dans l'encadrement de la porte.

« Bonjour, dit-elle.
— Bonjour. »

La femme fit mine de s'asseoir, changea d'avis et resta debout. Âgée de trente-cinq ans environ, Sue Ellen Brannigan était une blonde au visage agréable, à l'air vague et distrait. Mince et nerveuse, elle ne savait jamais très bien quelle attitude adopter envers les détenues à son service. Devait-elle les remercier pour leur travail ou se contenter de leur donner des ordres ? Devait-elle se montrer amicale ou les traiter comme des prisonnières ? Elle ne s'était toujours pas habituée à l'idée de vivre au milieu de droguées, de voleuses et de meurtrières.

« Je suis Mme Brannigan. Amy a presque cinq ans maintenant et vous savez comme les enfants sont turbulents à cet âge. Il faut être constamment derrière elle. »

Elle jeta un coup d'œil à la main gauche de Tracy : elle ne portait pas d'alliance. « Mais, de nos jours, cela ne veut plus dire grand-chose, surtout dans les classes inférieures », se dit-elle.

« Avez-vous des enfants ? demanda-t-elle.

— Non, répondit Tracy en pensant à son enfant jamais né.

— Je vois. »

Sue Ellen était déconcertée par la jeune femme. Elle ne correspondait pas du tout à l'idée qu'elle s'en était faite. Elle avait presque de la distinction.

« Je vais chercher Amy », dit-elle en quittant vivement la pièce.

Tracy regarda autour d'elle. La maison était assez grande, propre et joliment meublée. Il lui semblait n'avoir pas vu l'intérieur d'une maison depuis des années. Cela faisait partie de l'autre monde, celui du dehors.

Sue Ellen revint en tenant une petite fille par la main.

« Amy, voici... »

Appelait-on une détenue par son nom ou son prénom ? Elle transigea :

« Voici Tracy Whitney.

— Bonjour », dit Amy.

Mince comme sa mère, elle avait des yeux noisette intelligents. Sans être vraiment jolie, elle touchait par un air de gentillesse spontanée.

« Je ne me laisserai pas émouvoir. »

« Vous allez être ma nouvelle gouvernante ?

— Je vais aider ta maman à s'occuper de toi.

— Judy a été libérée sur parole, vous savez ? Vous aussi, vous allez être libérée ? »

« Non », pensa Tracy.

« Je vais être ici pendant très longtemps, Amy, répondit-elle.

— C'est une bonne chose », fit Sue Ellen d'un ton enjoué.

Elle rougit de confusion et se mordit la lèvre.

« Je veux dire... »

Elle tournoya dans la cuisine et se mit à expliquer son travail à Tracy.

« Vous prendrez vos repas avec Amy. Vous pouvez lui préparer son petit déjeuner et jouer avec elle, le matin. La cuisinière servira le déjeuner ici. Après, Amy fait la sieste et, dans l'après-midi, elle aime bien se promener autour de la ferme. C'est si bon pour un enfant de voir pousser les plantes, vous ne trouvez pas ?
— Si. »
La ferme de la prison était entourée de huit hectares de verger et de cultures maraîchères dont s'occupaient les détenus de « confiance ». Un grand lac artificiel entouré d'un mur de pierre servait à l'irrigation.

Les cinq jours qui suivirent firent presque l'effet d'une nouvelle vie à Tracy. Dans d'autres circonstances, elle aurait pris plaisir à quitter les murs lugubres de la prison et à se promener librement autour de la ferme dans l'air frais de la campagne. Mais son évasion occupait toutes ses pensées. Lorsqu'elle n'était pas auprès d'Amy, elle devait regagner le pénitencier. Chaque soir, on l'enfermait dans sa cellule mais, dans la journée, elle avait l'illusion de la liberté. Après avoir pris son petit déjeuner dans la cuisine de la prison, elle gagnait la maison du directeur où elle préparait celui d'Amy. Tracy avait appris à cuisiner de nombreux plats auprès de Charles, et les ingrédients à sa disposition sur les étagères des Brannigan la tentaient. Mais Amy préférait de simples bouillies d'avoines ou des céréales agrémentées de fruits. Après le petit déjeuner, Tracy jouait avec elle ou lui faisait la lecture. Sans s'en apercevoir, elle se mit à apprendre à la petite fille les jeux de son enfance.

Amy adorait les marionnettes. En utilisant une vieille chaussette du directeur, Tracy essaya de reproduire l'agneau de Shari Lewis. Mais le résultat ressembla à un canard mâtiné de renard.

« Je le trouve très beau », dit Amy, loyale.

Tracy fit parler la marionnette avec divers accents : français, italien, allemand et le préféré d'Amy, l'accent mexicain chantant de Paulita. En regardant le visage rayonnant de plaisir de l'enfant, Tracy se répétait : « Je ne me laisserai pas attendrir. Elle n'est que l'instrument de mon évasion, rien de plus. »

Après la sieste d'Amy, elles faisaient ensemble de longues promenades. Tracy veillait à parcourir des parties du camp qu'elle ne connaissait pas. Elle prenait note des entrées et des sorties, du nombre de gardes sur les miradors, des heures de relève. Il lui parut vite évident qu'aucun des plans d'évasion d'Ernestine n'avait la moindre chance de réussir.

« Quelqu'un a-t-il déjà essayé de s'échapper en se cachant dans un des camions de livraison ? J'ai vu des camions de lait, d'approvisionnement...

— Laisse tomber, dit Ernestine. Ils sont tous fouillés à l'entrée et à la sortie. »

Un matin au petit déjeuner, Amy déclara :
« Je t'aime, Tracy. Tu ne veux pas être ma maman ? »
Tracy sentit son cœur se serrer.
« Une mère suffit, répondit-elle. Tu n'as pas besoin d'en avoir deux.

— Mais si ! Le père de mon amie Sally Ann s'est remarié, et maintenant elle a deux mères.

— Tu n'es pas Sally Ann, fit sèchement Tracy. Finis de manger.

— Je n'ai plus faim, répondit Amy en la regardant avec de grands yeux malheureux.

— Très bien. Je vais te lire une histoire. »
Au moment où elle commençait à lire, elle sentit la petite main douce d'Amy sur la sienne.
« Je peux m'asseoir sur tes genoux ?
— Non. »
« Cherche de l'affection auprès des tiens, pensa-t-elle. Tu ne m'appartiens pas. Personne ne m'appartient. »

Ces journées tranquilles passées loin de la routine de la prison lui rendaient les nuits plus insupportables encore.

Retourner dans sa cellule, être enfermée comme un animal en cage lui faisait horreur. Elle ne parvenait toujours pas à s'habituer aux hurlements qui jaillissaient des cellules voisines dans l'indifférence de la nuit. Elle serrait les dents à en avoir les mâchoires endolories. « Une nuit à la fois, se disait-elle. Je peux supporter une nuit à la fois. »

Elle dormait peu car elle ne cessait d'élaborer des plans. La première étape, c'était son évasion ; la seconde, Joe Romano, Perry Pope, Henry Lawrence et Orsatti ; la dernière, Charles. Mais c'était un souvenir trop douloureux pour qu'elle puisse y penser encore. « Je réglerai cela quand le moment viendra », se disait-elle.

Il devenait impossible d'éviter la Grosse Bertha. Tracy était convaincue que celle-ci la faisait espionner. Elle ne pouvait se rendre dans la salle de détente ou dans la cour sans que la Suédoise ne fasse son apparition quelques instants plus tard.

« Tu es en beauté aujourd'hui, *littbarn,* lui dit-elle un jour. Il me tarde que nous soyons enfin réunies.

— Fiche-moi la paix, répondit Tracy d'un ton menaçant.

— Ou quoi ? fit la Suédoise avec un large sourire. Ta garce noire s'en va. Je suis en train de m'arranger pour qu'on te mette dans ma cellule. J'y arriverai, mon chou, crois-moi », ajouta-t-elle devant l'air incrédule de Tracy.

Tracy sut alors que le temps lui était compté. Il fallait qu'elle s'évade avant la libération d'Ernestine.

La promenade favorite d'Amy était un grand pré que des fleurs sauvages éclaboussaient de toutes les couleurs de l'arc-en-ciel. L'immense lac artificiel en était tout proche. L'eau était profonde et son niveau très en contrebas du muret de ciment qui l'entourait.

« On va nager, implora Amy. S'il te plaît, Tracy... ?

— Ce n'est pas un endroit fait pour nager. On utilise l'eau pour irriguer. »

La seule vue de l'eau noire et menaçante la faisait frissonner.

Son père la portait sur ses épaules et entrait avec elle dans l'océan. Elle hurlait et il lui disait : « Ne fais pas le bébé, Tracy. » Il la jetait dans l'eau froide qui la submergeait. Elle suffoquait, en proie à la panique...

Bien que Tracy s'y fût attendue, le choc fut brutal.

« Je sors d'ici samedi en huit », lui annonça Ernestine.

Un frisson glacial la parcourut. Elle n'avait rien dit à Ernestine de sa conservation avec la Grosse Bertha. Ernestine ne serait pas là pour l'aider. La Suédoise avait sans doute assez d'influence pour la faire transférer dans sa cellule. Tracy ne pouvait éviter ce transfert qu'en parlant au directeur. Mais, si elle le faisait, sa vie ne vaudrait pas cher : toutes les détenues se retourneraient contre elle. *Tu te bats, tu baises ou tu te fais la belle.* Eh bien, elle se ferait la belle.

Ernestine et elle passèrent de nouveau en revue toutes les possibilités d'évasion. Aucune n'était satisfaisante.

« Tu n'as pas de voiture et personne dehors pour t'aider. Tu te feras prendre, y a pas à tortiller. Et ça sera encore pire pour toi. Tu ferais mieux de tirer ton temps peinarde. »

Mais Tracy savait qu'elle ne serait pas peinarde, pas avec la Grosse Bertha à ses trousses. Penser à ce que cette lesbienne gigantesque lui réservait la rendait physiquement malade.

On était samedi matin, sept jours avant la libération d'Ernestine. Sue Ellen Brannigan avait emmené Amy à La Nouvelle-Orléans pour le week-end et Tracy travaillait à la cuisine du pénitencier.

« Comment marche ton boulot de bonne d'enfant ? demanda Ernestine.

— Ça va.

— J'ai vu la petite. Elle a l'air adorable.

— Elle est gentille, répondit Tracy d'un ton indifférent.

— Ça va me faire un de ces plaisirs de sortir d'ici ! Je ne reviendrai jamais dans ce trou, c'est moi qui te le dis. Si Al ou moi pouvons faire quelque chose pour toi dehors...

— Attention devant ! » cria un homme.

Tracy se retourna. Un homme poussait un gros chariot plein à ras bord d'uniformes sales et de linge. Elle le suivit des yeux, intriguée, tandis qu'il se dirigeait vers la sortie.

« Je disais que si Al et moi pouvons faire quelque chose... Tu sais... t'envoyer des trucs ou...

— Ernie, que fais ce camion ici ? La prison a sa propre laverie.

— Oh ! C'est pour les gardiens, fit Ernestine en riant. Ils donnaient leurs uniformes à laver ici avant. Mais les boutons résistaient pas au lavage ; les manches se déchiraient ; on retrouvait des mots obscènes cousus dans les doublures ; les jupes rétrécissaient et le tissu était tout taillé sans qu'on sache pourquoi. C'est-y pas une putain de honte, mam'selle Scarlett ? Voilà qu'y sont obligés d'envoyer leurs frusques à l'extérieur. »

Tracy n'écoutait plus. Elle savait comment elle allait s'évader.

11

« Nous ne devrions pas garder Tracy, George.
— Comment ? Qu'est-ce qui ne pas pas ? demanda le directeur en abandonnant la lecture de son journal.
— Je ne sais pas vraiment. J'ai l'impression qu'elle n'aime pas Amy. Elle n'aime peut-être pas les enfants en général.
— Elle ne la maltraite pas ? Elle ne l'a pas battue ou grondée trop durement ?
— Non.
— Alors ?
— Hier, Amy s'est précipitée dans ses bras et elle l'a repoussée. Ça m'a ennuyée parce qu'Amy l'adore. Pour être tout à fait franche, il se pourrait bien que je sois un peu jalouse. Tu crois que ça vient de là ?
— Cela pourrait expliquer beaucoup de choses, répondit le directeur en riant. A mon avis, Tracy Whitney est parfaite pour ce travail. Maintenant, si elle te pose de véritables problèmes, dis-le-moi, je m'en occuperai. »

Sue Ellen n'était pourtant pas convaincue. Reprenant sa broderie, elle y planta des coups d'aiguille rageurs. Le sujet était loin d'être clos.

« *Pourquoi* cela ne marcherait-il pas ?
— Je te l'ai dit. Les gardiens fouillent les camions.

— Mais s'il transporte un chargement de linge ? Ils ne vont quand même pas tout vider.

— Ils n'ont pas besoin de le faire. Le chariot est rempli dans la réserve sous la surveillance d'un gardien. »

Tracy réfléchit un moment.

« Ernie... Quelqu'un pourrait-il distraire ce gardien pendant cinq minutes ?

— Mais bordel ! A quoi... »

Elle s'interrompit brusquement. Un sourire se dessina lentement sur ses lèvres.

« Pendant que quelqu'un lui met du soleil plein les carreaux, tu te glisses dans le chariot et on te couvre de linge ! Bon Dieu ! Tu sais que ça pourrait marcher ?

— Alors, tu vas m'aider ? »

Ernestine resta un instant pensive.

« Oui, répondit-elle enfin, je vais t'aider. C'est ma dernière chance de baiser la Grosse Bertha. »

Par l'intermédiaire du téléphone arabe, la nouvelle fit vite le tour de la prison. Une évasion était un événement qui passionnait toutes les détenues. Elles vivaient chaque tentative par procuration en regrettant de ne pas avoir le courage d'en faire autant. Mais il y avait les gardes, les chiens, les hélicoptères... et les cadavres de celles qu'on avait ramenées.

Grâce à l'aide d'Ernestine, le projet d'évasion avança rapidement. Ernestine prit les mesures de Tracy ; Lola chaparda du tissu dans l'atelier de confection et Paulita fit faire la robe par une couturière d'un autre bloc. Le magasin d'habillement de la prison fournit une paire de chaussures qui fut teinte de la même couleur que la robe. Un chapeau, des gants et un sac apparurent comme par magie.

« Maintenant il faut qu'on te trouve des papiers d'identité, annonça Ernestine. T'as besoin d'une ou deux cartes de crédit et d'un permis de conduire.

— Comment... ?

— Laisse faire Ernestine Littlechap », dit-elle en souriant.

Le lendemain soir, elle donna à Tracy trois importantes cartes de crédit au nom de Jane Smith.

« On va s'occuper de ton permis maintenant. »

Un peu après minuit, Tracy entendit la porte de sa cellule s'ouvrir. Quelqu'un se glissait à l'intérieur. Elle se redressa, immédiatement sur ses gardes.

« Whitney ? murmura une voix. Viens. »

Tracy reconnut Lilian, une détenue de « confiance ».

« Que me veux-tu ? demanda-t-elle.

— Quelle espèce de débile ta mère a élevée ? jeta Ernestine dans l'obscurité. Ferme-la et pose pas de questions.

— Il faut faire vite, murmura Lilian. Si on se fait prendre, ils ne me rateront pas. Viens.

— Où allons-nous ? » demanda Tracy.

Elle suivit Lilian le long du couloir jusqu'à un escalier qu'elles montèrent. Puis, après s'être assurées qu'il n'y avait aucun gardien à la ronde, elles traversèrent rapidement un vestibule et arrivèrent à la pièce où l'on avait photographié Tracy et pris ses empreintes.

« Entre », murmura Lilian.

Une autre détenue les attendait à l'intérieur.

« Mets-toi devant le mur », dit-elle d'un ton qui trahissait sa nervosité.

Tracy obéit, l'estomac noué.

« Regarde l'appareil. Essaie d'avoir l'air détendu, bon Dieu ! »

« Très drôle », pensa Tracy. Elle n'avait jamais été aussi tendue de sa vie. Elle entendit le déclic de l'appareil.

« Tu auras ta photo demain matin, dit la détenue. C'est pour ton permis de conduire. Et maintenant, filez ! Vite.

— Il paraît que tu changes de cellule », dit Lilian tandis qu'elles revenaient sur leurs pas.

Tracy se figea.

« Quoi ?

— Tu ne savais pas ? Tu passes dans celle de la Grosse Bertha. »

Ernestine, Lola et Paulita attendaient Tracy.
« Comment ça s'est passé ?
— Bien. »
Tu ne savais pas ? Tu passes dans celle de la Grosse Bertha.
« Ta robe sera prête samedi », annonça Paulita.
Le jour de la libération d'Ernestine. « Le jour de la dernière chance », pensa Tracy.
« Tout baigne, murmura Ernestine. Samedi, le ramassage a lieu à deux heures. Il faut que tu sois dans la réserve à une heure et demie. T'as pas à t'en faire pour le gardien : Lola l'occupera dans la pièce d'à côté. Paulita t'attendra dans la réserve. Elle aura tes fringues. Ton permis de conduire sera dans ton sac. Tu seras en route pour la sortie vers deux heures et quart. »
Tracy avait du mal à respirer. La simple évocation de son évasion la faisait trembler. *Tout le monde se fout que tu sois ramenée morte ou vivante. Ils ont même une préférence pour les cadavres.*
Dans quelques jours, elle jouerait son va-tout. Elle ne se faisait pas d'illusion : les chances étaient contre elle. Ils finiraient par la retrouver et par la ramener. Mais il y avait quelque chose dont elle avait juré de s'occuper avant.

Toute la prison était au courant du combat qui avait mis aux prises Ernestine Littlechap et la Grosse Bertha au sujet de Tracy. La nouvelle du transfert de celle-ci dans la cellule de la Suédoise s'étant également répandue, ce ne fut pas un hasard si personne ne souffla mot de l'évasion à la Grosse Bertha. Celle-ci n'aimait pas les mauvaises nouvelles. Elle avait souvent tendance à confondre la nouvelle et son porteur, et à traiter celui-ci en conséquence. Elle ne fut donc informée du projet de Tracy que le matin même de l'évasion. Ce fut la détenue qui avait photographié Tracy qui le lui apprit.
La Suédoise garda un silence lourd de menaces. Sa car-

rure parut devenir encore plus impressionnante. Elle ne posa qu'une seule question :.

« A quelle heure ?

— Cet après-midi à deux heures, Bert. Elles vont la cacher au fond d'un chariot de linge dans la réserve. »

La Grosse Bertha réfléchit longtemps. Puis elle se dirigea d'un pas lourd vers une surveillante.

« Il faut que je voie le directeur tout de suite. »

Tracy n'avait pas dormi de la nuit. Elle était malade d'appréhension. Les mois qu'elle avait passés en prison lui semblaient avoir duré des éternités. Couchée sur son lit, les yeux ouverts sur l'obscurité, elle revoyait défiler son passé.

J'ai l'impression d'être une princesse de contes de fées, maman. Je ne croyais pas qu'on pouvait être aussi heureux.

Vous et Charles voulez donc vous marier ?

Combien de temps durera votre voyage de noces ?

Tu m'as eu, sale garce !...

Elle s'est suicidée...

Je ne t'ai jamais vraiment connue...

La photo de mariage de Charles qui souriait à son épouse...

Dans quelle nuit des temps cela s'était-il passé ? Sur quelle lointaine planète ?

La sonnerie du matin se répercuta à travers le couloir comme une onde de choc. Tracy s'assit sur son lit, parfaitement réveillée. Ernestine la regardait.

« Comment tu te sens ?

— Bien », mentit Tracy.

Elle avait la bouche sèche et son cœur battait la chamade.

« On s'en va toutes les deux aujourd'hui, ma vieille ! »

Tracy répondit par un grognement, la gorge nouée.

« Tu es sûre de pouvoir quitter la maison du directeur avant une heure et demie ?
— Oui. Amy fait toujours la sieste après le déjeuner.
— Si tu es en retard, ça ne marchera pas, intervint Paulita.
— Je serai à l'heure. »
Ernestine sortit une liasse de billets de dessous son matelas.
« Tu vas avoir besoin d'un peu d'argent de poche. Il n'y a que deux cents dollars, mais ça te permettra de voir venir.
— Ernie ! Je ne sais pas quoi...
— Oh ! La ferme. Prends-les. »

Tracy se força à manger un peu. Le sang lui battait les tempes ; tous ses muscles lui faisaient mal. « Je ne tiendrai jamais jusqu'au bout, se dit-elle. Il faut que je tienne. »
Un silence lourd et inhabituel régnait dans la cuisine. Tracy se rendit brusquement compte qu'elle en était la cause. Les détenues échangeaient des regards entendus, des chuchotements anxieux. Une évasion se préparait et elle en était l'héroïne. Dans quelques heures, elle serait libre. Ou morte.
Elle se leva de table sans avoir fini de déjeuner. Elle attendait qu'une gardienne déverrouille la porte du couloir, quand elle se retrouva nez à nez avec la Grosse Bertha. La Suédoise lui souriait.
« Elle se prépare une belle surprise », se dit Tracy.
« Elle est toute à moi maintenant », pensa la Grosse Bertha.

La matinée s'écoula si lentement que Tracy pensa devenir folle. Les minutes se traînaient interminablement. Elle fit la lecture à Amy sans avoir la moindre idée de ce qu'elle lisait. Mme Brannigan les observait par la fenêtre.
« Tu veux bien jouer à cache-cache, Tracy ? »

Elle était trop énervée pour jouer à quoi que ce soit, mais elle n'osait rien faire qui pût éveiller les soupçons de Mme Brannigan.

« Bien sûr, dit-elle avec un sourire contraint. Va te cacher la première, Amy. »

Elles étaient dans la cour de la maison. Tracy voyait au loin le bâtiment où se trouvait la réserve. Il fallait qu'elle y soit à treize heures trente précises. Elle mettrait les vêtements qu'on lui avait confectionnés. A treize heures quarante-cinq, elle serait au fond du chariot, recouverte d'uniformes et de linge. A quatorze heures, l'homme de la blanchisserie arriverait et roulerait le chariot jusqu'à son camion. A quatorze heures quinze, il franchirait les grilles de la prison pour regagner son usine dans la ville voisine.

Le chauffeur ne peut pas voir le fond du camion depuis son siège. Lorsqu'il sera en ville, attends qu'il s'arrête à un feu rouge. Ouvre la porte, descends, très relax, et prends un bus pour l'endroit qui t'arrange.

« Tu me vois ? » cria Amy.

Elle était derrière le magnolia, à demi visible, une main sur la bouche pour contenir son fou rire.

« Elle va me manquer, se dit Tracy. Quand je partirai d'ici, les deux personnes qui me manqueront seront une lesbienne noire au crâne rasé et une petite fille. » Elle se demanda ce que Charles Stanhope en aurait pensé.

« Attention ! Je viens te chercher. »

Sue Ellen les regardait jouer. Il lui semblait que Tracy avait un comportement étrange. Elle n'avait cessé de regarder sa montre toute la matinée comme si elle attendait quelqu'un. Elle pensait manifestement à tout, sauf à Amy.

« Il faut que j'en parle à George lorsqu'il rentrera déjeuner, décida-t-elle. J'insisterai pour qu'il trouve quelqu'un d'autre. »

Dans la cour, Tracy et Amy jouèrent quelque temps à la marelle, puis aux osselets. Tracy lui lut ensuite une histoire, jusqu'à ce que, enfin, midi et demi arrive. L'heure du déjeuner d'Amy ; l'heure pour Tracy de passer à l'action. Elle raccompagna la petite fille dans la maison.

« Je m'en vais, madame.

— Comment ? Oh ! On ne vous a donc rien dit, Tracy ? Nous recevons une délégation aujourd'hui, des gens importants. Ils doivent déjeuner à la maison et Amy ne fera pas sa sieste. Vous pouvez l'emmener avec vous. »

Tracy fit un immense effort de volonté pour ne pas hurler.

« Ce... ce n'est pas possible, madame.

— Comment cela ? » fit Sue Ellen d'un ton dur.

Tracy vit la colère qui se peignait sur son visage. « Il ne faut pas que je la contrarie. Elle appellerait le directeur et je serais renvoyée dans ma cellule. »

Elle se força à sourire.

« C'est... c'est qu'Amy n'a pas déjeuné. Elle va avoir faim.

— Je vais demander à la cuisinière de vous préparer un pique-nique. Vous irez faire une jolie promenade et mangerez sur l'herbe. Amy adore les pique-niques. N'est-ce pas, chérie ?

— Oh oui ! Tu veux bien, Tracy ? demanda-t-elle en levant vers elle un regard implorant. Dis, tu veux bien ? »

« Non ! Oui. Attention. Ça peut encore marcher. »

Une heure et demie à la réserve. Ne sois pas en retard.

« A... à quelle heure souhaitez-vous que je ramène Amy ? demanda-t-elle à Mme Brannigan.

— Oh ! Vers trois heures. Ils devraient être repartis à ce moment-là. »

« Le camion aussi. » Le monde s'effondrait autour d'elle.

« Je...

— Vous vous sentez bien. Vous êtes si pâle... »

Voilà. Elle allait dire qu'elle était malade. Aller à

l'infirmerie. Mais ils voudraient l'examiner, ils l'obligeraient à rester... Elle ne pourrait jamais se libérer à temps. Il fallait qu'il y ait une autre solution.

Mme Brannigan la dévisageait fixement.

« Je vais très bien. »

« Elle est vraiment bizarre, se dit Sue Ellen Brannigan. Il faut absolument que George me trouve quelqu'un d'autre. »

« Je te donnerai les plus gros sandwiches, Tracy, dit Amy, le visage radieux. Nous allons bien nous amuser, n'est-ce pas ? »

Tracy ne put lui répondre.

Ces visites de notables survenaient à l'improviste. Le gouverneur William Haber en personne accompagnait le comité de réforme des prisons. C'était un rituel auquel le directeur devait se soumettre une fois par an.

« Vous faites nettoyer les lieux, vous demandez à vos pensionnaires de faire de jolis sourires et nous obtenons une nouvelle augmentation de budget », lui avait expliqué le gouverneur.

Ce matin-là, la surveillante-chef avait donné ses instructions :

« Faites disparaître drogues, couteaux et godemichés. »

Le gouverneur et le comité devaient arriver à dix heures. Ils commenceraient leur visite par le pénitencier, se rendraient ensuite à la ferme, puis déjeuneraient dans la maison des Brannigan.

La Grosse Bertha s'impatientait. Lorsqu'elle avait demandé à voir le directeur, on lui avait répondu :

« Il va être très occupé ce matin. Il vaudrait mieux attendre demain. Il...

— Demain, mon cul ! Je veux le voir tout de suite. C'est important ! »

Il y avait peu de détenues qui pouvaient se permettre

ce genre d'attitude, mais la Grosse Bertha en faisait partie. L'administration pénitentiaire n'ignorait pas son pouvoir. On l'avait vue déclencher des révoltes et on l'avait vue les faire cesser. Aucune prison au monde ne peut être tenue sans la coopération des meneurs et la Grosse Bertha était une meneuse.

Cela faisait près d'une heure qu'elle attendait dans le bureau de la secrétaire du directeur, noyant de sa masse énorme le fauteuil qu'elle occupait. « Quelle repoussante créature, pensait la secrétaire. Elle me donne la chair de poule. »

« Il y en a encore pour longtemps ?

— Ça ne devrait plus être très long. Le directeur reçoit des visiteurs. Il est très occupé ce matin.

— Il va l'être encore davantage », dit la Grosse Bertha.

Elle regarda sa montre. Midi quarante-cinq. *Elle avait tout le temps.*

C'était une journée splendide, chaude, sans le moindre nuage. Une petite brise murmurait à travers le pré, apportant avec elle un monde de senteurs qui lui était une torture. Elle avait étalé une nappe sur l'herbe près du lac et Amy mordait avec entrain dans son sandwich. Tracy jeta un coup d'œil à sa montre. Il était déjà une heure. Elle ne parvenait pas à y croire. La matinée s'était traînée et l'après-midi s'envolait. Il fallait qu'elle trouve rapidement une solution, sinon le temps lui déroberait sa dernière chance de liberté.

Treize heures dix. La secrétaire du directeur reposa le combiné et se tourna vers la Grosse Bertha.

« Je suis désolé. M. le directeur me dit qu'il lui est impossible de vous recevoir aujourd'hui. Nous allons fixer un autre rendez-vous...

— Il *faut* qu'il me reçoive ! tonna la Suédoise en s'extrayant de son fauteuil. C'est...

— On va arranger ça pour demain. »

La Grosse Bertha faillit dire : « Demain, ce sera trop tard. » Mais elle se reprit à temps. Personne d'autre que le directeur ne devait savoir ce qu'elle faisait. Les mouchards avaient des accidents mortels. Elle n'avait pourtant pas l'intention d'abandonner. Il était hors de question que Tracy Whitney lui échappe. Elle alla à la bibliothèque de la prison, s'installa à une des longues tables du fond et griffonna quelques mots sur un bout de papier. Lorsque la surveillante s'éloigna pour aller aider une détenue, elle jeta le mot sur son bureau et quitta la pièce.

A son retour, la surveillante trouva le billet qu'elle déplia. Elle relut deux fois le message :

« VOUS FEREZ BIEN DE FOUIER LE CAMION DE LAINGE AUJOURDUI. »

Il n'y avait pas de signature. Un canular ? Impossible de le savoir. La surveillante décrocha le téléphone.

« Passez-moi le gardien-chef... »

Treize heures quinze.

« Tu ne manges pas, dit Amy. Tu veux un peu de mon sandwich ?

— Non ! Laisse-moi tranquille. »

Elle n'avait pas eu l'intention de parler aussi durement.

« Tu es fâchée contre moi, Tracy ? demanda Amy en s'arrêtant de manger. S'il te plaît, ne sois pas fâchée. Je t'aime tant. Je ne suis jamais en colère contre toi. »

Son regard doux était plein de tristesse.

« Je ne suis pas en colère. »

Elle était en enfer.

« Si tu n'as pas faim, moi non plus. Si on jouait à la balle ? » dit Amy en sortant une petite balle de caoutchouc de sa poche.

Treize heures seize. Elle aurait déjà dû être en route. Il fallait bien un quart d'heure pour gagner la réserve. En se pressant, elle pouvait encore y arriver. Mais elle ne pouvait pas laisser Amy toute seule. Elle regarda autour d'elle et vit au loin un groupe de détenues qui travaillaient dans un champ. Aussitôt, elle sut ce qu'elle allait faire.

« Tu ne veux pas jouer à la balle, Tracy ?

— Si, répondit-elle en se levant. Nous allons jouer à un nouveau jeu : à qui lancera la balle le plus loin. Je vais commencer et, ensuite, ce sera à ton tour. »

Saisissant la petite balle, elle l'envoya de toutes ses forces dans la direction des détenues.

« Oh ! C'est bien, fit Amy avec admiration. C'est vraiment loin.

— Je vais la chercher. Attends-moi ici. »

Et elle se mit à courit, à courir pour sa vie. Il était treize heures dix-huit. Si elle était en retard, elles l'attendraient. *Mais était-ce si sûr ?* Elle courut encore plus vite. Derrière elle, elle entendit Amy l'appeler mais n'y prêta pas attention. Les détenues s'éloignaient. Tracy les héla en hurlant ; elles s'arrêtèrent. Elle était hors d'haleine lorsqu'elle les rejoignit.

« Il y a quelque chose qui ne va pas ? demanda l'une d'elles.

— Non, rien. »

Elle haletait, à bout de souffle.

« La petite fille, là-bas. Il faut que l'une de vous s'en occupe. J'ai quelque chose d'important à faire. Je... »

Elle entendit crier son nom et se retourna. Amy était debout sur le muret de ciment qui entourait le lac. Elle lui faisait de grands signes.

« Regarde-moi, Tracy.

— Non ! Descends ! » hurla Tracy.

Et, sous ses yeux horrifiés, Amy perdit l'équilibre et bascula dans le lac.

« Oh ! Mon Dieu ! »

Le sang se retira de son visage. Il lui fallait faire un choix. Mais elle n'avait pas le choix. « Je ne peux pas l'aider, pas maintenant. Quelqu'un va la sauver. Il y va de ma vie. Il faut que je sorte d'ici, sinon je mourrai. » Il était treize heures vingt.

Tracy se mit à courir comme elle n'avait jamais couru de sa vie. Les autres l'appelaient, mais elle ne les entendait pas. Elle volait à travers les airs, sans se rendre compte qu'elle avait perdu ses chaussures, sans se soucier des cailloux qui lui déchiraient les pieds. Son cœur battait avec violence, ses poumons éclataient et elle se forçait à courir plus vite, toujours plus vite. Elle atteignit le muret, sauta sur le rebord. Loin au-dessous d'elle, Amy se débattait dans l'eau noire et terrifiante, luttant pour se maintenir à la surface. Sans un instant d'hésitation, Tracy plongea. Au moment où elle touchait l'eau, elle pensa : « Oh ! Mon Dieu ! Je ne sais pas nager... »

Deuxième Partie

12

La Nouvelle-Orléans
Vendredi 25 août. 10 heures

Lester Torrance, un guichetier de la First Merchants Bank de La Nouvelle-Orléans, était fier de deux choses : ses prouesses sexuelles et son habileté à jauger ses clients. Lester approchait de la cinquantaine ; maigre, dégingandé, le teint jaunâtre, il portait une moustache et de longs favoris. Deux promotions l'avaient oublié et, par représailles, il se servait de la banque comme d'une agence de rencontres. Il repérait les prostituées de loin et aimait les convaincre de lui accorder gratuitement leurs faveurs. Les veuves esseulées étaient des proies faciles. Il en arrivait de toutes les formes, de tous les âges et dans des états de désespoir variés. Elles finissaient tôt ou tard par se présenter au guichet de Lester. Si leur compte était passagèrement à découvert, il se montrait compréhensif et ne renvoyait pas leurs chèques sans provision. En échange, elles accepteraient peut-être de dîner avec lui dans un endroit tranquille ? Beaucoup de ses clientes sollicitaient son aide et lui confiaient de délicieux secrets : elles avaient besoin d'un prêt à l'insu de leur mari... Elles voulaient que certains de leurs chèques n'apparaissent pas sur leur relevé... Elles songeaient à divorcer. Lester pouvait-il les aider à clore leur compte joint ? Il ne demandait qu'à satisfaire leurs désirs. Et les siens.

Ce vendredi matin-là, Lester sut qu'il avait décroché le gros lot. Il remarqua la jeune femme dès qu'elle entra dans la banque. C'était un morceau de choix : elle avait de longs cheveux noirs et lisses ; sa jupe et son pull-over moulants révélaient des formes à faire pâlir de jalousie une girl de Las Vegas.

Il y avait quatre autres guichetiers dans la banque. Elle les dévisagea tour à tour comme si elle cherchait de l'aide. Lorsque son regard se posa sur Lester, il lui fit un signe de tête encourageant qu'il accompagna d'un grand sourire et, comme il l'avait prévu, elle vint vers lui.

« Bonjour, fit-il avec chaleur. Que puis-je pour vous ? »

La pointe de ses seins perçait sous son pull de cachemire. « Ah ! Tout ce que j'aimerais faire pour toi », pensa Lester.

« J'ai un gros problème, dit-elle avec le plus délicieux accent du Sud qu'il ait jamais entendu.

— C'est précisément pour résoudre les problèmes que je suis ici, répondit-il avec cordialité.

— Oh ! Je l'espère. J'ai bien peur d'avoir fait une terrible bêtise. »

Lester la gratifia de son sourire paternel d'homme de la situation.

« Une femme ravissante comme vous ne peut certainement rien faire de bien terrible.

— Mais c'est pourtant le cas, dit-elle en posant sur lui de beaux yeux marron pleins d'effroi. Je suis la secrétaire de M. Romano, voyez-vous, et il m'a demandé de lui commander des chéquiers il y a déjà une semaine. Mais ça m'est complètement sorti de la tête et, maintenant, nous n'en avons presque plus. Je préfère ne pas penser à ce qui m'attend lorsqu'il s'en apercevra ! »

Elle avait débité cela d'un trait, d'une voix basse et veloutée.

Le nom de Joseph Romano n'était que trop familier à Lester. C'était un client très estimé, bien qu'il n'eût jamais que des sommes relativement modestes sur son compte. Tout le monde savait qu'il blanchissait ailleurs sa fortune.

« On ne peut pas nier qu'il ait du goût en matière de secrétaires », pensa Lester avant de déclarer en souriant :
« Voilà qui ne me paraît pas bien grave, madame... ?
— Mademoiselle. Hartford. Lureen Hartford. »
Mademoiselle. C'était son jour de chance. Lester pressentait que tout allait marcher à merveille.
« Je vais vous commander ces chéquiers immédiatement, dit-il. Vous devriez les avoir dans deux ou trois semaines et... »
La jeune femme émit un gémissement, son qui parut plein d'infinies promesses à Lester.
« Ce sera trop tard ! M. Romano est déjà si mécontent de moi. J'ai tant de mal à me concentrer sur mon travail. C'est terrible, n'est-ce pas ? »
Elle se pencha en avant, frôlant le guichet de ses seins.
« Si vous pouviez accélérer la procédure, reprit-elle d'une voix un peu haletante. Je paierai volontiers un supplément.
— Je suis vraiment désolé, Lureen, répondit-il tristement. Il m'est impossible de... »
Il s'aperçut qu'elle était au bord des larmes.
« Pour tout vous dire, cela risque de me coûter ma place. Je vous en prie..., je ferais *n'importe quoi.* »
Ces mots firent à Lester l'effet d'une musique suave.
« Il y a une solution, déclara-t-il. Je vais téléphoner pour demander ces chéquiers en urgence et vous les aurez lundi. Qu'en pensez-vous ?
— Vous êtes *merveilleux* !
— Je les enverrai à votre bureau et...
— Il vaudrait mieux que je passe les prendre. Je préfère que M. Romano ne sache pas combien j'ai été stupide.
— Cela n'a rien de stupide, Lureen, répondit Lester avec un sourire plein d'indulgence. Nous commettons tous de ces petits oublis.
— Vous, en tout cas, je ne vous oublierai jamais, murmura-t-elle d'une voix suave. A lundi.
— Je serai là. »
Il faudrait qu'il ait la colonne vertébrale en miettes pour ne pas venir.

Elle lui adressa un sourire éblouissant, puis se dirigea lentement vers la sortie d'une démarche qui valait le coup d'œil. Ce fut en souriant aux anges que Lester alla consulter le fichier pour y trouver le numéro de compte de Joseph Romano et qu'il passa sa commande exprès par téléphone.

L'hôtel de Carmen Street où logeait Tracy ne se distinguait en rien d'une centaine d'autres à La Nouvelle-Orléans et c'était pour cette raison qu'elle l'avait choisi. Cela faisait une semaine qu'elle y occupait une petite chambre pauvrement meublée. Comparée à sa cellule, c'était un palace.

En y revenant après sa rencontre avec Lester, elle se débarrassa de sa perruque noire, secoua sa chevelure luxuriante, enleva ses lentilles de contact et se démaquilla. Puis, s'asseyant sur l'unique chaise de la pièce, elle poussa un soupir. Tout marchait bien. Découvrir dans quelle banque Joe Romano avait son compte ne lui avait posé aucune difficulté. Il lui avait suffi de rechercher le chèque annulé qu'il avait établi à l'ordre de sa mère. « Tu ne peux rien contre Joe Romano », lui avait dit Ernestine.

Elle avait tort, et il n'était que le premier. Les autres suivraient. Tous sans exception.

Tracy ferma les yeux et revécut le miracle qu'il l'avait amenée là.

L'eau froide et noire la submergea. Elle se noyait et elle était terrorisée. Elle plongea. Ses mains touchèrent l'enfant ; elle la saisit, la hissa à la surface. En proie à une panique aveugle, Amy se débattait furieusement, les entraînant à nouveau vers le fond, bras et jambes fouettant frénétiquement l'eau. Les poumons de Tracy éclataient. Elle lutta pour échapper à cette tombe liquide, unie à l'enfant dans une étreinte mortelle. Ses forces déclinaient d'instant en instant. « Nous n'y arriverons pas, pensa-t-elle. Nous sommes en train de mourir. » Des voix retentirent. Elle sentit Amy lui être arrachée.

« Oh ! Seigneur, non ! » hurla-t-elle.

Des bras puissants la saisirent par la taille.

« Tout va bien maintenant, dit une voix. Calmez-vous. C'est fini. »

Tracy jeta des regards affolés autour d'elle, cherchant Amy : elle était en sécurité dans les bras d'un homme. Quelques instants plus tard, on les hissait hors de cette eau profonde et cruelle...

L'incident n'aurait eu droit qu'à quelques lignes dans les journaux du matin si le sauvetage n'avait été opéré par une détenue ne sachant pas nager et risquant sa vie pour la fille du directeur. Du jour au lendemain, presse et télévision transformèrent Tracy en héroïne. Le gouverneur Haber en personne vint lui rendre visite à l'infirmerie du pénitencier en compagnie du directeur.

« Vous avez fait preuve de beaucoup de courage, déclara George Brannigan d'une voix étouffée par l'émotion. Ma femme et moi-même tenons à vous exprimer notre profonde reconnaissance. »

Faible et encore mal remise de sa terrible expérience, Tracy demanda :

« Comment va Amy ?

— Elle sera vite rétablie. »

Tracy ferma les yeux. « Je n'aurais pas supporté qu'il lui arrive quelque chose », pensa-t-elle. En se souvenant de sa froideur envers la petite fille qui ne lui demandait qu'un peu d'amour, elle se sentit honteuse. Cet accident lui avait fait perdre son unique chance d'évasion. Mais elle savait que, si c'était à refaire, elle n'agirait pas différemment.

Il y eut une brève enquête sur les circonstances de l'accident.

« C'est ma faute, dit Amy à son père. On jouait à la balle et Tracy a couru la chercher. Elle m'a dit de l'attendre, mais j'ai grimpé sur le mur pour mieux la voir et je suis tombée dans l'eau. Tracy m'a sauvée, papa. »

Cette nuit-là, on garda Tracy en observation à l'infirmerie. Le lendemain matin, elle fut conduite dans le bureau du directeur. Les journalistes l'attendaient. Ils savaient reconnaître une histoire émouvante quand elle se présentait. U.P.I. et Associated Press avaient envoyé leurs correspondants ; la chaîne locale de télévision, une équipe de journalistes.

La conduite héroïque de Tracy fut révélée au public dans la soirée. D'abord repris par les chaînes nationales, le récit du sauvetage fit boule de neige. *Time, Newsweek, People* et des centaines de journaux dans le pays relatèrent l'incident. L'intérêt de la presse ne se démentant pas, des flots de lettres et de télégrammes demandant la grâce de Tracy arrivèrent au pénitencier.

Le gouverneur Haber en discuta avec George Brannigan.

« Tracy Whitney est incarcérée pour des crimes graves, observa le directeur.

— Mais, auparavant, son casier judiciaire était vierge, n'est-ce pas ? fit le gouverneur d'un air pensif.

— C'est exact, monsieur.

— Je ne vous cacherai pas que je suis en butte à d'énormes pressions.

— Moi aussi, monsieur le gouverneur.

— Mais il n'est naturellement pas question que nous nous laissions dicter notre conduite par le public.

— Non, bien entendu.

— D'un autre côté, poursuivit le gouverneur avec bon sens, cette Whitney a fait preuve d'un courage remarquable. Elle est devenue une véritable héroïne.

— Cela ne fait aucun doute, reconnut Brannigan.

— Quelle est votre opinion, George ? » demanda le gouverneur après avoir allumé un cigare.

Le directeur choisit soigneusement ses mots.

« Vous savez bien entendu que cette affaire me touche de très près, puisque c'est ma fille que Tracy Whitney a sauvée. Mais, cela mis à part, je ne pense pas qu'elle soit une criminelle endurcie ni qu'elle représente un danger pour la société. Je plaiderais donc vivement en faveur d'une grâce. »

Le gouverneur — qui s'apprêtait à annoncer officiellement sa candidature à un nouveau mandat — savait reconnaître une bonne idée.

« Il est préférable que cela reste entre nous pour le moment, George. »

En politique, l'essentiel consistait à choisir le moment opportun.

Après en avoir discuté avec son mari, Sue Ellen dit à Tracy :

« Le directeur et moi-même aimerions beaucoup que vous vous installiez ici avec nous. Vous auriez votre chambre et pourriez-vous occuper d'Amy toute la journée.

— Merci, répondit Tracy avec reconnaissance. Cela me plairait beaucoup. »

Tout se passa à merveille. Tracy n'eut plus à passer ses nuits enfermée dans sa cellule et ses rapports avec Amy changèrent du tout au tout. La petite fille l'adorait et elle lui rendit son affection. La compagnie de cette enfant vive et affectueuse était un plaisir. Elles reprirent leurs anciens jeux, regardèrent des films de Disney à la télévision et lurent ensemble. Tracy avait presque l'impression de faire partie d'une famille.

Mais, chaque fois qu'elle avait à se rendre au pénitencier, elle se heurtait à la Grosse Bertha.

« Tu as de la veine, ma salope, grognait celle-ci. Mais tu vas pas nous snober longtemps : tu nous reviendras bientôt. J'y travaille, *littbarn*. »

Trois semaines après le sauvetage d'Amy, Tracy et elle jouaient à chat dans la cour quand Sue Ellen Brannigan sortit précipitamment de la maison. Elle les regarda un instant, puis déclara :

« Le directeur vient de téléphoner, Tracy. Il aimerait que vous passiez immédiatement à son bureau. »

Une brusque appréhension saisit Tracy. Cela signifiait-il qu'on allait la remettre en cellule ? La Grosse Bertha s'était-elle servie de son influence pour y parvenir ? Ou bien Mme Brannigan avait-elle jugé qu'Amy s'attachait trop à elle ?

« J'y vais tout de suite, madame. »

Le directeur l'attendait à la porte de son bureau.

« Vous feriez mieux de vous asseoir », dit-il.

Tracy essaya de deviner son sort au ton de sa voix.

« J'ai des nouvelles pour vous. »

Il se tut un instant, envahi par une émotion dont Tracy ne comprenait pas la cause.

« Je viens de recevoir un ordre du gouverneur de la Louisiane, reprit-il. Vous êtes graciée. »

« Mon Dieu ! A-t-il vraiment dit ce que j'ai cru entendre ? » Elle n'osait pas parler.

« Cette grâce ne vous est pas accordée parce que l'enfant que vous avez sauvée était ma fille, poursuivit le directeur. Mais parce que vous avez agi instinctivement comme l'aurait fait tout bon citoyen. Il m'est impossible de croire, et même d'imaginer, que vous puissiez jamais représenter un danger pour la société. Vous allez manquer à Amy, conclut-il en souriant. Et à nous aussi. »

Tracy était muette. S'il avait su la vérité ! S'il avait su que, sans cet accident, ses hommes auraient été lancés à la poursuite d'une fugitive.

« Vous serez libérée après-demain. »

Libérée ! Elle n'arrivait pas à y croire.

« Je... je ne sais pas quoi dire.

— Vous n'avez pas besoin de dire quoi que ce soit. Tout le monde ici est fier de vous. Mme Brannigan et moi-même sommes convaincus que vous ferez de grandes choses. »

C'était donc vrai : elle était libre. Elle se sentait si faible qu'elle dut s'appuyer contre le fauteuil. Mais, lorsqu'elle parla enfin, ce fut d'une voix assurée.

« J'ai beaucoup de projets, monsieur le directeur. »

Au cours de la dernière journée que Tracy passa en prison, elle fut abordée par une détenue de son ancien bloc.

« Alors, il paraît que tu sors ?
— Oui. »

Betty Franciscus avait une quarantaine d'années. C'était une femme encore séduisante à l'air fier.

« Si tu as besoin d'aide dehors, il y a un homme à New York que tu devrais aller voir. Il s'appelle Conrad Morgan, continua-t-elle en lui glissant un morceau de papier. Il aime donner un coup de main aux gens qui ont fait de la taule.
— Merci, mais je ne crois pas que j'aurai besoin...
— On ne sait jamais. Garde son adresse. »

Deux heures plus tard, Tracy franchissait les grilles du pénitencier, ignorant les caméras et refusant de parler aux journalistes. Mais, quand Amy quitta sa mère pour se précipiter dans ses bras, les caméras ronronnèrent. Ce furent ces images qui passèrent au journal télévisé du soir.

La liberté n'était plus un mot abstrait pour Tracy. C'était quelque chose de tangible, de physique, une situation à apprécier et à savourer. La liberté, cela voulait dire de l'air pur, une vie privée, ne plus avoir à se mettre en rang pour les repas ni à guetter les sonneries ; cela voulait dire des bains chauds, des savons odorants, de la lingerie fine, de jolies robes et des chaussures à talons ; cela voulait dire avoir un nom au lieu d'un numéro. La liberté, c'était échapper à la Grosse Bertha, à la crainte des viols collectifs et à la mortelle monotonie de la routine pénitentiaire.

Cette liberté toute neuve demandait un effort d'adaptation. En marchant dans la rue, Tracy veillait à ne heurter personne. Au pénitencier, bousculer une détenue était parfois l'étincelle qui mettait le feu aux poudres. Ce fut à la disparition de ce climat de danger permanent qu'elle eut le plus de mal à s'habituer. Personne ne la menaçait.

Elle était libre de mettre ses plans à exécution.

A Philadelphie, Charles Stanhope vit à la télévision Tracy sortir de prison. « Elle est toujours belle », se dit-il. En la regardant, on avait du mal à croire qu'elle fût coupable des crimes dont on l'avait convaincue. Charles Stanhope jeta un regard vers son épouse exemplaire qui tricotait. « Aurais-je commis une erreur ? » se demanda-t-il.

Daniel Cooper vit Tracy à la télévision dans son appartement de New York. Sa libération le laissait indifférent. Il éteignit son poste et se remit à son dossier du moment.

En regardant le journal télévisé, Joe Romano éclata de rire. Cette garce de Whitney avait de la chance. « Je parie que la prison lui a fait du bien. Elle doit être vraiment bandante maintenant. Nous nous reverrons peut-être un jour. »
Romano était content de lui. Il avait confié le Renoir à un receleur et un collectionneur privé de Zurich l'avait acheté. L'assurance lui avait versé cinq cent mille dollars et le receleur, deux cent mille. Somme qu'il avait partagée avec Orsatti. Romano était très scrupuleux en affaires avec Orsatti : il avait eu l'occasion de voir ce qui arrivait à ceux qui ne l'étaient pas.

Lundi à midi, redevenue Lureen Hartford, Tracy entrait dans la First Merchants Bank. A cette heure-là, la banque était bondée. Plusieurs personnes faisaient la queue devant le guichet de Lester Torrance. Tracy prit place derrière eux. Dès qu'il la vit, Lester lui fit un signe de tête, un sourire épanoui aux lèvres. Elle était du tonnerre, encore plus belle qu'il ne s'en souvenait.
Lorsqu'elle fut enfin devant lui, il lui annonça d'un air victorieux :
« Ça n'a pas été facile, Lureen, mais je l'ai fait pour vous.

— Vous êtes vraiment merveilleux », répondit-elle en l'enveloppant d'un sourire plein de reconnaissance.

Lester ouvrit un tiroir, y prit la boîte qu'il y avait rangée et la lui tendit.

« Et voilà le travail ! Quatre cents chèques. Cela vous suffira-t-il ?

— Oh ! Largement. A moins que M. Romano ne se mette à faire des achats à tout va. Vous m'avez sauvé la vie », ajouta-t-elle avec un soupir en plongeant son regard dans le sien.

Un délicieux frisson d'anticipation parcourut Lester.

« Il faut bien que les gens s'entraident, vous ne croyez pas ?

— Vous avez tellement raison.

— Vous devriez ouvrir un compte ici, vous savez. Je m'occuperais bien de vous, *vraiment* bien.

— J'en suis sûre.

— Pourquoi n'en discuterions-nous pas en dînant tous les deux dans un endroit tranquille ?

— Cela me ferait très plaisir.

— Où puis-je vous appeler, Lureen ?

— Oh ! Je vous appellerai moi-même, Lester.

— Hé ! Att... »

Mais elle était déjà partie et le client suivant s'avança, tendant au pauvre Lester dépité un plein sac de monnaie.

Il y avait quatre tables au centre de la banque. Une foule de clients y remplissaient formulaires de versement ou de retrait mis à leur disposition dans des cases métalliques. Tracy s'éloigna du guichet de Lester, puis, lorsqu'une cliente se leva, elle s'installa à sa place. La boîte que lui avait donnée le guichetier contenait huit chéquiers. Mais ce n'était pas les chèques qui intéressaient Tracy : c'étaient les formulaires de versement joints à chaque chéquier.

Elle les détacha avec soin et, en moins de trois minutes, elle avait en main quatre-vingts formulaires. Après s'être assurée que personne ne l'observait, elle en glissa vingt dans la case métallique posée sur la table.

Elle changea ensuite de table et recommença la même

opération. En quelques minutes, elle avait réparti tous les formulaires sur les différentes tables. Ceux-ci étaient vierges, mais dotés d'un code magnétique — en l'occurrence celui de Joe Romano — permettant à l'ordinateur d'identifier les comptes et de porter à leur crédit les sommes déposées. Quelles que soient les personnes qui les rempliraient, le compte de Romano serait automatiquement crédité. Grâce à son expérience bancaire, Tracy savait que d'ici deux jours les quatre-vingts formulaires magnétisés auraient été utilisés et qu'il faudrait au moins cinq jours pour que la confusion soit remarquée. Cela lui laissait plus de temps qu'il ne lui en fallait.

En reprenant le chemin de son hôtel, Tracy jeta les chèques vierges dans une poubelle. M. Joe Romano n'en aurait pas besoin.

Elle s'arrêta ensuite dans une agence de voyages.

« Que puis-je pour vous ? demanda une jeune employée.

— Je suis la secrétaire de M. Romano. Il souhaite partir pour Rio de Janeiro vendredi.

— Il partirait seul ?

— Oui, il s'agit d'un seul billet. Première classe, fumeur et côté couloir, s'il vous plaît.

— Aller-retour ?

— Non, aller simple. »

L'employée se tourna vers son terminal. Quelques secondes plus tard, elle annonçait :

« Aucun problème. Départ dix-huit heures trente-cinq vendredi sur le vol Pan Am 728. Il y a une courte escale à Miami.

— M. Romano va être ravi.

— Cela fera mille neuf cent vingt-neuf dollars. Payez-vous comptant ou par débit d'un compte client ?

— M. Romano paie toujours comptant à la livraison. Pourriez-vous faire délivrer ce billet jeudi à son bureau, s'il vout plaît ?

— Nous pourrions le faire dès demain.

— Non, M. Romano sera absent. Jeudi à onze heures, c'est possible ?

— Tout à fait. Et votre adresse ?
— 217, Poydras Street, suite 408.
— Parfait. Comptez sur moi : vous l'aurez jeudi.
— A onze heures précises, insista Tracy. Je vous remercie. »

A quelques rues de là se trouvait la maroquinerie Acmé. Tracy regarda un instant la devanture avant d'entrer.

Un vendeur vint aussitôt à sa rencontre.

« Bonjour, dit-il. Je peux vous aider ?
— J'aimerais acheter des bagages pour mon époux.
— Vous avez eu raison de venir nous voir. Nous avons justement des articles en solde, de vraies affaires...
— Non, pas de soldes. »

Elle se dirigea vers des valises Vuitton exposées en pile.

« C'est davantage ce que je recherche. Nous partons en voyage.
— Vous ferez certainement plaisir à votre mari avec un de ces articles. Nous avons trois tailles différentes. Laquelle... ?
— Je vais en prendre une de chaque sorte.
— Ah bon ! Très bien. Et vous réglez... ?
— Comptant à la livraison. C'est au nom de M. Joseph Romano. Pourriez-vous les faire livrer au bureau de mon mari, jeudi matin ?
— Mais bien entendu, madame Romano.
— A onze heures ?
— J'y veillerai personnellement. »

Comme frappée d'une idée subite, Tracy ajouta :

« Oh !... Pourriez-vous les marquer à ses initiales — en or ? J. R., naturellement.
— Mais bien sûr. Avec le plus grand plaisir, madame. »

Tracy sourit et lui donna l'adresse de Joseph Romano.

A un bureau de la Western Union tout proche, Tracy envoya un câble au palace Rio Othon de Copacabana.

« SOUHAITERAIT VOTRE MEILLEURE SUITE POUR DEUX MOIS À COMPTER CE VENDREDI. PRIÈRE CONFIRMER PAR CÂBLE À NOS FRAIS. JOSEPH ROMANO. 217, POYDRAS STREET. SUITE 408. LA NOUVELLE-ORLÉANS LOUISIANE. U.S.A. »

Trois jours plus tard, Tracy téléphona à la banque et demanda Lester Torrance.

« Vous ne vous souvenez sans doute plus de moi, Lester, fit-elle d'une voix suave. Mais je suis Lureen Hartford, la secrétaire de M. Romano et... »

Ne plus se souvenir d'elle !

« Mais *bien sûr* que je me souviens de vous, Lureen, répondit-il avec chaleur. Je...

— Oh ! Vraiment ? Je suis si flattée. Vous devez rencontrer tellement de gens...

— Pas comme vous, lui assura Lester. Vous n'avez pas oublié notre dîner, j'espère ?

— Si vous saviez quelle joie je m'en fais. Que diriez-vous de mardi prochain ?

— Superbe !

— Alors, c'est décidé. Oh ! Mais quelle idiote je fais ! Vous me troublez tant que j'allais oublier pourquoi je vous appelais. M. Romano aimerait connaître la position de son compte. Pourriez-vous me l'indiquer ?

— Mais bien sûr. Sans problème. »

Normalement, Lester Torrance aurait demandé une date de naissance ou un autre renseignement permettant d'établir l'identité du demandeur. Mais, dans le cas présent, ce n'était certainement pas nécessaire.

« Un petit instant, Lureen. »

Il alla au fichier, sortit la fiche de Joseph Romano et s'aperçut avec étonnement qu'un nombre inhabituel de dépôts avaient été faits au cours des derniers jours. Romano n'avait jamais eu autant d'argent sur son compte. Lester se demanda quelle en était la raison. Un gros coup, manifestement. Il se promit de tirer les vers du nez à Lureen lorsqu'il dînerait avec elle. Disposer de quelques renseignements confidentiels ne faisait jamais de mal. Il alla reprendre le téléphone.

« Votre patron nous fait travailler, annonça-t-il à Tracy. Il a un peu plus de trois cent mille dollars sur son compte.

— Ah ! Parfait, c'est bien le montant que j'avais.

— Aimerait-il que nous transférions la somme sur un compte de dépôt à terme ? C'est de l'argent qui dort pour l'instant et je pourrais...

— Non, il souhaite qu'il reste là où il est, assura Tracy.

— Entendu.

— Merci beaucoup, Lester. Vous êtes un amour.

— Attendez ! Dois-je vous appeler à votre bureau pour mardi ?

— Je vous appellerai », répondit Tracy.

Et la communication fut coupée.

La tour moderne à usage de bureaux appartenant à Anthony Orsatti se dressait dans Poydras Street, entre le fleuve et le gigantesque Superdome. La société Pacific Import-Export disposait de tout le quatrième étage. Anthony Orsatti avait ses bureaux d'un côté et Joe Romano de l'autre. L'espace intermédiaire était occupé par quatre jeunes réceptionnistes disponibles en soirée pour tenir compagnie aux amis et relations d'affaires d'Orsatti. Devant la porte de ce dernier étaient postés deux hommes imposants qui consacraient leur vie à sa protection. Ils lui servaient également de chauffeurs, de masseurs et de garçons de courses.

Ce jeudi matin-là, Orsatti vérifiait les recettes de la veille provenant de diverses activités lucratives de la société telles que loteries clandestines, paris hippiques ou proxénétisme.

Anthony Orsatti avait près de soixante-dix ans. C'était un homme curieusement bâti. Son torse large et massif reposait sur des jambes courtes et grêles qui semblaient destinées à un individu plus menu. Debout, il ressemblait à une grenouille assise. Il avait le visage tissé d'un entrelacs de cicatrices si désordonné qu'on aurait dit la toile d'une araignée prise de boisson. Sa bouche était trop grande et ses yeux noirs globuleux. Complètement chauve depuis l'âge de quinze ans à la suite d'une alopécie, il portait une perruque noire. Elle lui allait mal, mais personne n'avait jamais osé le lui dire. Ses yeux froids étaient des yeux de joueur : ils n'exprimaient rien. Son visage — sauf en présence de ses cinq filles qu'il adorait — était tout aussi impassible. Sa voix, seule, trahissait ses sentiments. Elle était rauque et râpeuse en raison d'un fil de fer serré étroitement autour de sa gorge le jour de son vingt et unième anniversaire. Il avait d'ailleurs été laissé pour mort. Les deux hommes qui avaient commis cette erreur avaient fait leur apparition à la morgue la semaine suivante. Lorsque Orsatti se fâchait sérieusement, sa voix devenait un murmure étranglé à peine audible.

Anthony Orsatti était un roi qui dirigeait son fief à coups de pots-de-vin, de revolvers et de chantage. Il régnait sur La Nouvelle-Orléans dont l'hommage prenait la forme d'incalculables richesses. Les capos des autres Famille du pays le respectaient et sollicitaient ses conseils.

Pour l'instant, Anthony Orsatti était d'humeur affable. Il avait pris son petit déjeuner en compagnie de sa maîtresse qu'il entretenait dans un immeuble de Lake Vista lui appartenant. Il lui rendait visite trois fois par semaine et, ce matin-là, leur tête-à-tête avait été particulièrement satisfaisant. Elle lui faisait au lit des choses auxquelles les autres femmes ne pensaient même pas. Et il était sincèrement convaincu que c'était en raison du profond amour qu'elle avait pour lui. Son organisation fonctionnait sans accroc. Il n'y avait pas de problèmes parce que Anthony Orsatti savait résoudre les difficultés avant qu'elles ne se transforment en problèmes. Il avait un jour expliqué sa philosophie à Joe Romano : « N'attends jamais qu'un petit problème devienne un gros problème, Joe, sinon ça fait une foutue boule de neige. Mettons que t'aies un chef de circonscription qui se dit qu'il devrait avoir une plus grosse part : tu le fais *fondre*. Tu me suis ? Et finie la boule de neige. Maintenant, tu as un caïd de Chicago qui te demande la permission de monter un petit bizness à lui ici, à La Nouvelle-Orléans ; tu sais que ce *petit* bizness va vite devenir un *gros* bizness et grignoter tes bénéfices. Alors tu dis oui et, quand il arrive, tu fais *fondre* l'enfant de salaud. Finie la boule de neige. Tu piges ? »

Joe Romano avait pigé.

Anthony Orsatti aimait Romano comme un fils. Il l'avait pris sous son aile quand il n'était encore qu'un loubard volant les ivrognes dans les rues. C'était lui qui lui avait appris le métier. Et maintenant le gamin connaissait aussi bien la musique que les meilleurs. Il était rapide, malin et honnête. En dix ans, Romano s'était hissé au rang de lieutenant en chef d'Orsatti. Il supervisait toutes les opérations de la Famille et n'avait de comptes à rendre qu'à Orsatti.

Lucy, la secrétaire d'Orsatti, frappa et entra dans son bureau. Elle avait vingt-quatre ans, un diplôme de l'enseignement supérieur et un physique primé par de nombreux concours de beauté locaux. Orsatti aimait s'entourer de belles jeunes femmes.

Il jeta un coup d'œil à la pendule : il était onze heures moins le quart. Il avait demandé à n'être dérangé sous aucun prétexte avant midi. Il fronça les sourcils.

« Qu'y a-t-il ?

— Je suis désolée de vous importuner, monsieur. Mais j'ai une certaine Gigi Duprés au téléphone. Elle paraît très énervée et refuse absolument de parler à quelqu'un d'autre que vous. J'ai pensé que cela pouvait être important. »

Orsatti fouillait dans sa mémoire. Gigi Duprés ? Une de ces poules qu'il avait fait monter dans sa suite au cours de son dernier séjour à Las Vegas ? Gigi Duprés ? Le nom ne lui disait rien, en tout cas, et il se vantait de ne jamais rien oublier. Par curiosité, il décrocha le téléphone en renvoyant Lucy d'un geste.

« Allô ? Qui êtes-vous ?
— Monsieur Anthony Orsatti ? »
Elle avait un accent français.
« Et alors ?
— Oh ! Dieu soit loué ! Je vous ai enfin, monsieur Orsatti ! »
Lucy avait raison : la fille était hystérique. Cela n'intéressait pas Orsatti. Il allait raccrocher quand elle poursuivit :
« Il faut que vous l'arrêtiez, je vous en supplie !
— Je ne sais pas de qui vous parlez, madame, et je suis occupé...
— Mon Joe. Joe Romano. Il m'avait promis de m'emmener, *comprenez-vous*[1] ?
— Écoutez, vos chamailleries avec Joe, c'est pas mes oignons. Je ne suis pas sa nounou.
— Il me ment ! Je viens juste de découvrir qu'il voulait partir au Brésil sans moi. La moitié de ces trois cent mille dollars sont à moi. »
Anthony Orsatti commença à trouver un certain intérêt à la conversation.
« Qu'est-ce que c'est que cet argent ?
— Celui que Joe cache sur son compte. L'argent qu'il a mis à gauche. »
Anthony Orsatti était *très* intéressé.
« S'il vous plaît, dites-lui qu'il faut qu'il m'emmène au Brésil avec lui ! Je vous en supplie ! Vous allez le faire ?
— Oui, promit Orsatti. Je vais m'en occuper. »

Le bureau de Joe Romano, moderne, blanc et chrome, était l'œuvre d'un des décorateurs les plus en vogue de La Nouvelle-Orléans. Les seules notes colorées étaient données par trois coûteux tableaux impressionnistes. Romano se vantait d'avoir bon goût. Il s'était battu pour sortir des bas quartiers et, au cours de son ascension, il avait fait son éducation. Il était amateur de pein-

---

1. Les mots en italique et suivis d'un astérisque sont en français dans le texte.

tures et musicien ; lorsqu'il dînait au restaurant, il avait de longues et savantes discussions avec le sommelier. Oui, Joe Romano avait toutes les raisons d'être fier. Alors que ses pareils avaient survécu grâce à leurs poings, il avait réussi grâce à son intelligence. Car, s'il était vrai qu'Anthony Orsatti possédait La Nouvelle-Orléans, il était également vrai que c'était lui, Romano, qui la gérait pour lui.

Sa secrétaire entra dans son bureau.

« Un coursier vient de m'apporter un billet d'avion pour Rio de Janeiro, monsieur. Dois-je lui faire un chèque ? Il est payable à réception.

— *Rio de Janeiro ?* Non, dites-lui qu'il s'agit d'une erreur. »

Le coursier se tenait dans l'encadrement de la porte.

« On m'a chargé de le délivrer à M. Romano et à cette adresse, dit-il.

— C'est quand même une erreur. De quoi s'agit-il ? D'un truc publicitaire pour lancer une nouvelle compagnie ?

— Non, monsieur. Je...

— Faites-moi voir ça, coupa Romano en prenant le billet. Vendredi. Pourquoi devrais-je partir vendredi ?

— Bonne question, dit Orsatti derrière le coursier. Pourquoi en effet, Joe ?

— Une erreur ridicule, Tony, répondit celui-ci en tendant le billet au coursier. Rapportez-le à votre agence et...

— Pas si vite, intervint Orsatti en s'emparant du billet. « Première classe, côté couloir, fumeur. Aller simple à destination de Rio de Janeiro », lut-il.

— Une erreur, répéta Romano en riant. Madge, appelez cette agence de voyages et dites-leur qu'ils se sont emmêlés les pinceaux. Il y a un pauvre type qui doit être aux cent coups. »

Joleen, une autre secrétaire, entra en disant :

« Excusez-moi, monsieur, mais vos bagages sont arrivés. Voulez-vous que je signe pour vous ?

— Quels bagages ? fit Romano, abasourdi. Je n'ai pas commandé de bagages.

— Faites-les apporter ici, ordonna Orsatti.

— Seigneur ! s'écria Romano. Tout le monde est donc devenu fou ? »

Un livreur entra, chargé de trois valises Vuitton.

« Qu'est-ce que c'est que ça ? Je n'ai jamais rien commandé de pareil. »

Le livreur consulta son bon de livraison.

« M. Joseph Romano. 217, Poydras Street. Suite 408, lut-il. C'est bien ici ?

— Je me fous de votre satané bout de papier ! cria Romano qui commençait à s'énerver. Je ne les ai pas commandées. Enlevez-moi ça d'ici. »

Orsatti examinait les valises.

« Elles portent tes initiales, Joe.

— Quoi ! Hé ! Une minute. Il s'agit sans doute d'un cadeau.

— C'est ton anniversaire ?

— Non, mais tu connais les femmes, Tony. Elles sont toujours en train de te faire des cadeaux.

— T'es sur un coup au Brésil ?

— Au *Brésil* ? fit Romano en riant. Quelqu'un a sans doute voulu me faire une blague. »

Orsatti sourit avec bonhomie, puis se tournant vers les secrétaires et le coursier, il ordonna :

« Dehors ! »

Il attendit que la porte se fût refermée pour demander :

« Combien d'argent as-tu sur ton compte, Joe ?

— Je ne sais pas. Dans les mille cinq cents dollars sans doute, peut-être deux mille. Pourquoi ?

— Pourquoi n'appellerais-tu pas ta banque pour t'en assurer, hein ? Juste pour le plaisir.

— Mais pourquoi ? Je...

— Téléphone, Joe.

— Bien sûr, si ça peut te faire plaisir. Appelez-moi la chef comptable de la First Merchants Bank », dit-il à sa secrétaire par l'interphone.

Une minute plus tard, il avait sa correspondante.

« Bonjour, mon chou. Joe Romano à l'appareil.

Pourriez-vous me donner la position de mon compte. Date de naissance : le 14 octobre. »

Anthony Orsatti prit l'écouteur.

« Désolée de vous avoir fait attendre, monsieur, dit la comptable quelques instants plus tard. Voici votre position : trois cent dix mille neuf cent cinq dollars et trente-cinq *cents*. »

Joe Romano sentit le sang refluer de son visage.

« Quoi ?

— Trois cent dix mille neuf cent...

— Espèce de conne ! hurla-t-il. Je n'ai pas cette somme sur mon compte. Vous vous êtes trompée. Passez-moi le... »

Orsatti lui prit le combiné des mains et raccrocha.

« D'où peut bien venir cet argent, Joe ?

— Je te jure devant Dieu que je n'en sais rien, Tony, répondit-il, livide.

— Non ?

— Hé ! Il faut que tu me croies ! Tu sais ce qui se passe ? Quelqu'un est en train de monter un coup contre moi.

— Quelqu'un qui doit t'aimer beaucoup pour te faire un cadeau de trois cent mille dollars, Joe. »

S'asseyant lourdement dans un fauteuil recouvert de soie, Orsatti dévisagea longuement Joe Romano.

« Tout était prêt, hein ? fit-il d'une voix très basse. Un aller simple pour Rio, des bagages tout neufs... T'étais paré pour une nouvelle vie.

— Non ! s'écria Romano d'un ton où perçait la panique. Tu me connais mieux que ça, Tony ! J'ai toujours été réglo avec toi. Tu es comme un père pour moi. »

Il transpirait à grosses gouttes.

On frappa et Madge apparut dans l'entrebâillement de la porte, une enveloppe à la main.

« Je suis désolée de vous interrompre, monsieur. Mais j'ai un télégramme pour vous et votre signature est indispensable. »

Par un instinct de bête traquée, Joe Romano déclara :

« Pas maintenant, je suis occupé.

— Je vais le prendre », dit Orsatti.

Il lut lentement le télégramme, puis, se tournant vers Romano, il déclara d'une voix si basse qu'elle était à peine audible :

« Je vais te le lire, Joe. "Heureux confirmer réservation suite Princesse pour deux mois à compter vendredi 1ᵉʳ septembre." C'est signé : "S. Montalband. Directeur palace Rio Othon. Copacabana. Rio de Janeiro." C'est ta réservation, Joe. Tu ne vas plus en avoir besoin, n'est-ce pas ? »

13

André Gillian était dans la cuisine en train de préparer des *spaghetti alla carbonara*, une copieuse salade italienne et une tarte aux poires quand il entendit un grand bruit sec qui ne présageait rien de bon. Quelques instants plus tard, le ronronnement familier du climatiseur mourait dans un hoquet.

« *Merde** ! s'exclama André en frappant du pied. Pas le soir de la *partie* ! »

Il se précipita dans le débarras qui abritait le disjoncteur et pressa les interrupteurs, un par un. Rien.

Oh ! M. Pope allait être furieux. Absolument *furieux* ! André savait avec quel plaisir son patron attendait sa partie de poker hebdomadaire du vendredi soir. C'était une tradition établie depuis des années et qui réunissait toujours le même groupe choisi de joueurs. Sans climatisation, la chaleur serait insupportable. *Absolument insupportable !* En septembre, La Nouvelle-Orléans était invivable pour les gens civilisés. Il y régnait une moiteur étouffante qui ne laissait jamais de répit, même après le coucher du soleil.

André retourna à la cuisine. La pendule marquait seize heures. Les invités arriveraient à vingt heures. Il songea à téléphoner à Perry Pope pour le prévenir, puis se souvint que l'avocat devait passer sa journée entière au prétoire. Ce cher homme était si occupé. Il avait besoin de ces moments de détente et il fallait que cette tuile arrive précisément ce soir-là !

Prenant un répertoire noir dans un tiroir de la cuisine, André le consulta, puis composa un numéro.

Au bout de trois sonneries, une voix métallique psalmodia :

« Ici le service d'entretien de la société Esquimau. Nous n'avons pas de technicien disponible pour le moment. Veuillez laisser vos coordonnées et votre message après le bip sonore. Nous vous rappellerons dès que possible. »

Foutre* ! L'Amérique était bien le seul pays au monde où l'on était contraint de converser avec une machine.

Le bip, strident, retentit à ses oreilles.

« Ici la résidence de M. Perry Pope. 42, Charles Street. Notre climatiseur a cessé de fonctionner. Envoyez-nous quelqu'un de toute urgence. *Vite* !* »

Il raccrocha rageusement le téléphone. « Pas étonnant qu'il n'y ait personne de disponible. Tous les climatiseurs de cette foutue ville doivent être en train de sauter. Comment résisteraient-ils à cette abominable chaleur ? Ils ont intérêt à envoyer quelqu'un en vitesse, en tout cas. » M. Pope avait mauvais caractère, très mauvais caractère.

Depuis trois ans qu'André Gillian travaillait comme cuisinier pour l'avocat, il avait pu prendre la mesure de l'influence de son employeur. « C'est extraordinaire, ce génie chez un homme si jeune. » Perry Pope connaissait tout le monde. Un claquement de doigts et les gens accouraient.

Il semblait à André qu'il faisait déjà plus chaud dans la maison. « Si ça n'est pas arrangé en vitesse, *ça va chier dur*.* »

André se remit à couper des lamelles de salami et de fromage fines comme des feuilles de papier, avec le pressentiment que la soirée était vouée à l'échec.

Lorsque la sonnette retentit, une demi-heure plus tard, ses vêtements étaient trempés de sueur et la cuisine un véritable four. Il courut ouvrir la porte de service.

Deux ouvriers en bleu de travail, munis de leur boîte à outils, se tenaient sur le seuil. L'un d'eux était un Noir de haute taille, l'autre était blanc, nettement plus petit et avait un air blasé et somnolent. Leur camionnette était garée sur l'allée de derrière.

« Z'avez un problème avec votre air conditionné ? demanda le Noir.

— *Oui**. Dieu merci, vous voici. Il faut absolument que vous le répariez tout de suite. Les invités vont bientôt arriver. »

Le Noir s'approcha du four où cuisait la tarte aux poires.

« Ça sent bon, dit-il avec un reniflement appréciateur.

— S'il vous plaît ! insista Gillian. Faites quelque chose.

— Allons voir cette chaudière, dit le Blanc. Où est-elle ?

— Par ici. »

Sans perdre un instant, André les conduisit jusqu'au débarras où se trouvait le groupe de climatisation.

« C'est un bon système, Ralph, remarqua le Noir à l'adresse de son compagnon.

— Sûr, Al. Ils n'en font plus des comme ça maintenant.

— Alors, au nom du ciel, pourquoi ne marche-t-il pas ? » demanda André.

Les deux hommes tournèrent vers lui un regard réprobateur.

« On vient à peine d'arriver », dit Ralph.

Il s'agenouilla, ouvrit une petite porte au bas de l'appareil, sortit une torche, se mit à plat ventre et scruta l'intérieur.

« Le problème vient pas d'ici, déclara-t-il en se relevant.

— D'où vient-il, alors ? demanda André.

— Ça doit être un court-jus dans une des sorties. Ça a dû faire sauter tout le système. Vous avez combien de conditionneurs dans la maison ?

— Il y en a un dans chaque pièce. Voyons..., ça doit en faire au moins neuf.

— Le problème vient sans doute de là. Surcharge de transduction. Allons voir ça. »

Les trois hommes rebroussèrent chemin. En passant devant la salle de séjour, Al remarqua :

« C'est vraiment une belle maison que M. Pope a là. »

La pièce était meublée avec raffinement : pièces de collection signées, de grande valeur, et tapis persans aux teintes discrètes. A la gauche de la salle de séjour se trouvait une salle à manger d'apparat et, à sa droite, un salon au centre duquel trônait une grande table de jeux recouverte d'un tapis vert. Dans un coin de la pièce, une table ronde était déjà dressée pour le dîner. Les deux réparateurs entrèrent dans le salon et Al dirigea sa torche sur le conditionneur fixé haut sur le mur.

« Hum ! » marmonna-t-il.

Puis, désignant le plafond, il demanda :

« Qu'y a-t-il là-haut ?

— Le grenier.

— Allons jeter un coup d'œil. »

Les deux hommes suivirent André jusqu'au grenier, une longue pièce basse de plafond, poussiéreuse et pleine de toiles d'araignées.

Al se dirigea vers une installation électrique et en examina avec attention les fils enchevêtrés.

« Ah !

— Vous avez trouvé quelque chose ? demanda anxieusement André.

— Problème de condensateur. C'est l'humidité. On a dû avoir une centaine d'appels cette semaine. Ça a fait un court-circuit. Il va falloir remplacer le condensateur.

— Oh ! Mon Dieu ! Ça va prendre longtemps ?

— Non. On en a un tout neuf dans la camionnette.

— Dépêchez-vous, je vous en supplie ! M. Pope va bientôt rentrer.

— Comptez sur nous », dit Al.

« Il faut que je finisse de préparer l'assaisonnement de la salade, leur confia André quand ils furent de retour dans la cuisine. Vous arriverez bien à retrouver le grenier sans moi ?

— Pas de problème, mon pote. Continuez votre boulot, on va s'occuper du nôtre.

— Oh ! Merci. *Merci.* »

Les deux hommes allèrent à leur camionnette et revinrent chargés de deux gros sacs de toile.

« Si vous avez besoin de quoi que ce soit, appelez-moi, dit André.

— Sûr ! »

Lorsque Ralph et Al furent dans le grenier, ils ouvrirent leurs sacs et en retirèrent une chaise pliante, une perceuse, des sandwiches, deux canettes de bière, une paire de jumelles Zeiss conçues pour l'observation d'objets éloignés mal éclairés et deux hamsters ayant reçu une injection de 0,75 milligramme d'acétylpromazine.

Les deux hommes se mirent au travail.

« Cette vieille Ernestine va être fière de moi », gloussa Al.

Al avait d'abord obstinément refusé sa collaboration.

« T'es siphonnée ou quoi ? Pas question que je me frotte à Perry Pope. J'ai pas envie de finir mes jours à l'ombre.

— Puisque je te dis que t'as pas à t'en faire. Il emmerdera plus jamais *personne.* »

Ils étaient dans l'appartement d'Ernestine, nus sur son matelas hydraulique.

« Et puis, qu'est-ce que tu vas tirer de cette combine, tu peux me dire ? demanda Al.

— C'est un salaud.

— Hé ! Poulette, les salauds, c'est pas ce qui manque sur terre. C'est pas pour ça que tu passes ton temps à leur couper les couilles.

— Bon, d'accord. Je le fais pour une amie.

— Tracy ?

— Oui. »

Al aimait bien Tracy. Ils avaient dîné ensemble le jour de sa sortie de prison.

« Elle a de la classe, reconnut-il. Mais pourquoi on devrait se mouiller pour elle ?

— Parce que, si on l'aide pas, faudra qu'elle prenne

quelqu'un qui t'arrive pas à la cheville. Et si elle se fait pincer, ils la refoutront direct en taule. »

Al se redressa et la dévisagea avec curiosité.

« Ça compte tant que ça pour toi, bébé ?

— Oui. »

Elle n'arriverait jamais à le lui faire comprendre, mais elle ne supportait pas d'imaginer Tracy en prison et à la merci de la Grosse Bertha. Ce n'était pas seulement à Tracy qu'elle pensait, mais à elle-même aussi. Elle s'était faite sa protectrice et, si la Grosse Bertha lui mettait la main dessus, elle le considérerait comme une défaite personnelle.

« Oui, répéta-t-elle simplement. Ça compte beaucoup pour moi, Al. Tu vas le faire ?

— Pas tout seul, en tout cas, ça c'est sûr », grommela-t-il.

Ernestine sut qu'elle avait gagné. Elle se mit à mordiller son long corps mince.

« Ce vieux Ralph devait pas être libéré... ? » murmura-t-elle.

Il était dix-huit heures trente quand les deux hommes réapparurent dans la cuisine d'André, maculés de poussière et de sueur.

« C'est réparé ? demanda anxieusement André.

— Une vraie saloperie de boulot, déclara Al. Ce truc-là, vous voyez, c'est un condensateur avec un disjoncteur c.a./c.c. qui...

— Oh ! peu importe, coupa André avec impatience. L'avez-vous *réparé* ?

— Oui, c'est fait. Dans cinq minutes, on va le faire repartir comme neuf.

— *Formidable** ! Si vous pouviez laisser votre facture sur la table de la cuisine...

— Ne vous en faites pas pour ça, dit Al. La société vous l'enverra.

— Merci mille fois. Au revoir. »

Les deux hommes repartirent par la porte de service,

emportant leurs sacs de toile. Ils firent le tour de la maison et s'arrêtèrent devant le condensateur extérieur du système de climatisation. Ralph éclaira Al de sa torche pendant qu'il rebranchait les fils déconnectés deux heures plus tôt. La climatisation repartit aussitôt.

Al prit note du numéro de téléphone inscrit sur la notice d'entretien attachée au condensateur. Un peu plus tard, il composait ce numéro, obtenait le répondeur de la société Esquimau et déclarait :

« Ici la résidence de M. Pope, 42, Charles Street. Notre climatiseur fonctionne de nouveau parfaitement. Inutile de vous déplacer. Bonne soirée. »

La partie de poker hebdomadaire qui se déroulait tous les vendredis soir chez Perry Pope était un événement attendu avec impatience par les joueurs. Elle réunissait toujours le même groupe choisi : Anthony Orsatti, Joe Romano, le juge Henry Lawrence, un conseiller municipal, un sénateur et, bien entendu, leur hôte. Les enjeux étaient élevés, la nourriture succulente et les invités tout-puissants.

Dans sa chambre à coucher, Perry Pope enfilait un pantalon de soie blanche assorti à sa chemise. Il fredonnait gaiement en pensant à la soirée qui l'attendait. Il ne cessait de gagner depuis quelque temps. « D'ailleurs, ma vie tout entière est une longue partie gagnante », se dit-il.

Pour quiconque avait besoin d'un passe-droit, Perry Pope était l'avocat à consulter. Il tenait son pouvoir de ses liens avec la Famille Orsatti. On l'appelait l'Arrangeur, et il pouvait tout arranger depuis la simple contravention jusqu'aux accusations de trafic de drogue ou de meurtre. La vie était belle.

Lorsque Anthony Orsatti arriva, ce fut accompagné d'un invité.

« Joe Romano ne jouera plus avec nous, annonça-t-il. Vous connaissez l'inspecteur Newhouse, n'est-ce pas ? »

Tout le monde se serra la main.

« Vous avez des boissons à votre disposition sur la

desserte, messieurs, déclara Perry Pope. Nous dînerons plus tard. Que diriez-vous de passer tout de suite à l'action ? »

Les invités prirent leur place habituelle autour du tapis vert. Orsatti désigna le siège vacant de Joe Romano à l'inspecteur.

« Cela sera votre place désormais, Mel. »

Tandis qu'un des joueurs défaisait des paquets de cartes neufs, Perry Pope distribua les jetons.

« Les noirs valent cinq dollars ; les rouges, dix ; les bleus, cinquante et les blancs, cent, expliqua-t-il à l'inspecteur. Tous les joueurs achètent l'équivalent de cinq cents dollars au départ. Voici nos règles : enjeux sur table, trois relances, choix du donneur.

— Ça me semble parfait », dit l'inspecteur.

Anthony Orsatti était de mauvaise humeur.

« Alors, on commence, oui ? » fit-il dans un murmure étranglé.

Mauvais signe. Perry Pope aurait donné cher pour savoir ce qui était arrivé à Romano, mais se gardait bien d'aborder le sujet. Orsatti lui en parlerait à son heure.

Celui-ci ruminait de sombres pensées : « J'ai été comme un père pour Joe. J'ai fait de lui mon lieutenant en chef et cet enfant de salaud m'a poignardé dans le dos. Si cette crétine de Française n'avait pas téléphoné, il s'en serait peut-être tiré. Eh bien, maintenant il n'arnaquera plus personne ; pas là où il est. S'il est si malin, il a qu'à se débrouiller avec les poissons là-bas dessous. »

« Tony, tu passes ou pas ? »

Anthony Orsatti reporta son attention sur le jeu. Des sommes énormes avaient changé de mains à cette table. Perdre contrariait toujours Orsatti et cela n'avait rien à voir avec l'argent. Il ne supportait pas de perdre dans quelque domaine que ce fût. Il se considérait comme un gagneur-né, car seuls les gagneurs pouvaient atteindre une position comme la sienne. Ces six dernières semaines, Perry Pope avait eu une veine de pendu : Orsatti était fermement décidé à faire tourner la chance.

Comme ils jouaient au choix du donneur, chacun

optait pour le type de poker où il se sentait le plus fort : *stud* à cinq ou sept cartes, *low ball*, poker classique. Mais ce soir-là, quelle que soit la formule choisie, Orsatti ne cessa de perdre. Il commença à augmenter ses mises et à prendre des risques pour essayer de rattraper ses pertes. A minuit, lorsque les joueurs s'interrompirent pour goûter au repas préparé par André, Orsatti avait perdu cinquante mille dollars et Perry Pope était le grand gagnant.

« Tu ne manges rien, Tony, remarqua l'avocat.

— Je n'ai pas faim. »

Orsatti prit la cafetière d'argent, remplit une tasse de porcelaine Herend style Victoria et alla s'asseoir à la table de jeux. Il regarda avec impatience les autres manger : il avait hâte de regagner son argent. Il remuait son café lorsqu'une particule tomba dans sa tasse. Il la retira avec dégoût et l'examina. Cela ressemblait à du plâtre. Au moment où il levait les yeux vers le plafond, quelque chose lui heurta le front. Il lui sembla brusquement entendre un bruit de course précipitée au-dessus de lui.

« Qu'est-ce qui se passe là-haut ? » demanda-t-il.

Perry Pope était en train de raconter une anecdote à l'inspecteur Newhouse.

« Pardon ? Que disais-tu, Tony ? »

Le bruit était nettement audible à présent. D'autres morceaux de plâtre tombèrent sur le tapis vert.

« A mon avis, vous avez des souris, dit le sénateur.

— Pas dans cette maison ! s'exclama Perry Pope avec indignation.

— En tout cas, t'as quelque chose ! » grogna Orsatti.

Un bout de plâtre plus important se détacha du plafond.

« Je vais demander à André de s'en occuper, déclara Perry Pope. Si tout le monde a fini de manger, que diriez-vous de reprendre la partie ? »

Anthony Orsatti avait les yeux fixés sur un petit trou dans le plafond, juste au-dessus de sa tête.

« Une minute. Allons jeter un coup d'œil là-haut.

— Mais pourquoi ? André... »

Orsatti avait déjà quitté la pièce. Après s'être dévisagés un instant, les autres lui emboîtèrent le pas.

« Il s'agit probablement d'un écureuil, remarqua Perry Pope. Il y en a partout à cette époque de l'année. Il fait sans doute ses réserves pour l'hiver. »

Lorsqu'ils atteignirent le grenier, Orsatti poussa la porte et Perry Pope alluma. Ils entrevirent fugitivement deux hamsters blancs courant frénétiquement autour de la pièce.

« Mon Dieu ! s'écria l'avocat. Des rats ! »

Anthony Orsatti n'écoutait pas. Il regardait la chaise pliante installée au centre du grenier, les sandwiches et les deux canettes de bière ouvertes qui y étaient posés, et les jumelles sur le plancher.

Il se dirigea vers la chaise, ramassa chacun des objets tour à tour et les examina. Puis, s'agenouillant sur le sol poussiéreux, il poussa le petit cylindre de bois qui dissimulait un judas percé dans le plafond. Orsatti colla son œil au judas : au-dessous de lui, la table de jeux était clairement visible.

Debout au milieu de la pièce, Perry Pope n'en revenait pas.

« Qui a bien pu laisser ces saloperies ici ? Je vais passer un de ces savons à André ! »

Orsatti se releva lentement et épousseta son pantalon.

« Regardez ! s'exclama l'avocat. Ils m'ont laissé un bon Dieu de trou dans le plancher ! Les ouvriers de maintenant travaillent vraiment comme des salauds. »

Il se baissa, regarda par le trou et devint livide. Il se releva et jeta un regard affolé à la ronde : tous les yeux étaient fixés sur lui.

« Hé ! Vous ne croyez pas que je... ? Soyons sérieux, les gars, c'est *moi* ! Vous savez bien que je ne tricherais pas avec vous. Nous sommes *amis*, bon Dieu ! »

Il se mit à se mordiller les ongles.

Orsatti lui tapota le bras.

« Ne t'en fais pas », dit-il d'une voix presque inaudible.

Perry Pope continua à ronger désespérément la chair à vif de son pouce droit.

14

« Et de deux, Tracy ! fit Ernestine Littlechap en riant. Le bruit court que ton ami Perry Pope n'exerce plus son métier d'avocat. Paraît qu'il a eu un accident très grave ! »

Elles prenaient un *café au lait** et des *beignets** à la terrasse d'un café non loin de Royal Street.

Ernestine éclata d'un rire haut perché.

« T'as quelque chose dans le cerveau, ma vieille ! Tu ne voudrais pas t'associer avec moi, par hasard ?

— Merci, Ernestine, mais j'ai d'autres projets.

— A qui le tour ? demanda Ernestine avec intérêt.

— Lawrence. Le juge Henry Lawrence. »

Henry Lawrence avait débuté comme avocat dans la petite ville de Leesville en Louisiane. Il n'avait que très peu de dispositions pour le droit, mais possédait deux atouts d'importance : un physique imposant et une morale élastique. Selon sa philosophie, la loi était un règle flexible faite pour être courbée au gré des besoins de ses clients. Il n'était donc pas étonnant qu'une clientèle particulière eût assuré la prospérité de son cabinet dès son installation à La Nouvelle-Orléans. Il était passé des délits mineurs et des accidents de la route aux actes criminels et aux crimes capitaux, ascension au cours de laquelle il était devenu maître dans l'art de suborner les jurés, de discréditer les témoins et de soudoyer ceux qui pouvaient l'aider. En un mot, il était le genre d'homme prisé par Orsatti et leurs chemins devaient se croiser. Ce fut un mariage célébré en paradis mafieux. Lawrence devint le porte-parole de la Famille et, le moment venu, Orsatti le fit accéder à la charge de juge.

« Je ne vois pas comment tu peux coincer le juge, dit Ernestine. Il est riche, puissant et intouchable.
— Il est riche et puissant, corrigea Tracy, mais pas intouchable. »
Tracy avait un plan précis mais, quand elle téléphona au tribunal, elle sut qu'elle allait devoir en changer.
« Pourrais-je parler au juge Lawrence, s'il vous plaît ?
— Je suis désolée, répondit sa secrétaire. Il est absent.
— Quand sera-t-il de retour ?
— Je ne saurais vous dire.
— C'est très important. Sera-t-il là demain matin ?
— Non. M. le juge n'est pas en ville.
— Ah !... Mais il vous a peut-être laissé ses coordonnées.
— Non, je regrette, il est en voyage à l'étranger.
— Je vois, fit Tracy en s'efforçant de dissimuler sa déception. Serait-il indiscret de vous demander où il est ?
— En Europe. Il participe à un symposium judiciaire international.
— C'est bien regrettable, dit Tracy.
— Pourrais-je connaître votre nom ? »
Tracy réfléchissait à toute allure.
« Élisabeth Rowane Dastin, présidente régionale de l'Association américaine des jeunes avocats. Notre dîner annuel a lieu le 20 de ce mois à La Nouvelle-Orléans. Nous décernons un prix à cette occasion, et, cette année, nous avions choisi le juge Henry Lawrence.
— C'est merveilleux, dit la secrétaire. Mais je crains malheureusement qu'il ne soit pas de retour à cette date.
— Quel dommage ! Nous nous faisions une telle joie

de l'entendre prononcer un de ses célèbres discours. Notre comité de sélection l'a élu à l'unanimité.

— Il regrettera certainement de ne pouvoir être parmi vous.

— Oui, bien sûr. Vous savez que c'est un immense honneur. Ce prix a été décerné par le passé à certains des juges les plus éminents de ce pays. Oh ! Attendez : j'ai une idée ! Pensez-vous que M. Lawrence pourrait enregistrer un petit discours de remerciement ?

— Je... je ne sais que vous répondre. Il a un emploi du temps très chargé...

— Ce dîner va être couvert par la télévision nationale et par la presse. »

Il y eut un silence. La secrétaire de Henry Lawrence savait combien celui-ci aimait que les médias s'intéressent à lui. A sa connaissance, sa tournée européenne n'avait d'ailleurs pas d'autre but.

« Il trouvera peut-être un moment pour enregistrer quelques mots à votre intention, dit-elle. Je pourrais lui en parler.

— Oh ! Ce serait merveilleux ! s'écria Tracy. Ce serait le moment fort de la soirée.

— Aimeriez-vous qu'il aborde un sujet particulier ?

— Certainement. Nous aimerions qu'il parle de... »

Elle hésita.

« C'est un peu compliqué. Il vaudrait mieux que je puisse le lui expliquer directement. »

La secrétaire ne répondit pas aussitôt. Elle était confrontée à un dilemme. Ses instructions lui interdisaient de révéler l'itinéraire de son patron. Mais, d'un autre côté, il était tout à fait capable de l'accabler de reproches en apprenant qu'une distinction aussi importante lui avait échappé.

« C'est un renseignement que je ne suis pas censée communiquer, déclara-t-elle enfin. Mais je suis certaine que M. Lawrence souhaiterait me voir faire une exception pour un événement aussi prestigieux. Vous pouvez le joindre à Moscou, à l'hôtel Rossia. Il y restera cinq jours et ensuite...

— Magnifique ! Je vais l'appeler immédiatement. Je vous remercie infiniment.
— C'est nous qui vous remercions, mademoiselle. »

Les télégrammes étaient adressés au juge Henry Lawrence, hôtel Rossia, Moscou. Le premier disait :

PLAISIR T'INFORMER RENCONTRE NATIONALE CONSEIL JUDICIAIRE ARRANGÉE. LIEU ET DATE COMME SOUHAITÉ. AURAS CONFÉRENCIER DEMANDÉ. BORIS.

Le second, qui arriva le lendemain, disait :

DÉSOLÉ ANNONCER CHANGEMENT PLANS VOYAGE TES PARENTS. ARRIVÉS COMME PRÉVU MAIS ARGENT ET PASSEPORT PERDUS. PLACE TROUVÉE DANS HÔTEL. COMPTE SUR MOI. CONNAIS SUISSE ET ARRANGERAI TOUT. BORIS.

Le dernier enfin était rédigé en ces termes :

TES PARENTS VONT ESSAYER AMBASSADE AMÉRICAINE POUR OBTENIR PASSEPORT TEMPORAIRE. AUCUNE INFORMATION ENCORE SUR DÉLIVRANCE NOUVEAU VISA. LENTEUR SUISSE RISQUE RETARDER LEUR ARRIVÉE RUSSIE. BORIS.

Le N.K.V.D. attendit d'autres télégrammes. N'en voyant plus venir, ils arrêtèrent le juge Lawrence.

L'interrogatoire dura dix jours et autant de nuits.

« A qui avez-vous transmis vos informations ?

— *Quelles* informations ? Je ne sais pas de quoi vous parlez.

— Nous parlons de plans. Qui vous les a donnés ?

— Quels plans ?

— Ceux du sous-marin atomique soviétique.

— Vous êtes fous ! Qu'est-ce que je pourrais bien savoir des sous-marins soviétiques ?

— C'est ce que nous avons l'intention de découvrir. Qui avez-vous rencontré secrètement ?

— De quelles rencontres parlez-vous ? Je n'ai pas de secret.

— Parfait. Vous pouvez donc nous dire qui est Boris ?

— Boris qui ?

— L'homme qui a déposé de l'argent sur votre compte en Suisse.

— *Quel* compte en Suisse ? »

Ils étaient furieux.

« Vous êtes un imbécile têtu ! lui dirent-ils. Nous allons faire un exemple de vous et de tous les autres espions américains qui tentent de déstabiliser notre grande patrie. »

Quand l'ambassadeur américain fut enfin autorisé à lui rendre visite, le juge Lawrence avait perdu sept kilos. Il avait oublié depuis quand ses gardiens l'empêchaient de dormir et ce n'était plus qu'une loque humaine.

« Pourquoi me traitent-ils ainsi ? gémit-il. Je suis un citoyen américain, un juge. Au nom du ciel, sortez-moi d'ici !

— Je fais tout mon possible », lui assura l'ambassadeur.

Il était choqué par l'aspect du juge. Il avait accueilli celui-ci ainsi que les autres membres du comité judiciaire à leur arrivée, deux semaines plus tôt. L'homme qu'il avait rencontré alors ne ressemblait en rien à l'individu larmoyant et terrifié qui se traînait maintenant à ses pieds.

« Que trament donc les Russes cette fois-ci ? se demanda-t-il. Le juge n'est pas plus espion que moi. » Puis il eut une grimace. « J'aurais sans doute pu choisir un meilleur exemple. »

L'ambassadeur demanda à voir le président du Politburo. Lorsque cela lui fut refusé, il se rabattit sur un ministre.

« Je m'élève solennellement contre la conduite inqualifiable de votre pays envers le juge Henry Lawrence, déclara-t-il d'un ton plein d'indignation. Accuser un homme de sa stature d'espionnage est ridicule.

— Si vous avez fini, je vous prierais de regarder ceci », répondit le ministre avec froideur en lui tendant des copies des trois télégrammes.

L'ambassadeur les lut, puis déclara, déconcerté :

« Je ne comprends pas. Ils sont parfaitement innocents.

— Vraiment ? Vous feriez sans doute mieux de les relire — décodés. »

Il lui tendit une autre copie. Un mot sur quatre y avait été souligné.

PLAISIR T'INFORMER RENCONTRE NATIONALE CONSEIL JUDICIAIRE ARRANGÉE. LIEU ET DATE COMME SOUHAITÉ. AURAS CONFÉRENCIER DEMANDÉ. BORIS.

DÉSOLÉ ANNONCER CHANGEMENT PLANS VOYAGE TES PARENTS. ARRIVÉS COMME PRÉVU MAIS ARGENT ET PASSEPORT PERDUS. PLACE TROUVÉE DANS HÔTEL. COMPTE SUR MOI. CONNAIS SUISSE ET ARRANGERAI TOUT. BORIS.

TES PARENTS VONT ESSAYER AMBASSADE AMÉRICAINE POUR OBTENIR PASSEPORT TEMPORAIRE. AUCUNE INFORMATION ENCORE SUR DÉLIVRANCE NOUVEAU VISA. LENTEUR SUISSE RISQUE RETARDER LEUR ARRIVÉE RUSSIE. BORIS.

« Crénom de Dieu ! » se dit l'ambassadeur.

Le procès eut lieu à huis clos. Le prisonnier, têtu jusqu'au bout, nia avoir été chargé d'une mission d'espionnage en Union soviétique. Le Ministère public lui promit la clémence s'il révélait le nom de ses patrons. Le juge Lawrence aurait vendu son âme pour pouvoir le faire mais cela lui était, hélas, impossible.

Le lendemain du procès, la *Pravda* annonça brièvement que l'espion américain Henry Lawrence avait été reconnu coupable d'espionnage et condamné à quatorze ans de travaux forcés en Sibérie.

L'affaire Lawrence plongea les services de renseignements américains dans la perplexité. Les rumeurs allèrent bon train dans les bureaux de la C.I.A., du F.B.I., des services secrets et du ministère des Finances.

« Ce n'est pas l'un des nôtres, dit la C.I.A. Il est probablement des Finances. »

Le ministère des Finances dénia.

« Nous n'avons rien à voir là-dedans. C'est sans doute ce foutu F.B.I. qui marche une fois de plus sur nos plates-bandes. »

« Jamais entendu parler de lui, déclara le F.B.I. Sans doute un homme des Affaires étrangères ou des services de renseignements de la Défense. »

Ces derniers, qui étaient eux aussi dans le noir le plus complet, répondirent prudemment :

« Sans commentaire. »

Mais chaque service resta convaincu que le juge Lawrence avait été envoyé à l'étranger par l'un des autres.

« Il faut reconnaître qu'il avait du cran, remarqua le chef de la C.I.A. C'était un dur. Il n'a rien avoué et n'a pas donné un seul nom. J'aimerais que nous en ayons davantage comme lui, je vous assure. »

Les affaires n'allaient pas bien pour Orsatti et il n'arrivait pas à comprendre pourquoi. Pour la première fois de sa vie, sa chance tournait. Cela avait commencé par la trahison de Joe Romano, puis il y avait eu Perry Pope et maintenant le juge, mêlé à cette abracadabrante histoire d'espionnage. Tous trois avaient été des rouages essentiels de la machine Orsatti, des gens sur qui il avait compté.

Joe Romano avait été le pivot de l'organisation. Orsatti n'avait trouvé personne pour le remplacer. Il y avait du laisser-aller dans la gestion de ses affaires ; des gens qui n'avaient jamais osé se plaindre commençaient à le faire ouvertement. Le bruit courait qu'Anthony Orsatti se faisait vieux, qu'il n'arrivait plus à contrôler ses hommes, que son organisation s'en allait à vau-l'eau.

Le coup final fut un appel téléphonique en provenance du New Jersey.

« Il paraît que t'as des ennuis, Tony. On aimerait bien t'aider.

— Je n'ai pas d'ennuis, répliqua Orsatti en se hérissant. J'ai eu un ou deux petits problèmes, d'accord, mais c'est arrangé maintenant.

— Ce n'est pas ce qu'on nous dit, Tony. Il paraît que c'est un peu la pagaille dans ta ville et qu'il n'y a personne pour y mettre de l'ordre.

— Il y a *moi*.

— Peut-être bien que c'est trop de boulot pour toi. Peut-être bien que t'as besoin d'un peu de repos. Tu travailles trop dur, Tony.

— C'est *ma* ville. Personne ne me la prendra.

— Qui a parlé de te la prendre, Tony ? Les Familles de l'Est se sont réunies et ont décidé de t'envoyer quelques-uns des nôtres pour te donner un petit coup de main. Entre vieux amis, c'est normal, non ? »

Anthony Orsatti fut parcouru d'un frisson glacial. Il n'y avait qu'un hic : le petit coup de main allait devenir un gros coup de main. Et ça allait faire boule de neige.

Ernestine avait préparé une soupe de gombos aux crevettes. Elle chauffait à petit feu sur la cuisinière tandis qu'elle et Tracy attendaient le retour d'Al. La vague de chaleur de septembre avait attisé jusqu'à l'incandescence la nervosité de tout le monde si bien que, lorsque Al arriva enfin, Ernestine hurla :

« Où t'étais passé ? Ce foutu dîner est en train de cramer et moi aussi ! »

Mais Al était d'humeur trop euphorique pour se laisser émouvoir.

« Je ramassais les derniers potins, fillette, et je t'assure que ça vaut le coup ! La Mafia est en train de mettre le grappin sur Orsatti. La Famille de New Jersey arrive pour prendre la relève, poursuivit-il en se tournant vers Tracy. Tu as *eu* ce fils de pute ! »

Mais son sourire épanoui se figea quand il vit l'expression de Tracy.

« Tu n'es pas heureuse ? »

« Quel mot étrange, pensa Tracy. Heureuse. » Elle avait oublié ce que cela signifiait. Elle se demanda si elle serait heureuse à nouveau, si elle retrouverait jamais des émotions normales. Cela faisait si longtemps qu'elle n'avait d'autre pensée que de venger sa mère et elle-même ! Maintenant que tout était presque fini, elle se sentait vide.

Le lendemain matin, Tracy s'arrêta chez un fleuriste.

« Je voudrais faire livrer des fleurs à Anthony Orsatti, dit-elle. Une couronne funéraire d'œillets blancs avec en épitaphe : ''Repose en paix''. »

Elle joignit une carte sur laquelle elle avait écrit : « De la part de la fille de Doris Whitney. »

Troisième Partie

15

Philadelphie
Mardi 7 octobre. Seize heures

Il était temps de s'occuper de Charles Stanhope. Les autres avaient été des inconnus. Charles avait été son amant, le père de son enfant jamais né, et il les avait abandonnés tous les deux.

Ernestine et Al l'avaient accompagnée à l'aéroport de La Nouvelle-Orléans.

« Tu vas me manquer, avait dit Ernestine. T'as vraiment fait un sacré boulot dans cette ville. Ils devraient t'élire maire.

— Qu'est-ce que tu vas faire à Philadelphie ? » avait demandé Al.

Elle ne leur avait révélé qu'une partie de la vérité.

« Reprendre mon ancien travail à la banque. »

Ernestine et Al avaient échangé un regard.

« Ils... euh... ils savent que tu arrives ?

— Non, mais le vice-président m'aime bien. Il n'y a aucun problème. Les bons opérateurs sur ordinateur sont difficiles à trouver.

— Eh bien, bonne chance, alors. Tu nous donnes de tes nouvelles, hein ? Et te mets pas dans le pétrin, surtout. »

Une demi-heure plus tard, Tracy s'était envolée en direction de Philadelphie.

Elle prit une chambre à l'hôtel Hilton et suspendit son unique robe présentable au-dessus d'un bain chaud pour la défroisser. Le lendemain matin, à onze heures, elle entra dans la banque et se dirigea vers la secrétaire de Clarence Desmond.

« Bonjour, Mae. »

Celle-ci la dévisagea comme si elle venait de voir surgir un fantôme.

« Tracy ! fit-elle, gênée. Je... Comment allez-vous ?
— Très bien. M. Desmond est-il là ?
— Je... je ne sais pas. Je vais voir. Un tout petit instant. »

Elle se leva précipitamment et disparut dans le bureau du vice-président. Un instant plus tard, elle revenait.

« Vous pouvez entrer », dit-elle en s'écartant nerveusement lorsque Tracy la croisa.

« Qu'est-ce qui lui prend ? » se demanda Tracy.

Clarence Desmond était debout près de son bureau.

« Bonjour, monsieur, dit-elle gaiement. Me voici de retour.
— Pourquoi ? »

Son ton était inamical, nettement inamical. Décontenancée, Tracy poursuivit :

« Eh bien, comme vous m'aviez dit que j'étais la meilleure opératrice que vous connaissiez, je pensais...
— Que je vous reprendrais à votre ancien poste ?
— Oui, monsieur. Mes compétences n'ont pas changé. Je peux toujours...
— Mademoiselle Whitney, coupa-t-il, ce que vous me demandez est parfaitement impossible. Vous comprenez que nos clients apprécieraient peu d'avoir affaire à une personne condamnée pour vol à main armée et tentative d'homicide. Cela serait en contradiction avec la réputation de respectabilité de notre maison. Étant donné vos antécédents, il me semble hautement improbable

qu'aucune banque consente à vous employer. Je vous conseillerais de chercher un emploi plus adapté à votre situation. Vous comprendrez, je l'espère, que ma décision n'a rien de personnel. »

La stupeur de Tracy se mua peu à peu en colère. On aurait dit à l'entendre qu'elle était une paria, une lépreuse. *Nous serions désolés de vous perdre : vous êtes un de nos plus précieux éléments.*

« Vous aviez autre chose à me dire, mademoiselle ? »

L'entretien était clos.

Il y avait des centaines de choses qu'elle aurait aimé dire, mais à quoi bon ?

« Non, répondit-elle. Je crois que vous avez tout dit. »

Elle quitta son bureau, le visage empourpré. Il lui sembla que tous les regards étaient fixés sur elle. Mae avait répandu la nouvelle : la criminelle est de retour. Elle marcha jusqu'à la sortie, la tête haute, l'humiliation au cœur. « Il ne faut pas que je les laisse faire. Ma fierté est tout ce qu'il me reste. Personne ne me l'enlèvera. »

Tracy passa la journée à broyer du noir dans sa chambre. Comment avait-elle pu avoir la naïveté de croire qu'on allait l'accueillir à bras ouverts ? Elle était célèbre désormais. *Tu fais la manchette du* Daily News. « Eh bien, que Philadelphie aille au diable ! » Elle avait encore une tâche à mener. Ensuite elle partirait. Elle irait à New York où personne ne la connaissait. Cette décision prise, elle se sentit mieux.

Ce soir-là, elle s'offrit un dîner au café Royal. Après son entretien pénible avec Clarence Desmond, elle avait besoin de cette atmosphère rassurante faite de lumières tamisées, d'élégance et de musique apaisante. Elle commanda une vodka-Martini. Lorsque le serveur lui apporta son verre, elle leva les yeux. Son cœur s'arrêta de battre : Charles et son épouse étaient attablés dans un box de l'autre côté de la salle. Ils ne l'avaient pas aperçue. Son premier mouvement fut de partir. Elle ne se sentait pas prête à affronter Charles, pas avant d'avoir pu mettre son plan à exécution.

« Désirez-vous passer votre commande ?
— Je... je vais attendre, merci. »

Il lui fallait prendre une décision. Alors qu'elle jetait un nouveau regard sur Charles, quelque chose d'étonnant se produisit : elle eut l'impression de contempler un inconnu. Elle voyait un homme vieillissant, voûté, aux traits tirés, au teint plombé, dont le visage exprimait un insondable ennui. Comment croire qu'elle avait un jour pensé aimer cet homme, qu'elle avait partagé son lit, qu'elle avait eu l'intention de passer sa vie à ses côtés ? Elle regarda son épouse. Le même ennui se lisait sur son visage. On aurait dit deux prisonniers enchaînés ensemble pour l'éternité, figés à jamais. En les regardant assis là, immobiles et muets, Tracy imaginait les années mornes et interminables de leur vie commune à venir. Des années sans amour, sans joie. « La voilà, la punition de Charles », se dit-elle. Et elle se sentit soudain soulagée, libérée de ces chaînes émotionnelles, lourdes et noires, qui l'avaient opprimée.

Elle fit signe au maître d'hôtel.

« J'aimerais passer ma commande maintenant. »

C'était fini. Le passé était définitivement enterré.

Ce ne fut qu'en rentrant à son hôtrel que Tracy se souvint que le fonds de participation de la banque lui devait de l'argent. Elle en calcula le montant : 1 375 dollars et 65 *cents*.

Elle écrivit une lettre à Clarence Desmond et reçut une réponse de Mae deux jours plus tard :

« Chère Mademoiselle,

« M. Clarence Desmond me charge de vous informer que, conformément aux principes moraux en usage dans notre société, la somme que vous nous demandez a été reversée au fonds de réserve de notre banque.

« Il tient à vous assurer qu'il n'a aucun grief personnel contre vous.

« Je vous prie d'agréer, chère Mademoiselle, l'expression de nos sentiments les meilleurs.

« Mae Trenton
« Secrétaire du vice-président. »

Tracy n'en crut pas ses yeux. Ils lui volaient son argent — et sous un prétexte moral, encore ! Elle était révoltée. « Je ne vais pas me laisser faire, se jura-t-elle. Je ne me laisserai plus jamais avoir ! »

Tracy était devant la Philadelphia Trust and Fidelity Bank. Elle portait une longue perruque noire ; un épais maquillage lui faisait la peau sombre et une cicatrice rouge vif lui barrait le menton. En cas de problème, c'est de ce détail dont on se souviendrait. En dépit de son déguisement, Tracy se sentait nue. Elle avait travaillé cinq ans dans cette banque et le personnel la connaissait. Il lui fallait veiller à ne pas se trahir.

Elle sortit une capsule de bouteille de son sac, la glissa dans sa chaussure et rentra en claudiquant dans la banque. Celle-ci était bondée, car elle avait choisi une heure de pointe. Toujours boitant, elle s'avança jusqu'à un bureau d'accueil. L'employé finit sa conversation téléphonique et se tourna vers elle.

« Oui ? »

C'était Jon Creighton, le fanatique de la banque. Il haïssait les Juifs, les Noirs et les Portoricains, mais pas nécessairement dans cet ordre. Il avait toujours exaspéré Tracy. Il ne la reconnut pas.

« *Buenos días señor*. Y'aimerais ouvrir un compte, *ahora*, dit-elle avec un accent mexicain que Paulita, sa compagne de cellule, lui avait si souvent donné l'occasion d'entendre.

— Nom ? fit Creighton en la gratifiant d'un regard dédaigneux.

— Rita Gonzales.

— Et combien d'argent souhaitez-vous déposer ?

— Dix dollars.
— Par chèque ou en espèces ? demanda-t-il avec un mépris railleur.
— En espèces, yé crois. »
Elle lui tendit avec précaution un billet froissé et à demi déchiré. Il poussa un formulaire devant elle.
« Remplissez-le. »
Tracy n'avait nullement l'intention d'écrire quoi que ce soit de sa main.
« Yé m'excouse, *señor*. Y'ai blessé *mi mano*, ma main dans oun accident. Pourriez-vous écrire pour moi, *si se puede ?* »
« Ces émigrés, tous des analphabètes ! » pensa Creighton en poussant un grognement.
« Rita Gonzales, c'est ça ?
— *Si.*
— Votre adresse ? »
Tracy lui donna l'adresse et le numéro de téléphone de son hôtel.
« Nom de jeune fille de votre mère ?
— Gonzales. Ma mère, elle a épousé son oncle.
— Date de naissance ?
— 20 décembre 1958.
— Lieu de naissance ?
— *Ciudad de Mexico.*
— Ville de Mexico. Signez ici.
— Yé dois utiliser la main gauche. »
Tracy gribouilla maladroitement une signature illisible. Puis Jon Creighton remplit pour elle le formulaire de versement.
« Je vais vous donner un chéquier temporaire. Vous recevrez les autres dans trois ou quatre semaines.
— *Bueno. Muchas gracias, señor.* »
Il la suivit du regard. « Foutue Espingo ! »

Il existe de nombreux moyens illégaux de pénétrer un réseau informatique et Tracy était une spécialiste. Elle avait collaboré à la mise en place du système de sécurité de la Philadelphia Trust and Fidelity Bank. Elle s'apprêtait à le mettre en échec.

Elle commença par chercher un magasin de matériel informatique où elle pourrait utiliser un terminal pour accéder à l'ordinateur de la banque. Celui où elle entra était presque vide.

« Puis-je vous aider, mademoiselle ? demanda un vendeur empressé.

— *Eso si que no, señor.* Yé regarde. »

Le vendeur aperçut un adolescent qui se lançait dans un jeu électronique.

« Excusez-moi », dit-il en s'éloignant précipitamment.

Tracy se tourna vers un modèle d'exposition relié à un téléphone. Entrer dans le système ne posait pas de difficulté, mais, sans le code d'accès, elle était coincée. Or celui-ci était changé quotidiennement. Tracy avait assisté à la réunion qui avait décidé du code à adopter.

« Il faut que nous en changions sans cesse pour éviter toute fraude, avait déclaré Clarence Desmond. Il doit toutefois être assez simple pour être utilisé sans problème par les personnes autorisées. »

La formule retenue jouait sur les saisons et la date.

Tracy composa sur le clavier du terminal le code de la Philadelphia Trust and Fidelity Bank. En entendant un couinement strident, elle plaça le combiné du téléphone dans le modem. Un message s'inscrivit sur le petit écran :

CODE D'ACCÈS S.V.P. ?

On était le 10 du mois.

AUTOMNE 10, frappa Tracy.

L'écran redevint noir.

CODE ERRONÉ, répondit le terminal.

« Auraient-ils changé leur système de codification ? » Du coin de l'œil, elle vit que le vendeur revenait vers elle. Elle se dirigea aussitôt vers un autre terminal, y jeta un regard négligent, puis continua à déambuler dans le magasin. Le vendeur s'arrêta « Une simple curieuse », se dit-il. Il se hâta d'aller accueillir le couple d'allure prospère qui entrait. Tracy revint vers l'ordinateur de bureau.

Elle essaya de se mettre dans la tête de Clarence Desmond. C'était un être d'habitudes. Tracy était certaine qu'il n'avait pas fondamentalement modifié le code. Il avait sans doute gardé l'idée initiale des saisons et de la date mais en introduisant une légère modification. Laquelle ? Intervertir les dates aurait été trop compliqué ; il devait donc plutôt avoir permuté les saisons.

Tracy fit un nouvel essai.
CODE D'ACCÈS S.V.P. ?
HIVER 10.
CODE ERRONÉ.

Elle commença à désespérer. « Ça ne va pas marcher. J'essaie une dernière fois. »
CODE D'ACCÈS S.V.P. ?
PRINTEMPS 10.

L'écran resta vierge un instant, puis un message apparut :
POURSUIVEZ S.V.P.

C'était donc bien les saisons qu'il avait permutées. Elle tapa rapidement :
TRANSACTIONS INTÉRIEURES.

Le menu s'afficha instantanément :
VEUILLEZ CHOISIR UNE DES OPÉRATIONS SUIVANTES :
A. DÉPÔT
B. VIREMENT
C. RETRAIT D'UN COMPTE ÉPARGNE
D. VIREMENT INTERBANCAIRE
E. RETRAIT D'UN COMPTE CHÈQUES

Tracy tapa B et obtint un nouveau menu :
MONTANT DU VIREMENT ?
DE ?
À ?

Tracy inscrivit : DE FONDS DE RÉSERVE À RITA GONZALES. En arrivant au montant, elle hésita un instant. « Tentant. » L'ordinateur, désormais complaisant, lui donnerait tout ce qu'elle demanderait. Elle aurait pu prendre des millions, mais elle n'était pas une voleuse. Elle ne voulait que son dû.

Elle tapa : 1 375 dollars 65 *cents*. Puis le numéro de compte de Rita Gonzales.

OPÉRATION EFFECTUÉE.

DÉSIREZ-VOUS CHOISIR UNE AUTRE OPÉRATION ?

NON.

OPÉRATION TERMINÉE. MERCI.

L'argent serait automatiquement transféré par C.H.I.P.S., le système de compensation interbancaire de New York qui traitait les deux cent vingt milliards de dollars passant quotidiennement de banque à banque.

En voyant le vendeur revenir vers elle, le sourcil froncé, Tracy pressa aussitôt une touche. L'écran s'éteignit.

« Seriez-vous intéressée par l'achat de cette machine, mademoiselle ?

— Non, *gracias*, répondit Tracy. Yé né comprends pas ces ordinateurs. »

Quelques instants plus tard, elle téléphonait à la banque et demandait le chef comptable.

« *Hola*. Rita Gonzales à l'appareil. Y'aimerais que mon compte soit transféré au siège de la First Hanover Bank de New York, *por favor*.

— Votre numéro de compte, mademoiselle ? »

Tracy le lui donna.

Une heure plus tard, Tracy avait quitté son hôtel et était en route pour New York.

Le lendemain matin, à dix heures, lorsque la First Hanover Bank de New York ouvrit ses portes, Rita Gonzales était là pour retirer son argent.

« Combien y a-t-il ? demanda-t-elle.

— 1 375 dollars et 65 *cents*.

— *Si,* c'est youste.

— Voulez-vous que nous vous établissions un chèque certifié, mademoiselle ?

— Non, *gracias*. Yé mé méfie des banques. Yé préfère les espèces. »

Tracy était sortie de prison munie des habituels deux cents dollars ainsi que de la modique somme qu'elle avait gagnée en s'occupant d'Amy. En dépit de l'argent du fonds bancaire, sa sécurité financière était loin d'être assurée. Il lui fallait impérativement trouver un emploi.

Elle prit une chambre dans un hôtel bon marché de Lexington Avenue et envoya des candidatures spontanées aux banques new-yorkaises. Mais elle s'aperçut que l'ordinateur était brusquement devenu son ennemi. Elle n'avait plus de vie privée. Les fichiers informatiques connaissaient son histoire et la racontaient volontiers à quiconque pressait les bons boutons. Dès que son casier judiciaire était connu, sa candidature était automatiquement refusée.

Avec vos antécédents, il me semble hautement improbable qu'aucune banque consente à vous employer. Clarence Desmond avait eu raison.

Tracy envoya d'autres candidatures à des compagnies d'assurances et à des dizaines d'autres sociétés où l'informatique jouait un rôle majeur. Les réponses furent toutes identiques : négatives.

« Très bien, se dit-elle. Je peux toujours faire autre chose. »

Elle acheta le *New York Times* et éplucha les offres d'emploi.

Elle retint une annonce demandant une secrétaire export.

Elle avait à peine franchi la porte de la société que le chef du personnel déclarait :

« Hé ! Je vous ai vue à la télévision. Vous avez sauvé une gamine en prison, non ? »

Tracy fit demi-tour et s'enfuit.

Le lendemain, elle fut engagée comme vendeuse au rayon enfants du grand magasin Saks, sur la Cinquième Avenue. Le salaire était bien inférieur à celui auquel elle était habituée, mais il lui assurait au moins de quoi vivre.

Le jour suivant, une cliente hystérique la reconnut et annonça au chef de rayon qu'elle refusait d'être servie par une meurtrière qui avait noyé une petite fille. Tracy n'eut pas l'occasion de s'expliquer : elle fut renvoyée sur-le-champ.

Il lui sembla que les hommes dont elle s'était vengée avaient néanmoins le dernier mot. Ils avaient fait d'elle une criminelle notoire, un paria. L'injustice de ce qui lui arrivait était corrosive. Elle ne savait plus que faire pour subvenir à ses besoins et, pour la première fois, le désespoir la gagna. Ce soir-là, alors qu'elle comptait l'argent qui lui restait, elle trouva, serré dans un coin de son portefeuille, le bout de papier que Betty Franciscus lui avait donné en prison : « Conrad Morgan, joaillier. 640, Cinquième Avenue. New York. »

Il aime donner un coup de main aux gens qui ont fait de la taule.

Conrad Morgan et Cie, joailliers, était un établissement élégant avec portier en livrée à l'extérieur et garde armé à l'intérieur. La boutique elle-même était d'une simplicité raffinée et les bijoux, somptueux.

« J'aimerais voir M. Morgan, dit Tracy à la réceptionniste.

— Vous aviez rendez-vous ?

— Non. Euh... une amie commune m'a conseillé de venir le voir.

— Votre nom, s'il vous plaît ?

— Tracy Whitney.

— Un instant, je vous prie. »

Décrochant le téléphone, la jeune femme murmura quelques mots que Tracy ne put saisir.

« M. Morgan est occupé pour l'instant, dit-elle en raccrochant. Vous serait-il possible de revenir à dix-huit heures ?

— Oui. Merci. »

En sortant de la boutique, Tracy hésita sur le trottoir, irrésolue. Venir à New York avait été une erreur. Conrad Morgan ne pourrait sans doute lui être d'aucune aide. Pourquoi ferait-il quoi que ce soit ? Elle n'était qu'une inconnue pour lui. « Il va me sermonner et me faire l'aumône. Eh bien, je n'en ai pas besoin ! Je survivrai. Je trouverai une solution. Conrad Morgan peut aller au diable : je ne reviendrai pas. »

Tracy erra sans but, dépassant les devantures élégantes de la Cinquième Avenue, les immeubles gardés de Park Avenue, les boutiques bondées de Lexington Avenue. Elle marcha dans les rues de New York, mécaniquement, sans rien voir, emplie d'amertume.

A six heures, elle se retrouva devant la joaillerie Conrad Morgan et Cie. Le portier avait disparu. La porte était fermée. Par bravade, Tracy y frappa à coups redoublés. Elle s'apprêtait à s'éloigner quand, à son étonnement, la porte s'ouvrit brusquement.

Un homme à l'air débonnaire apparut sur le seuil. Chauve à l'exception de quelques maigres touffes de cheveux gris sur les tempes, il avait un visage rubicond et jovial et un regard pétillant. On aurait dit un gnome malicieux.

« Vous devez être mademoiselle Whitney ?
— Oui...
— Je suis Conrad Morgan. Entrez, je vous en prie. »

Tracy pénétra dans la boutique déserte.

« Je vous attendais. Allons dans mon bureau, nous y serons plus à notre aise. »

Élégamment meublé, celui-ci ressemblait davantage à un appartement qu'à un lieu de travail. Il n'y avait pas de meuble de bureau, mais des canapés, des fauteuils et des tables agencés avec art. Des tableaux de maîtres ornaient les murs.

« Voulez-vous boire quelque chose ? Whisky, cognac ou sherry peut-être ?
— Non, merci. »

Tracy se sentait soudain tendue. Elle s'était convaincue que cet homme ne l'aiderait pas, mais espérait pourtant désespérément qu'il pût le faire.

« Betty Franciscus m'a conseillée de venir vous voir, monsieur. Elle m'a dit que vous aidiez les gens qui... qui avaient eu des ennuis. »

Elle ne pouvait se résoudre à prononcer le mot : prison.

Conrad Morgan joignit les mains et Tracy remarqua combien elles étaient soignées.

« Pauvre Betty. Une femme si ravissante. Elle a joué de malchance, vous savez.
— De malchance ?
— Oui, elle s'est fait prendre.
— Je... je ne comprends pas.
— C'est très simple en vérité. Betty travaillait pour moi. Elle était bien protégée. Mais la chère femme est tombée amoureuse d'un chauffeur de La Nouvelle-Orléans et s'est mise à son compte. Et... eh bien, elle s'est fait prendre.
— Elle travaillait pour vous en tant que vendeuse ? » demanda Tracy, déconcertée.

Conrad Morgan se mit à rire de si bon cœur que les larmes lui vinrent aux yeux.

« Mais non, ma chère. Je vois que Betty ne vous a pas tout expliqué. Il se trouve que je me livre à une petite activité annexe profitable, poursuivit-il en se calant dans son fauteuil. Je partage volontiers ces profits avec mes collègues et je n'ai eu qu'à me féliciter de la collaboration de personnes comme vous qui — soit dit sans offense — ont fait de la prison. »

Tracy le dévisagea, plus perplexe que jamais.

« Je suis dans une situation unique, voyez-vous. J'ai des clients extrêmement aisés avec qui j'entretiens les meilleurs rapports et dont je reçois les confidences. »

Il se tapota délicatement le bout des doigts.

« Je sais quand ils partent en voyage, par exemple. En ces temps périlleux, il est bien rare que les gens emportent leurs bijoux avec eux. Ils les laissent donc chez eux et je leur recommande les mesures de sécurité à adopter pour les protéger. Je sais exactement les bijoux qu'ils possèdent puisque c'est à moi qu'ils les ont achetés. Ils... »

Tracy s'était levée.

« Je ne voudrais pas vous importuner plus longtemps, monsieur.

— Vous ne partez pas déjà ?
— Si vos intentions sont bien celles que je devine...
— Mais naturellement.
— Je ne suis pas une criminelle, fit Tracy, le visage écarlate. J'étais venue ici dans l'espoir de trouver un emploi.
— Et je vous en propose un, ma chère. Cela ne vous demandera qu'une ou deux heures de temps et vous pouvez compter sur vingt-cinq mille dollars. Nets d'impôts, bien entendu », ajouta-t-il avec un sourire.

Tracy réprimait à grand-peine sa colère.

« Cela ne m'intéresse pas. Pourriez-vous me raccompagner, s'il vous plaît ?

— Mais certainement, dit-il en se levant. Comprenez bien que je ne me risquerais pas dans une telle entreprise si elle comportait le moindre danger. J'ai ma réputation à protéger.

— Je vous promets de n'en parler à personne, dit Tracy avec froideur.

— Vous n'êtes pas vraiment en mesure de dire quoi que ce soit, mademoiselle, répliqua-t-il avec un sourire jovial. Qui vous croirait ? Je suis Conrad Morgan. »

Lorsqu'ils atteignirent la porte d'entrée, il ajouta :

« Si vous changez d'avis, n'hésitez surtout pas à me téléphoner. Après dix-huit heures de préférence. J'attendrai votre appel.

— Inutile », répondit sèchement Tracy avant de s'éloigner.

En arrivant à son hôtel, elle tremblait encore.

Elle envoya un chasseur lui chercher un sandwich et du café. Elle se sentait incapable de voir qui que ce fût. Il lui semblait être sortie salie de son entretien avec Conrad Morgan. Il l'avait assimilée à toutes les délinquantes pitoyables et égarées qu'elle avait côtoyées au pénitencier de Louisiane. Elle n'était pas comme elles. Elle était Tracy Whitney, une opératrice qualifiée, une citoyenne respectable et respectueuse des lois.

Que personne ne voulait employer.

Tracy passa la nuit à réfléchir à son avenir. Elle n'avait

pas de travail. Il ne lui restait presque plus d'argent. Elle prit deux décisions : trouver un logement moins cher et un emploi. N'importe quel emploi.

Le logement moins cher se révéla être un lugubre studio au quatrième étage sans ascenseur d'un immeuble de Lower East Side. Les cloisons étaient si minces qu'elle entendait ses voisins se crier des injures dans différentes langues étrangères. Les fenêtres et les portes des boutiques du voisinage étaient munies de barreaux. On comprenait aisément pourquoi : le quartier semblait peuplé d'ivrognes, de prostituées et de dealers.

En se rendant au marché, Tracy fut accostée trois fois, deux fois par des hommes et une fois par une femme.

« Je peux tenir le coup, se dit-elle. Je ne resterai pas longtemps ici. »

Elle se rendit à un petit bureau de placement proche de son studio. Il était tenu par une certaine Mme Murphy, une opulente matrone. Après avoir étudié le curriculum de Tracy, elle lui jeta un regard moqueur.

« Je ne vois vraiment pas pourquoi vous avez besoin de mes services. Vous êtes un oiseau rare que des dizaines de sociétés doivent être prêtes à embaucher. »

Tracy prit une profonde inspiration.

« J'ai un problème... »

Mme Murphy l'écouta en silence, puis déclara d'un ton sans appel :

« Vous pouvez faire une croix sur les emplois d'opératrice.

— Mais vous disiez...

— Les sociétés sont obsédées par la fraude informatique en ce moment. Elles ne vous embaucheront pas avec un casier judiciaire.

— Mais il me *faut* un travail.

— Il y a d'autres genres d'emplois. Avez-vous pensé à être vendeuse ? »

Tracy se rappela son expérience chez Saks. Elle frémissait à l'idée d'avoir à subir une nouvelle humiliation de ce genre.

« Avez-vous autre chose ? »

Mme Murphy hésita. Tracy Whitney était manifestement trop qualifiée pour le genre de travail qu'elle avait en vue.

« Écoutez, dit-elle. Je sais que ce n'est pas votre rayon, mais il y a une place de serveuse à Jackson Hole. C'est un petit restaurant.

— Une place de serveuse ?

— Oui. Si vous acceptez, je ne vous prendrai pas de commission. J'en ai entendu parler par hasard. »

Tracy réfléchit un instant. Elle avait travaillé comme serveuse à l'université. Une expérience amusante. A présent, c'était une question de survie.

« Je vais essayer », dit-elle.

Jackson Hole était un enfer peuplé de clients bruyants et impatients et de cuisiniers harassés et irritables. La nourriture était bonne et les prix honnêtes, si bien que le restaurant ne désemplissait jamais. Les serveuses travaillaient à un rythme effréné sans un instant de répit. A la fin de sa première journée, Tracy était épuisée. Mais elle gagnait de l'argent.

A midi, le lendemain, alors qu'elle servait une table de vendeurs, l'un d'eux la pelota. Tracy le coiffa d'une assiette de *chili con carne*. Cela mit fin à son emploi.

Elle retourna voir Mme Murphy et lui expliqua ce qui s'était passé.

« J'ai peut-être de bonnes nouvelles pour vous, lui annonça celle-ci. Le Wellington Arms recherche une gouvernante adjointe. Je vais vous y envoyer. »

Le Wellington Arms était un petit hôtel élégant de Park Avenue qui recevait une clientèle riche et célèbre. Après un entretien avec la gouvernante, Tracy fut embauchée. Le travail était simple, le personnel agréable et les horaires raisonnables.

Elle travaillait depuis une semaine quand elle fut convoquée dans le bureau de la gouvernante. Le sous-directeur était présent.

« Êtes-vous passée vérifier la suite 827 ajourd'hui ? » demanda la gouvernante.

Cette suite était occupée par Jennifer Marlowe, une actrice de Hollywood. Une des tâches de Tracy consistait à superviser le travail des femmes de chambre.

« Oui, bien sûr, répondit-elle.
— A quelle heure ?
— A deux heures. Il y a un problème ?
— En repassant dans sa chambre à trois heures, Mlle Marlowe s'est aperçue que sa bague de diamant avait disparu », déclara le sous-directeur.

Tracy se figea.

« Êtes-vous entrée dans la chambre à coucher, Tracy ?
— Oui, j'ai vérifié toutes les chambres.
— Vous souvenez-vous avoir vu des bijoux ?
— Euh... non, je ne crois pas.
— Vous ne *croyez* pas ? fit le sous-directeur. Vous n'en êtes pas *sûre* ?
— Ce n'étaient pas les bijoux qui m'intéressaient, mais l'état des lits et des serviettes.
— Mlle Marlowe est absolument certaine d'avoir laissé sa bague sur sa coiffeuse.
— Je n'ai rien remarqué.
— Personne d'autre n'a la clé de cette chambre et les femmes de chambre sont à notre service depuis des années.
— Je n'ai pas pris cette bague.
— Nous allons devoir appeler la police, fit le sous-directeur en soupirant.
— Ce doit être quelqu'un d'autre ! s'écria Tracy. Il se peut aussi que Mlle Marlowe ait égaré cette bague.
— Étant donné vos antécédents... », commença le sous-directeur.

Et voilà, c'était dit : *vos antécédents...*

« Je vous demanderais de rester dans le bureau de service de surveillance jusqu'à l'arrivée de la police. »

Un des gardes l'accompagna et elle eut l'impression de se retrouver en prison. Elle avait entendu parler des persécutions subies par les anciens détenus en raison de leur casier judiciaire, mais sans jamais imaginer que cela pût lui arriver. Ils l'avaient cataloguée et s'attendaient à ce qu'elle soit à la « hauteur » de sa réputation.

Une demi-heure plus tard, le sous-directeur entrait en souriant dans le bureau.

« Mlle Marlowe a retrouvé sa bague, annonça-t-il. Elle l'avait égarée. C'était une simple erreur.

— Merveilleux », dit Tracy.

Elle quitta le bureau et se rendit chez Conrad Morgan et Cie, joailliers.

« C'est ridiculement simple, disait Conrad Morgan. Lois Bellamy, une de mes clientes, est en voyage en Europe. Sa maison est à Sea Cliff sur Long Island. Le week-end, ses domestiques ne travaillent pas et la voie est donc libre. Une patrouille privée fait une ronde toutes les quatre heures. Or l'opération ne vous prendra que quelques minutes. Je connais le système d'alarme ainsi que la combinaison du coffre. Tout ce que vous aurez à faire, ma chère, c'est d'entrer, de ramasser les bijoux et de ressortir. Ensuite, vous me les apportez, je les démonte, retaille les plus gros et les revends.

— Si c'est si simple, pourquoi ne le faites-vous pas vous-même ? demanda Tracy.

— Parce que je ne serai pas à New York, répondit-il, le regard pétillant. Je suis toujours en voyage d'affaires lorsqu'un de ces petits ''incidents'' se produit.

— Je vois.

— Quant à vos scrupules de conscience, si vous en avez, je vous rassure toute de suite : Mme Bellamy est une femme tout à fait détestable qui possède des propriétés remplies de babioles extrêmement coûteuses un peu partout dans le monde. D'ailleurs, ces bijoux sont assurés pour près du double de leur valeur réelle. C'est moi qui les ai estimés, naturellement. »

Tracy le dévisagea en se disant : « Je dois être folle. C'est d'un cambriolage que je discute si calmement. »

« Je ne veux pas retourner en prison, monsieur Morgan.

— Ne craignez rien. Aucun de mes collaborateurs ne s'est jamais fait prendre. Du moins, lorsqu'ils travaillaient pour moi. Eh bien... qu'en dites-vous ? »

Elle allait refuser, bien entendu. Tout cela était de la folie pure.

« Vous parliez de vingt-cinq mille dollars ?

— Comptant à la livraison. »

C'était une fortune, une somme qui lui permettrait de chercher à loisir ce qu'elle pourrait faire de sa vie. Elle pensa à la pièce sinistre qu'elle habitait, aux hurlements des voisins, à la cliente criant : « Je refuse d'être servie par une meurtrière », au sous-directeur déclarant : « Nous allons devoir appeler la police. »

Elle ne se résolvait pourtant pas à accepter.

« Samedi prochain serait parfait, reprit Conrad Morgan. Le personnel s'en va à midi. Je vous procurerai un permis de conduire et une carte de crédit. Vous louerez une voiture ici, à Manhattan, et vous vous rendrez à Long Island en faisant en sorte d'y arriver à vingt-trois heures. Vous prenez les bijoux, revenez à New York et restituez la voiture... Vous savez conduire, bien sûr ?

— Oui.

— Parfait. Il y a un train qui part pour Saint Louis à sept heures quarante-cinq du matin. Je vous y réserverai un compartiment. Nous nous retrouverons sur le quai de Saint Louis et je vous remettrai les vingt-cinq mille dollars contre les bijoux. »

C'était le moment de dire non et de partir. *Pour où ?*

« Il me faudra une perruque blonde », dit-elle avec lenteur.

Lorsqu'il se retrouva seul, Conrad Morgan pensa à Tracy, assis dans l'obscurité. Une belle femme. Vraiment très belle. C'était regrettable. Il aurait peut-être dû l'avertir que ce système d'alarme ne lui était pas aussi familier qu'il l'avait laissé entendre.

16

Munie de mille dollars que le joaillier lui avait avancés, Tracy fit l'acquisition de deux perruques : l'une blonde, l'autre tressée d'une multitude de petites nattes noires. Elles acheta également une fausse valise Gucci à un vendeur ambulant de Lexington Avenue, une salopette noire et un ensemble bleu sombre. Pour le moment, tout allait bien. Comme promis, Morgan lui envoya par courrier un permis de conduire au nom d'Ellen Branch, un plan du système d'alarme de la maison de Mme Bellamy, la combinaison du coffre et un billet de train Amtrak pour Saint Louis. Tracy empaqueta ses maigres biens et quitta son studio. « Je ne vivrai plus jamais dans ce genre d'endroits », se jura-t-elle. Elle loua une voiture et partit pour Long Island, en route pour un cambriolage.

Ce qu'elle faisait avait l'irréalité d'un rêve. Elle était terrifiée. Et si elle se faisait prendre ? Ce risque méritait-il d'être couru ?

C'est ridiculement simple, avait dit Conrad Morgan.

« Il ne se lancerait pas dans une opération de ce genre, s'il n'était pas sûr du résultat. Il a sa réputation à protéger. J'ai moi aussi une réputation, se dit-elle avec amertume, mais elle est mauvaise. Chaque fois qu'un bijou disparaîtra, je serai présumée coupable jusqu'à preuve de mon innocence. »

Tracy savait ce qu'elle était en train de faire : elle

essayait de se rendre furieuse, de se mettre en condition pour commettre son forfait. Cela ne marcha pas. En arrivant à Sea Cliff, elle était à bout de nerfs. Elle manqua quitter la route à deux reprises. « La police va peut-être m'arrêter pour conduite dangereuse, se prit-elle à espérer. Et je pourrai dire à M. Morgan que j'ai eu un contretemps. »

Mais il n'y avait pas la moindre voiture de police en vue. « Naturellement, se dit-elle, dégoûtée. Ils ne sont jamais là quand on a besoin d'eux. »

Se conformant aux indications du joaillier, elle prit la direction de Long Island Sound. *La maison est juste au bord de l'eau. Elle s'appelle « Les Braises ». C'est une grande demeure victorienne. Vous ne pouvez pas la manquer.*

« Faites que je la manque ! » pria Tracy avec ferveur.

Mais elle surgit de l'obscurité, masse sombre et menaçante, un vrai château d'ogre de cauchemar. Elle semblait déserte. « Comment les domestiques osent-ils prendre leur week-end ! se dit Tracy avec indignation. Ils mériteraient d'être renvoyés. »

Elle gara sa voiture derrière une rangée de saules immenses qui la masquaient aux regards. La stridulation des insectes troublait seule le silence de la nuit. La maison était à l'écart de la route principale et, à cette heure tardive, il n'y avait pas la moindre circulation.

Les arbres rendent la propriété invisible, ma chère, et la maison la plus proche est à des centaines de mètres. Vous ne risquez pas d'être vue. La patrouille de surveillance passe à vingt-deux heures, puis à deux heures. A cette heure-là, vous serez déjà loin.

Tracy regarda sa montre. Il était vingt-trois heures. La première patrouille était repartie. Elle avait trois heures avant l'arrivée de la suivante. Ou trois secondes pour faire demi-tour, rentrer à New York et oublier cet accès de démence. Mais rentrer pour *quoi faire ? Je regrette infiniment, mademoiselle,* lui avait dit le sous-directeur de Saks. *Mais nous devons nous soumettre aux exigences de notre clientèle... — Vous pouvez faire une croix sur les emplois d'opératrice. Les sociétés ne vous embaucheront pas avec un casier judiciaire...*

Vingt-cinq mille dollars nets d'impôts pour une heure ou deux. Quant à vos scrupules, Mme Bellamy est une femme tout à fait détestable.

« Que suis-je en train de faire ? se demanda Tracy. Je ne suis pas une cambrioleuse, pas vraiment. Je ne suis qu'un stupide amateur au bord de la crise de nerfs. S'il me restait le moindre bon sens, je partirais d'ici pendant qu'il est encore temps. Avant qu'une escouade de police ne me surprenne, qu'il n'y ait une fusillade et qu'on emporte mon cadavre criblé de balles à la morgue. Je vois déjà les titres : « DANGEREUSE CRIMINELLE ABATTUE AU COURS D'UNE TENTATIVE DE CAMBRIOLAGE. »

Qui viendrait pleurer à son enterrement ? Ernestine et Amy.

« Oh ! Mon Dieu ! » s'exclama-t-elle en regardant sa montre.

Il y avait vingt minutes qu'elle rêvassait. « Si je dois le faire, je ferais bien de me remuer. »

Elle ne pouvait pas bouger. La peur la paralysait. « Je ne peux pas rester éternellement comme ça. Pourquoi ne pas aller jeter un coup d'œil à cette maison ? Juste un coup d'œil. »

Elle prit une profonde inspiration et sortit de la voiture. Elle portait une salopette noire ; ses jambes tremblaient. Elle se dirigea lentement vers la maison plongée dans l'obscurité.

N'oubliez pas de porter des gants.

Tracy sortit une paire de gants de sa poche et les enfila. « Seigneur ! Je vais le faire. Je vais vraiment y aller ! » Les battements de son cœur étaient si assourdissants qu'elle n'entendait rien d'autre.

Le dispositif d'alarme est à gauche de la porte d'entrée. Vous y verrez cinq boutons et un voyant rouge allumé qui indique que le système est branché. Pour le couper, composez le code suivant : trois, deux, quatre, un, un. Si le voyant rouge s'éteint, vous pouvez entrer.

Voici la clé. Refermez bien la porte derrière vous. Servez-vous de cette torche et n'allumez aucune lumière. On pourrait les voir de la route. La chambre à coucher est au premier étage, à gauche de l'escalier : elle donne sur la baie. Vous trouverez le coffre-fort derrière un portrait de Lois Bellamy. C'est un modèle très simple ; vous n'aurez qu'à suivre ces indications.

Tracy s'immobilisa, tremblante, prête à fuir au moindre bruit. Silence. Lentement, elle pressa la série de boutons d'alarme en priant que cela ne fonctionne pas. Le voyant rouge s'éteignit. Le pas suivant la compromettrait. Elle se souvint de l'expression des pilotes : le point de non-retour.

Elle introduisit la clé dans la serrure. La porte s'ouvrit. Elle attendit une longue minute avant d'entrer. Les nerfs tendus à se rompre, elle s'arrêta dans le hall, l'oreille aux aguets, n'osant faire un mouvement. Un silence de maison déserte régnait. Elle sortit sa torche et commença à monter l'escalier. Elle ne souhaitait qu'une chose maintenant : en finir au plus vite et s'enfuir.

A la lumière vacillante de sa torche, le couloir du premier étage prenait des allures fantomatiques ; les murs semblaient se dilater et se contracter, comme animés de pulsations. Tracy jeta un coup d'œil dans toutes les pièces qu'elle dépassa : elles étaient vides.

La chambre se trouvait au bout du couloir du côté de la baie, exactement comme Morgan le lui avait dit. C'était une belle pièce d'un rose foncé meublée d'un lit à baldaquin, d'une commode décorée de roses et de deux tête-à-tête. Une table permettait de dîner devant la cheminée. « J'ai failli vivre dans une maison comme celle-ci avec Charles », pensa Tracy.

Elle alla a l'immense porte-fenêtre et contempla les bateaux ancrés dans la baie. « Seigneur, dites-moi pour quelle raison vous avez décidé que Lois Bellamy vivrait dans cette belle maison et que, moi, je la cambriolerais ? Allons, ma vieille, se dit-elle, ce n'est pas le moment de philosopher. Tu ne vas pas en faire ta carrière. Dans quelques minutes, tout sera fini. Mais à condition que tu ne restes pas plantée là à ne rien faire. »

Elle se dirigea vers le portrait que Morgan lui avait décrit. Lois Bellamy avait un visage dur et arrogant. « Elle a vraiment l'air détestable. » Le tableau pivotait comme une porte. Tracy avait appris la combinaison du coffre par cœur. *Trois tours à droite, arrêt sur le 42 ; deux tours à gauche, arrêt sur le 10 ; un tour à droite, arrêt sur le 30.* Ses mains tremblaient tellement qu'elle dut s'y reprendre à deux fois. Elle entendit un déclic : la porte était ouverte.

Le coffre-fort était rempli d'épaisses enveloppes et de papiers. Tracy ne s'en occupa pas. Tout au fond, un sac en peau de chamois reposait sur une étagère. Elle le prit et, instantanément, une sonnerie se déclencha. Tracy n'avait jamais rien entendu d'aussi assourdissant. On aurait dit que le son se répercutait de pièce en pièce, hurlant son avertissement à travers toute la maison. Saisie, elle resta clouée sur place.

Que s'était-il passé ? Conrad Morgan ignorait-il qu'un système d'alarme protégeait les bijoux ?

Il fallait qu'elle parte au plus vite. Elle fourra le sac dans sa poche et courut vers l'escalier. Ce fut alors que, couvrant le bruit de la sonnerie, un autre son lui parvint : celui d'une sirène de police. Tracy se figea au sommet des escaliers, terrifiée, la bouche sèche. Elle se précipita vers une fenêtre et écarta le rideau avec précaution. Une voiture de police et noire blanche se garait devant l'entrée. Un policier en uniforme en sortit et disparut derrière la maison, tandis qu'un autre s'avançait vers la porte. Toute fuite était impossible. La sonnerie ne cessait pas et, brusquement, elle retentit à ses oreilles comme les terribles cloches du pénitencier pour femmes de Louisiane du Sud.

« Non ! pensa Tracy. Ils ne m'y renverront pas. »

Le lieutenant Melvin Durkin faisait partie de la police de Sea Cliff depuis dix ans. C'était une agglomération paisible : des actes de vandalisme, quelques vols de voitures, d'occasionnelles rixes d'ivrognes le samedi soir y constituaient l'essentiel des interventions. Une alerte chez Mme Bellamy relevait d'une autre catégorie. C'était pour ce genre de travail que le lieutenant Durkin était entré dans la police. Il connaissait Lois Bellamy et savait qu'elle possédait des peintures et des bijoux de grande valeur. Depuis son départ, il s'était fait un devoir de passer de temps en temps devant sa maison pendant ses patrouilles : c'était une proie si tentante pour les monte-en-l'air. « Cette fois-ci, on dirait que j'en ai attrapé un », se dit-il. Il était tout près de la maison lorsque la compagnie de sécurité l'avait appelé. « Ça va faire bien dans mon dossier. Drôlement bien. »

Le lieutenant sonna de nouveau. Il voulait pouvoir noter dans son rapport qu'il avait sonné trois fois avant de forcer l'entrée. Son collègue surveillait l'arrière de la maison : le cambrioleur n'avait aucune chance de s'enfuir. Il tenterait probablement de se dissimuler à l'intérieur. Mais il allait avoir une surprise : personne n'échappait à Melvin Durkin.

Il s'apprêtait à presser la sonnette une troisième fois quand la porte s'ouvrit soudain. Les yeux écarquillés, il contempla la femme qui se tenait sur le seuil. Elle portait une chemise de nuit diaphane qui laissait peu de travail à l'imagination ; son visage était recouvert d'un masque de boue et ses cheveux d'un filet à bigoudis.

« Que se passe-t-il donc ? » demanda-t-elle.

Le lieutenant déglutit.

« Je... Qui êtes-vous ?

— Ellen Branch. Mme Bellamy m'a prêté sa maison pendant son absence. Elle est en Europe.

— Je sais, répondit le lieutenant, décontenancé. Elle ne nous avait pas dit qu'elle aurait des invités. »

Ellen Branch hocha la tête d'un air entendu.

« C'est bien d'elle, n'est-ce pas ? Excusez-moi, mais ce bruit est insupportable. »

Sous le regard du lieutenant, elle pressa une série de touches sur le dispositif d'alarme. La sonnerie cessa.

« Ah ! Voilà qui est mieux, fit-elle en poussant un soupir. Si vous saviez comme je suis contente de vous voir ! ajouta-t-elle avec un petit rire nerveux. Je m'apprêtais à me coucher quand le système d'alarme s'est déclenché. J'étais convaincue qu'il y avait un cambrioleur dans la maison ! Et je suis absolument seule ici : les domestiques sont partis à midi.

— Voyez-vous un inconvénient à ce que nous fassions le tour de la maison ?

— Au contraire ! »

Il ne fallut que quelques minutes au lieutenant et à son collègue pour s'assurer que personne n'était tapi dans la maison.

« Tout est en ordre, dit le lieutenant Durkin. C'était une fausse alerte. On ne peut pas toujours se fier à ces trucs électroniques. Vous devriez appeler la compagnie de sécurité pour leur demander de venir vérifier le système.

— Je n'y manquerai pas.

— Bon, eh bien, nous allons vous laisser.

— Merci infiniment d'être venus. Je suis bien plus rassurée à présent. »

« Elle a vraiment un corps superbe », se dit le lieutenant Durkin. Il se demanda à quoi elle ressemblait sans son masque de boue et son bonnet.

« Allez-vous rester ici quelque temps, mademoiselle ?

— Une ou deux semaines, jusqu'au retour de Lois.

— Si je peux vous être utile, n'hésitez pas à m'appeler.

— Merci, je le ferai. »

Tracy suivit la voiture de police du regard. Elle défaillait de soulagement. Dès que la voiture eut disparu dans la nuit, elle courut au premier étage, se débarrassa du masque de boue qu'elle avait trouvé dans la salle de bains, ôta le bonnet et la chemise de nuit de Lois Bellamy, remit sa salopette et s'en alla par la porte principale en prenant bien soin de rebrancher le système d'alarme.

Ce ne fut qu'à mi-chemin de Manhattan qu'elle mesura l'audace de ce qu'elle venait de faire. Elle se mit à rire, doucement d'abord, puis à gorge déployée, prise d'un fou rire inextinguible qui l'obligea à se garer sur le bord de la route. Elle rit tant que les larmes ruisselèrent sur son visage. C'était la première fois qu'elle riait depuis un an. C'était merveilleusement bon.

17

Tracy ne commença à se détendre que lorsque le train quitta la gare de Pennsylvania. Elle avait vécu dans la hantise de sentir une main s'abattre sur son épaule et une voix déclarer : « Vous êtes en état d'arrestation. »

Elle avait observé avec attention tous les passagers qui montaient dans le train sans rien remarquer de suspect. La tension continuait pourtant à lui nouer les épaules. Elle ne cessait de se répéter qu'il était peu probable que le cambriolage ait déjà été découvert et que, même si c'était le cas, aucun indice ne permettait à la police de remonter jusqu'à elle. Conrad Morgan allait l'attendre à Saint Louis avec vingt-cinq mille dollars. Vingt-cinq mille dollars dont elle pourrait disposer à sa guise ! Il lui aurait fallu un an de travail à la banque pour gagner cette somme. « J'irai en Europe, se dit-elle. A Paris. » Non, pas à Paris. « Charles et moi devions y aller en voyage de noces. J'irai à Londres. Je ne serai plus un repris de justice là-bas. » Curieusement, elle avait l'impression que l'expérience qu'elle venait de vivre l'avait transformée, un peu comme une seconde naissance.

Elle verrouilla la porte de son compartiment et ouvrit le sac en peau de chamois. Une cascade de joyaux scintillants roula dans sa main. Il y avait trois grosses bagues de diamant, une épingle d'émeraude, un bracelet de saphir, trois paires de boucles d'oreilles et deux colliers, l'un de rubis, l'autre de perles.

« Il doit y en avoir pour plus d'un million de dollars », pensa Tracy, émerveillée. Tandis que le train roulait à travers la campagne, elle repassa dans son esprit les événements de la veille. La location de la voiture... la route jusqu'à Sea Cliff... le silence de la nuit... son entrée dans la maison... l'ouverture du coffre... sa terreur lorsque la sonnerie s'était déclenchée et l'arrivée des policiers. Ils n'avaient pas imaginé un seul instant que cette femme en chemise de nuit au visage couvert d'un masque de boue puisse être le cambrioleur qu'ils recherchaient.

Tracy s'autorisa un sourire de satisfaction. Elle avait pris plaisir à berner la police. Il y avait quelque chose de stimulant dans le danger. Elle se sentait courageuse, intelligente, invincible. Elle se sentait d'excellente humeur.

On frappa à la porte du compartiment. Tracy remit rapidement les bijoux dans leur sac et plaça celui-ci dans sa valise. Elle prépara son billet en train pour le contrôleur et ouvrit.

Deux hommes en costume gris étaient debout dans le couloir. L'un d'eux semblait avoir la trentaine, l'autre environ dix ans de plus. Le plus jeune était séduisant. Bâti en athlète, il avait un menton volontaire, une petite moustache soignée et, derrière ses lunettes à monture de corne, ses yeux bleus pétillaient d'intelligence. Son compagnon était trapu, avait une épaisse chevelure noire et des yeux d'un marron froid.

« Puis-je vous aider ? demanda Tracy.

— Oui, mademoiselle », répondit le plus âgé des deux hommes.

Il tira de son portefeuille une carte qu'il lui présenta : « FEDERAL BUREAU OF INVESTIGATION — MINISTÈRE DE LA JUSTICE DES ÉTATS-UNIS D'AMÉRIQUE. »

« Agent spécial Dennis Trevor, déclara-t-il. Voici Thomas Bowers, mon collègue. »

Tracy eut brusquement la bouche sèche.

« Je... je crains de ne pas comprendre, fit-elle en se forçant à sourire. Il y a un problème ?

— Je le crains, mademoiselle, dit le jeune agent avec l'accent chantant du Sud. Il y a quelques minutes, ce train est entré dans l'État du New Jersey. Faire franchir les frontières d'un État à des marchandises volées est un délit qui relève de la police fédérale. »

Tracy se sentit défaillir. Un voile rouge lui brouilla la vue.

« Pourriez-vous ouvrir vos bagages, s'il vous plaît ? » demanda Dennis Trevor.

Ce n'était pas une question, mais un ordre. Il fallait qu'elle essaie de bluffer : c'était sa dernière chance.

« Il n'en est pas question ! s'exclama-t-elle avec indignation. Vous n'avez donc rien de mieux à faire que d'importuner d'innocents citoyens ? Je vais appeler le contrôleur.

— Nous lui avons déjà parlé », dit Trevor.

Son bluff ne marchait pas.

« Avez-vous un mandat de perquisition ?

— Nous n'en avons pas besoin, mademoiselle Whitney, dit gentiment Thomas Bowers, le jeune agent. Nous vous arrêtons en flagrant délit. »

Ils connaissaient même son nom. Elle était prise au piège. Il n'y avait aucune issue. *Aucune.*

Trevor ouvrait sa valise. Essayer de l'en empêcher était inutile. Tracy le regarda fouiller ses affaires et prendre le sac en peau de chamois. Il l'ouvrit, jeta un regard à son collègue et hocha la tête. Les jambes molles, Tracy se laissa tomber sur la banquette.

« Tout y est, Tom.

— Comment... comment m'avez-vous retrouvée ? demanda Tracy d'un air misérable.

— Nous ne sommes pas autorisés à divulguer nos renseignements, répondit Trevor. Vous êtes en état d'arrestation. Vous avez le droit de refuser de parler en dehors de la présence d'un avocat. Tout ce que vous direz peut être utilisé contre vous. Vous comprenez ?

— Oui, répondit-elle dans un murmure.

— Je suis désolé pour vous, déclara Tom Bowers. Je connais vos antécédents et... je regrette vraiment.

— Pour l'amour du ciel ! s'exclama son compagnon. Nous ne sommes pas des assistantes sociales !
— Je sais, mais quand même... »
Trevor sortit une paire de menottes.
« Vos poignets, s'il vous plaît. »
Le cœur étreint par une atroce souffrance, Tracy se rappela l'aéroport de La Nouvelle-Orléans, les policiers l'entraînant, menottes aux poignets, les gens la regardant comme une bête curieuse.
« Je vous en prie ! Est-ce vraiment nécessaire ?
— Oui, mademoiselle.
— Je pourrais te parler une minute, Dennis ? fit le jeune agent.
— D'accord », répondit celui-ci en haussant les épaules.
Les deux hommes sortirent dans le couloir. Hébétée, désespérée, Tracy entendit des bribes de leur conversation.
« Bon Dieu, Dennis, pourquoi lui mettre ces menottes ? Elle ne va pas s'enfuir...
— Quand cesseras-tu donc de jouer les boy-scouts ? Lorsque tu auras travaillé pour le Bureau aussi longtemps que moi...
— Tu peux bien lui faire cette fleur. Elle est déjà assez bouleversée comme ça...
— Ça n'est rien comparé à ce qu'elle va... »
Tracy ne put saisir le reste de la conversation. Elle ne *voulait* pas l'entendre.
Quelques instants plus tard, les deux agents rentrèrent dans le compartiment.
« C'est bon, fit Trevor d'un air renfrogné. On va nous laisser les mains libres. Nous allons demander une voiture par radio et vous faire descendre au prochain arrêt. Vous ne bougez pas de ce compartiment, compris ? »
Tracy hocha la tête, trop abattue pour parler.
Tom Bowers lui adressa un haussement d'épaules désolé. « J'aimerais faire davantage pour vous », semblait-il dire.
Mais personne ne pouvait rien pour elle. Plus mainte-

nant. C'était trop tard. Elle avait été prise la main dans le sac. La police était parvenue à retrouver sa piste et avait averti le F.B.I.

Dans le couloir, les deux agents parlaient au contrôleur. Bowers désigna Tracy du doigt en disant quelque chose qu'elle n'entendit pas. Le contrôleur acquiesça. Lorsque Bowers ferma la porte du compartiment, il lui sembla que c'était la porte d'une cellule qui claquait.

Le paysage défilait, images fugitives encadrées un instant par la vitre. Mais Tracy ne voyait rien. La peur la paralysait ; un bruit assourdissant qui n'avait rien à voir avec celui du train lui bourdonnait aux oreilles. Elle n'aurait pas de seconde chance. Elle était une criminelle récidiviste. On lui infligerait la peine la plus lourde et, cette fois, il n'y aurait pas de fille du directeur à sauver. Il n'y aurait que des années de prison, interminables, intolérables, et des Grosse Bertha. *Comment avaient-ils fait pour la retrouver ?* A part Conrad Morgan, personne ne savait rien du cambriolage. Or celui-ci n'avait aucune raison imaginable de la dénoncer. Peut-être un des employés de la joaillerie avait-il eu vent du projet et avait-il renseigné la police. Quelle différence cela pouvait-il faire, d'ailleurs ? Ils l'avaient arrêté et, à la prochaine station, elle reprendrait le chemin de la prison. Il y aurait l'instruction, puis le procès, puis...

Tracy ferma les yeux de toutes ses forces, refusant de penser plus longtemps à ce qui l'attendait. Des larmes brûlantes coulèrent sur ses joues.

Le train commença à ralentir. Tracy se mit à suffoquer. Elle n'arrivait pas à respirer. Les deux agents du F.B.I. allaient revenir la chercher d'un instant à l'autre. Elle aperçut une gare. Quelques secondes plus tard, le train s'immobilisait brutalement. Le moment était arrivé. Tracy ferma sa valise, enfila son manteau et se rassit, les yeux fixés sur la porte close du compartiment. Les minutes passèrent. Les deux hommes n'apparaissaient pas. Que pouvaient-ils faire ? Elle se rappela leurs paroles :

« Nous allons demander une voiture par radio et vous faire descendre au prochain arrêt. Vous ne bougez pas de ce compartiment... »

Elle entendit le contrôleur crier :

« En voiture ! »

Tracy fut prise de panique. Ils avaient peut-être voulu dire qu'ils l'attendraient sur le quai. *Oui, c'était certainement ça.* Si elle restait dans le train, ils l'accuseraient d'avoir cherché à leur échapper et cela aggraverait son cas. Tracy empoigna sa valise, ouvrit la porte et se précipita dans le couloir.

Le contrôleur venait à sa rencontre.

« Vous descendez ici, mademoiselle ? Vous feriez mieux de vous dépêcher. Attendez, je vais vous aider. Dans votre état, porter des objets lourds n'est pas conseillé.

— Dans mon état ? répéta Tracy, étonnée.

— Ne soyez pas gênée. Vos frères m'ont dit que vous étiez enceinte. Ils m'ont demandé de garder un œil sur vous.

— Mes frères ?

— De gentils garçons. Ils semblaient se faire du souci pour vous. »

Tracy fut prise de vertige. Tout tournoyait autour d'elle. Le contrôleur porta sa valise jusqu'à la portière et l'aida à descendre. Le train s'ébranla.

« Savez-vous où sont allés mes frères ? cria Tracy.

— Non, mademoiselle. Ils ont sauté dans un taxi quand le train s'est arrêté. »

En emportant un million de dollars de bijoux volés.

Tracy se rendit à l'aéroport, la seule destination qui lui soit venue à l'esprit. Si les deux hommes avaient pris un taxi, cela signifiait qu'ils n'avaient pas de véhicule personnel. Or ils souhaitaient certainement quitter la ville au plus vite. Elle était furieuse contre eux et honteuse de s'être laissé berner aussi facilement. Oh ! Ils avaient du talent, beaucoup de talent. Ils avaient été si convaincants. Elle rougissait en pensant qu'elle avait donné tête baissée dans ce vieux numéro du bon et du mauvais flic.

Bon Dieu, Dennis, pourquoi lui mettre ces menottes ? Elle ne va pas s'enfuir...

Quand cesseras-tu donc de jouer les boy-scouts ? Lorsque tu auras travaillé pour le Bureau aussi longtemps que moi...

Le Bureau ? Ils étaient sans doute recherchés tous les deux par la police. Eh bien, elle allait récupérer ces bijoux. L'épreuve avait été trop rude pour qu'elle se laisse doubler par deux escrocs. Il *fallait* qu'elle arrive à temps à l'aéroport.

« Pourriez-vous aller plus vite, s'il vous plaît ? » demanda-t-elle en se penchant vers le chauffeur de taxi.

Ils faisaient la queue à une porte d'embarquement ; Tracy ne les reconnut pas immédiatement. Le plus jeune, alias Thomas Bowers, ne portait plus de lunettes ; de bleus, ses yeux étaient devenus gris et sa moustache avait disparu. Son compagnon, Dennis Trevor, qui avait arboré une épaisse chevelure noire, était à présent complètement chauve. Mais c'était eux, cela ne faisait pas l'ombre d'un doute. Ils n'avaient pas eu le temps de changer de costume. Ils étaient presque à la porte lorsque Tracy les aborda.

« Vous oubliez quelque chose », dit-elle.

Ils se retournèrent en sursautant.

« Que faites-vous ici ? fit le plus jeune en fronçant les sourcils. Une voiture du F.B.I. devait vous prendre à la gare. »

Son accent du Sud avait disparu.

« Pourquoi ne retournerions-nous pas la chercher ensemble ? proposa Tracy.

— Impossible. Une autre affaire nous appelle, expliqua Trevor. Il faut absolument que nous prenions cet avion.

— Rendez-moi d'abord les bijoux.

— Je crains que cela ne soit impossible, répondit Tom Bowers. C'est une pièce à conviction. Nous vous enverrons un reçu.

— Non, je ne veux pas de reçu. Je veux les bijoux.

— Je regrette, dit Trevor. Nous ne pouvons nous en séparer. »

Ils allaient franchir la porte. Trevor tendait déjà sa carte d'embarquement à l'hôtesse. Tracy jeta un regard désespéré autour d'elle : elle aperçut un policier.

« Monsieur l'agent ! appela-t-elle. Monsieur l'agent ! »

Les deux hommes se dévisagèrent avec stupeur.

« Qu'est-ce que vous faites, bon Dieu ! murmura Trevor d'une voix sifflante. Vous voulez nous faire tous arrêter ! »

Le policier s'était avancé.

« Oui, mademoiselle. Quelque chose ne va pas ?

— Oh non ! fit gaiement Tracy. Ces deux merveilleux messieurs ont trouvé des bijoux de valeur que j'avais perdus et s'apprêtent à me les rendre. Je craignais d'avoir à avertir le F.B.I. »

Les deux hommes échangèrent un regard affolé.

« Ils m'ont dit que vous auriez peut-être la gentillesse de m'escorter jusqu'à un taxi ?

— Mais certainement. Avec plaisir.

— Vous pouvez me rendre les bijoux à présent, dit Tracy en se tournant vers les deux hommes. Je suis en parfaite sécurité avec monsieur.

— Non, vraiment, protesta Tom Bowers. Il serait bien préférable que...

— Oh ! Mais j'insiste, coupa Tracy. Je ne voudrais surtout pas vous faire manquer votre avion. »

Les deux hommes regardèrent le policier, puis échangèrent un regard consterné. Ils ne pouvaient rien faire. A contrecœur, Tom Bowers sortit le sac de sa poche.

Tracy le lui prit des mains.

« C'est bien ça ! dit-elle en vérifiant le contenu. Dieu merci, ils sont tous là ! »

Tom Bowers fit une ultime tentative.

« Nous pourrions vous les garder jusqu'à...

— Ce ne sera pas nécessaire », répondit Tracy d'un ton enjoué.

Elle ouvrit le sac, y mit les bijoux et sortit deux billets de cinq dollars.

« En témoignage de ma reconnaissance », dit-elle en les tendant aux deux hommes.

Tous les passagers avaient embarqué. L'hôtesse déclara :

« C'était le dernier appel, messieurs. Il faut que vous montiez à bord.

— Encore merci, messieurs. »

Radieuse, Tracy se dirigea vers la sortie, accompagnée de l'agent.

« C'est tellement rare de rencontrer des gens honnêtes, de nos jours. »

18

Thomas Bowers, né Jeff Stevens, regardait par le hublot lorsque l'avion décolla. Il se tamponna les yeux de son mouchoir, les épaules secouées de spasmes.

Assis à ses côtés, Dennis Trevor — alias Brandon Higgins — le contempla avec surprise.

« Hé ! fit-il, il n'y a pas de quoi pleurer. Ce n'est que de l'argent. »

Jeff Stevens tourna vers lui un visage ruisselant de larmes, et Higgins s'aperçut avec stupeur qu'il se tordait de rire.

« Qu'est-ce qui te prend ? Il n'y a pas *non plus* de quoi rire. »

Ce n'était pas l'avis de Jeff. Le stratagème de Tracy Whitney le remplissait d'admiration. Elle les avait surpassés à leur propre jeu. Conrad Morgan lui avait dit qu'elle n'était qu'un amateur. « Mon Dieu ! pensa-t-il. De quoi serait-elle capable si elle était professionnelle ? » C'était sans conteste la plus belle femme qu'il eût jamais vue. Et elle était intelligente. Jeff se vantait d'être le meilleur escroc en exercice et elle avait eu le dernier mot. « Oncle Willie l'aurait adorée », se dit-il.

C'était oncle Willie qui avait élevé Jeff. Héritière d'une fortune acquise dans le matériel agricole, sa mère avait été l'épouse confiante d'un roi de la combine imprévoyant débordant de projets mirobolants qui ne marchaient jamais tout à fait. Le père de Jeff était un charmeur, aussi beau ténébreux que beau parleur. Il avait réussi à dilapider l'héritage de sa femme au cours des cinq premières années de leur mariage. Leurs querelles pécuniaires et les infidélités de son père constituaient les premiers souvenirs de Jeff. Un mariage plein de rancœurs qui avait fait prendre au jeune garçon la ferme décision de ne jamais se marier.

Le frère de son père, oncle Willie, dirigeait une petite entreprise foraine et, chaque fois qu'il passait près de Marion dans l'Ohio où les Stevens habitaient, il leur rendait visite. C'était l'homme le plus gai que Jeff eût jamais vu. Débordant d'optimisme, il voyait toujours l'avenir en rose. Il ne manquait jamais d'apporter au jeune garçon des cadeaux fascinants et lui enseignait de merveilleux tours de magie. Oncle Willie avait débuté comme magicien chez les forains, puis, quand l'entreprise avait fait faillite, il l'avait rachetée.

La mère de Jeff mourut dans un accident de voiture alors qu'il avait quatorze ans. Deux mois plus tard, son père épousait une serveuse de bar âgée de dix-neuf ans. « Ce n'est pas naturel pour un homme de vivre seul », avait-il expliqué à Jeff. Mais ce fut pour le garçon la révélation de sa sécheresse de cœur et il garda contre lui une profonde rancune.

Le père de Jeff avait été engagé comme représentant et passait la moitié de la semaine sur les routes. Un soir où Jeff était seul dans la maison avec sa belle-mère, la porte de sa chambre s'ouvrit. Quelques instants plus tard, il sentait un corps doux et nu contre le sien. Il se redressa en sursaut.

« Serre-moi fort, Jeffie, murmura sa belle-mère. J'ai peur du tonnerre.

— Il... il n'y a pas de tonnerre, balbutia-t-il.

— Mais il *pourrait* y en avoir. Ils annonçaient de la pluie dans le journal. »

Elle se pressa contre lui.

« Fais-moi l'amour, bébé. »

Jeff était complètement affolé.

« Bien sûr. On ne pourrait pas aller dans le lit de papa ?

— D'accord, répondit-elle en riant. Tu es un sacré polisson, hein ?

— Je te rejoins tout de suite », promit Jeff.

Elle se glissa hors du lit et quitta sa chambre. Jeff ne s'était jamais habillé aussi vite de sa vie. Il passa par la fenêtre et se mit en route pour Cimarron dans le Kansas où se trouvait la troupe d'oncle Willie. Il ne regarda pas une seule fois en arrière.

Lorsque oncle Willie lui demanda pourquoi il s'était enfui de chez lui, la seule réponse qu'il obtint fut : « Je ne m'entends pas avec ma belle-mère. »

Oncle Willie téléphona au père de Jeff et, après une longue conversation, il fut décidé que le garçon resterait chez les forains.

« Il recevra une meilleure éducation ici que dans n'importe quelle école », affirma oncle Willie.

Le monde des forains était un univers à part.

« Ce ne sont pas des spectacles de patronage que nous donnons, expliqua oncle Willie à Jeff. Nous sommes des artistes en mystifications. Mais souviens-toi d'une chose, fiston, on ne roule pas les gens s'ils ne sont pas cupides au départ. W.C. Fields avait raison. On ne trompe pas un honnête homme. »

Les forains devinrent les amis de Jeff. Il y avait ceux qui avaient les concessions, ceux qui « faisaient les engagements » en présentant des numéros, comme la femme obèse ou la dame tatouée, et ceux qui tenaient des baraques de jeux truqués. La troupe comprenait un nombre respectable de filles que Jèff ne laissait pas indifférentes. Il avait hérité de la sensibilité de sa mère et de la beauté ténébreuse de son père. Son pucelage fit l'objet d'une âpre concurrence. Il eut sa première expérience sexuelle avec une jolie contorsionniste et, pendant des années, elle fut le modèle de référence que les autres femmes durent égaler.

Oncle Willie veilla à ce que Jeff occupe différents emplois dans la troupe.

« Un jour, tout cela t'appartiendra, lui dit-il. Tu ne peux arriver à quelque chose qu'en en sachant plus que n'importe qui d'autre. »

Jeff commença par le jeu truqué des « six chats ». Les clients devaient renverser à coups de balles six chats de toile montés sur socles de bois. Le meneur de jeu leur montrait combien c'était facile. Mais, lorsqu'ils essayaient à leur tour, un « artilleur » dissimulé derrière les cibles les maintenait à l'aide d'une barre de fer. Sandy Koufax lui-même n'aurait pu réussir à les faire tomber.

« Vous visez trop bas, disait le meneur de jeu. Il suffit de les frapper *gentiment, en douceur.* »

C'était le mot de passe. Dès que son complice l'entendait, il enlevait la barre de fer et le meneur de jeu abattait les chats.

« Vous voyez ce que je veux dire ? » déclarait-il.

L'« artilleur » remettait aussitôt son système en place. Il y avait toujours de nouveaux péquenots prêts à essayer pour épater la petite amie qui gloussait à leurs côtés.

Jeff s'occupa ensuite de la baraque des « totaux ». Une série de pinces à linge numérotées étaient disposées en ligne. Les clients devaient essayer de les encercler à l'aide d'anneaux de caoutchouc de manière à atteindre un total de vingt-neuf points. Un jouet coûteux récompensait le gagnant. Mais, ce que les gogos ignoraient, c'était que les pinces portaient un numéro différent à chaque bout : le meneur de jeu s'arrangeait pour qu'ils ne totalisent jamais vingt-neuf points.

« Tu te débrouilles vraiment bien, fiston, déclara un jour oncle Willie. Je suis fier de toi. Tu vas pouvoir passer à la roue de loterie. »

Les forains qui tenaient la roue étaient *la crème de la crème**. Ils jouissaient de la considération générale, gagnaient plus d'argent que les autres, descendaient dans les meilleurs hôtels et conduisaient des voitures d'un luxe tapageur. Ils travaillaient avec une roue plate numérotée que le client faisait tourner. Le numéro sur lequel elle s'arrêtait disparaissait. Le client payait pour un second tour de roue et un autre numéro était masqué. Le meneur de jeu expliquait alors que, s'il parvenait à faire disparaître tous les numéros, il gagnerait une somme importante. Plus le client approchait du but, plus il l'encourageait à augmenter sa mise. Il jetait des regards anxieux autour de lui en murmurant :

« Ce n'est pas moi le patron, mais j'aimerais que vous gagniez. Si vous y arrivez, vous me laisserez peut-être une petite part du gâteau. »

Il pouvait lui glisser cinq ou dix dollars en disant :

« Jouez ça pour moi, d'accord ? Vous ne pouvez plus perdre maintenant. »

Et le gogo avait l'impression d'avoir un complice.

Jeff passa maître dans l'art de traire les clients. Plus le nombre de numéros encore visibles diminuait, plus l'excitation augmentait.

« Vous ne pouvez plus les rater maintenant ! » s'écriait Jeff.

Le joueur misait avec une fièvre croissante qui atteignait son comble lorsqu'il ne restait plus qu'un seul numéro à atteindre. Il pariait alors tout l'argent qu'il avait sur lui, courant même souvent en chercher davantage chez lui. Il ne gagnait toutefois jamais, car le meneur de jeu ou son complice déviait imperceptiblement la roue qui s'arrêtait invariablement au mauvais endroit.

Jeff apprit le vocabulaire du métier. Les « pantres » étaient les clients. Les bonimenteurs étaient appelés « bonisseurs » par les gens de la banque. Ils recevaient dix pour cent des recettes pour attirer le « trèpe », c'est-à-dire le public. « Dérouiller » signifiait faire des affaires ; « postier », un flic qu'il fallait acheter.

Jeff devint le roi de la « postiche ». Lorsque le public payait pour voir un spectacle, il y allait de son boniment.

« Mesdames, messieurs, tout ce qui vous est décrit et dépeint à l'extérieur, vous le verrez sous cette tente contre un simple billet d'entrée. *Mais,* dès que le supplice atroce de cette jeune femme aura pris fin, dès que son pauvre corps martyrisé aura subi une décharge de cinquante mille watts, nous vous offrons une attraction supplémentaire. Une attraction qui n'a rien à voir avec le spectacle et que vous ne voyez pas sur nos affiches. Car ce que vous pourrez voir derrière cette toile est si extraordinaire, si abominable, si horrifiant que nous n'avons pas osé en présenter des images de peur de bouleverser d'innocents enfants et des femmes impressionnables. »

Lorsque les gogos avaient payé un dollar de plus, Jeff les conduisait à l'intérieur pour voir une fille sans tronc ou un bébé à deux têtes, phénomènes obtenus bien entendu par des jeux de miroirs.

Un des jeux les plus rentables de la foire était la « souris ». On plaçait une souris vivante coiffée d'un bol au centre d'une table percée sur son pourtour de dix trous numérotés. Lorsque le bol était soulevé, la souris se précipitait dans un de ces trous. Les clients pariaient et celui qui avait choisi le bon numéro gagnait.

« Comment truque-t-on un jeu comme celui-là ? demanda Jeff à oncle Willie. En se servant de souris dressées ?

— Qui va perdre son temps à dresser des souris ? s'exclama oncle Willie en éclatant de rire. Non, c'est très simple. Le meneur repère le trou sur lequel personne n'a misé. Il y passe discrètement un doigt mouillé de vinaigre : la souris y fonce à tous les coups. »

Karen, une jeune et jolie danseuse du ventre, apprit à Jeff le jeu de la « clé ».

« Lorsque tu auras fait ton boniment samedi soir, prends quelques clients à part et vends-leur la clé de ma caravane. »

Les clés coûtaient cinq dollars. A minuit, alors qu'une dizaine de clients tournaient autour de sa caravane, Karen, elle, passait la nuit dans un hôtel en ville — en compagnie de Jeff. Lorsque les gogos revenaient au matin, décidés à se venger, les forains étaient partis depuis longtemps.

Pendant les quatre ans qu'il passa avec les forains,

Jeff apprit beaucoup sur la nature humaine. Il découvrit que rien n'était plus facile que d'éveiller la cupidité des gens et que leur crédulité était sans limites. Ils croyaient à des histoires incroyables parce que leur cupidité leur donnait *envie* d'y croire. A dix-huit ans, Jeff était d'une beauté saisissante. La plus indifférente des femmes remarquait et admirait ses yeux gris, sa carrure athlétique et ses cheveux noirs bouclés. Les hommes appréciaient son esprit et sa bonne humeur. Les enfants eux-mêmes, qui décelaient sans doute l'enfant en lui, lui faisaient une confiance immédiate. Les clientes flirtaient outrageusement avec Jeff, mais oncle Willie le mettait en garde.

« Ne fricote pas avec les pantres, mon garçon. Leur père est toujours shérif. »

Ce fut la femme du lanceur de couteaux qui amena Jeff à quitter les forains. Ils venaient d'arriver à Milledgeville en Géorgie et dressaient leurs tentes. Deux nouveaux venus s'étaient engagés : un lanceur de couteaux sicilien appelé le Grand Zorbini et sa séduisante et blonde épouse. Pendant que son mari préparait son spectacle, elle invita Jeff dans la chambre d'hôtel qu'ils occupaient en ville.

« Zorbini va être pris toute la journée, dit-elle. Amusons-nous un peu. »

L'idée paraissait bonne.

« Donne-moi une heure, puis viens me rejoindre.

— Pourquoi attendre une heure ? demanda Jeff.

— C'est le temps qu'il va me falloir pour tout préparer », répondit-elle en souriant.

Jeff attendit, sa curiosité allant croissant, et, lorsqu'il sonna enfin à sa porte, elle l'accueillit entièrement nue. Mais, avant qu'il ait pu l'enlacer, elle le prit par la main en disant :

« Viens par ici. »

Il entra dans la salle de bains et resta bouche bée : elle avait rempli la baignoire de gelées de six parfums différents allongées d'eau tiède.

« Qu'est-ce que c'est que ça ? demanda-t-il.
— Un dessert. Déshabille-toi, mon grand. »
Jeff se déshabilla.
« Dans la baignoire, maintenant. »
Jeff obéit. C'était la sensation la plus inimaginable qu'il eût jamais éprouvée. Visqueuse et molle, la gelée semblait s'insinuer dans les interstices de son corps, masser chaque centimètre de sa peau.
La blonde le rejoignit.
« Maintenant, à table. »
Elle commença à descendre le long de son torse, léchant la gelée avec gourmandise.
« Mmmm... tu es délicieux. C'est la fraise que je préfère... »
Entre ses coups de langue rapides et les succions de la gelée chaude et gluante, c'était une expérience érotique défiant toute description. Elle fut interrompue à mi-chemin par l'entrée fracassante du Grand Zorbini. Après leur avoir lancé un regard, il se mit à rugir :
« *Tu sei una puttana ! Vi ammazzo tutti e due ! Dove sono i miei coltelli ?* »
Jeff ne reconnut aucun des mots, mais le ton lui était familier. Pendant que le Grand Zorbini courait chercher ses couteaux, il bondit hors de la baignoire, décoré d'un arc-en-ciel par la gelée qui lui collait à la peau. Il empoigna ses vêtements, sauta par la fenêtre et, entièrement nu, se mit à courir vers la rue. Il entendit hurler derrière lui. Un couteau siffla à ses oreilles. Zing ! Un autre, puis il fut hors de portée. Il s'habilla sous un pont, enfilant tant bien que mal chemise et pantalon sur la gelée poisseuse, se dirigea vers la gare routière et quitta la ville par le premier car.
Six mois plus tard, il était au Vietnam.

Chaque soldat fait une guerre différente. Jeff retira de son expérience un profond mépris pour la bureaucratie et une haine tenace de l'autorité. Il passa deux ans à se battre dans une guerre perdue d'avance. Il fut atterré par le gaspillage d'argent, de matériel et de vies humaines, écœuré par l'hypocrisie et la fourberie des généraux et des politiciens. « On nous a embarqués à force de bobards dans une guerre dont personne ne veut, se dit-il. C'est une escroquerie. La plus énorme escroquerie du monde. »

Une semaine avant sa libération, il apprit la mort d'oncle Willie. La troupe s'était dissoute. Le passé n'existait plus. Il était temps pour Jeff de goûter à l'avenir.

Les années qui suivirent furent riches d'aventures. Pour Jeff, le monde entier était une fête foraine et ses habitants des gogos à rouler. Il mit au point ses propres escroqueries. Il fit paraître dans les journaux des annonces offrant pour un dollar une photo du président. La somme reçue, il envoyait à ses victimes un timbre à l'effigie de celui-ci.

Il recommença dans des magazines en avertissant cette fois les lecteurs qu'il ne leur restait plus que soixante jours pour lui envoyer cinq dollars et que, ce délai écoulé, il serait trop tard. Bien qu'il n'offrît rien en contrepartie, l'argent arriva à flots.

Il travailla pendant trois mois dans une chaufferie, vendant par téléphone des actions pétrolières imaginaires.

Jeff adorait les bateaux et, lorsqu'un ami lui proposa de travailler sur une goélette en partance pour Tahiti, il s'engagea comme marin.

Le voilier était de toute beauté : cinquante mètres, blanc, étincelant sous le soleil, une voilure impeccable, ponts en bois de teck et coque en beau sapin de l'Oregon. L'aménagement comprenait un grand salon assez spacieux pour douze personnes, une cuisine munie de fours électriques, des cabines à l'avant pour l'équipage, qui, outre le capitaine, se composait d'un cuisinier, d'un garçon de cabine et de cinq hommes de pont. Le travail de Jeff consistait à hisser les voiles, à astiquer les hublots de cuivre et à grimper aux enfléchures pour ferler les voiles. Huit plaisanciers devaient participer à la croisière. L'ami de Jeff lui avait appris que la goélette appartenait à un dénommé Hollander.

Hollander se révéla être Louise Hollander, une beauté de vingt-cinq ans aux cheveux d'or dont le père possédait la moitié de l'Amérique centrale. Les autres passagers étaient ses amis, surnommés les « bouffons dorés » par les compagnons de Jeff.

Au premier jour de croisière, alors que Jeff astiquait les cuivres sur le pont, Louise Hollander s'arrêta près de lui.

« Vous êtes nouveau à bord.
— Oui.
— Vous avez un nom ?
— Jeff Stevens.
— C'est un joli nom. »
Il garda le silence.
« Savez-vous qui je suis ?
— Non.
— Je suis Louise Hollander. Ce bateau m'appartient.
— Je vois. Je travaille pour vous.
— Exact, fit-elle avec un sourire insolent.
— Eh bien, si vous voulez en avoir pour votre argent, vous feriez mieux de me laisser travailler », dit Jeff en se dirigeant vers une autre épontille.

Le soir, dans ses quartiers, l'équipage critiquait et raillait les passagers. Mais Jeff s'avouait qu'il les enviait. Il leur enviait leur milieu, leur éducation, l'aisance de leurs manières. Ils venaient de familles riches et avaient fréquenté les meilleures écoles. Sa seule école avait été oncle Willie et les forains.

L'un d'eux avait été professeur d'archéologie avant de se faire renvoyer pour vol de reliques précieuses. Au cours des longues conversations qu'il avait eues avec Jeff, il lui avait communiqué sa passion pour l'archéologie. « On peut découvrir l'avenir de l'humanité dans le passé, disait-il. Penses-y, mon garçon. Il y a des milliers d'années, il y avait déjà des gens comme toi et moi qui rêvaient, se racontaient des histoires, vivaient et enfantaient nos ancêtres. » Son regard se faisait lointain. « Carthage, c'est là que j'aimerais participer à des fouilles. C'était une grande ville bien avant la naissance du Christ, le Paris de l'Afrique antique. Il y avait des jeux, des bains et des courses de chars. Le Circus Maximus était cinq fois plus grand qu'un stade de football. Sais-tu comment Caton l'Ancien finissait ses discours au Sénat ? Il disait : *Delenda est Carthago*, ''Carthage doit être détruite''. Son vœu a finalement été exaucé. Les Romains ont rasé la ville, puis, vingt-cinq ans plus tard, ils sont revenus bâtir une grande cité sur ses cendres. J'aimerais t'emmener là-bas un jour, fiston. »

Un an plus tard, l'alcoolisme avait eu raison du professeur. Mais Jeff s'était promis de participer un jour à des fouilles. A Carthage d'abord, pour le professeur.

La veille de leur arrivée à Tahiti, Jeff fut convoqué dans les appartements de Louise Hollander. Elle portait une robe de soie diaphane.

« Vous vouliez me voir, mademoiselle.
— Seriez-vous homosexuel, Jeff ?
— Je ne pense pas que cela vous regarde, mademoiselle Hollander, mais la réponse est non. Disons plutôt que je suis difficile.
— Quel genre de femmes aimez-vous ? fit-elle, l'air pincé. Les prostituées, je suppose ?
— Parfois, répondit-il d'un air aimable. Vous souhaitiez me dire autre chose, mademoiselle ?
— Oui. Je donne un dîner demain soir. Voulez-vous venir ? »

Jeff la regarda longuement avant de répondre :
« Pourquoi pas ? »
Et ce fut ainsi que tout commença.

Louise Hollander avait eu deux époux avant l'âge de vingt et un ans ; son avocat venait d'arriver à un accord avec le troisième lorsqu'elle rencontra Jeff. Le second soir de leur arrivée, alors que le voilier était ancré dans le port de Papeete et que passagers et équipage descendaient à terre, Jeff fut convoqué une seconde fois dans les appartements de Louise Hollander. Elle portait cette fois un paréo de soie bariolé fendu très haut sur le côté.

« J'essaie d'enlever ce truc, dit-elle. J'ai un problème avec la fermeture éclair. »

Jeff s'approcha et examina sa tenue.

« Il n'y a pas de fermeture éclair.

— Je sais, dit-elle en souriant. C'est bien mon problème. »

Ils firent l'amour sur le pont, caressés par une brise tropicale. Puis, alors qu'ils étaient étendus face à face, Jeff se redressa sur un coude et lui demanda :

« Votre père n'est pas shérif, j'espère ?

— Quoi ? fit-elle, étonnée.

— C'est la première fois que je fais l'amour avec une citadine. Mon oncle Willie me disait que leur père se révélait toujours être le shérif. »

Après cela, ils passèrent toutes leurs nuits ensemble. Les amis de Louise commencèrent par s'en amuser. « C'est le nouveau jouet de Louise », se disaient-ils. Mais, quand elle leur annonça qu'elle avait l'intention de l'épouser, ils s'affolèrent.

« Pour l'amour du ciel ! Louise, c'est un rien du tout ! Il travaillait dans des baraques foraines. Tu pourrais aussi épouser un palefrenier pendant que tu y es ! Il est séduisant, d'accord, et il a un corps superbe. Mais, en dehors du sexe, vous n'avez rien en commun, ma chérie.

— Jeff est parfait pour les petits déjeuners, Louise. Mais pas pour les dîners !

— Pense à ta position sociale.

— Franchement, mon ange, il va détonner, tu ne crois pas ? »

Mais aucun argument ne réussit à ébranler la détermination de Louise. Jeff était l'homme le plus fascinant qu'elle eût jamais rencontré. Elle s'était rendu compte que les hommes très beaux étaient monumentalement stupides ou mortellement ennuyeux. Jeff était intelligent et amusant : un mélange irrésistible.

Lorsqu'elle parla mariage à Jeff, il fut aussi étonné que ses amis.

« Pourquoi nous marier ? Tu as déjà mon corps. Je ne peux rien te donner que tu n'aies déjà.

— C'est très simple, Jeff. Je t'aime et je veux partager le reste de ma vie avec toi. »

L'idée du mariage qui avait toujours été si étrangère à Jeff cessait brusquement de l'être. Sous le vernis mondain et sophistiqué de Louise Hollander, il y avait une petite fille vulnérable et perdue. « Elle a besoin de moi », se dit-il. Avoir une vie de famille et des enfants lui parut soudain séduisant. Si loin qu'il remontât dans ses souvenirs, il lui semblait n'avoir jamais cessé de courir. Il était temps qu'il s'arrête.

Trois jours plus tard, ils se mariaient à la mairie de Tahiti.

Lorsqu'ils revinrent à New York, Jeff fut convoqué dans le bureau de Scott Fogarty, l'avocat de Louise Hollander, un petit homme glacial, « aussi constipé de la baveuse que du portefeuille », estima Jeff.

« J'aimerais que vous me signiez un papier, annonça l'avocat.

— Quel genre de papier ?

— Une renonciation. Dans l'éventualité d'une dissolution de votre mariage avec Louise Hollander...

— Louise Stevens.

— ... avec Louise Stevens, vous déclarez renoncer à participer financièrement à ses... »

Jeff serra les dents.

« Où dois-je signer ?

— Vous ne voulez pas lire le document d'abord ?

— Non, Je crois que vous ne comprenez pas bien. Je ne l'ai pas épousée pour sa putain de fortune !

— Vraiment, monsieur ! Je...
— Voulez-vous que je signe, oui ou non ? »
L'avocat lui présenta le papier. Jeff y appliqua une signature rageuse et partit en claquant la porte. La limousine de Louise et son chauffeur l'attendaient en bas. En montant dans la voiture, Jeff se moqua de lui-même : « Je me demande bien pourquoi je monte sur mes grands chevaux ! J'ai passé ma vie à escroquer les gens et, parce qu'on me soupçonne à tort pour la première fois de mon existence, voilà que je me conduis comme une bon Dieu de dame patronnesse ! »

Louise emmena Jeff chez le meilleur tailleur de Manhattan.

« Tu vas être irrésistible en smoking », lui assura-t-elle.

Et c'était vrai.

Dans le mois qui suivit leur mariage, cinq des meilleures amies de Louise cherchèrent à conquérir le séduisant nouveau venu. Mais Jeff les ignora. Il était décidé à faire une réussite de son mariage.

Budge Hollander, le frère de Louise, était membre d'un cercle très fermé : le Pilgrim Club de New York. Il parraina Jeff qui fut admis. Bâti en hercule, Budge[1] tenait son sobriquet de son passage dans l'équipe de football américain de Harvard où il avait eu la réputation d'être un adversaire indéracinable. Il possédait une compagnie maritime, une plantation de bananes, des ranches, une affaire de conditionnement de viande de boucherie et un nombre incalculable d'autres sociétés. Budge Hollander ne s'embarrassait pas de subtilités pour dissimuler le mépris qu'il avait pour Jeff.

« Vous n'êtes vraiment pas de notre milieu, hein, mon vieux ? Mais vous amusez Louise au lit : c'est l'essentiel. J'aime beaucoup ma sœur. »

Jeff dut faire un immense effort de volonté pour se

---

1. *Budge* signifie en anglais : bouger, céder.

contrôler. « Ce n'est pas ce connard que j'ai épousé, mais Louise. »

Les autres membres du Pilgrim Club étaient tout aussi exécrables. Ils trouvaient Jeff terriblement amusant. Au cours des déjeuners qui les réunissaient tous les jours au club, ils le suppliaient de leur raconter des anecdotes de sa vie de saltimbanque. Par perversité, Jeff inventait des récits de plus en plus scandaleux.

Jeff et Louise occupaient une résidence de vingt pièces pleine de domestiques à Manhattan, East Side. Louise avait des propriétés sur Long Island et aux Bahamas, une villa en Sardaigne et un grand appartement avenue Foch à Paris. Outre son yacht, elle possédait une Maserati, une Rolls Corniche, une Lamborghini et une Daimler.

« C'est fantastique », se disait Jeff.

« C'est agréable », se disait Jeff.

« C'est ennuyeux, se disait Jeff, et dégradant. »

Un matin, il quitta son lit, enfila sa robe de chambre et se mit en quête de Louise. Il la trouva dans la salle à manger du matin.

« Il faut que je trouve un travail, annonça-t-il.

— Mais pourquoi, mon chéri ? Nous n'avons pas besoin d'argent.

— Ça n'a rien à voir avec l'argent. Je ne peux pas passer ma vie à me tourner les pouces et à me faire nourrir à la cuiller. Il faut que je travaille. »

Louise réfléchit un instant.

« D'accord, mon chou, je vais en parler à Budge. Il possède une compagnie d'agents de change. Tu aimerais être agent de change, chéri ?

— Je veux juste me remuer le cul », marmonna Jeff.

Il travailla pour Budge. C'était la première fois de son existence qu'il avait des horaires fixes. « Je vais adorer ça », se dit-il.

Il détesta ça et ne resta que parce qu'il voulait rapporter un chèque mensuel à sa femme.
« Quand allons-nous avoir un bébé tous les deux ? demanda-t-il à Louise après un paresseux petit déjeuner dominical.
— Bientôt, chéri. J'essaie.
— Viens te coucher. Essayons encore une fois. »

Jeff était assis en compagnie de son beau-frère et d'une demi-douzaine d'autres capitaines d'industrie à la table du Pilgrim Club qui leur était réservée.
« Ma société de conditionnement de viande vient de publier son rapport annuel, annonça Budge. Nos bénéfices ont augmenté de quarante pour cent.
— Le contraire serait étonnant, remarqua un des hommes en riant. Tu arroses assez les inspecteurs. Ce vieux malin de Budge achète de la viande inférieure, la fait étiqueter ''premier choix'' et la vend à des prix fous, expliqua-t-il aux autres.
— Les gens *mangent* cette viande, bon Dieu ! s'exclama Jeff, choqué. Ils en donnent à leurs enfants. Il plaisante. Budge, n'est-ce pas ?
— Regardez-moi un peu qui se pique de moralité ! » répliqua celui-ci avec un sifflement méprisant.

Pendant les trois mois qui suivirent, Jeff fit plus ample connaissance avec ses compagnons de table. Ed Zeller avait dépensé un million de dollars en pots-de-vin pour faire construire une usine en Libye. Mike Quincy, patron d'un conglomérat, était spécialisé dans les coups financiers. Il achetait des sociétés et prévenait illégalement ses amis du moment opportun pour en vendre ou en acheter les actions. Alan Thompson, l'homme le plus riche de la tablée, se vantait de la gestion du personnel de sa société.
« Avant qu'ils ne modifient la loi, on flanquait les vieux schnocques à la porte un an avant qu'ils n'aient droit à la retraite. On économisait des fortunes. »

Tous fraudaient le fisc, escroquaient les assurances, gonflaient leurs frais professionnels et salariaient leur maîtresse du moment en qualité de secrétaire ou d'assistante.

« Ce sont des forains en habit, ni plus ni moins, se dit Jeff. Ils tiennent tous des baraques de jeux truqués. »

Leurs épouses ne valaient pas mieux. Elles étaient d'une rapacité insatiable et trompaient leurs maris.

« Elles jouent au jeu de la clé », se disait Jeff avec émerveillement.

Lorsqu'il essaya de faire part de ses sentiments à Louise, elle rit.

« Ne sois donc pas naïf, Jeff. Tu as une vie qui te plaît, non ? »

La vérité était qu'elle ne lui plaisait pas. Il avait épousé Louise parce qu'il croyait qu'elle avait besoin de lui. Il avait l'impression que des enfants changeraient tout.

« Si nous faisions un garçon et une fille ? Il est temps : nous sommes mariés depuis un an déjà.

— Sois patient, mon chou. Le docteur m'a assuré que rien ne clochait de mon côté. Tu devrais peut-être te faire examiner pour savoir si ce n'est pas de *toi* que vient le problème. »

Jeff alla chez le docteur.

« Vous devriez pouvoir engendrer de robustes enfants », lui affirma celui-ci.

Mais il ne se passait toujours rien.

Ce fut le lundi de Pâques que l'univers de Jeff s'écroula. Cela commença dans la matinée lorsqu'il alla chercher un cachet d'aspirine dans l'armoire à pharmacie de Louise. Il y trouva une étagère pleine de pilules contraceptives. L'une des plaquettes était presque vide. Posés innocemment à côté, il y avait un flacon de poudre blanche et une petite cuiller en or. Et la journée ne faisait que commencer.

A midi, Jeff attendait Budge installé dans un profond fauteuil du Pilgrim Club quand il entendit deux hommes parler derrière lui.

« Elle jure que la bite de son chanteur italien fait plus de vingt-cinq centimètres. »

Un petit hennissement accueillit la remarque.

« Il faut dire que Louise les a toujours aimées grosses. »

« Ils parlent d'une autre Louise », se dit Jeff.

« C'est sans doute ce qui l'a décidée à épouser ce saltimbanque. Il faut reconnaître que les anecdotes qu'elle raconte à son sujet sont savoureuses. Vous ne devinerez jamais ce qu'il a fait l'autre jour... »

Jeff se leva et se précipita vers la sortie.

Jamais il n'avait été en proie à une pareille fureur. Il avait envie de tuer cet Italien inconnu, de tuer Louise. Avec combien d'autres hommes avait-elle couché depuis un an ? Dire qu'ils en avaient tous fait des gorges chaudes pendant ce temps ! Budge, Ed Zeller, Mike Quincy, Alan Thompson et leurs épouses s'étaient offert une énorme rigolade à ses dépens. Et Louise aussi, elle qu'il avait voulu protéger ! Sa première réaction fut de faire ses valises et de partir. Mais ces salauds s'en seraient tirés à bon compte. Or, il était bien décidé à rire le dernier.

Quand il rentra chez lui dans l'après-midi, Louise n'était pas là.

« Madame est sortie ce matin, déclara Pickens, le majordome. Je crois savoir qu'elle avait plusieurs rendez-vous. »

« Tu parles ! se dit Jeff. Elle est en train de se taper une bite italienne de vingt-cinq centimètres ! »

Lorsque Louise arriva, il se maîtrisait parfaitement.

« As-tu passé une bonne journée ?

— Oh ! Le train-train habituel, chéri. Un rendez-vous chez l'esthéticienne, des courses... Et toi, mon chou ?

— J'ai appris beaucoup de choses intéressantes, répondit-il avec sincérité.

— Budge me dit que tu te débrouilles très bien.

— C'est vrai, et je vais bientôt faire encore mieux.

— J'ai un époux si intelligent, fit Louise en lui caressant la main. Pourquoi ne pas aller nous coucher de bonne heure ?

— Pas ce soir, dit Jeff. J'ai mal à la tête. »

Il passa la semaine suivant à élaborer un plan, puis le mit à exécution au club.

« L'un d'entre vous s'y connaît-il en fraude informatique ? demanda-t-il au cours du déjeuner.

— Pourquoi ? dit Ed Zellet. Vous avez l'intention d'en commettre une ? »

Des rires fusèrent.

« Non, je suis sérieux, insista Jeff. C'est un gros problème. Les gens pénètrent les systèmes informatiques et volent des milliards de dollars aux banques, aux compagnies d'assurances et à toutes sortes de sociétés. Ça ne cesse d'empirer.

— Ça m'a l'air d'être tout à fait ton rayon, murmura Budge.

— Quelqu'un que j'ai rencontré m'a parlé d'un calculateur impossible à trafiquer.

— Et vous voulez le lui faucher ? plaisanta Mike Quincy.

— En réalité, j'aimerais réunir des fonds pour le financer. Je me demandais seulement si l'un d'entre vous s'y connaissait un peu en calculateurs.

— Non, répondit Budge avec un sourire railleur. Mais, par contre, nous savons financer les inventeurs. Pas vrai, les gars ? »

Des éclats de rire lui répondirent.

Deux jours plus tard, toujours au club, Jeff s'arrêta devant sa table habituelle.

« Je suis désolé, expliqua-t-il à Budge, mais je ne peux pas déjeuner avec vous aujourd'hui. J'ai un invité.

— La femme à barbe probablement », plaisanta Alan Thompson dès qu'il se fut éloigné.

Un homme voûté aux cheveux gris entra dans la salle à manger et fut conduit à la table de Jeff.

« Bon Dieu ! s'exclama Mike Quincy. Ce ne serait pas le Pr Ackerman ?

— Qui est Ackerman ?

— Tu ne lis donc jamais autre chose que les rapports financiers, Budge ? Vernon Ackerman faisait la couverture de *Time* le mois dernier. Il est président du Conseil national des sciences du président. C'est le scientifique le plus éminent du pays.

— Qu'est-ce qu'il peut bien faire avec mon cher beau-frère ? »

Pendant tout le déjeuner, Jeff et le professeur discutèrent d'un air absorbé, provoquant chez Budge et ses amis une curiosité croissante. Lorsque le professeur s'en alla, Budge appela Jeff d'un geste.

« Hé ! Jeff, qui était-ce ?

— Oh !... Tu veux parler de Vernon ? fit Jeff, l'air coupable.

— Ouais. Que vous racontiez-vous ?

— Nous... euh... »

Ses efforts désespérés pour éluder la question n'échappèrent à personne.

« Je... euh... je vais peut-être écrire un livre sur lui. C'est un personnage très intéressant.

— Je ne savais pas que tu étais écrivain.

— Oh ! Il y a un début à tout, je suppose. »

Trois jours plus tard, Jeff eut un second invité. Cette fois, ce fut Budge qui le reconnut.

« Hé ! c'est Seymour Jarrett, le président du conseil d'administration de la société Informatique internationale Jarrett. Que diable peut-il bien faire avec Jeff ? »

Jeff et son invité eurent cette fois encore une longue conversation animée. A la fin du déjeuner, Budge alla trouver son beau-frère.

« Jeffrey, mon garçon, que se passe-t-il entre toi et Jarrett ?

— Absolument rien, répondit vivement Jeff. Nous bavardions, c'est tout. »

Il s'apprêtait à s'éloigner, mais Budge le retint.

« Pas si vite, mon vieux. Seymour Jarrett est

quelqu'un de très occupé. Il ne bavarde pas pendant des heures pour le plaisir.

— Bon, je vais te dire la vérité, fit Jeff d'un air sérieux. Seymour est un collectionneur de timbres et je lui ai parlé d'un timbre que je pourrais peut-être lui procurer. »

« La vérité, mon cul ! » se dit Budge.

La semaine suivante, Jeff déjeuna au club en compagnie de Charles Bartlett, P.-D. G. de Bartlett & Bartlett, un des plus gros groupes privés mondiaux de capitaux spéculatifs. Fascinés, Budge, Ed Zeller, Mike Quincy et Alan Thompson regardèrent les deux hommes se parler, penchés l'un vers l'autre.

« Ton beau-frère fréquente du beau monde en ce moment, commenta Ed Zeller. Quel genre d'affaires est-il en train de mijoter, Budge ?

— Je ne sais pas, répondit celui-ci, l'air contrarié. Mais tu peux compter sur moi pour lui tirer les vers du nez. Si Jarrett et Bartlett s'y intéressent, c'est qu'il y a un gros paquet à la clé. »

Ils regardèrent Bartlett se lever, serrer chaleureusement la main de Jeff et partir. Lorsque celui-ci passa près de leur table, Budge le prit par le bras.

« Assieds-toi, Jeff. On voudrait avoir une petite conversation avec toi.

— Il faut que je retourne au bureau, protesta Jeff. Je...

— C'est pour *moi* que tu travailles, tu te souviens ? Assieds-toi. »

Jeff obéit.

« Avec qui déjeunais-tu ?

— Oh ! Personne en particulier, répondit Jeff d'un ton hésitant. Un vieil ami.

— Charles Bartlett est un de tes vieux amis ?

— En quelque sorte.

— Et de quoi discutais-tu avec ton vieux copain, Jeff ?

— Euh... de voitures. Charles aime les vieilles automobiles et j'ai entendu parler d'une Packard 1937, quatre portes, décapotable...

— Arrête tes conneries ! coupa Budge. Tu ne collectionne pas de timbres, tu ne vends pas de voitures et tu n'écris pas non plus de livres. Qu'est-ce que tu mijotes, Jeff ?

— Rien, je...

— Tu ne chercherais pas à trouver des capitaux pour une affaire, par hasard ? demanda Ed Zeller.

— Non », répondit-il un peu trop vite.

Budge passa un bras musclé autour de ses épaules.

« Hé ! Mon vieux, je suis ton beau-frère, n'oublie pas. On est de la même famille, toi et moi. Ça concerne ce calculateur intruquable dont tu as parlé la semaine dernière, pas vrai ? »

L'expression de Jeff leur apprit qu'ils avaient vu juste.

« Eh bien, oui. »

Il fallait vraiment jouer les sages-femmes pour accoucher cet enfant de salaud !

« Pourquoi ne nous as-tu pas dit que le Pr Ackerman était dans le coup ?

— Je ne pensais pas que cela vous intéresserait.

— Tu avais tort. Lorsque tu as besoin de capital, ce sont les amis qu'il faut venir trouver.

— Le professeur et moi n'avons pas besoin de capital. Jarrett et Bartlett...

— Ce sont de foutus requins ! s'exclama Alan Thompson. Ils vous mangeront tout vifs.

— Quand on traite avec des amis, on est sûr de ne pas y laisser de plumes, ajouta Ed Zeller.

— Mais tout est déjà arrangé, déclara Jeff. Charlie Bartlett...

— As-tu signé quoi que ce soit ?

— Non, mais j'ai donné ma parole...

— Alors, *rien* n'est arrangé. En affaires, les gens changent d'avis sans arrêt, mon garçon.

— Je ne devrais même pas vous en parler, protesta Jeff. Le nom du Pr Ackerman ne doit pas être mentionné. Il travaille pour une agence gouvernementale.

— Nous le savons, dit Thompson d'un ton apaisant. Pense-t-il que ce truc va marcher ?
— Oh ! Il *sait* que ça marche.
— Si Ackerman est satisfait, nous aussi. Pas vrai, les gars ? »

Un concert d'approbations lui répondit.

« Je ne suis pas un scientifique, dit Jeff. Je ne peux rien vous garantir. Il se peut que cela ne vaille rien du tout.
— Bien sûr, bien sûr. Mais si cela *avait* de la valeur, Jeff, qu'est-ce que cela pourrait rapporter ?
— C'est un marché mondial, Budge. Je ne serais même pas capable de faire une estimation. Tout le monde pourra l'utiliser.
— Quelle somme te faut-il pour monter l'affaire ?
— Deux millions de dollars. Mais nous n'avons besoin que de deux cent cinquante mille dollars comptant. Bartlett m'a promis...
— Oublie Bartlett ! C'est une misère, mon vieux, et on va te donner ça nous-mêmes. Comme ça, on restera en famille. C'est d'accord, les gars ?
— D'accord ! »

Budge claqua des doigts ; un serveur accourut aussitôt.

« Apportez du papier et un stylo à M. Stevens, Dominick. »

Ce fut fait dans l'instant.

« Nous pouvons conclure cette petite affaire tout de suite, dit Budge. Tu nous cèdes par écrit les droits d'exploitation ; on signe tous et demain matin tu as ton chèque certifié de deux cent cinquante mille dollars. Qu'en dis-tu ? »

Jeff se mordait la lèvre.

« J'ai promis à Bartlett que...
— Qu'il aille se faire foutre ! gronda Budge. C'est sa sœur ou la mienne que tu as épousée ? Maintenant, *écris*.
— Nous n'avons pas de brevet d'invention et...
— Écris, bordel ! » tonna Budge en lui mettant le stylo dans la main.

Jeff obéit à contrecœur.

« Je soussigné, Jeff Stevens, déclare céder mes droits, titres et intérêts sur le calculateur EUQABA aux acheteurs Donald "Budge" Hollander, Ed Zeller, Alan Thompson et Mike Quincy contre la somme de deux millions de dollars, dont deux cent cinquante mille payables à la signature.

« EUQABA a été largement expérimenté, ne coûte qu'une somme modique, est d'une haute fiabilité et consomme moins d'énergie que les calculateurs actuellement disponibles sur le marché. EUQABA ne demande ni entretien ni pièces de rechange pendant une période minimale de dix ans. »

Les quatre hommes lisaient par-dessus son épaule.

« Bon Dieu ! s'exclama Ed Zeller. Dix ans ! Il n'y a pas un seul ordinateur qui peut prétendre la même chose. »

Jeff continua à écrire :

« Les acheteurs savent que ni le Pr Ackerman ni moi-même ne sommes en possession d'un brevet. »

« Nous nous en occuperons ! s'exclama Alan Thompson d'un ton impatient. J'ai un avocat qui est un as pour ça. »

« J'ai expliqué aux acheteurs qu'EUQABA pouvait n'avoir aucune valeur et que ni le Pr Ackerman ni moi-même ne donnons d'autres garanties que celles mentionnées ci-dessus. »

Jeff signa le papier et le présenta aux quatre hommes.

« Cela vous paraît-il satisfaisant ?
— Tu es sûr de ces dix ans ? demanda Budge.
— Certain, dit Jeff. Je vais rédiger un second exemplaire. »

Il recopia avec soin ce qu'il venait d'écrire. Quand il eut fini, Budge les lui arracha des mains et les signa, immédiatement imité par Zeler, Quincy et Thompson.

« Un exemplaire pour toi et un pour nous, fit Budge, radieux. Seymour Jarrett et Charlie Bartlett vont vraiment avoir l'air de cons, hein, les gars ? Je suis impatient de voir leur tête quand ils apprendront que cette affaire leur est passée sous le nez. »

Le lendemain matin, Budge donna un chèque certifié de deux cent cinquante mille dollars à Jeff.

« Où est le calculateur ? demanda-t-il.

— Je me suis arrangé pour qu'il soit livré au club à midi. J'ai pensé qu'il serait bien que nous soyons tous réunis pour le recevoir.

— Tu es un gars super, tu sais, fit Budge en lui donnant une bourrade amicale. A tout à l'heure. »

A midi sonnant, un livreur entra dans la salle à manger du Pilgrim Club. On le conduisit à la table où Budge était assis en compagnie de Zeller, Quincy et Thompson.

« Le voici ! s'exclama Budge. Dites donc, ce foutu truc a même l'air portable !

— On attend Jeff ? demanda Thompson.

— Qu'il aille se faire foutre. C'est notre propriété maintenant. »

Il déchira le papier d'emballage, puis, délicatement, presque avec vénération, il sortit l'objet de son cocon de paille. C'était un cadre carré d'environ trente centimètres de côté portant des tringles sur lesquelles étaient enfilées des boules. Il y eut un long silence.

« Qu'est-ce que c'est ? demanda enfin Quincy.

— Un abaque, répondit Alan Thompson. Un de ces trucs que les Orientaux utilisent... »

Son visage se décomposa.

« Bon Dieu ! EUQABA, c'est *abaque* à l'envers. C'est une plaisanterie ? demanda-t-il en se tournant vers Budge.

— Haute fiabilité, marmonnait Ed Zeller. Consomme moins d'énergie que les calculateurs actuellement disponibles sur le marché... Il faut absolument bloquer ce putain de chèque ! »

Ils se précipitèrent avec un bel ensemble vers le téléphone.

« Votre chèque certifié ? dit le chef comptable. Ne vous inquiétez pas : M. Stevens l'a encaissé ce matin. »

Pickens, le majordonne, regrettait infiniment, mais M. Stevens était parti.

« Il a parlé d'un long voyage... »

Dans l'après-midi, Budge, hors de lui, réussit enfin à joindre le Pr Ackerman.

« Jeff Stevens ? Oui, bien sûr, un homme charmant. Votre beau-frère, vous dites ?
— De quoi avez-vous discuté avec lui, professeur ?
— Oh ! Ce n'est pas un secret. Jeff tient à écrire un livre sur moi. Il m'a convaincu que le public désirait connaître l'être humain derrière le scientifique. »

Seymour Jarrett se montra réticent.
« Pourquoi voulez-vous connaître le sujet de notre conversation ? Seriez-vous un collectionneur rival ?
— Non, je...
— Fouiner ne vous avancera à rien, je vous le dis tout de suite. Il n'existe qu'un timbre comme celui-là, et M. Stevens a accepté de me le vendre dès qu'il l'aurait en sa possession. »
Il raccrocha.

Budge savait ce que Charles Bartlett allait lui dire avant même qu'il n'ouvre la bouche.
« Jeff Stevens ? Ah oui ! Je collectionne les vieilles voitures. Jeff m'a parlé d'une Packard 1937, quatre portes, décapotable... »
Cette fois, ce fut Budge qui raccrocha.
« Ne vous en faites pas, dit-il à ses associés. Nous récupérerons notre argent et ferons emprisonner cet enfant de salaud. Il y a des lois contre les escrocs. »

Le petit groupe se retrouva donc chez Scott Fogarty.
« Il nous a eus de deux cent cinquante mille dollars,

dit Budge. Je veux le faire mettre sous les verrous à vie. Obtenez-moi un mandat d'arrêt pour...

— Vous avez le contrat sur vous, Budge ?

— Le voici. »

L'avocat le parcourut rapidement, puis le relut, très lentement.

« A-t-il imité vos signatures ?

— Non, ce sont les nôtres, répondit Quincy.

— Avez-vous lu ce papier avant de le signer ?

— Mais bien entendu, fit Ed Zeller avec irritation. Vous nous prenez pour des imbéciles ?

— C'est à vous de juger, messieurs. Vous avez signé un contrat stipulant que vous achetiez en connaissance de cause, et contre paiement comptant de deux cent cinquante mille dollars, un objet non breveté et qui pouvait être absolument sans valeur. Selon les termes de pratique d'un de mes vieux professeurs, "vous vous êtes fait royalement baiser". »

Jeff avait obtenu son divorce à Reno. C'était là qu'il avait rencontré Conrad Morgan par hasard. Celui-ci avait autrefois travaillé pour oncle Willie.

« Pourrais-tu me rendre un petit service, Jeff ? lui avait demandé le joaillier. Il y a une femme qui voyage sur un train de New York à Saint Louis avec quelques bijoux... »

Jeff regarda par le hublot et pensa à Tracy. Il souriait.

Dès son retour à New York, Tracy se rendit chez Conrad Morgan et Cie, joailliers. Le bijoutier la fit entrer dans son bureau et referma la porte.

« Je commençais à être très inquiet, ma chère, dit-il en se frottant les mains. Je vous ai attendue à Saint Louis et...

— Vous n'étiez pas à Saint Louis.

— Comment ? Que voulez-vous dire ? fit-il, le regard pétillant.

— Je veux dire que vous n'êtes pas allé à Saint Louis. Vous n'avez jamais eu l'intention d'y aller.
— Voyons ! C'est vous qui aviez les bijoux et...
— Vous avez chargé deux hommes de me les prendre.
— Je ne comprends pas, dit Morgan, l'air perplexe.
— J'ai d'abord pensé à une fuite, mais ce n'était pas le cas, n'est-ce pas ? C'était vous. Vous vous étiez occupé personnellement de mon billet de train : vous étiez donc le seul à connaître le numéro de mon compartiment. J'étais déguisée et portais un faux nom, mais vos hommes savaient exactement où me trouver.
— Dois-je comprendre que des hommes vous ont volé les bijoux ? demanda-t-il, l'étonnement peint sur son visage de chérubin.
— J'essaie au contraire de vous faire comprendre qu'ils ne les ont *pas* volés », répondit Tracy en souriant.
Cette fois, la surprise de Morgan n'avait rien de feint.
« Les bijoux sont en *votre* possession ?
— Oui. Vos amis étaient si pressés de prendre l'avion qu'ils n'ont pas pu les emporter. »
Morgan la dévisagea avec attention.
« Excusez-moi un instant. »
Tracy s'assit sur un divan et l'attendit, parfaitement détendue.
Conrad Morgan s'absenta près d'un quart d'heure. Lorsqu'il revint, la consternation se lisait sur son visage.
« Je crains qu'il n'y ait eu une erreur, une *grosse* erreur. Vous êtes une jeune femme extrêmement intelligente, mademoiselle. Vous avez gagné vos vingt-cinq mille dollars. »
Il lui adressa un sourire admiratif.
« Donnez-moi les bijoux et...
— Cinquante mille.
— Pardon ?
— Il m'a fallu les voler deux fois : cela fait cinquante mille dollars.
— Non », répondit-il d'un ton tranchant.
Son regard ne pétillait plus.
« Je ne peux malheureusement pas vous en donner autant.

— Très bien, dit Tracy en se levant. Je vais tenter ma chance à Las Vegas. J'y trouverai peut-être un acquéreur à qui la somme ne paraîtra pas trop élevée. »

Elle se dirigea vers la porte.

« Cinquante mille dollars ? » demanda Morgan.

Elle acquiesça.

« Où sont les bijoux ?

— Dans une consigne de la gare de Penn. Dès que vous m'aurez payée — en liquide — et mise dans un taxi, je vous en donnerai la clé. »

Conrad Morgan poussa un soupir.

« Vous avez gagné.

— Merci, fit gaiement Tracy. C'était un plaisir de travailler pour vous. »

19

Daniel Cooper connaissait déjà l'objet de la réunion qui devait se tenir ce matin-là dans le bureau de J. J. Reynolds, car tous les enquêteurs de la société avaient reçu la veille une note concernant le cambriolage effectué une semaine plus tôt chez Lois Bellamy. Daniel Cooper avait horreur des conférences. Il manquait trop de patience pour perdre son temps à écouter des bavardages.

Il arriva dans le bureau de J. J. Reynolds avec trois quarts d'heure de retard, interrompant son patron au milieu d'un discours.

« C'est gentil d'être passé nous voir », remarqua Reynolds d'un ton sarcastique.

Il ne reçut aucune réponse. « Je perds mon temps », se dit-il. Cooper ne comprenait rien au sarcasme ni à rien d'autre, d'ailleurs, sinon à la manière de retrouver les criminels. Là, Reynolds devait reconnaître que c'était un sacré génie.

Trois des meilleurs enquêteurs de la société étaient présents : David Swift, Robert Schiffer et Jerry Davis.

« Vous avez tous lu le rapport concernant ce cambriolage, dit Reynolds. Mais il y a un élément nouveau : il se trouve que Lois Bellamy est la cousine du préfet de police. Il fait un chambard du tonnerre de Dieu !

— Que fait la police ? demanda Davis.

— Elle fuit les journalistes. Difficile de lui en vouloir : leurs deux agents se sont vraiment surpassés. Ils ont *parlé* à la cambrioleuse qu'ils ont surprise et l'ont laissée partir.

— Ils devraient au moins pouvoir en donner un signalement précis, intervint Schiffer.

— Ils ont magnifiquement décrit sa chemise de nuit, répondit Reynolds d'un ton mordant. Ils ont été si impressionnés par sa silhouette que cela leur a ramolli le cerveau. Ils ignorent même la couleur de ses cheveux. Elle portait une espèce de bonnet et avait le visage couvert d'un masque de boue. Une femme entre vingt et trente ans dotée de seins et de fesses fantastiques, voilà à quoi se résume leur description ! Aucune indice. Pas le moindre début de piste. Rien.

— Si », dit Cooper.

Tous se tournèrent vers lui, leur visage exprimant différents degrés d'antipathie.

« De quoi parlez-vous ? demanda Reynolds.

— Je sais de qui il s'agit. »

La veille, après avoir lu la note de service, Daniel Cooper avait décidé que le premier pas logique était d'aller voir la maison de Lois Bellamy. Pour lui, la logique était le fonctionnement même de l'esprit divin, la solution fondamentale de tout problème. Et, pour être logique, on devait toujours commencer par le commencement. Cooper s'était donc rendu en voiture à Long Island, avait regardé un instant la propriété Bellamy, puis, sans descendre de voiture, avait fait demi-tour et regagné Manhattan. Il avait les renseignements nécessaires. La maison était isolée, les transports en commun inexistants : la cambrioleuse avait donc utilisé une voiture.

Il exposa son raisonnement aux hommes rassemblés dans le bureau de Reynolds.

« Comme elle ne tenait probablement pas à se servir de sa propre voiture, trop aisément identifiable, le véhicule ne pouvait être que volé ou loué, poursuivit-il. J'ai décidé de commencer par la seconde hypothèse. J'ai supposé qu'elle avait loué la voiture à Manhattan où les pistes sont plus faciles à brouiller.

— Vous plaisantez, Cooper, intervint Jerry Davis. Il doit se louer quotidiennement des milliers de voitures à Manhattan. »

Cooper ignora l'interruption.

« Toutes les locations sont traitées par ordinateur et il y a relativement peu de voitures louées par des femmes. Je les ai toutes passées en revue. La personne qui nous intéresse s'est rendue à l'agence Budget Rent-a-Car, située quai 61 sur la 23e Rue Ouest. Elle a loué une Chevrolet Caprice à vingt heures, le soir du cambriolage, et l'a restituée à deux heures du matin.

— Comment savez-vous que c'est la bonne ? » demanda Reynolds d'un ton sceptique.

Cooper commençait à être las de leurs questions stupides.

« J'ai vérifié le kilométrage. Il y a cinquante-deux kilomètres de l'agence à la propriété de Lois Bellamy et autant pour revenir. Cela correspond aux indications données par le compteur de la Chevrolet. Celle-ci a été louée au nom d'Ellen Branch.

— Un nom bidon, supposa David Swift.

— Exact. Son véritable nom est Tracy Whitney. »

Ils le contemplèrent avec stupeur.

« Comment diable pouvez-vous le savoir ? demanda Schiffer.

— Le nom et l'adresse qu'elle a donnés sont faux, mais il a bien fallu qu'elle signe le contrat de location. J'ai transmis l'original à l'identité judiciaire en leur demandant de faire des recherches d'empreintes. Elles correspondaient à celles de Tracy Whitney. Elle a été incarcérée au pénitencier pour femmes de Louisiane du Sud. Vous vous rappelez peut-être que je l'ai rencontrée il y a environ un an à propos d'un Renoir volé.

— Je m'en souviens, acquiesça Reynolds. Vous disiez qu'elle était innocente.

— Elle l'était alors, mais plus maintenant. C'est elle qui a commis le cambriolage. »

Ce petit salaud avait encore marqué un point ! Et cela paraissait si simple à l'entendre ! Reynolds s'efforça de mettre un peu de chaleur dans ses compliments :

« C'est du bon travail, Cooper, du très bon travail. Il ne nous reste plus qu'à demander à la police de l'arrêter.

— Sous quelle inculpation ? demanda calmement Cooper. Location de voiture ? La police ne peut pas l'identifier et nous n'avons pas l'ombre d'une preuve.

— Que faut-il faire ? demanda Schiffer. La laisser s'en tirer impunément ?

— Cette fois, oui, dit Cooper. Mais je la connais maintenant. Elle recommencera et, la prochaine fois, je la prendrai. »

La réunion était enfin terminée. Cooper avait désespérément besoin d'une douche. Il sortit un petit calepin noir où il inscrivit soigneusement : TRACY WHITNEY.

20

« Il est temps que je commence ma nouvelle vie, décida Tracy. Mais quel genre de vie ? J'étais une victime naïve et innocente, et je suis devenue... quoi ? Une voleuse, voilà quoi ! » Elle pensa à Joe Romano, à Anthony Orsatti, à Perry Pope et au juge Lawrence. « Non. Une justicière plutôt. Et peut-être une aventurière. » Elle avait joué la police, deux escrocs professionnels et un bijoutier retors. Elle pensa à Ernestine et à Amy avec un pincement de cœur. Sur une impulsion, elle se rendit chez F.A.O. Schwarz où elle acheta un théâtre de marionnettes avec cinq ou six personnages différents. Elle l'envoya à Amy accompagné d'une carte : « Voici quelques nouveaux amis pour toi. Tu me manques. Baisers. Tracy. »

Elle entra ensuite chez un fourreur de Madison Avenue et y acheta un boa de renard bleu pour Ernestine. Elle joignit à son envoi un mandat de deux cents dollars et une carte portant ces simples mots : « Merci, Ernie. Tracy. »

« J'ai payé mes dettes », se dit-elle. C'était un sentiment agréable. Elle était libre d'aller où elle voulait, de faire ce qui lui chantait.

Elle fêta son indépendance en prenant une suite à l'hôtel Helmsley Palace. De sa salle de séjour du quarante-septième étage, elle voyait la cathédrale Saint-Patrick au-dessous d'elle, le pont George-Washington et, dans une autre direction, à quelques kilomètres à peine, l'endroit sinistre où elle avait récemment habité. « Plus jamais », se jura-t-elle.

Elle ouvrit la bouteille de champagne que lui avait fait monter la direction et le savoura en contemplant le soleil se coucher sur les gratte-ciel de Manhattan. Lorsque la lune se leva, elle avait pris sa décision. Elle irait à Londres. Elle était prête à goûter les plaisirs que la vie avait à offrir. « J'ai payé ma part. Je mérite un peu de bonheur. »

Étendue dans son lit, elle regarda le dernier journal télévisé de la soirée. Deux hommes étaient interviewés. Boris Melnikov était un Russe trapu, vêtu d'un costume marron qui lui allait mal. Pietr Negulesco était tout l'opposé : grand, mince et élégant. Tracy se demanda ce qu'ils pouvaient avoir en commun.

« Où se déroulera le tournoi d'échecs ? demanda le journaliste.

— A Sotchi, sur cette belle mer Noire, répondit Melnikov.

— Vous êtes tous deux de grands champions internationaux, messieurs, et cette rencontre est très attendue. Au cours des tournois précédents, vous vous êtes mutuellement repris le titre. Comme vous avez terminé à égalité lors de votre dernier tournoi, M. Melnikov est l'actuel tenant du titre. Pensez-vous pouvoir le lui reprendre, monsieur Negulesco ?

— Bien évidemment, répondit le Roumain.

— Il n'a pas l'ombre d'une chance », répliqua le Russe.

Tracy ne connaissait rien aux échecs, mais l'arrogance des deux hommes lui parut déplaisante. Elle éteignit la télévision et s'endormit.

Le lendemain matin, de bonne heure, Tracy se rendit dans une agence de voyages et réserva une suite sur le pont Signal du *Queen Elizabeth II*. Excitée comme une enfant par ce premier voyage à l'étranger, elle passa les trois jours suivants à acheter vêtements et bagages.

Le matin du départ, elle loua une limousine pour se faire conduire au port. Lorsqu'elle arriva quai 90, poste de mouillage 3, à l'angle de la 55ᵉ Rue et de la Douzième Avenue, une foule de photographes et de journalistes de télévision était massée devant le transatlantique. D'abord prise de panique, Tracy se rendit bientôt compte qu'ils entouraient deux hommes qui prenaient des poses avantageuses au pied de la passerelle : Melnikov et Negulesco. Tracy les dépassa, montra son passeport à l'officier de service et monta à bord. Sur le pont, un steward prit son billet et la conduisit à ses appartements. C'était une superbe suite avec terrasse privée et Tracy décida qu'elle méritait la somme exorbitante qu'elle lui avait coûtée.

Elle défit ses valises, puis ressortit. Dans presque toutes les cabines, on fêtait joyeusement le départ au champagne. Tracy se sentit soudain très seule. Elle n'avait près d'elle aucun être cher, personne pour lui souhaiter bon voyage, personne pour la regretter. « Ce n'est pas vrai, se dit-elle. J'oublie la Grosse Bertha. » Et elle éclata de rire.

Elle monta sur le pont des embarcations sans se douter des regards respectivement admiratifs ou envieux qu'hommes et femmes jetaient sur elle.

Elle entendit le son grave du sifflet de marine, puis les cris répétés de : « Messieurs et mesdames les visiteurs sont priés de descendre à terre. » Une brusque exaltation la souleva : elle était en route pour un avenir inconnu. Elle sentit l'immense paquebot frémir lorsque les remorqueurs commencèrent à le haler hors du port. Debout au milieu des autres passagers, elle regarda la statue de la Liberté disparaître dans le lointain. Puis elle partit à la découverte du transatlantique.

Le *Queen Elizabeth II* était une ville de plus de deux cent soixante-quinze mètres de long et de treize étages de haut. Il comptait quatre restaurants, six bars, deux salles de bal, deux night-clubs et la Golden Door Spa, une station thermale. Il abritait également des dizaines de boutiques, quatre piscines, un gymnase et une piste de course. « C'est à donner envie d'y passer sa vie », se dit Tracy avec émerveillement.

Elle avait réservé une table au Princess Grill, plus petit et plus élégant que la salle à manger principale. Elle venait à peine de s'asseoir lorsqu'une voix familière résonna à son oreille.

« Bonjour ! »

Elle leva les yeux. Tom Bowers, le faux agent du F.B.I., était devant elle. « Oh non ! Je ne mérite pas ça ! » se dit-elle.

« Quelle agréable surprise ! Vous permettez que je me joigne à vous ?

— Certainement pas. »

Il s'assit en face d'elle en lui adressant un sourire chaleureux.

« Pourquoi ne pas être amis ? Après tout, nous sommes ici pour la même raison, n'est-ce pas ? »

Tracy n'avait aucune idée de ce qu'il voulait dire.

« Écoutez, monsieur Bowers.

— Stevens. Jeff Stevens.

— Peu importe, fit Tracy en repoussant sa chaise.

— Attendez. J'aimerais vous expliquer ma conduite.

— Ne vous donnez pas cette peine. C'était à la portée d'un enfant retardé, vous l'avez sans doute remarqué ?

— Je devais ce service à Conrad Morgan. Il n'a pas été très content de moi, je le crains », ajouta-t-il avec un sourire penaud.

Il avait ce même air enfantin, ce même charme désarmant qui avaient abusé Tracy. *Bon Dieu, Dennis, pourquoi lui mettre les menottes ? Elle ne va pas s'enfuir...*

« Je ne suis pas très contente de vous non plus, dit-elle d'un ton hostile. Qui comptez-vous mener en bateau cette fois ?

— En transatlantique ! répondit-il en riant. Maximilien Pierpont ne mérite rien de moins.

— Qui ? »

Il lui jeta un regard étonné.

« Allons, vous n'allez pas me dire que vous ne le savez pas ?
— Savoir quoi ?
— Pierpont et un des hommes les plus riches du monde. Son passe-temps favori est de mettre les sociétés concurrentes sur la paille. Il aime les chevaux récalcitrants, les femmes faciles et possède les deux en abondance. C'est le dernier des grands flambeurs.
— Et vous comptez le soulager un peu du poids écrasant de sa fortune ?
— D'une somme assez coquette, en fait, répondit-il en posant sur elle un regard songeur. Vous savez ce que nous devrions faire tous les deux ?
— Oh ! Parfaitement : nous dire au revoir. »
Elle se leva et quitta la salle à manger.

Tracy se fit servir à dîner dans sa suite. Tout en mangeant, elle se demanda quel mauvais génie remettait Jeff Stevens sur sa route. Elle voulait oublier la terreur qu'elle avait éprouvée en se croyant arrêtée. « Il n'est pas question qu'il me gâche cette traversée. Je l'ignorerai, voilà tout. »
Son repas achevé, Tracy monta sur le pont. C'était une nuit merveilleuse, un ciel de velours éclaboussé d'étoiles. Accoudée au bastingage, elle écoutait le vent en regardant la mer miroiter au clair de lune quand il s'approcha d'elle.
« Si vous saviez comme vous êtes belle ainsi ! Vous croyez aux idylles de voyage ?
— Bien sûr. C'est vous qui me laissez sceptique. »
Elle fit mine de s'éloigner.
« Attendez, j'ai des nouvelles pour vous. Je viens juste d'apprendre que Pierpont n'est pas à bord. Il a annulé son voyage au dernier moment.
— Quel dommage ! Vous avez gaspillé le prix de votre billet.
— Pas forcément, répondit-il en la jaugeant du regard. Vous n'aimeriez pas gagner une petite fortune pendant la traversée ? »

Il était vraiment incroyable !

« A moins que vous ne disposiez d'un sous-marin ou d'un hélicoptère de poche, je doute que vous puissiez voler qui que ce soit impunément.

— Qui vous a parlé de vol ? Avez-vous déjà entendu parler de Boris Melnikov et de Pietr Negulesco ?

— Et quand ce serait le cas ?

— Ils sont en route pour l'U.R.S.S. où ils doivent disputer un tournoi d'échecs. Si j'arrive à organiser une partie entre eux et vous, nous pourrions gagner beaucoup d'argent, dit-il d'un air sérieux. C'est un coup parfait. »

Tracy le regardait avec incrédulité.

« Une partie entre eux et *moi* ? C'est *ça* votre coup parfait ?

— Oui. Qu'en dites-vous ?

— Je suis enthousiasmée. Il n'y a qu'un tout petit hic.

— Lequel ?

— Je ne sais pas jouer aux échecs.

— Ce n'est pas grave. Je vous apprendrai.

— Vous êtes fou. Je n'ai qu'un conseil à vous donner : trouvez-vous un bon psychiatre. Bonne nuit. »

Le lendemain matin, Tracy tomba — au sens propre — sur Boris Melnikov. Il faisait du jogging sur le pont et la heurta de plein fouet à un tournant, la jetant à terre.

« Pouvez pas regarder où vous allez ? » grogna-t-il sans s'arrêter.

Assise sur le pont, Tracy le suivit du regard.

« Non mais, quel goujat ! »

Elle se releva et épousseta ses vêtements.

« Vous êtes-vous fait mal, mademoiselle ? demanda un steward en s'approchant. Je l'ai vu...

— Non, ça va. Merci. »

Personne ne lui gâcherait ce voyage.

En rentrant dans sa cabine, elle trouva six messages de Jeff Stevens. Elle les ignora. Dans l'après-midi, elle alla nager, lut, se fit masser et, quand elle se rendit au bar pour y prendre un cocktail, elle était de merveilleuse humeur. Son euphorie fut de courte durée. Pietr Negulesco était assis au bar. En apercevant Tracy, il se leva.

« Puis-je vous offrir un verre, belle dame ? »
Tracy hésita, puis sourit.
« Oui, je vous remercie.
— Que buvez-vous ?
— Une vodka tonic, s'il vous plaît. »
Negulesco passa la commande au serveur.
« Je suis Pietr Negulesco.
— Je sais.
— Naturellement. Tout le monde me connaît. Je suis le plus grand joueur d'échecs du monde. Je suis un héros national dans mon pays. »

Il se pencha vers Tracy et, posant une main sur son genou, ajouta :
« Je suis aussi un grand baiseur.
— Quoi ? fit Tracy qui croyait avoir mal compris.
— Je suis un grand baiseur. »

Le premier mouvement de Tracy fut de lui jeter son verre au visage, mais elle se contrôla. Elle avait une meilleure idée.

« Excusez-moi, dit-elle. Je dois rejoindre un ami. »

Elle se mit à la recherche de Jeff Stevens. Elle le trouva au Princess Grill. Mais il dînait en compagnie d'une ravissante blonde dont la robe du soir moulait les formes spectaculaires au point de sembler peinte sur elle. « J'aurais dû m'en douter », pensa Tracy. Elle fit volte-face.

Un instant plus tard, Jeff la rejoignait.
« Tracy... Vous vouliez me voir ?
— Je ne voudrais pas vous priver de votre... dîner.
— Elle n'est que le dessert, fit-il d'un ton léger. Que puis-je faire pour vous ?
— Étiez-vous sérieux au sujet de Melnikov et de Negulesco ?
— Tout à fait. Pourquoi ?
— Je pense qu'ils ont besoin d'une leçon de savoir-vivre.

— C'est aussi mon avis. Et c'est une leçon qui nous sera bien payée.
— Parfait. Quel est votre plan ?
— Vous allez les battre aux échecs.
— Je suis sérieuse.
— Moi aussi.
— Je vous ai dit que je n'y connaissais rien. Je ne fais pas la différence entre un pion et un roi. Je...
— Ne vous inquiétez pas. Je vous donnerai une ou deux leçons, et vous les massacrerez tous les deux.
— *Tous les deux ?*
— Oh ! Je ne vous l'avais pas dit ? Vous allez les affronter simultanément. »

Jeff était assis à côté de Boris Melnikov dans le piano-bar Double Down.
« Cette femme est une excellente joueuse, confiait-il au Russe. Elle voyage incognito.
— Les femmes ne comprennent rien aux échecs, grogna Melnikov. Elles sont incapables de penser.
— Celle-ci est différente. Elle affirme pouvoir vous battre facilement.
— Facilement ou pas, *personne* ne me bat, répliqua le Russe en s'esclaffant.
— Elle est prête à parier dix mille dollars qu'elle peut affronter Negulesco et vous en même temps et faire match nul avec au moins l'un d'entre vous. »
Le Russe s'étouffa.
— *Quoi !* C'est... c'est ridicule ! Jouer contre nous deux en même temps ! Cet... cet amateur en jupons !
— C'est bien cela, et contre dix mille dollars pour chacun d'entre vous.
— Je devrais accepter, ne serait-ce que pour donner une leçon à cette idiote.
— Si vous gagnez, l'argent sera déposé dans le pays de votre choix. »
Une lueur de convoitise passa dans le regard du Russe.

« Je n'ai jamais entendu parler d'elle. Et jouer contre *nous deux* ! Elle doit être folle à lier.
— Elle a les vingt mille dollars en espèces.
— Quelle est sa nationalité ?
— Américaine.
— Ah ! Ça explique tout. Tous les riches Américains sont fous, surtout les femmes. »

Jeff fit mine de se lever.

« Eh bien, tant pis, il lui faudra se contenter de Negulesco.
— Negulesco a accepté ?
— Oui, je ne vous l'avais pas dit ? Elle voulait vous affronter tous les deux, mais si vous avez peur...
— *Peur ?* Boris Melnikov avoir *peur* ? rugit-il. Je la *détruirai* ! Quand doit se dérouler cette partie ridicule ?
— Vendredi soir. Ce sera notre dernière soirée en mer. »

Boris Melnikov réfléchissait.

« En trois parties ?
— Non, une seule.
— Pour dix mille dollars ?
— Exact.
— Je ne dispose pas de cette somme, fit le Russe en poussant un soupir.
— Ce n'est pas grave. Ce qui intéresse surtout Mlle Whitney, c'est d'avoir l'honneur de jouer contre le grand Boris Melnikov. Si vous perdez, vous lui dédicacerez une de vos photos ; si vous gagnez, vous aurez les dix mille dollars.
— Qui aura la garde des enjeux ? demanda le Russe d'un ton soupçonneux.
— Le commissaire.
— Très bien. Vendredi soir. Nous commencerons à vingt-deux heures précises.
— Elle va être ravie », dit Jeff.

Le lendemain matin, il parlait à Pietr Negulesco dans le gymnase où ils s'entraînaient tous les deux.

« Elle est américaine ? dit le Roumain. J'aurais dû m'en douter. Ils sont tous cinglés dans ce pays.

— C'est une remarquable joueuse.
— Être remarquable ne suffit pas, répliqua Negulesco d'un ton méprisant. C'est être le meilleur qui compte, et je suis le meilleur.
— C'est pour cela qu'elle désire si ardemment jouer contre vous. Si vous perdez, vous lui donnez une photo dédicacée ; si vous gagnez, vous recevez dix mille dollars...
— Negulesco ne se commet pas avec des amateurs.
— ... déposés dans le pays de votre choix.
— Hors de question.
— Eh bien, tant pis, il lui faudra se contenter de Melnikov.
— Quoi ! Melnikov a accepté de jouer contre une femme ?
— Bien entendu. Mais elle espérait vous affronter tous les deux en même temps.
— Je n'ai jamais rien entendu d'aussi... d'aussi... ! »
Il bégayait.
« Quelle arrogance ! Pour qui se prend-elle donc ? Prétendre battre les deux plus grands joueurs mondiaux ! Elle s'est échappée d'un asile de fous !
— Elle est un peu excentrique, reconnut Jeff. Mais elle paie bien, et comptant.
— Vous avez dit dix mille dollars pour la battre ?
— Oui.
— Et Boris Melnikov gagne la même somme ?
— *S'il* la bat.
— Oh ! Il la battra, fit Negulesco en souriant. Et moi aussi.
— Entre nous, cela ne me surprendrait pas vraiment.
— Qui gardera les enjeux ?
— Le commissaire. »
« Pourquoi Melnikov serait-il le seul à profiter de l'argent de cette femme ? » se dit Negulesco.
« Affaire conclue, mon ami. Où et quand ?
— Vendredi soir à vingt-deux heures. Salle de la Reine.
— J'y serai », promit Negulesco avec un sourire rapace.

« Ils ont *accepté* ! s'écria Tracy.
— Oui.
— Je me sens mal.
— Je vais vous chercher une serviette froide. »
Jeff courut dans la salle de bains de Tracy, mouilla une serviette d'eau froide et revint. Tracy était étendue sur une chaise longue. Il posa la serviette sur son front.
« Cela vous fait-il du bien ?
— Aucun. Je crois que j'ai la migraine.
— En avez-vous déjà eu ?
— Non.
— Alors, vous n'en avez pas maintenant. Écoutez, Tracy, il est parfaitement normal que vous vous sentiez un peu nerveuse avant un événement de ce genre.
— De ce genre ? s'écria-t-elle en se levant d'un bond. Il n'y a jamais rien *eu* de ce genre ! Je vais affronter deux champions internationaux après avoir reçu *une* leçon d'échecs...
— Deux, corrigea Jeff. Vous avez un don inné pour les échecs.
— Mon Dieu ! Mais pourquoi ai-je accepté de vous écouter ?
— Parce que nous allons gagner beaucoup d'argent.
— Je ne veux pas gagner d'argent, gémit Tracy. Je veux que ce paquebot coule. Pourquoi ne sommes-nous pas à bord du *Titanic* ?
— Gardez votre calme. Tout se passera...
— Désastreusement ! Tous les passagers de ce bateau nous regarderont.
— C'est bien ce que nous voulons, non ? » fit Jeff avec un sourire radieux.

Jeff prit les dispositions nécessaires avec le commissaire. Il lui remit les enjeux — vingt mille dollars en chèques de voyage — et lui demanda de préparer deux tables d'échecs pour le vendredi soir. La nouvelle s'étant rapidement répandue, les passagers ne cessaient d'en demander confirmation à Jeff.

« Si incroyable que cela puisse paraître, ces parties vont bien avoir lieu, disait-il. Pauvre Mlle Whitney, elle croit pouvoir gagner. En fait, elle a même parié sur sa victoire.

— Me serait-il possible de miser une petite somme ? demanda un passager.

— Mais certainement, tout ce que vous voulez. Mlle Whitney ne demande qu'une cote de dix contre un. »

Un million contre un aurait été plus logique. L'acceptation du premier pari marqua l'ouverture des vannes. Tout le monde à bord, mécaniciens et officiers compris, semblait vouloir parier. Les mises variaient de cinq à cinq mille dollars et toutes, sans exception, étaient jouées sur le Roumain ou le Russe.

Le commissaire, alarmé, alla trouver le commandant.

« Je n'ai jamais rien vu de semblable, dit-il. C'est la ruée. Presque tous les passagers ont engagé des paris. Je dois avoir près de deux cent mille dollars. »

Le commandant le dévisagea d'un air songeur.

« Vous dites que Mlle Whitney va jouer simultanément contre Negulesco et Melnikov ?

— Oui, commandant.

— Vous êtes-vous assuré que ces deux hommes sont bien les deux champions ?

— Oui, mon commandant, bien entendu.

— A votre avis, y a-t-il la moindre chance qu'ils se laissent battre volontairement ?

— Oh non ! Ils sont bien trop pénétrés de leur importance. Ils préféreraient mourir, je crois. D'ailleurs, s'ils perdaient face à cette femme, c'est probablement ce qui leur arriverait à leur retour chez eux. »

Le commandant se passa la main dans les cheveux, l'air perplexe.

« Savez-vous quoi que ce soit au sujet de Mlle Whitney et de M. Stevens ?

— Non, mon commandant. Pour autant que je sache, ils voyagent séparément.

— Cela sent l'escroquerie. Normalement, j'interviendrais, mais il se trouve que je suis assez versé dans ce jeu moi aussi. Or je donnerais ma tête à couper qu'il est absolument *impossible* de tricher aux échecs. Laissez-les faire. »

Il alla à son bureau et prit un portefeuille de cuir noir.

« Pariez cinquante livres pour moi. Sur les champions. »

Vendredi soir, il y avait foule dès vingt et une heures dans la salle de la Reine. On y trouvait les passagers de première classe, ceux de seconde et de troisième qui étaient parvenus à s'y glisser ainsi que les officiers et membres d'équipages de repos. A la demande de Jeff, on avait aménagé deux pièces pour le tournoi. L'une des tables était au centre de la salle de la Reine, l'autre, dans le salon adjacent. Des rideaux séparaient les deux pièces.

« Pour que les joueurs ne soient pas distraits, expliqua Jeff. Nous souhaitons également que les spectateurs restent dans la pièce qu'ils auront choisie. »

Des cordons de velours entouraient les tables pour tenir le public à distance. Celui-ci avait la certitude d'assister à un événement unique. Ils ne savaient rien de cette belle jeune femme américaine, sinon qu'il lui était impossible de jouer simultanément contre les deux champions et de faire match nul contre l'un ou l'autre.

Jeff présenta Tracy aux deux joueurs peu avant le début des parties. Vêtue d'une robe de mousseline vert pâle qui lui dénudait une épaule, elle ressemblait à une peinture grecque. La pâleur de son visage donnait à son regard un magnifique éclat.

Pietr Negulesco la dévisagea avec attention.

« Avez-vous gagné tous les tournois nationaux auxquels vous avez participé ? demanda-t-il.

— Oui, répondit-elle sans mentir.

— Je n'ai jamais entendu parler de vous », fit-il avec un haussement d'épaules.

Boris Melnikov ne fut pas plus poli.

« Vous, les Américains, vous ne savez pas quoi faire de votre argent. Je vous remercie d'avance. Cette somme va faire le bonheur de ma famille. »

Les yeux de Tracy étaient vert jade.

« Vous n'avez pas encore gagné, monsieur.

— Ma chère madame, fit Melnikov en éclatant d'un rire tonitruant, j'ignore qui vous êtes, mais je sais qui *je* suis. Je suis le grand Boris Melnikov. »

Il était vingt-deux heures. Jeff regarda autour de lui : les deux salles étaient combles.

« Il est temps de commencer le tournoi », déclara-t-il.

Tracy s'assit en face de Melnikov en se demandant pour la centième fois comment elle s'était laissé entraîner dans cette galère.

« Ce n'est rien du tout, lui avait assuré Jeff. Faites-moi confiance. » Et, comme une idiote, elle lui avait fait confiance. « Je devais avoir perdu l'esprit », se dit-elle. Elle allait jouer contre les deux plus grands joueurs mondiaux en ne connaissant des échecs que ce que Jeff lui avait appris en quatre heures.

L'heure avait sonné. Elle défaillait. Melnikov adressa un sourire triomphant à la foule des spectateurs, puis appela un serveur.

« Apportez-moi un cognac, dit-il. Napoléon. »

« Pour assurer une stricte égalité, avait déclaré Jeff aux deux champions, je propose que M. Melnikov ait les Blancs dans sa partie contre Mlle Whitney qui les aura, elle, dans celle qui l'opposera à M. Negulesco. »

Les deux hommes avaient accepté.

Le silence s'était fait dans la salle. Boris Melnikov avança son pion-dame de deux cases.

« Je ne vais pas seulement battre cette femme, je vais l'écraser. »

Il regarda Tracy. Celle-ci étudia l'échiquier, hocha la tête, puis se leva sans avoir joué. Un steward écarta la foule sur son passage tandis qu'elle gagnait le salon où l'attendait Pietr Negulesco. Une centaine de personnes au moins y étaient massées. Tracy prit place en face du Roumain.

« Alors, mon petit pigeon, avez-vous déjà battu Boris ? demanda-t-il en riant tout haut de sa plaisanterie.

— J'y travaille », répondit calmement Tracy.

Elle avança le pion-dame blanc de deux cases. Negulesco la regarda, un sourire narquois aux lèvres. Il avait pris rendez-vous à vingt-trois heures pour un massage mais comptait avoir fini la partie avant cela. Se penchant vers l'échiquier, il avança le pion-dame noir de deux cases. Tracy étudia l'échiquier, puis se leva. Le steward la raccompagna jusqu'à la table de Melnikov.

Tracy s'assit et avança le pion-dame noir de deux cases. Elle vit Jeff l'approuver d'un signe de tête presque imperceptible.

Sans hésiter, Boris Melnikov avança le pion du fou-dame de deux cases.

Deux minutes plus tard, à la table de Negulesco, Tracy avançait le pion blanc du fou-dame de deux cases.

Negulesco répliqua en jouant le pion-roi.

Tracy se leva, retourna à la table de Melnikov et joua le pion-roi.

« Ah ! Ah ! Elle est donc un peu plus qu'un amateur, se dit Melnikov avec étonnement. Voyons ce qu'elle trouvera à répondre à ça. » Il plaça son cavalier-dame en c3.

Tracy étudia l'échiquier, hocha la tête, retourna auprès de Negulesco et reproduisit le coup de Melnikov.

Negulesco avança le pion du fou-dame de deux cases. Tracy retourna auprès de Melnikov et fit de même.

Avec une stupéfaction croissante, les deux grands champions se rendirent compte qu'ils avaient affaire à une adversaire de première force. Elle trouvait une parade à leurs coups les plus brillants.

Ne pouvant se voir, ils ne se doutaient pas qu'ils jouaient en réalité l'un contre l'autre. Chacun des coups de Melnikov était reproduit par Tracy contre Negulesco ; chacune des parades de celui-ci, utilisée par elle contre Melnikov.

Arrivés en milieu de partie, les deux hommes avaient perdu leur belle assurance. Ils se battaient désormais pour leur réputation. Ils arpentaient la pièce entre chaque coup et tiraient furieusement sur leurs cigarettes. Tracy, seule, semblait conserver son calme.

Au début, pour terminer plus vite la partie, Melnikov avait tenté de sacrifier un cavalier pour permettre à son fou blanc d'attaquer le roi noir. Tracy ayant fait la même chose dans sa partie contre Negulesco, celui-ci avait mûrement réfléchi, puis refusé le sacrifice en protégeant l'aile exposée. Puis, lorsque Negulesco avait pris un fou pour avancer sa tour au septième rang des Blancs, Melnikov avait paré avant que la tour noire ne puisse détruire la formation de ses pions.

Tracy était invincible. La partie durait depuis quatre heures et pas un spectateur n'avait bougé.

Tous les grands joueurs d'échecs ont en tête des centaines de parties jouées par d'autres grands champions. Ce fut quand le match entra dans sa phase finale que Melnikov et Negulesco reconnurent réciproquement leur style.

« La garce, se dit Melnikov, elle a étudié avec Negulesco. Il l'a entraînée. »

« Elle est la protégée de Melnikov, se dit Negulesco. Ce salaud lui a enseigné sa manière de jouer. »

Plus ils s'efforçaient de la battre, plus ils se rendaient compte que c'était impossible. La partie semblait s'acheminer vers la nullité.

A la sixième heure de jeu — il était quatre heures du matin —, il ne restait plus aux joueurs que trois pions, une tour et un roi. Personne ne pouvait l'emporter. Melnikov étudia longuement l'échiquier, puis, poussant un soupir rauque, déclara :

« Je propose le match nul.

— J'accepte », dit Tracy.

Le tumulte fut indescriptible parmi les spectateurs.

Tracy se leva et fendit la foule pour gagner l'autre pièce. Au moment où elle allait s'asseoir, Negulesco dit d'une voix étranglée :

« Je propose le match nul. »

Le vacarme fut tout aussi assourdissant. La foule n'arrivait pas à croire à ce qu'elle venait de voir. Une femme surgie de nulle part venait de battre simultanément les deux plus grands joueurs d'échecs du monde.

Jeff s'approcha de Tracy.

« Venez, dit-il avec un grand sourire. Nous avons tous les deux besoin d'un verre. »

Quand ils quittèrent la pièce, Boris Melnikov et Pietr Negulesco étaient affaissés sur leur siège, fixant leur échiquier d'un œil vide.

Tracy et Jeff s'assirent au bar du pont supérieur.

« Vous étiez magnifique, déclara Jeff en riant. Vous avez vu la tête de Melnikov ? J'ai cru qu'il allait avoir une crise cardiaque.

— Moi aussi, j'ai bien cru en avoir une. Combien avons-nous gagné ?

— Deux cent mille dollars environ. Nous irons les chercher chez le commissaire demain matin en arrivant à Southampton. Je vous retrouverai au petit déjeuner dans la salle à manger.

— Entendu.

— Je crois que je vais aller me coucher. Je vous raccompagne à votre suite ?

— Non, je suis trop surexcitée pour dormir. Allez-y.

— Vous avez été une vraie championne, dit-il en lui effleurant la joue d'un baiser. Bonne nuit, Tracy.

— Bonne nuit. »

Elle le suivit du regard. Dormir ? Impossible ! Elle venait de vivre une des soirées les plus extraordinaires de son existence. Le Russe et le Roumain avaient été si sûrs d'eux, si arrogants. « Faites-moi confiance », lui avait dit Jeff, et elle s'était fiée à lui. Elle ne se faisait aucune illusion à son sujet. C'était un escroc. Il était brillant, amusant, intelligent et d'une compagnie très agréable. Mais elle ne pourrait jamais s'intéresser sérieusement à lui.

Sur le chemin de sa cabine, Jeff rencontra un des officiers du paquebot.

« Beau spectacle, monsieur Stevens. La nouvelle a déjà été transmise à terre. La presse sera sans doute là pour vous accueillir à Southampton. Seriez-vous l'imprésario de Mlle Whitney ?

— Non, nous nous sommes connus à bord », répondit Jeff d'un ton désinvolte.

Mais il réfléchissait intensément. Si on les croyait associés, on flairerait le coup monté. Il décida d'aller chercher l'argent des paris avant que les soupçons ne s'éveillent.

Il écrivit un mot à Tracy :

« J'ai pris l'argent. Je vous retrouverai à l'hôtel Savoy pour un petit déjeuner de célébration. Vous avez été superbe. Jeff. »

« Pourriez-vous faire porter ce message à Mlle Whitney dès son réveil ? demanda-t-il à un steward.

— Bien, monsieur. »

Jeff se rendit ensuite chez le commissaire.

« Excusez-moi de vous déranger, dit-il. Mais nous allons accoster dans quelques heures et je sais que vous allez être très occupé. Verriez-vous un inconvénient à me payer dès maintenant ?

— Absolument pas, répondit le commissaire en souriant. Votre jeune amie est vraiment épatante.

— C'est bien mon avis.

— Serait-il indiscret de vous demander où elle a appris à jouer aussi merveilleusement ?

— J'ai entendu dire qu'elle avait eu Bobby Fisher pour professeur », répondit Jeff sur le ton de la confidence.

Le commissaire sortit deux grandes enveloppes kraft du coffre-fort.

« Cela fait une somme considérable en liquide, dit-il. Préféreriez-vous que je vous établisse un chèque ?

— Ne prenez pas cette peine, c'est parfait ainsi. Pourrais-je vous demander un petit service ? Le bateau postal doit bien venir à notre rencontre avant notre arrivée au port, n'est-ce pas ?

— Oui, monsieur. Nous l'attendons à six heures.

— Me serait-il possible d'y prendre place ? Ma mère

est très malade, et j'aimerais la voir avant... avant qu'il ne soit trop tard, conclut-il d'une voix sourde.
— Oh ! Je suis vraiment désolé... Je vais faire le nécessaire. Je m'arrangerai avec la douane. »

A six heures et quart, les deux enveloppes soigneusement rangées dans sa valise, Jeff descendait l'échelle du *Queen Elizabeth II.* Une fois dans le bateau postal, il jeta un dernier regard à la masse immense du transatlantique au-dessus de lui. A bord, les passagers dormaient encore profondément. Il serait à terre longtemps avant eux.
« C'était une belle traversée, dit-il à un des membres d'équipage.
— Très belle, en effet », approuva une voix.
Jeff se retourna. Tracy était assise sur un rouleau de cordages.
« Tracy ! Que faites-vous ici ?
— D'après vous ?
— Hé ! Attendez, dit-il en remarquant son expression. Vous ne croyez quand même pas que j'allais filer à l'anglaise ?
— Comment une idée pareille pourrait-elle m'effleurer ?
— Je vous ai laissé un message, Tracy. J'avais l'intention de vous retrouver au Savoy et...
— Mais bien entendu, coupa-t-elle sèchement. Vous n'abandonnez jamais, n'est-ce pas ? »
Il la regarda et renonça à en dire davantage.

Dans sa suite du Savoy, Tracy surveilla attentivement le partage de l'argent.
« Votre part s'élève à cent un mille dollars, annonça Jeff.
— Merci, dit-elle d'un ton glacial.
— Vous vous trompez à mon sujet, Tracy, je vous assure. J'aimerais que vous me laissiez une chance de

m'expliquer. Accepteriez-vous de dîner avec moi ce soir ? »

Tracy hésita, puis hocha la tête.

« D'accord.

— Parfait. Je passerai vous prendre à huit heures. »

Ce soir-là, lorsque Jeff demanda Tracy à la réception, l'employé lui répondit :

« Je regrette, monsieur. Mlle Whitney a quitté l'hôtel en début d'après-midi. Elle ne nous a pas laissé d'adresse. »

21

Comme Tracy devait se le rappeler plus tard, ce fut une invitation qui changea sa vie.

Après avoir reçu de Jeff Stevens la part lui revenant, elle avait quitté le Savoy pour s'installer 42, Park Street, dans un hôtel tranquille et agréable, au service impeccable.

Le lendemain, le portier lui apporta une invitation écrite d'une belle écriture calligraphiée.

« De l'avis d'un ami commun, nous gagnerions à faire connaissance. Accepteriez-vous de prendre le thé en ma compagnie au Ritz, cet après-midi à seize heures ? Si vous me pardonnez ce cliché : je porterai un œillet rouge à la boutonnière. Gunther Hartog. »

Tracy n'avait jamais entendu parler de lui. Elle pensa d'abord ne pas se rendre au Ritz, mais sa curiosité eut le dessus et, à seize heures quinze, elle pénétrait dans l'élégante salle à manger de l'hôtel. Elle le remarqua immédiatement. C'était un homme d'une soixantaine d'années. Il avait un visage fin et intellectuel qui lui parut intéressant. La peau en était lisse et presque transparente. Il portait un costume gris de très bonne coupe et un œillet au revers de son veston.

En voyant Tracy s'approcher, il se leva et s'inclina légèrement.

« Je vous remercie d'avoir accepté mon invitation. »

Il l'installa avec une galanterie surannée qui enchanta

Tracy. Il semblait appartenir à un autre monde et elle ne voyait pas ce qu'il pouvait attendre d'elle.

« Je suis venue par curiosité, avoua-t-elle. Êtes-vous sûr de ne pas m'avoir confondue avec une autre Tracy Whitney ?

— D'après ce que je sais de vous, vous êtes unique, mademoiselle, répondit-il en souriant.

— Et que savez-vous exactement ?

— Si nous en discutions en prenant le thé ? »

Celui-ci se composait de sandwiches de pain de mie garnis d'œufs de saumon, de concombre, de cresson ou de poulet. Il y avait également des scones chauds accompagnés de crème et de confiture.

« Votre billet parlait d'un ami commun ? dit Tracy.

— Conrad Morgan. Je fais parfois affaire avec lui. »

« Je n'ai traité qu'une seule fois avec lui, se dit Tracy. Et il a essayé de me rouler. »

« Il vous admire beaucoup », disait Gunther Hartog.

Tracy l'observa avec plus d'attention. Il respirait la prospérité et avait des manières d'aristocrate. « Que me veut-il ? » se demanda-t-elle une fois de plus. Elle décida de le laisser poursuivre, mais il ne parla plus de Conrad Morgan et ne fit pas non plus la moindre allusion aux éventuels avantages que leur procureraient leurs relations.

Tracy trouva cette rencontre aussi agréable qu'intrigante. Gunther Hartog évoqua son passé.

« Je suis né à Munich. Mon père était banquier. Il était riche et j'ai grandi en enfant choyé entouré de meubles anciens et de beaux tableaux. Ma mère était juive. Lorsque Hitler est arrivé au pouvoir, mon père a refusé de l'abandonner et a été dépouillé de tous ses biens. Tous deux ont péri sous les bombardements. Des amis ont réussi à me faire passer en Suisse. A la fin de la guerre, j'ai décidé de ne pas rentrer en Allemagne. Je me suis installé à Londres où j'ai ouvert un petit magasin d'antiquités dans Mount Street. J'espère que vous m'y rendrez visite un jour. »

« Voilà donc où il veut en venir, se dit Tracy avec surprise. Il souhaite me vendre quelque chose. »

Il se trouva par la suite qu'elle se trompait.

En réglant l'addition, Gunther Hartog déclara négligemment :

« J'ai une petite maison de campagne dans le Hampshire. J'y reçois quelques amis ce week-end. Me ferez-vous le plaisir de vous joindre à nous ? »

Tracy hésita. Cet homme était un parfait inconnu ; elle ne savait pas ce qu'il attendait d'elle. Elle décida qu'elle n'avait rien à perdre.

Le week-end fut un enchantement. La « petite maison de campagne » de Gunther Hartog était un ravissant manoir du XVIIe siècle entouré de douze hectares. Gunther était veuf et, ses domestiques exceptés, il vivait seul. Il fit visiter sa propriété à Tracy. Il avait une écurie abritant cinq ou six chevaux et une cour où il élevait poulets et cochons.

« Pour que nous ne soyons jamais à court de vivres, dit-il gravement. Et, maintenant, je vais vous montrer mon véritable violon d'Ingres. »

Il la conduisit à un pigeonnier.

« Ce sont des pigeons voyageurs, déclara-t-il fièrement. Regardez ces merveilles. Vous voyez ce pigeon gris ardoise ? C'est Margo. »

Il prit l'oiseau dont il lissa doucement le plumage.

« Tu es une vraie chipie, tu sais ? Elle malmène les autres, expliqua-t-il, mais c'est la plus intelligente. »

Les couleurs de leur plumage étaient splendides : bleu-noir, bleu-gris diapré, argent.

« Mais il n'y en a aucun de blanc, remarqua Tracy.

— Les pigeons voyageurs ne sont jamais blancs. Ce sont des plumes qui tombent facilement. Or, quand ils reviennent à leur pigeonnier, ils font une moyenne de soixante-cinq kilomètres à l'heure. »

Tracy le regarda nourrir ces oiseaux d'un mélange spécial enrichi de vitamines.

« C'est une espèce extraordinaire, dit-il. Savez-vous qu'ils sont capables de retrouver leur pigeonnier à plus de huit cents kilomètres de distance ?

— C'est fascinant. »
Les invités étaient tout aussi fascinants. Il y avait un ministre d'État et son épouse, un comte, un général et sa petite amie, et la maharani de Morvi, une séduisante et sympathique jeune femme.

« Appelez-moi V. J., je vous en prie », disait-elle d'une voix presque dépourvue d'accent.

Elle portait un sari rouge tissé de fils d'or et les plus beaux bijoux que Tracy eût jamais contemplés.

« La plupart sont dans une chambre forte, confia-t-elle à Tracy. Il y a tant de vols de nos jours. »

Le dimanche après-midi, peu avant que Tracy ne regagne Londres, Gunther l'invita dans son cabinet. Tout en servant le thé dans des tasses d'une extrême finesse, Tracy déclara :

« J'ignore pourquoi vous m'avez invitée, Gunther. Mais j'ai passé deux jours merveilleux.

— J'en suis ravi. Je vous observais, reprit-il après un court silence.

— Je vois.

— Avez-vous des projets pour l'avenir ? »

Tracy hésita.

« Non, je n'ai encore rien décidé.

— Je crois que nous travaillerions bien ensemble.

— Vous pensez à votre magasin d'antiquités ?

— Non, ma chère, répondit-il en riant. Ce serait gâcher vos talents. Je suis au courant de votre petite aventure avec Conrad Morgan, voyez-vous, et vous avez fait preuve de beaucoup d'ingéniosité.

— Tout cela appartient au passé, Gunther.

— Mais que vous réserve l'avenir ? Vous m'avez dit ne pas avoir de projets. Quelles que soient les sommes dont vous disposez, elles ne dureront pas éternellement. Je vous propose une association. Je fréquente des milieux cosmopolites et fortunés. J'assiste à des bals de charité, à des parties de chasses et à des croisières ; je sais tout des allées et venues des gens riches.

— Quel rapport cela a-t-il avec moi ?
— Je peux vous introduire dans ce milieu doré — et je prends le mot au sens propre, Tracy. Je peux vous fournir des renseignements sur des bijoux et des tableaux fabuleux ainsi que sur la manière de les acquérir en toute sécurité. Je connais les particuliers qui les achèteront. Vous équilibreriez ainsi les comptes de ceux qui se sont enrichis aux dépens des autres, et nous partagerions équitablement les bénéfices. Qu'en dites-vous ?
— Je dis non.
— Je vois, fit-il en l'observant d'un air songeur. Vous m'appellerez si vous changez d'avis, n'est-ce pas ?
— Je ne changerai pas d'avis, Gunther. »
Tracy regagna Londres en fin d'après-midi.
Elle adora Londres. Elle dîna au Gavroche, chez Bill Bentley, au Coin du feu, et chez Drones après le théâtre pour manger de vrais hamburgers américains et du chili. Elle alla au National Theater et au Royal Opera House, assista à des ventes aux enchères chez Sotheby et Christie, fit des courses chez Harrods et Fortnum & Mason, et flâna parmi les rayons des librairies Hatchards and Foyles et W. H. Smith. Elle loua voiture et chauffeur et passa un week-end à l'hôtel Chewton Glen en lisière de la New Forest dans le Hampshire. Le cadre était spectaculaire et le service irréprochable.

Cela coûtait cher. *Quelles que soient les sommes dont vous disposez, elles ne dureront pas éternellement.* Gunther Hartog avait raison. Tracy se rendit compte qu'il allait lui falloir se préoccuper de l'avenir.

Gunther Hartog l'invita à passer d'autres week-ends dans son manoir. Elle revenait ravie de ces visites et de son hôte.
Un dimanche soir, pendant le dîner, un député se tourna vers elle et lui demanda :
« Je n'ai jamais rencontré de Texan, mademoiselle. A quoi ressemblent-ils ? »
Tracy se livra à l'imitation caricaturale d'une Texane parvenue, qui déclencha l'hilarité générale.

Plus tard, lorsque Gunther et elle furent seuls, il déclara :

« Que diriez-vous de gagner une petite fortune en refaisant ce numéro ?

— Je ne suis pas une actrice, Gunther.

— Vous vous sous-estimez, ma chère. Je connais une bijouterie à Londres — Parker & Parker — qui se fait un plaisir de flouer ses clients. Grâce à vous, j'ai trouvé un moyen de leur faire payer leur malhonnêteté. »

Il exposa son plan à Tracy.

« Non », dit-elle.

Mais, plus elle y réfléchissait, plus cela la tentait. Elle se souvenait du plaisir qu'elle avait pris à duper la police de Long Island et les deux champions d'échecs, à damer le pion à Jeff Stevens. Elle en avait éprouvé une exaltation indescriptible.

« Non, Gunther », répéta-t-elle.

Mais, cette fois, son ton était beaucoup moins catégorique.

C'était une belle journée chaude et ensoleillée, inhabituelle pour un mois d'octobre et dont profitaient visiteurs et Londoniens. A midi, la circulation était dense dans les rues et il y avait des embouteillages à Trafalgar Square, Charing Cross et Piccadilly Circus. Une Daimler blanche quitta Oxford Street pour s'engager dans New Bond Street, dépassa Roland Cartier, Geigers, la Royal Bank of Scotland et s'arrêta devant un joaillier dont l'enseigne discrète annonçait : PARKER & PARKER.

Un chauffeur en uniforme descendit de la voiture et alla ouvrir la porte arrière à une blonde platinée outrageusement maquillée qui portait une robe moulante en tricot et un manteau de zibeline parfaitement incongru par cette chaude journée.

« Alors, où est cette boîte, petit ? demanda-t-elle avec un fort accent texan.

— La voici, madame, répondit le chauffeur en lui montrant la bijouterie.

— Merci, mon chou. Restez dans le coin. Je n'en ai pas pour des heures.

— Je vais sans doute devoir tourner autour du pâté de maisons, madame. On ne me permettra pas de stationner ici.

— Faites votre boulot, mon pote », dit-elle en lui tapant sur l'épaule.

Mon pote ! Le chauffeur fit la grimace. Voilà ce qui vous attendait lorsque vous en étiez réduit à conduire des voitures de location. Il détestait les Américains, et les Texans tout particulièrement. C'étaient des sauvages, mais des sauvages riches. Il aurait été bien étonné d'apprendre que sa cliente n'était jamais allée au Texas.

Tracy se jeta un bref coup d'œil dans la vitrine du magasin, arbora un large sourire et se dirigea vers la porte d'un air avantageux.

« Bonjour, madame, dit le portier.

— Salut, mon pote. Vous vendez autre chose que du toc dans cette boîte ? » demanda-t-elle en riant grassement de sa plaisanterie.

Le portier blêmit. Tracy entra, laissant dans son sillage une suffocante odeur de parfum.

Arthur Chilton, un vendeur en habit, alla à sa rencontre.

« Puis-je vous aider, madame ?

— Peut-être que oui, peut-être que non. Mon vieux P.J. veut me faire un petit cadeau d'anniversaire. Alors, je suis venue voir ce que vous avez en stock.

— Auriez-vous une préférence, madame ?

— Ah ! Vous, les Anglais, vous ne perdez pas de temps, hein ? » dit-elle en lui donnant une grande claque sur l'épaule.

Le vendeur s'efforça de rester impassible.

« Un truc en émeraude, peut-être. Mon P.J. adore les émeraudes.

— Si vous voulez bien me suivre... »

Il la conduisit vers une vitrine où étaient exposés plusieurs écrins d'émeraudes. La blonde platinée ne leur accorda qu'un regard dédaigneux.

« Ça, c'est les mouflets. Où sont leurs pères et mères ?
— Ces pierres valent jusqu'à trente mille dollars, remarqua Chilton d'un air pincé.
— C'est le pourboire que je donne à mon coiffeur, répliqua-t-elle avec un gros rire. Mon P.J. se sentirait insulté si je revenais avec un de ces minuscules cailloux. »

Chilton imaginait son vieux P.J. Gros, ventripotent et aussi odieux qu'elle. Ils étaient faits l'un pour l'autre. « Pourquoi faut-il que l'argent aille toujours à ceux qui le méritent le moins ? » se demanda-t-il.

« Quelle est la gamme de prix qui vous intéresserait, madame ?
— On pourrait commencer autour de cent tickets. »

Il la regarda d'un air déconcerté.

« Je croyais pourtant parler comme il faut, reprit-elle. Cent mille dollars. »

Arthur Chilton déglutit.

« Oh ! Dans ce cas, je pense qu'il vaudrait mieux que j'appelle notre directeur. »

Gregory Halston, le directeur, tenait à s'occuper personnellement des ventes importantes. Comme les employés ne touchaient aucun pourcentage, ils n'y voyaient aucun inconvénient. Soulagé de pouvoir se débarrasser d'une cliente aussi déplaisante, Chilton pressa un bouton sous le comptoir. Un instant plus tard, un homme pâle et fluet arrivait d'un air affairé. Il jeta un regard à la blonde et à sa tenue extravagante, et pria qu'aucun de ses clients habituels n'arrive avant son départ.

« Monsieur, voici Mme... euh... ? dit Chilton en se tournant vers sa cliente.
— Benecke, mon chou. Mary-Lou Benecke, la femme de P.J. Benecke. Je parie que vous avez tous entendu parler de lui.
— Naturellement, répondit Gregory Halston avec un sourire pincé.
— Madame aimerait faire l'acquisition d'une émeraude, monsieur, dit Chilton.
— Nous avons ici quelques pierres de toute beauté, commença le directeur en désignant les écrins.

— Madame désirerait une émeraude aux environs de cent mille dollars, monsieur. »

Le visage de Gregory Halston s'éclaira d'un vrai sourire. C'était commencer la journée de manière très agréable.

« C'est mon anniversaire, vous comprenez, et mon P.J. veut que je m'achète quelque chose de mignon.

— Bien entendu, dit Halston. Voudriez-vous me suivre ?

— Vous avez une idée derrière la tête, hein, petit coquin ? »

Les deux hommes échangèrent un regard peiné. « Ah ! Ces Américains ! »

Halston conduisit sa cliente jusqu'à une porte fermée à clé qu'il ouvrit. Ils entrèrent dans une pièce brillamment éclairée et Halston referma soigneusement à clé derrière eux.

« C'est ici que nous exposons les pierres destinées à nos clients les plus estimés », dit-il.

Une éblouissance collection de diamants, de rubis et d'émeraudes scintillait dans les vitrines.

« Ah ! Voilà qui commence à être plus intéressant. Mon P.J. deviendrait fou s'il était ici.

— L'une de ces pierres vous conviendrait-elle, madame ?

— Voyons un peu. »

Elle se pencha au-dessus d'un écrin de velours contenant dix émeraudes.

« Je voudrais voir celles-là de plus près. »

Halston sortit une autre petite clé de sa poche, ouvrit la vitrine et posa l'écrin d'émeraudes sur la table. Il regarda sa cliente prendre la plus grosse, montée sur une broche de platine.

« Comme dirait mon P.J., celle-ci a mon nom écrit dessus.

— Madame a beaucoup de goût. C'est une émeraude de Colombie de dix carats. Elle n'a aucun défaut et...

— Les émeraudes ne sont jamais parfaites. »

Halston resta un instant interdit.

« Madame a raison, bien entendu. Je voulais dire... »

Il remarqua pour la première fois qu'elle avait les yeux aussi verts que la pierre qu'elle faisait miroiter entre ses doigts.

« Nous avons un grand choix et si...

— Vous fatiguez pas, je prends celle-ci. »

La vente n'avait demandé que trois minutes.

« Magnifique, dit Halston. Elle vaut l'équivalent de cent mille dollars. Comment Madame souhaite-t-elle régler ?

— Vous en faites pas, Ralston, j'ai un compte en dollars dans une banque de Londres. Je vais vous faire un petit chèque. P.J. n'aura plus qu'à me rembourser.

— Parfait. Je vous la ferai livrer à votre hôtel dès qu'elle aura été nettoyée. »

Il n'avait en effet aucune intention de se séparer de l'émeraude avant d'avoir encaissé le chèque de sa cliente. Trop de joailliers de sa connaissance s'étaient fait flouer par d'habiles escrocs. Halston se vantait, lui, de ne jamais s'être fait avoir d'une seule livre.

« Où dois-je vous la faire déposer ?

— On s'est pris la suite Oliver-Messel au Dorch. »

« Hôtel Dorchester », nota Halston.

« Je l'appelle le "Torchon", fit-elle en riant. Des tas de gens n'aiment plus cet hôtel parce qu'il est plein d'Arabes. Mais mon P.J. fait beaucoup d'affaires avec eux. "Le pétrole est mon propre pays", dit-il toujours. P.J. Benecke est un sacré malin.

— J'en suis certain », répondit poliment Halston.

En la regardant remplir son chèque, il nota avec satisfaction qu'il venait de la banque Barclays. Il y avait un ami qui pourrait vérifier la provision du compte de Mme Benecke.

« Je veillerai personnellement à ce que cette émeraude vous soit livrée demain matin, dit-il en prenant le chèque.

— Mon P.J. va l'adorer, assura-t-elle, radieuse.

— J'en suis sûr. »

Il la raccompagna jusqu'à la porte d'entrée.

« Ralston... »

Il faillit la corriger, puis y renonça. A quoi bon ? Il ne la reverrai, Dieu merci, jamais.

« Madame ?

— Il faut que vous veniez prendre le thé avec nous un de ces jours. Vous adoreriez ce vieux P.J.

— J'en suis certain, madame. Mais je travaille malheureusement tous les après-midi.

— Dommage. »

Une Daimler blanche se rangea contre le trottoir. Le chauffeur descendit lui ouvrir la porte et, avant de monter, elle se retourna pour faire de grands signes d'adieu au directeur.

Dès qu'il eut regagné son bureau, celui-ci téléphona à son ami de la banque Barclays.

« Une certaine Mary-Lou Benecke m'a fait un chèque de cent mille dollars, Pete. Tu pourrais vérifier ?

— Un instant, mon vieux. »

Halston attendit. Il espérait que le compte serait suffisamment alimenté. Les affaires n'étaient pas brillantes et les frères Parker ne cessaient de se plaindre. Comme si c'était lui le responsable et non la récession ! Leurs bénéfices n'avaient d'ailleurs pas chuté autant qu'ils auraient *pu* le faire. Parker & Parker disposait en effet d'un service spécialisé dans le nettoyage des bijoux et les pierres rendues aux clients étaient souvent inférieures à celles qu'ils leur avaient confiées. Il y avait eu des plaintes, mais rien n'avait jamais été prouvé.

Peter était à nouveau en ligne.

« Pas de problème, Gregory. Il y a plus d'argent qu'il n'en faut sur son compte.

— Merci, dit Halston en soupirant de soulagement.

— Il n'y a pas de quoi.

— On déjeune ensemble la semaine prochaine : je t'invite. »

Le lendemain matin, la somme était virée au compte de Parker & Parker, et l'émeraude livrée à l'hôtel Dorchester.

Dans l'après-midi, peu avant la fermeture, la secrétaire de Gregory Halston annonça :

« Mme Benecke est ici, monsieur. Elle désire vous voir. »

Le cœur de Halston se serra. Elle venait lui rendre la broche et il pouvait difficilement refuser de la reprendre. « La peste soit de toutes les femmes, de tous les Américains et de tous les Texans ! » Un sourire contraint aux lèvres, il sortit de son bureau.

« Bonjour, madame. Votre époux n'a pas trouvé l'émeraude à son goût, je présume ?

— Vous présumez mal, mon gars ! P.J. l'a trouvé épatante. »

Le cœur de Halston se dilata de joie.

« Vraiment ?

— En fait, elle lui botte tellement qu'il veut que j'en achète une autre pour m'en faire des boucles d'oreilles. Donnez-moi sa sœur jumelle.

— Je crains que cela ne pose un problème, madame, fit Halston en se rembrunissant.

— Quel problème, mon chou ?

— La pierre que vous avez est unique. Vous n'en trouverez nulle part de semblable. Mais, par contre, dans un style différent...

— Je ne veux pas de style différent. Je veux la même émeraude.

— Pour être tout à fait franc, madame, les émeraudes de Colombie de dix carats sans défaut..., *presque* sans défaut, reprit-il devant son expression, sont rares.

— Allons, mon vieux, il doit bien y en avoir une quelque part.

— Je vous dirai honnêtement que j'ai vu très peu de pierres de cette qualité. Essayer de reproduire exactement sa forme et sa couleur serait pratiquement impossible.

— Au Texas, nous avons un proverbe qui dit que l'impossible demande juste un peu plus longtemps. C'est samedi mon anniversaire et P.J. tient à ce que j'aie ces boucles d'oreilles. Ce que P.J. veut, il l'a.

— Je crains vraiment que...

— Combien ai-je payé pour cette émeraude ? Cent mille dollars ? Je sais que mon P.J. irait jusqu'à deux cent ou trois cent mille dollars pour en avoir une autre. »

Gregory Halston réfléchissait intensément. Il *fallait* qu'il y ait un double de cette pierre quelque part. Si P.J. Benecke était prêt à payer deux cent mille dollars, cela ferait un joli bénéfice. « Un joli bénéfice qui pourrait aisément ne profiter qu'à moi. »

« Je vais me renseigner, madame, dit-il. Aucun joaillier de Londres ne possède une émeraude comme la vôtre. Mais il y a les ventes aux enchères. Je vais passer des annonces et voir ce que cela donne.

— Vous avez jusqu'à la fin de la semaine. De vous à moi, mon P.J. irait peut-être bien jusqu'à trois cent cinquante mille dollars. »

Elle quitta le magasin, son manteau de zibeline voltigeant derrière elle.

Assis dans son bureau, Gregory Halston rêvait. Le destin mettait entre ses mains un homme toqué d'une grue blonde au point de payer trois cent cinquante mille dollars une émeraude n'en valant que cent mille, soit un bénéfice net de deux cent cinquante mille dollars. Halston ne voyait pas la nécessité d'ennuyer les frères Parker avec les détails de la transaction. Il était si simple de facturer la seconde émeraude cent mille dollars et d'empocher la différence. Cette somme lui permettrait de vivre confortablement jusqu'à la fin de ses jours.

Il ne lui restait plus qu'à trouver cette pierre.

Ce fut encore plus difficile qu'il ne l'avait escompté. Aucun des bijoutiers à qui il téléphona n'avait quoi que ce soit d'approchant. Il mit des annonces dans le *Times* et le *Financial Times*, appela Christie et Sotheby ainsi qu'une douzaine d'agents immobiliers. Il fut inondé d'un flot d'émeraudes, médiocres ou convenables pour la plupart, de première qualité pour quelques-unes. Mais aucune ne correspondait à ce qu'il recherchait.

Le mercredi, Mme Benecke lui téléphona.

« Mon P.J. commence à s'énerver. Vous l'avez trouvée ?
— Pas encore, madame. Mais ne vous inquiétez pas, vous l'aurez. »
Vendredi, elle appela de nouveau.
« C'est demain mon anniversaire, lui rappela-t-elle.
— Je sais, madame. Si vous pouviez me laisser quelques jours de plus, je...
— Ça ne fait rien, mon pote. Si vous ne l'avez pas demain, je vous rapporterai celle que j'ai achetée. Mon P.J. — c'est un vrai chou — a dit qu'il m'achèterait un vieux manoir à la place. Dans le Sussex. Vous avez déjà entendu parler de ce coin ? »
Halston transpirait à grosses gouttes.
« C'est un endroit que vous *haïriez*, gémit-il. Et vous détesteriez vivre dans un manoir. La plupart sont dans un état lamentable : ils n'ont pas de chauffage central et...
— De vous à moi, je préférerais les boucles d'oreilles. Mon P.J. a même parlé d'aller jusqu'à quatre cent mille dollars. Vous ne pouvez pas savoir ce qu'il est têtu. »
Quatre cent mille ! Halston sentait les billets lui glisser entre les doigts.
« Je fais l'impossible, je vous assure. Mais j'ai besoin d'un tout petit délai, dit-il d'un ton suppliant.
— C'est pas moi qui décide, mon chou, c'est P.J. »
Et elle raccrocha.
Halston maudit le sort. Où pouvait-il trouver cette émeraude de dix carats ? Absorbé dans ses sombres pensées, il n'entendit pas immédiatement la sonnerie de l'interphone.
« Qu'y a-t-il ? demanda-t-il sèchement.
— J'ai la comtesse Marissa au téléphone, monsieur, annonça sa secrétaire. Elle a lu votre annonce au sujet de cette émeraude. »
Encore une ! Il avait eu au moins dix appels ce matin : tous lui avaient fait perdre son temps. Il décrocha.
« Oui ? » dit-il d'un ton brusque.
Une voix douce et féminine à l'accent italien lui répondit.

« *Buongiorno, signore.* J'ai lu que vous êtes peut-être intéressé acheter une émeraude, *sì* ?

— Si elle correspond à ce que je recherche, répondit-il sans parvenir à dissimuler son exaspération.

— J'ai une émeraude qui est dans ma famille depuis beaucoup d'années. C'est *peccato* — dommage — mais je suis obligée de la vendre maintenant. »

C'était une histoire qu'il avait déjà entendue. « Il faut que j'essaie encore chez Christie et Sotheby. Ils ont peut-être reçu quelque chose depuis la dernière fois. Ou... »

« *Signore ?* Vous cherchez une émeraude de dix carats, *sì* ?
— Oui.
— J'ai une dix carats *verde* — verte — de Colombie.
— Pourriez... pourriez-vous répéter, s'il vous plaît ? fit-il d'une voix étranglée.
— *Sì.* J'ai une émeraude de Colombie de dix carats. Cela vous intéresse-t-il ?
— Peut-être, répondit-il prudemment. Pourriez-vous passer à notre magasin ?
— *No, scusi.* Je suis très occupée en ce moment. Nous préparons une soirée à l'ambassade pour mon mari. La semaine prochaine peut-être. »

Non, ce serait trop tard !

« Puis-je venir vous voir ? demanda-t-il en s'efforçant de maîtriser le tremblement de sa voix. Ce matin, par exemple.

— *Ma, no. Sono occupata stamane.* Je comptais aller faire des courses.
— Où demeurez-vous, madame ?
— Au Savoy.
— Je pourrais y être dans un quart d'heure, dit-il d'un ton fiévreux. Dans *dix* minutes.
— *Molto bene.* Vous êtes M... ?
— Halston. Gregory Halston.
— Suite *ventisei* — 26. »

Le trajet en taxi fut interminable. Halston passait des sommets du paradis aux profondeurs de l'enfer. Si l'émeraude était vraiment semblable à la première, sa fortune dépasserait ses rêves les plus fous. *Il irait jusqu'à quatre cent mille dollars.* Trois cent mille dollars de bénéfice. Il achèterait une villa sur la Côte d'Azur et peut-être un yacht. Il pourrait séduire autant de beaux garçons qu'il le désirerait...

Gregory Halston était athée, mais dans le couloir du Savoy qui menait à la suite 26, il se surprit en train de prier. Arrivé devant la porte de la comtesse, il respira profondément en essayant de retrouver son calme. Puis il frappa. Personne. « Oh ! Mon Dieu, elle est partie ! Elle ne m'a pas attendu. Elle... »

La porte s'ouvrit, révélant une femme élégante d'une cinquante d'années, au visage ridé, aux yeux noirs et à la chevelure grisonnante.

« *Sì ?* dit-elle d'une voix douce.

— Je suis G... Gregory Halston, bégaya-t-il. Vous m'avez té... téléphoné.

— Ah ! *Sì*. Je suis la comtesse Marissa. Entrez, *signore, per favore*.

— Merci. »

Ses jambes tremblaient. « Où est l'émeraude ? » faillit-il demander. Mais il savait qu'il devait maîtriser son impatience, ne pas paraître trop intéressé. Si la pierre était satisfaisante, il pourrait l'obtenir au meilleur prix. Après tout, c'était lui l'expert. Elle n'était qu'un amateur.

« S'il vous plaît de vous asseoir. *Scusi. Non parlo molto bene inglese.* Je ne parle pas bien votre langue.

— Mais si. C'est charmant. Charmant.

— *Grazie.* Voulez-vous peut-être du café ? Du thé ?

— Non, merci. »

Il avait l'estomac noué. Était-il trop tôt pour parler de l'émeraude ? Il ne pouvait patienter une seconde de plus.

« L'émeraude...

— Ah ! *Sì*. Elle appartenait à ma grand-mère. Je voulais la donner à ma fille pour ses vingt-cinq ans. Mais mon mari monte une nouvelle affaire à Milan et je... »

Halston n'écoutait plus. La vie ennuyeuse de cette inconnue ne l'intéressait pas. Il brûlait de voir l'émeraude. Ce suspense lui était un supplice.

« *Credo che sia importante* d'aider mon mari. Peut-être, c'est une erreur..., dit-elle avec un sourire triste.

— Oh non ! Pas du tout. C'est le devoir d'une épouse de soutenir son mari. Puis-je voir votre émeraude ?

— Je l'ai ici. »

Elle sortit de sa poche une pierre enveloppée dans un mouchoir qu'elle lui tendit. Le cœur de Halston bondit de joie. Il contemplait la plus belle émeraude colombienne de dix carats qu'il ait jamais vue. D'aspect, de taille et de couleur, elle ressemblait à s'y méprendre à celle qu'il avait vendue à Mme Benecke. « Ce n'est pas exactement la même, se dit-il, mais seul un expert pourrait s'en apercevoir. » Ses mains se mirent à trembler. Il se contraignit à paraître calme.

Il examina la pierre, fit jouer la lumière sur ses différentes facettes, puis dit d'un ton négligent :

« C'est une belle petite pierre.

— *Splendente, sì*. Je l'aime beaucoup. Je suis très triste de m'en séparer.

— Mais c'est une bonne décision. Lorsque l'affaire de votre mari sera prospère, vous pourrez acheter toutes les émeraudes que vous désirerez.

— C'est exactement ce que je me dis. Vous êtes *molto simpatico*.

— Je rends service à un ami, madame. Nous avons des pierres bien plus belles que celle-ci, mais mon ami recherche le pendant d'une émeraude achetée par son épouse. Il serait prêt à la payer soixante mille dollars.

— Ma grand-mère sortirait de sa tombe pour me hanter, si je la vendais à ce prix. »

Halston fit une légère grimace. Mais il pouvait offrir davantage.

« Écoutez, dit-il en souriant. Je pense pouvoir convaincre mon ami d'aller jusqu'à cent mille dollars. C'est une grosse somme, mais il tient beaucoup à avoir cette émeraude.

— Cela paraît convenable. »

Halston exultait.

« J'ai apporté mon chéquier. Je vais vous faire un chèque tout de suite et...

— *Ma, no...,* fit tristement la comtesse. Cela ne règle pas mon problème, malheureusement.

— Votre problème ?

— *Sì.* Comme je vous explique, mon mari monte une nouvelle affaire et il a besoin de trois cent cinquante mille dollars. J'ai déjà cent mille dollars, mais il manque encore deux cent cinquante mille. J'espérais avoir l'argent avec l'émeraude.

— Aucune émeraude au monde ne vaut cette somme, ma chère comtesse, je vous assure. Les cent mille dollars que je vous propose sont déjà plus qu'honnêtes.

— Vous avez raison, certainement. Mais cela n'aidera pas mon mari, n'est-ce pas ? »

Elle se leva et lui tendit une main fine et délicate.

« Je vais la garder pour notre fille. *Grazie, signore.* Merci d'être venu. »

Halston fut pris de panique. Il était tiraillé entre sa cupidité et son bon sens. Mais il ne fallait pas que l'émeraude lui échappe.

« Attendez ! Asseyez-vous, je vous prie. Je suis sûr que nous pouvons arriver à un arrangement. Je pourrais peut-être obtenir cent cinquante mille dollars de mon ami.

— Deux cent cinquante mille.

— Disons deux cent mille ?

— Deux cent cinquantre mille. »

Elle était inébranlable. Halston prit sa décision. Mieux valait cent cinquante mille dollars de bénéfice que rien du tout. Sa villa et son yacht seraient plus petits, mais la somme restait considérable. Il attendrait un jour ou deux, puis donnerait sa démission aux frères Parker. Cela leur apprendrait à être aussi mesquins. D'ici une semaine, il serait sur la Côte d'Azur.

« Affaire conclue, déclara-t-il.

— *Meraviglioso ! Sono contenta !* »

« Tu peux l'être, vieille peau ! » pensa-t-il. Mais il n'avait pas à se plaindre : sa fortune était faite. Il jeta un dernier

regard à l'émeraude avant de la mettre dans sa poche.
« Je vais vous faire un chèque tiré sur le compte de notre magasin.
— *Bene, signore.* »
Il demanderait à Mme Benecke un chèque de quatre cent mille dollars non barré. Peter l'encaisserait pour lui. Il échangerait le chèque de la comtesse contre celui des frères Parker et empocherait la différence. Il s'arrangerait avec Peter pour que le chèque de deux cent cinquante mille dollars ne figure pas sur le relevé de compte mensuel de la bijouterie. Cent cinquante mille dollars !
Il sentait déjà la chaleur du soleil méditerranéen sur son visage.

Son retour au magasin ne lui sembla prendre que quelques secondes. Il imaginait le bonheur de Mme Benecke lorsqu'il lui annoncerait la bonne nouvelle. Il avait trouvé l'émeraude qu'elle désirait et la sauvait de surcroît de l'expérience éprouvante qu'était la vie dans un manoir campagnard en ruine.
Lorsque Halston, radieux, pénétra dans la bijouterie, Arthur Chilton alla à sa rencontre.
« Un client serait intéressé par...
— Plus tard », répondit gaiement Halston en l'écartant d'un geste.
Il ne perdrait plus jamais son temps avec des clients. Dorénavant, ce serait *lui* qu'on servirait. Il ferait ses courses chez Hermès, Gucci et Lanvin.
Il gagna son bureau d'un pas guilleret, posa l'émeraude sur la table et composa un numéro.
« Hôtel Dorchester.
— La suite Oliver-Messel, s'il vous plaît.
— A qui désirez-vous parler ?
— A Mme P.J. Benecke.
— Un instant, je vous prie. »
Halston sifflota doucement en attendant.
« Je suis désolé, monsieur. Mme Benecke a quitté sa suite.

— Eh bien, passez-moi celle dans laquelle elle s'est installée.
— Mme Benecke a quitté l'hôtel, monsieur.
— C'est impossible. Elle...
— Je vous passe la réception.
— Ici, la réception. Puis-je vous aider ?
— Oui. J'aimerais parler à Mme Benecke.
— Elle a quitté l'hôtel ce matin. »
Il devait y avoir une explication. Une affaire urgente et imprévue, peut-être.
« Puis-je avoir sa nouvelle adresse ? Je suis...
— Je regrette, monsieur. Elle ne nous en a pas laissé.
— Elle vous a *forcément* laissé une adresse.
— Non, monsieur. J'étais moi-même à la réception lorsqu'elle est partie. »
Ce fut comme un coup de massue. Hébété, Halston raccrocha lentement. Il devait y avoir un moyen de la joindre, de lui faire savoir qu'il avait enfin trouvé son émeraude. Mais, en attendant, il fallait absolument que la comtesse lui rende son chèque.
Il téléphona aussitôt au Savoy.
« La suite 26, s'il vous plaît.
— Qui demandez-vous ?
— La comtesse Marissa.
— Un instant, je vous prie. »
Mais, avant même que la standardiste ne reprenne le combiné, il eut la terrible prémonition de ce qu'il allait entendre.
« Je regrette, monsieur. La comtesse a quitté l'hôtel. »
Il raccrocha. Ses mains tremblaient tellement qu'il eut du mal à faire le numéro de la banque.
« Passez-moi le chef comptable. Vite ! J'aimerais faire opposition à un chèque. »
C'était trop tard, bien entendu. Il avait vendu une émeraude cent mille dollars et l'avait rachetée deux cent cinquante mille dollars. Affaissé sur son siège, Gregory Halston se demanda comment il allait expliquer cette opération aux frères Parker.

22

Ce fut le début d'une nouvelle vie pour Tracy. Elle acheta à Eaton Square une belle demeure de style géorgien, claire, gaie et idéale pour les réceptions. Elle disposait d'un « Queen Anne » — expression britannique désignant un jardin sur la rue — et d'un « Mary Anne » — un jardin de derrière. Gunther aida Tracy à la meubler et, avant même qu'ils n'aient terminé, c'était devenu l'un des endroits courus de Londres.

Gunther présenta Tracy comme une jeune et riche veuve dont le mari avait fait fortune dans l'import-export. Son succès fut immédiat. Belle, intelligente et charmante, elle fut inondée d'invitations.

De temps en temps, Tracy faisait de courts séjours en France, en Italie, en Suisse ou en Belgique pour le plus grand bénéfice de Gunther Hartog et d'elle-même.

Sur les conseils de Gunther, elle étudia l'*Almanach de Gotha* et le *Debrett's Peerage and Baronetage,* livres faisant autorité sur les familles royales et aristocratiques d'Europe. Elle devint un véritable caméléon, une spécialiste du maquillage, du déguisement et des accents. Elle acquit une demi-douzaine de passeports, fut duchesse anglaise, hôtesse de l'air française ou héritière sud-américaine. En un an, elle accumula plus d'argent qu'il ne lui en faudrait jamais. Elle créa une fondation qui faisait de généreux dons anonymes aux associations d'aide aux anciennes détenues. Elle veilla à ce qu'Otto Schmidt jouisse d'une retraite confortable. Elle ne songeait plus à renoncer à ses activités. Duper des gens intelligents et fortunés était pour elle un défi passionnant ; le risque, un stimulant qui agissait sur elle comme une drogue : il lui fallait sans cesse relever de nouvelles gageures, toujours plus audacieuses. Il n'y avait qu'une règle d'or qu'elle n'enfreignait jamais : ne pas nuire à des innocents. Ceux qu'elle escroquait étaient cupides, malhonnêtes, ou les deux. « Personne ne se suicidera jamais à cause de moi », s'était-elle juré.

Les journaux se mirent à relater ses exploits. Comme elle utilisait différents déguisements, la police était convaincue que la vague d'escroqueries et de cambriolages ingénieux qui frappait toute l'Europe était l'œuvre d'un gang de femmes. Interpol commença à s'y intéresser de près.

A Manhattan, au siège de l'Association internationale de protection des assurances, J.J. Reynolds convoqua Daniel Cooper.

« Nous avons un problème, déclara-t-il. Un grand nombre de nos clients européens sont apparemment les victimes d'un gang de femmes. Ils crient tous à l'assassinat et réclament l'arrestation du gang. Interpol a accepté de collaborer avec nous. C'est votre mission, Dan. Vous partez pour Paris demain matin. »

Tracy dînait avec Gunther chez Scott dans Mount Street.

« Avez-vous déjà entendu parler de Maximilien Pierpont, Tracy ? »

Le nom lui était familier. Où donc l'avait-elle entendu ? Elle s'en souvint. C'était à bord du *Queen Elizabeth II*. Jeff Stevens lui avait dit : « Nous sommes ici pour la même raison : Maximilien Pierpont. »

« Il est très riche, n'est-ce pas ?

— Et sans scrupules. Il a pour spécialité d'acheter les sociétés concurrentes et de les dépouiller. »

Lorsque Joe Romano a repris l'affaire, il a licencié tout le monde et placé des gens à lui. Puis il a mis la société à sac... Ils lui ont tout pris... la société, cette maison et même sa voiture...

Gunther la regardait d'un air bizarre.

« Tracy ? Vous vous sentez bien ?

— Oui. »

« La vie est parfois injuste, se dit-elle, et c'est à nous qu'ils appartient d'y remédier. »

« Parlez-moi de Maximilien Pierpont.

— Sa troisième femme vient d'obtenir le divorce et il est seul. Je crois qu'il serait intéressant que vous fassiez sa connaissance. Il doit prendre l'Orient-Express vendredi pour Istanbul.

— Je n'ai jamais voyagé dans ce train, observa Tracy en souriant. Cela me plairait beaucoup, je crois.

— Parfait. M. Pierpont possède une collection d'œufs Fabergé, la seule importante au monde en dehors de celle du musée de l'Hermitage à Leningrad.

— Si je parvenais à vous en rapporter quelques-uns, qu'en feriez-vous ? demanda Tracy avec curiosité. Ne sont-ils pas trop connus pour être vendus ?

— Collectionneurs privés, ma chère Tracy. Apportez-les-moi et je leur trouverai un nid.

— Je verrai ce que je peux faire.

— Pierpont est un homme assez difficile à approcher. Deux autres pigeons ont également réservé des places sur l'Orient-Express de vendredi. Ils se rendent au festival de Venise et je les crois assez dodus pour être plumés. Vous avez entendu parler de Silvana Luadi ?

— L'actrice italienne ? Oui, bien sûr.

— Elle est mariée à Alberto Fornati, le producteur de ces abominables films épiques. Il a la mauvaise réputation d'engager acteurs et metteurs en scène pour des sommes ridicules en leur promettant de gros pourcentages sur les recettes qu'ils ne touchent jamais. Cela permet à Fornati d'offrir de coûteux bijoux à son épouse. Plus il lui est infidèle, plus il lui en achète. Silvana doit maintenant avoir de quoi ouvrir sa propre joaillerie. Je suis certain que vous trouverez beaucoup de charme à leur compagnie.

— Je m'en réjouis d'avance. »

Le Venice-Simplon-Orient-Express part de la gare Victoria tous les vendredis à onze heures quarante-quatre. Entre Londres et Istanbul, il s'arrête à Boulogne, Paris, Lausanne, Milan et Venise. Une demi-heure avant le départ, un comptoir portable est dressé à l'entrée du quai et deux solides gaillards en uniforme déroulent un tapis rouge en écartant la foule impatiente des voyageurs.

Les nouveaux propriétaires de l'Orient-Express ont tenté de recréer l'âge d'or des transports ferroviaires de la fin du XIXe siècle et reproduit très exactement le train primitif avec sa voiture Pullman, ses wagons-restaurants, wagons-salons et wagons-lits.

Un employé, vêtu de l'uniforme bleu marine galonné d'or des années vingt, porta les deux valises et le vanity-case de Tracy jusqu'à son compartiment. Elle fut déçue par son exiguïté. L'unique siège était tapissé d'une étoffe de mohair à fleurs ; le plancher, comme l'échelle conduisant à la couchette, était recouvert d'une peluche verte : on se serait cru dans une bonbonnière.

Une petite bouteille de champagne rafraîchissait dans un seau en argent. Tracy lut la carte qui l'accompagnait : « Oliver Aubert — directeur. »

« Je la boirai lorsque j'aurai quelque chose à fêter, se dit-elle. Maximilien Pierpont. » Jeff Stevens avait échoué. Marquer des points sur M. Stevens lui serait agréable. Elle sourit en y pensant.

Elle défit ses valises dans le compartiment exigu et pendit les vêtements dont elle aurait besoin. Elle préférait l'avion au train, mais ce voyage promettait d'être passionnant.

L'Orient-Express s'ébranla à onze heures quarante-quatre précises. Tracy regarda défiler la banlieue sud de Londres.

A treize heures quinze, le train arriva à Folkestone. Les passagers embarquèrent sur le ferry qui devait les emmener à Boulogne.

Tracy s'approcha d'un employé.

« M. Maximilien Pierpont voyage avec nous, je crois ? Pourriez-vous me l'indiquer ?

— Je regrette, madame, Il avait effectivement réservé et payé son compartiment, mais nous ne l'avons pas vu. C'est un monsieur assez imprévisible, m'a-t-on dit. »

Cela laissait Silvana Luadi et son époux, le producteur de superproductions oubliables.

A Boulogne, les passagers montèrent dans un nouvel Orient-Express. Malheureusement, le compartiment de Tracy était identique au précédent et les superstructures inégales de la voie rendaient le voyage encore plus inconfortable. Tracy passa la journée à élaborer son plan. Puis, à huit heures du soir, elle s'habilla pour le dîner.

Le code vestimentaire de l'Orient-Express recommandait la tenue de soirée. Tracy choisit une superbe robe de mousseline de soie gorge-de-pigeon, des bas et des souliers de satin gris ; pour seul bijou, un rang de perles assorties. Elle se contempla longuement dans la glace avant de quitter son compartiment. Elle avait un regard innocent, un air candide et vulnérable. « Cette glace ment, se dit-elle. Je ne suis plus cette femme. Ma vie est une mascarade. Mais une mascarade passionnante. »

Alors qu'elle sortait de son compartiment, son sac lui échappa des mains. Elle se baissa pour le ramasser et examina rapidement les serrures. Il y en avait deux : l'une était d'un modèle standard, l'autre, une serrure Yale. « Aucun problème. » Elle se releva et se dirigea vers les wagons-restaurants.

Le train en comptait trois. Leurs parois étaient revêtues de boiseries, leurs sièges tapissés, et des appliques de cuivre chapeautées d'abat-jour Lalique y dispensaient une lumière tamisée. En entrant dans le premier d'entre eux, Tracy remarqua plusieurs tables libres.

« Vous désirez une table, mademoiselle ? demanda la maître d'hôtel.

— Non, je cherche des amis. Merci. »

Elle alla jusqu'au wagon-restaurant suivant. Il y avait plus de monde, mais il restait néanmoins quelques tables inoccupées.

« Bonsoir, dit le maître d'hôtel. Dînez-vous seule ?

— Non, je dois rejoindre un ami. Merci. »

Elle gagna le dernier wagon qui, lui, était comble.

Le maître d'hôtel l'arrêta à la porte.

« Je n'ai malheureusement plus de table disponible, mademoiselle. Mais vous trouverez de la place dans les autres restaurants. »

Tracy parcourut la salle du regard et trouva ce qu'elle cherchait.

« J'aperçois des amis », déclara-t-elle au maître d'hôtel avant de se diriger vers une table du fond.

« Excusez-moi, mais toutes les tables sont prises, dit-elle. Verriez-vous un inconvénient à ce que je partage la vôtre ? »

L'homme se leva aussitôt, l'enveloppa d'un regard appréciateur et s'exclama :

« *Prego ! Con piacere.* Je suis Alberto Fornati et voici ma femme, Silvana Luadi.

— Tracy Whitney. »

Elle voyageait avec son véritable passeport.

« Ah ! *E Americana.* Je parle la langue excellemment. »

Il était petit, gras et chauve. Que Silvana Luadi l'eût épousé était un mystère qui alimentait les conversations romaines depuis les douze ans que durait leur mariage. Superbement faite, Silvana Luadi était une beauté classique dont le talent naturel forçait l'admiration. Un oscar et une palme d'argent lui avaient été décernés, et elle tournait toujours beaucoup. Tracy remarqua qu'elle portait une robe du soir Valentino valant cinq mille dollars. Quant à ses bijoux, ils devaient approcher le million.

Tracy se remémora les paroles de Gunther : « Plus il lui est infidèle, plus il lui en achète. Elle doit maintenant avoir de quoi ouvrir sa propre joaillerie. »

« C'est la première fois que vous prenez l'Orient-Express, mademoiselle ?
— Oui.
— Ah ! C'est un train très romantique, soupira Alberto Fornati, les yeux mouillés. Il s'y est passé beaucoup de belles histoires. Comme celle de sir Basil Zaharoff, par exemple, le magnat des armes. Il voyageait toujours dans le compartiment numéro 7. Une nuit, il entend un cri et on frappe à sa porte. Une jeune duchesse espagnole — *bellissima* — se jette à ses pieds. »

Il s'interrompit pour beurrer un morceau de pain et le manger.

« Son mari voulait la tuer. Le mariage avait été arrangé par les parents et la pauvre fille découvrait que son mari était fou. Zaharoff vint à bout du mari et calma la jeune fille. Et ce fut le début d'une histoire d'amour qui dura quarante ans.
— C'est merveilleux, dit Tracy qui l'écoutait d'un air captivé.
— *Sì*. Tous les ans, après cette aventure, ils se retrouvaient dans l'Orient-Express, lui dans le compartiment numéro 7 et elle dans le numéro 8. Puis, quand le mari mourut, elle épousa Zaharoff et, en témoignage de son amour, il lui acheta le casino de Monte-Carlo.
— Quelle belle histoire ! »

Silvana Luadi gardait un silence glacial.

« *Mangia*, dit Fornati à Tracy. Mangez. »

Le menu comportait six plats. Tracy remarqua qu'Alberto Fornati n'en laissait pas une miette et finissait ceux de son épouse, ce qui ne l'empêchait de bavarder sans interruption.

« Vous êtes actrice, peut-être ?
— Oh non ! Je ne suis qu'une simple touriste, répondit Tracy en riant.

— *Bellissima*. Vous êtes assez belle pour être actrice.
— Elle t'a dit qu'elle ne l'était pas, intervint Silvana Luadi d'un ton sec.
— Je suis producteur, continua-t-il sans s'émouvoir. Vous connaissez mes films, naturellement : *Les Titans contre Superwoman, Les Barbares sauvages...*
— Je ne vais pas souvent au cinéma », s'excusa Tracy. Elle sentit sa jambe grasse presser la sienne.
« Je pourrais peut-être vous en montrer quelques-uns. »
Silvana pâlit de rage.
« Allez-vous parfois à Rome, ma chère ? demanda Fornati en frottant sa jambe contre la sienne.
— J'avais justement l'intention de m'y rendre. Après Venise.
— Magnifique. *Benissimo !* Nous dînerons ensemble, n'est-ce pas, *cara* ? dit-il en jetant un bref regard à son épouse. Nous avons une jolie villa non loin de la voie Appienne. Quatre hectares de... »
Il fit un geste ample et renversa une saucière sur la robe de sa femme. Tracy n'aurait su dire si sa maladresse était ou non délibérée.
Silvana Luadi se leva et contempla sa robe maculée.
« *Sei un mascalzone !* s'écria-t-elle. *Tieni le tue puttane lontano da me !* »
Elle quitta le wagon-restaurant, suivie par tous les regards.
« Quel dommage, murmura Tracy. C'est une si jolie robe. »
Elle aurait volontiers giflé Fornati pour avoir infligé cette humiliation à son épouse. « Elle mérite chacun de ses bijoux, et bien d'autres encore. »
« Fornati lui en achètera une autre, répondit-il avec un soupir. Ne faites pas attention à sa conduite. Elle est très jalouse.
— Elle doit avoir de bonnes raisons pour cela.
— C'est vrai, fit-il en se rengorgeant. Les femmes trouvent Fornati très séduisant. »
Tracy eut beaucoup de mal à ne pas lui rire au nez.

« Je le comprends.

— Vous plaisez beaucoup à Fornati, dit-il en lui prenant la main. Vraiment beaucoup. Que faites-vous dans la vie ?

— Je suis secrétaire dans un cabinet d'avocats. J'ai mis toutes mes économies dans ce voyage. J'espère trouver un emploi intéressant en Europe.

— Cela ne sera pas difficile, fit-il en la dévorant d'un œil concupiscent. Fornati vous promet son aide. Il est très gentil pour les gens qui sont gentils avec lui.

— C'est si aimable à vous, dit Tracy d'un air timide.

— Nous pourrions peut-être en discuter dans votre compartiment tout à l'heure, murmura-t-il.

— Cela pourrait être embarrassant.

— Pourquoi ?

— Vous êtes si célèbre. Tout le monde dans ce train doit vous connaître.

— Bien entendu.

— Si on vous voyait venir dans mon compartiment... eh bien... on pourrait se méprendre, vous comprenez ? A moins que nous ne soyons voisins... Quel est votre numéro de compartiment ?

— E *settanta* — 70, répondit-il, le regard chargé d'espoir.

— Je suis dans un autre wagon, dit Tracy en soupirant. Pourquoi ne pas nous voir à Venise ?

— *Bene !* s'exclama-t-il, radieux. Ma femme ne quitte presque jamais sa chambre. Elle ne supporte pas le soleil. Vous connaissez Venise ?

— Non.

— Ah ! Je vous emmènerai à Torcello, une belle petite île où il y a un merveilleux restaurant, le Locanda Cipriani. C'est aussi un hôtel... *molto privato*, ajouta-t-il, l'œil brillant.

— C'est un programme qui me paraît passionnant », fit Tracy en lui adressant un sourire appuyé.

Puis elle détourna le regard, trop émue pour en dire davantage. Fornati lui pressa la main en murmurant d'une voix rauque :

« Vous ne savez pas encore ce que passion veut dire, *cara*. »

Une demi-heure plus tard, Tracy était de retour dans son compartiment.

Dans la nuit, l'Orient-Express traversa Paris, Dijon et Vallorbe. Les passagers dormaient. Ils avaient confié leur passeport aux contrôleurs qui se chargeraient pour eux des formalités douanières.

A trois heures trente, Tracy quitta silencieusement son compartiment. L'heure avait son importance. Le train franchirait la frontière suisse et atteindrait Lausanne à cinq heures vingt et une. L'arrivée à Milan était prévue à neuf heures quinze.

En pyjama et robe de chambre, une trousse en plastique à la main, elle suivit le couloir, tous les sens en alerte, en proie à cette excitation familière qui accélérait son pouls. Les compartiments ne disposaient pas de toilettes individuelles. En cas de rencontre imprévue, elle pourrait donc prétendre se rendre dans un des lavabos situés en bout du wagon. Mais elle ne rencontra personne : les contrôleurs profitaient de ces heures calmes pour rattraper leur retard de sommeil.

Elle atteignit sans encombre le compartiment E 70. Elle tourna doucement la poignée : la porte était fermée à clé. Tracy ouvrit sa trousse, en sortit un objet métallique, une petite bouteille et une seringue, et se mit au travail.

Dix minutes plus tard, elle était de retour dans son compartiment. Une demi-heure après, elle dormait, un léger sourire sur son visage fraîchement démaquillé.

A sept heures du matin, deux heures avant que l'Orient-Express n'arrive à Milan, des cris perçants retentirent. Ils provenaient du compartiment E 70 et réveillèrent tout le wagon en sursaut. Des passagers entrebâillèrent leur porte pour voir ce qui se passait. Un contrôleur arriva en courant et entra dans le compartiment.

Silvana Luadi était en pleine crise de nerfs.

« *Aiuto !* A l'aide ! hurlait-elle. Tous mes bijoux ont disparu. Cet horrible train est plein de *ladri*, de voleurs !

— Calmez-vous, madame, je vous en prie, implora le contrôleur. Les autres...

— Me calmer ! cria-t-elle une octave plus haut. Comment osez-vous me demander de me calmer, *stupido maiale* ! On m'a volé plus d'un million de dollars de bijoux !

— Comment cela a-t-il pu arriver ? s'enquit Fornati. La porte était fermée à clé... et Fornati a le sommeil léger. Si quelqu'un était entré, je me serais éveillé aussitôt. »

Le contrôleur poussa un soupir. Il ne savait que trop bien ce qui s'était passé, car c'était déjà arrivé. Au cours de la nuit, quelqu'un s'était glissé jusqu'au compartiment et avait introduit une seringue pleine d'éther par le trou de la serrure. Ouvrir la porte était un jeu d'enfant pour un cambrioleur. Celui-ci l'avait refermée derrière lui, avait fouillé la chambre, puis avait tranquillement regagné son compartiment muni de son butin, sans que ses victimes ne sortent de leur léthargie. Mais il y avait toutefois une différence entre ce vol et les précédents. Ceux-ci n'avaient en effet été découverts qu'*après* l'arrivée du train en gare et non avant, comme c'était le cas cette fois-ci. Personne n'avait quitté le train depuis le vol, ce qui signifiait que les bijoux y étaient forcément encore eux aussi.

« Ne vous inquiétez pas, dit le contrôleur. Vos bijoux vous seront rendus. Le voleur est encore dans ce train. »

Il se hâta d'aller téléphoner à la police de Milan.

Lorsque l'Orient-Express s'arrêta en gare de Milan, vingt policiers en uniforme et en civil se postèrent sur toute la longueur du train, avec pour instruction de ne laisser sortir ni passagers ni bagages,

Luigi Ricci, l'inspecteur chargé de l'enquête, fut immédiatement conduit au compartiment des Fornati.

Silvana Luadi n'était pas plus calme, bien au contraire.

« Tous les bijoux que je possédais étaient dans ce coffret ! hurla-t-elle. Aucun n'était assuré ! »

L'inspecteur examina le coffret vide.

« Vous êtes sûre de les y avoir mis hier soir, *signora* ?

— *Bien entendu !* Je le fais tous les soirs. »

Ses yeux lumineux qui avaient bouleversé des millions d'admirateurs fervents étaient noyés de larmes. L'inspecteur Ricci se sentit prêt à pourfendre des dragons pour elle.

Se dirigeant vers la porte du compartiment, il se pencha vers la serrure. Une odeur d'éther y flottait encore. Il y avait bien eu un cambriolage et il était fermement résolu à arrêter ce malfaiteur sans cœur.

« Ne vous inquiétez pas *signora*, dit-il en se redressant. Vos bijoux sont dans ce train et ne peuvent en sortir. Nous allons arrêter le voleur et ils vous seront rendus. »

Il avait toutes les raisons de se montrer confiant : les issues étaient soigneusement surveillées ; le coupable ne pouvait s'enfuir.

Les policiers emmenèrent les passagers un par un jusqu'à une salle d'attente gardée où ils furent expertement fouillés. Personnes éminentes pour la plupart, ceux-ci s'indignèrent de ce traitement humiliant.

« Je suis vraiment désolé, expliquait l'inspecteur Ricci à chacun d'eux. Mais un vol d'un million de dollars est une affaire sérieuse. »

Pendant que les passagers quittaient tour à tour le train sous bonne escorte, des policiers passaient leur compartiment au peigne fin. Pour l'inspecteur Ricci, cette affaire était une aubaine ; il comptait bien en tirer tout le profit possible. La découverte de ces bijoux lui vaudrait certainement une promotion et une augmentation. Son imagination s'enflammait. Silvana Luadi lui serait tellement reconnaissante qu'elle l'inviterait à... Il donna ses ordres avec une nouvelle énergie.

On frappa à la porte de Tracy.

« Excusez-moi, *signorina*, dit un policier. Il y a eu un

vol et nous devons fouiller tous les passagers. Voudriez-vous me suivre, s'il vous plaît ?

— Un vol ! s'exclama-t-elle d'un air incrédule. Dans ce train ?

— Oui, malheureusement, *signorina*. »

Dès qu'elle eut quitté son compartiment, deux agents y entrèrent et ouvrirent ses valises dont ils examinèrent minutieusement le contenu.

Au bout de quatre heures de recherches, les policiers avaient trouvé plusieurs paquets de marijuana, cent quarante grammes de cocaïne, un couteau et un revolver sans permis. Il n'y avait aucune trace des bijoux volés.

L'inspecteur Ricci ne parvenait pas à y croire.

« Avez-vous fouillé tout le train ?

— Centimètre par centimètre, inspecteur. La locomotive, les wagons-restaurants, le bar, les toilettes et les compartiments. Nous avons fouillé le personnel et les passagers ainsi que tous les bagages. Je peux vous jurer que les bijoux ne sont pas dans ce train. Cette dame a peut-être imaginé ce vol. »

Mais l'inspecteur Ricci savait qu'il n'en était rien. Il avait interrogé les serveurs. Ceux-ci lui avaient confirmé que Silvana Luadi avait arboré de somptueux bijoux la veille au soir.

Un responsable de l'Orient-Express était arrivé à Milan par avion.

« Vous ne pouvez retenir ce train plus longtemps, insista-t-il. Nous avons déjà un retard considérable. »

L'inspecteur Ricci s'avoua vaincu. Il ne pouvait rien faire de plus. Il ne voyait qu'une explication : le voleur avait dû jeter les bijoux à un complice au cours de la nuit. Mais était-ce vraisemblable ? Le chronométrage de l'opération semblait impossible. Le malfaiteur n'avait pu savoir à l'avance quand le couloir serait libre ni à quelle heure précise le train passerait dans un endroit désert convenu au préalable. Il y avait là un mystère qui dépassait ses compétences.

« Laissez partir le train », ordonna-t-il.

L'inspecteur Ricci regarda tristement l'Orient-Express

s'ébranler et quitter lentement la gare. Avec lui s'en allaient sa promotion, son augmentation et une merveilleuse orgie avec Silvana Luadi.

Le vol fut l'unique objet de conversation des passagers attablés devant leur petit déjeuner.

« C'est l'événement le plus excitant qui me soit arrivé depuis des années, avoua le professeur guindé d'une école de filles. J'ai de la chance qu'ils ne m'aient pas volé ceci, ajouta-t-elle en jouant avec une petite chaîne d'or ornée d'un minuscule diamant.

— Beaucoup de chance », approuva gravement Tracy.

Lorsque Fornati entra dans le wagon-restaurant, il aperçut Tracy et se précipita vers elle.

« Vous savez ce qui est arrivé, bien entendu. Mais saviez-vous que c'était ma femme qui avait été volée ?

— Non !

— Si ! J'ai couru un grand danger. Une bande de voleurs s'est glissée dans mon compartiment et m'a chloroformé. Fornati aurait pu être assassiné pendant son sommeil !

— C'est terrible !

— *E una bella fregatura !* A présent, il va me falloir remplacer tous les bijoux de Silvana. Cela va me coûter une fortune.

— La police ne les a pas retrouvés ?

— Non. Mais Fornati sait ce que les voleurs en ont fait.

— Vraiment ? »

Il jeta un regard autour de lui.

« Un complice les attendait dans une des gares que nous avons dépassées pendant la nuit, confia-t-il à voix basse. Les *ladri* ont jeté les bijoux par la vitre et — *ecco* — c'était fait.

— Quel homme perspicace vous êtes ! fit Tracy d'un ton admiratif.

— *Sì*. Vous n'oubliez pas notre petit rendez-vous à Venise, n'est-ce pas ?

— Comment le pourrais-je ? répondit-elle avec un sourire.

— Fornati s'en réjouit d'avance, dit-il en lui serrant le bras. Mais il faut que je retourne consoler Silvana. Elle est en pleine crise de nerfs. »

Lorsque l'Orient-Express arriva à la gare Santa Lucia de Venise, Tracy fut un des premiers passagers à descendre. Elle fit aussitôt acheminer ses bagages à l'aéroport et s'envola pour Londres avec les bijoux de Silvana Luadi.

Gunther Hartog allait être content.

23

Le siège d'Interpol, l'organisation internationale de police criminelle, est situé 26, rue Armangaud, sur les collines de Saint-Cloud. C'est un bâtiment de sept étages qui se dissimule discrètement derrière de hautes grilles vertes et un mur de pierre blanche. L'entrée donnant sur la rue est toujours fermée ; les visiteurs ne sont admis qu'après avoir été observés attentivement par les caméras d'une télévision en circuit fermé. A l'intérieur de l'édifice, chaque étage est défendu par une grille blanche, verrouillée la nuit, et doté de systèmes d'alarme et de télévision en circuit fermé indépendants.

Ces mesures de sécurité exceptionnelles sont indispensables car entre ces murs se trouvent les dossiers les plus détaillés du monde. Deux millions et demi de criminels y sont fichés. Interpol est une banque de renseignements pour cent vingt-six organisations de police dans soixante-dix-huit pays différents. Elle coordonne leurs actions en matière d'escroquerie, de fausse monnaie, de trafic de drogue, de vol et de meurtre. Elle diffuse des informations dans la seconde de leur arrivée par un bulletin appelé *circulation**, ainsi que par radio, phototélégraphie et satellite. Le personnel de son siège parisien est formé d'anciens argents de la Sûreté nationale et de la préfecture.

Un matin de mai, une conférence se déroulait dans le

bureau de l'inspecteur Trignant, responsable du siège d'Interpol. Cette pièce confortable et simplement meublée avait une vue magnifique : d'un côté la tour Eiffel, de l'autre le dôme blanc du Sacré-Cœur. Âgé d'environ quarante-cinq ans, l'inspecteur était un homme séduisant d'allure énergique. Il avait des cheveux noirs, un visage intelligent et des yeux marron pénétrants derrière des lunettes à monture de corne. Il s'adressait à un groupe de policiers anglais, belges, français et italiens.

« Messieurs, disait-il, vos pays respectifs m'ont pressé de leur fournir des renseignements sur la récente épidémie d'escroqueries et de cambriolages audacieux qui frappe toute l'Europe. Ces méfaits présentent certaines similitudes : les victimes ont une réputation équivoque ; il n'y a jamais de violence et le malfaiteur est toujours une femme. Nous sommes arrivés à la conclusion que nous avions affaire à un gang international de femmes. Nous disposons de portraits-robots établis sur la base des signalements donnés par les victimes ou par des témoins. Comme vous allez le voir, aucune de ces femmes ne se ressemble. Certaines sont blondes, d'autres brunes et, d'après les rapports, elles sont de nationalité anglaise, française, espagnole, italienne et américaine.

L'inspecteur Trignant pressa un bouton et fit défiler une série de portraits sur l'écran mural.

« Là, vous voyez une brune aux cheveux courts... Là, une jeune femme blonde coiffée en coup de vent... Là, une autre blonde permanentée... Une brune aux cheveux mi-longs... Là, une femme âgée aux cheveux torsadés... Une jeune femme à mèches blondes... »

Il arrêta l'appareil de projection.

« Nous ne savons pas qui dirige le gang ni où peut être leur quartier général. Elles ne laissent jamais le moindre indice derrière elles et s'évanouissent en fumée. Tôt ou tard, nous attraperons l'une d'entre elles et démantèlerons alors le gang tout entier. Mais pour l'instant, messieurs, jusqu'à ce que l'un d'entre vous nous fournisse des renseignements plus précis, nous sommes dans une impasse. »

A son arrivée à l'aéroport Roissy-Charles-de-Gaulle, Daniel Cooper fut accueilli par un des assistants de l'inspecteur Trignant qui le conduisit au Prince-de-Galles, hôtel voisin du plus célèbre George-V.

« Vous rencontrerez l'inspecteur Trignant demain, déclara l'assistant. Je viendrai vous chercher à huit heures un quart. »

Daniel Cooper ne s'était pas fait une joie de ce voyage. Il comptait finir sa mission au plus tôt et rentrer. Il avait entendu parler de la vie de plaisir offerte par la capitale française et n'avait pas l'intention de s'y laisser entraîner.

Aussitôt entré dans sa chambre, il gagna la salle de bains. Il constata avec surprise que la baignoire était convenable et dut même reconnaître qu'elle était beaucoup plus grande que la sienne. Il ouvrit les robinets, puis alla défaire sa valise. Au fond de celle-ci, soigneusement calée entre son costume de rechange et ses sous-vêtements, se trouvait une petite boîte fermée à clé. Il la prit et la contempla fixement. Elle semblait battre dans sa main, comme animée d'une vie propre. Il alla la poser sur le lavabo de la salle de bains, puis l'ouvrit avec une petite clé pendue à son trousseau : la coupure de journal jaunie lui hurla ses mots au visage :

« MEURTRE : UN ENFANT TÉMOIGNE

« Daniel Cooper, douze ans, a été entendu aujourd'hui dans le procès de Fred Zimmer, accusé du viol et du meurtre de la mère du jeune garçon. Celui-ci a déclaré qu'en revenant de l'école, il avait vu Zimmer, un voisin, sortir de la maison des Cooper, le visage et les mains couverts de sang. En arrivant chez lui, le jeune garçon découvrit le corps sauvagement poignardé de sa mère dans la baignoire. Zimmer a avoué être l'amant de Mme Cooper mais nié l'avoir assassinée.

« Le jeune garçon a été confié à une de ses tantes. »

Les mains tremblantes, Daniel Cooper laissa tomber la coupure dans la boîte qu'il referma. Il regarda autour de lui d'un air égaré. Les murs et le plafond de la salle de bains étaient éclaboussés de sang. Il vit le corps nu de sa mère flotter dans l'eau rougie de la baignoire. Pris de vertige, il agrippa le bord du lavabo. Les hurlements silencieux qui le déchiraient se muèrent en gémissements rauques. Arrachant ses vêtements, il se plongea dans l'eau, chaude comme du sang.

« Je ne vous cacherai pas, monsieur Cooper, que votre situation est très inhabituelle, déclara l'inspecteur Trignant. Vous n'appartenez pas à la police et vous êtes ici à titre officieux. Les polices de plusieurs pays européens nous ont toutefois demandé de vous prêter notre concours. »
Daniel Cooper garda le silence.
« Si je comprends bien, vous êtes un enquêteur de l'Association internationale de protection des assurances, un consortium de compagnies d'assurances ?
— Certains de nos clients ont subi de lourdes pertes ces dernier temps. On m'a dit qu'il n'y avait aucun indice.
— C'est exact, malheureusement, dit l'inspecteur Trignant en soupirant. Nous savons que nous avons affaire à un gang de femmes extrêmement habiles, mais hormis cela...
— Aucun renseignement fourni par des indicateurs ?
— Non, rien.
— Vous ne trouvez pas cela étrange ?
— Que voulez-vous dire ? »
Cela semblait si évident à Daniel Cooper qu'il ne chercha pas à dissimuler son agacement.
« Dans un gang, il y a toujours quelqu'un qui parle trop, qui boit trop, qui dépense trop. Il est impossible à

un groupe important de garder un secret. Pourriez-vous me montrer les dossiers dont vous disposez ? »

L'inspecteur faillit refuser. Daniel Cooper était un des hommes les plus laids qu'il eût jamais rencontrés — et assurément le plus arrogant. Un emmerdeur. Mais on lui avait demandé son entière coopération.

« J'en ai fait faire des copies à votre intention », déclara-t-il à contrecœur.

Après les avoir demandées par l'interphone, il s'efforça d'alimenter la conversation.

« Je viens de recevoir un rapport intéressant. Des bijoux d'une grande valeur ont été volés dans l'Orient-Express alors que...

— J'ai lu un article à ce sujet. Le voleur a ridiculisé la police italienne.

— Personne n'a pu découvrir comment le vol avait été accompli.

— C'est évident, dit grossièrement Cooper. Simple logique. »

L'inspecteur Trignant lui jeta un regard surpris. « *Mon Dieu** ! il a autant de manières qu'un porc. »

« Dans ce cas particulier, la logique ne sert à rien, observa-t-il avec froideur. Le train, le personnel, les passagers et les bagages ont été minutieusement fouillés.

— Non. »

« Cet homme est fou », se dit l'inspecteur.

« Non, *quoi* ?

— Ils n'ont pas fouillé tous les bagages.

— Je vous dis que si. J'ai lu le rapport de police.

— Cette femme qu'on a volée... Silvana Luadi ?

— Oui ?

— Elle avait mis ses bijoux dans une mallette, n'est-ce pas ?

— C'est exact.

— La police a-t-elle fouillé ses bagages ?

— Sa mallette seulement. Elle était la victime. Pourquoi aurait-on examiné ses bagages ?

— Parce que c'est, en toute logique, le seul endroit où le voleur aurait pu dissimuler les bijoux. Au fond d'une de ses valises, sans doute. Il avait probablement la même et, lorsque les bagages ont été empilés sur le quai à Venise, il n'a eu qu'à procéder à un échange de valises et disparaître. »

Daniel Cooper se leva.

« Si ces dossiers sont prêts, je vais vous laisser. »

Une demi-heure plus tard, l'inspecteur Trignant obtenait Alberto Fornati au téléphone.

« Pourriez-vous me dire si vous avez eu des problèmes de bagages à votre arrivée à Venise ?

— *Sì, sì*. Cet imbécile de porteur a confondu la valise de ma femme avec une autre. En l'ouvrant à l'hôtel, elle n'y a trouvé que de vieux journaux. Je me suis plaint au bureau de l'Orient-Express. Ils l'ont retrouvée ? » Son ton était plein d'espoir.

« Non, monsieur. »

« Et je ferais une croix dessus, si j'étais vous », ajouta l'inspecteur à part.

« Ce Daniel Cooper est vraiment formidable, se dit-il après avoir raccroché. Dans tous les sens du mot. »

24

La maison de Tracy à Eaton Square était un havre de paix. Elle était située dans l'un des plus beaux quartiers de Londres où de vieilles maisons géorgiennes se dressaient au milieu de parcs privés plantés d'arbres. Des *nannies* en uniforme amidonné y promenaient des nourrissons dans de somptueux landaus le long d'allées sablées, et des enfants s'y livraient à leurs jeux. « Amy me manque », se disait Tracy.

Elle flânait dans les vieilles rues chargées d'histoire, faisait ses courses chez les épiciers de luxe d'Elizabeth Street et s'émerveillait de la profusion de fleurs aux couleurs vives que les fleuristes exposaient devant leur petite boutique.

Gunther Hartog veillait à ce qu'elle contribue aux œuvres de bienfaisance qui convenaient et à ce qu'elle fréquente les gens comme il faut. Tracy rencontrait ducs riches et comtes appauvris tout en recevant de nombreuses demandes en mariage. Elle était jeune, belle et riche, et paraissait si vulnérable.

« Vous êtes un parti idéal, Tracy, observait Gunther en riant. Vous vous êtes magnifiquement débrouillée. Votre avenir est assuré. Vous possédez tout ce qu'il vous faudra jamais. »

C'était vrai. Elle avait de l'argent en dépôt dans des coffres-forts un peu partout en Europe, une maison à Londres et un chalet à Saint-Moritz. Mais personne avec qui les partager. En songeant à la vie qui avait failli être la sienne, Tracy se demandait s'il lui serait possible d'avoir un mari et des enfants. Elle ne pourrait pas révéler sa véritable identité à un homme ni vivre un mensonge en lui dissimulant son passé. Elle avait joué tant de rôles qu'elle n'était plus sûre de savoir qui elle était. Mais, ce dont elle était certaine, c'était de ne plus pouvoir reprendre son ancienne existence. « C'est parfait ainsi, se disait-elle. Beaucoup de gens sont seuls. Gunther a raison. J'ai tout. »

Elle devait donner un cocktail le jour suivant, le premier depuis son retour de Venise.

« J'attends demain avec impatience, lui dit Gunther. Vos réceptions sont les plus courues de Londres.

— Grâce à vous, répondit-elle d'un ton affectueux.

— Qui sera là ?

— Tout le monde. »

Ce tout le monde compta un hôte que Tracy n'attendait pas. Elle avait invité la baronne Howarth, une jeune et séduisante héritière. Lorsqu'elle arriva, Tracy alla l'accueillir. Ses paroles de bienvenues s'éteignirent sur ses lèvres : la baronne était accompagnée de Jeff Stevens.

« Tracy, ma chérie. Je ne crois pas que vous connaissiez M. Stevens ? Jeff, je vous présente Mme Tracy Whitney, notre hôtesse.

— Enchantée », dit Tracy avec froideur.

Jeff lui serra la main, la retenant un peu plus qu'il n'était nécessaire.

« Tracy Whitney ? répéta-t-il. Mais oui, bien sûr ! J'étais un ami de votre mari. Nous étions ensemble en Inde.

— Quelle merveilleuse coïncidence ! s'exclama la baronne.

— Il ne m'a jamais parlé de vous, répondit sèchement Tracy.

— Vraiment ? J'en suis surpris. Une homme intéressant. Dommage qu'il soit disparu de cette façon.

— Oh ! Que lui est-il donc arrivé ? demanda la baronne.

— Rien, fit Tracy en foudroyant Jeff du regard.

— Comment, rien ! s'exclama-t-il d'un ton de reproche. Si je me souviens bien, il a été pendu en Inde.

— Au Pakistan, corrigea brièvement Tracy. Mais cela me revient maintenant : il m'a effectivement parlé de vous. Comment va votre femme ?

— Vous ne m'aviez jamais dit que vous étiez marié, Jeff, remarqua la baronne Howarth.

— Cecily et moi avons divorcé.

— Je parlais de Rose, intervint Tracy avec un sourire angélique.

— Oh ! *Cette* femme.

— Vous avez été marié deux fois ! s'exclama la baronne avec stupeur.

— Une seule. Rose et moi avons obtenu l'annulation. Nous étions très jeunes.

— Mais n'aviez-vous pas des jumeaux ? demanda Tracy alors qu'il s'apprêtait à s'éloigner.

— Des jumeaux ! s'écria la baronne.

— Ils vivent avec leur mère, expliqua Jeff. Je ne saurais vous dire le plaisir que j'ai eu à bavarder avec vous, madame, ajouta-t-il à l'intention de Tracy. Mais nous ne voudrions pas vous accaparer. »

Et, prenant la main de la baronne, il l'entraîna.

Le lendemain matin, Tracy le rencontra par hasard chez Harrods dans un ascenseur. Le magasin était bondé. En sortant de l'ascenseur au deuxième étage, Tracy lui lança d'une voix haute et claire :

« Au fait, comment avez-vous fait pour vous sortir de cette accusation d'outrage aux mœurs ? »

Les portes se refermèrent, laissant Jeff face à des inconnus indignés.

Ce soir-là, en pensant à Jeff, Tracy ne put s'empêcher de rire. C'était un charmeur. Un voyou, mais un voyou sympathique. Elle se demanda quelles pouvaient être ses relations avec la baronne Howarth. Elle le savait pertinemment. « Jeff et moi nous ressemblons », se dit-elle. Ils ne se rangeraient ni l'un ni l'autre. La vie qu'ils menaient était trop passionnante, trop stimulante et trop rémunératrice.

Tracy se concentra sur son prochain travail. Il aurait lieu dans le sud de la France et serait dangereux. Gunther lui avait dit que la police recherchait un gang. Elle s'endormit, le sourire aux lèvres.

Dans sa chambre d'hôtel, Daniel Cooper étudiait les dossiers que lui avait confiés l'inspecteur Trignant. Il était quatre heures du matin. Cela faisait des heures qu'il était plongé dans cette lecture, qu'il analysait ce mélange ingénieux de vols et d'escroqueries. Certaines des méthodes utilisées lui étaient familières, d'autres inconnues. Comme l'inspecteur l'avait remarqué, les victimes avaient une réputation équivoque. « Ce gang se prend apparemment pour Robin des bois », se dit Cooper.

Il avait presque fini. Il lui restait trois dossiers. Il parcourut le premier de la pile intitulé : BRUXELLES. Deux millions de dollars de bijoux avaient été dérobés dans le coffre-fort d'un certain Van Ruysen, un agent de change belge impliqué dans de douteuses affaires financières.

Les propriétaires étaient en vacances au moment du vol et... le cœur de Cooper battit soudain plus vite. Il relut la phrase, puis le dossier tout entier. Ce cambriolage différait des autres sur un point précis : le cambrioleur avait déclenché le système d'alarme et, quand la police était arrivée, elle avait été accueillie par une femme vêtue d'un déshabillé vaporeux. Un filet à bigoudis dissimulait ses cheveux et son visage disparaissait sous une couche épaisse de cold cream. Elle avait prétendu être une invitée des Van Ruysen, explication acceptée par la police. Avant qu'ils n'aient pu en avoir confirmation de la bouche des propriétaires, femme et bijoux s'étaient envolés.

Cooper reposa le dossier. Logique, logique.

L'inspecteur Trignant perdait patience.

« Vous vous trompez. Je vous dis qu'il est impossible qu'une seule femme ait commis tous ces délits.

— Il y a un moyen de s'en assurer, dit Cooper.
— Lequel ?
— J'aimerais avoir une liste des lieux et dates des derniers vols et escroqueries entrant dans cette catégorie.
— C'est facile, mais...
— Ensuite, j'aimerais avoir le relevé de toutes les touristes américaines présentes sur ces mêmes lieux au moment des infractions. Il est possible qu'elle utilise parfois de faux passeports. Mais, selon toute probabilité, elle doit opérer sous son vrai nom.
— Je comprends votre raisonnement, monsieur », fit l'inspecteur d'un air pensif.

Il dévisagea le petit homme assis en face de lui en espérant presque qu'il se trompe : il était beaucoup trop sûr de lui.

« Eh bien, c'est entendu, reprit-il. Je vais mettre la machine en branle. »

Le premier cambriolage de la série avait eu lieu à Stockholm. Le rapport de la Sektionen Rikspolis Styrelsen, branche suédoise d'Interpol, donnait la liste des touristes américaines ayant visité Stockholm cette semaine-là. Leurs noms furent mis sur ordinateur. Ce fut ensuite au tour de Milan. Après confrontation des listes suédoises et milanaises, il resta cinquante-cinq noms qui, comparés à leur tour à la liste des Américaines présentes en Irlande au moment d'une escroquerie, se réduisirent à quinze. L'inspecteur les communiqua à Daniel Cooper en déclarant :

« Je vais continuer avec l'escroquerie de Berlin.
— Ce n'est pas la peine », répondit Cooper.

Le nom qui figurait en tête de la liste qu'il avait sous les yeux était : *Tracy Whitney*.

Ayant enfin un élément concret à la disposition, Interpol passa à l'action. Des *circulations** rouges furent communiquées aux pays membres pour leur conseiller de surveiller Tracy Whitney.

« Nous leur envoyons également des avis verts par téléscripteurs, déclara l'inspecteur Trignant à Cooper.

— Des avis verts ?
— Nous utilisons un code de couleurs. Une *circulation** rouge indique une affaire prioritaire ; bleue, une demande de renseignements sur un suspect ; verte, elle prévient les services de police d'avoir à surveiller un individu suspect ; noire, c'est une recherche sur des cadavres non identifiés. X-D signale qu'un message est très urgent ; D, qu'il est urgent. Désormais, où que Mlle Whitney aille, elle sera surveillée dès qu'elle franchira la douane. »

Le lendemain, Interpol recevait par téléphotographie les photos de Tracy prises au pénitencier de Louisiane du Sud.

Daniel Cooper téléphona au domicile personnel de J. J. Reynolds. La sonnerie retentit une dizaine de fois avant qu'une voix ensommeillée ne réponde :

« Allô...
— J'ai besoin de quelques renseignements.
— C'est vous, Cooper ? Il est quatre heures du matin, bon Dieu ! J'étais profondément...
— J'aimerais que vous m'envoyiez tout ce que vous pourrez trouver sur Tracy Whitney : coupures de presse, bandes vidéo... Tout.
— Qu'est-ce que... »

Cooper avait déjà raccroché.

« Un de ces jours, je vais tuer ce fils de pute ! » jura Reynolds.

Jusque-là, Daniel Cooper ne s'était que fortuitement intéressé à Tracy Whitney. A présent, elle devenait l'objet de sa mission. Il accrocha des photos d'elle aux murs de sa chambre, lut tous les articles de journaux la concernant. Il loua un magnétoscope et passa les bandes d'actualités télévisées la montrant après sa condamnation, puis à sa sortie de prison. Dans l'obscurité de sa chambre, il se repassa cet enregistrement pendant des heures et ses premiers soupçons imprécis se muèrent en certitude.

« Vous êtes ce gang de femmes à vous toute seule, mademoiselle Whitney », dit-il à voix haute.

Puis il appuya de nouveau sur la touche de réembobinement.

25

Tous les premiers samedis de juin, le comte de Matigny organisait une fête de charité au profit de l'hôpital des Enfants-Malades de Paris. Les billets de cette soirée très mondaine coûtaient mille dollars et la fleur de la société venait des quatre coins du monde pour y assister.

Le château de Matigny, au cap d'Antibes, était un haut lieu touristique. Construit au XVe siècle, il était entouré de magnifiques jardins soigneusement entretenus. Le soir de la réception, les grande et petite salles de bal étaient pleines d'invités élégants et de domestiques en livrée servant d'innombrables coupes de champagne. D'immenses buffets offraient, sur des plateaux d'argent, une extraordinaire variété de hors-d'œuvre.

Ravissante dans une robe de dentelle blanche, les cheveux relevés en chignon et retenus par une tiare de diamants, Tracy dansait avec son hôte. Le comte de Matigny, un veuf de près de soixante-dix ans, était un petit homme mince au visage pâle et délicat. « Ce bal annuel est une escroquerie, avait expliqué Gunther à Tracy. L'hôpital reçoit dix pour cent des recettes, le reste va dans la poche du comte. »

« Vous dansez divinement, madame, dit le comte.

— Tout le mérite en revient à mon cavalier, répondit Tracy en lui souriant.

— Comment se fait-il que nous ne nous soyons encore jamais rencontrés ?
— Je vis malheureusement en Amérique du Sud. Dans la forêt vierge.
— Mon Dieu ! Mais pourquoi donc ?
— Mon époux possède quelques mines au Brésil.
— Ah ! Est-il des nôtres ce soir ?
— Non. Ses affaires ne lui permettaient hélas pas de quitter le Brésil.
— C'est fâcheux pour lui. Mais heureux pour moi, fit-il en l'enlaçant plus étroitement. J'espère que nous allons devenir très bon amis.
— Moi aussi », murmura Tracy.

Par-dessus l'épaule du comte, elle aperçut Jeff Stevens. Ridiculement bronzé, éclatant de santé, il dansait avec une belle brune svelte en robe de taffetas pourpre qui s'accrochait à lui. Jeff la vit au même instant et sourit.

« Il a toutes les raisons d'être content », pensa sombrement Tracy. Au cours des deux semaines précédentes, elle avait soigneusement mis au point deux cambriolages. Elle s'était introduite dans la première maison, avait ouvert le coffre et l'avait trouvé vide : Jeff Stevens l'avait précédée. La seconde fois, elle avait entendu une voiture démarrer en trombe alors qu'elle traversait le parc et avait eu le temps d'apercevoir Jeff au volant. Il l'avait battue au poteau. Il était exaspérant. « Et maintenant, il est ici, sur les lieux de mon prochain cambriolage. »

Jeff et sa cavalière s'étaient rapprochés.

« Bonsoir, monsieur le comte, fit Jeff en souriant.
— Ah ! Jeffrey. Bonsoir. Je suis si heureux que vous ayez pu venir.
— Je n'aurais manqué ce bal pour rien au monde. Je vous présente Mlle Wallace, ajouta-t-il. Le comte de Matigny.
— *Enchanté**, dit celui-ci qui se tourna ensuite vers Tracy. Madame, permettez-moi de vous présenter Mlle Wallace et M. Jeffrey Stevens. La duchesse de Larosa.

— Pardon ? fit Jeff en haussant les sourcils. Je crains de n'avoir pas bien saisi votre nom.
— De Larosa, dit Tracy.
— De Larosa... de Larosa, répéta-t-il en la dévisageant. Ce nom m'est familier. Mais, *bien sûr* ! Je connais votre époux. Ce cher homme est-il ici ce soir ?
— Il est au Brésil, répondit Tracy qui bouillait de rage.
— Ah ! Quel dommage ! Nous chassions souvent ensemble. Avant qu'il n'ait cet accident, bien sûr.
— Un accident ? dit le comte.
— Oui, répondit Jeff d'un ton funèbre. Son fusil est parti. Le coup a atteint une partie très sensible. Un de ces accidents stupides. Y a-t-il un espoir de le voir retrouver son état normal ? demanda-t-il en se tournant vers Tracy.
— Je suis convaincue qu'il sera un jour aussi normal que vous, monsieur, répondit-elle d'une voix blanche.
— Tant mieux ! Ne manquez pas de lui faire mes amitiés quand vous le reverrez. »
La musique s'arrêta.
« Excusez-moi, ma chère, dit le comte. Mais mes devoirs d'hôte m'appellent. N'oubliez pas que vous dînez à ma table », ajouta-t-il en lui pressant la main.
Tandis qu'il s'éloignait, Jeff se tourna vers sa compagne.
« Tu avais de l'aspirine dans ton sac, je crois, mon ange ? Pourrais-tu aller m'en chercher un cachet ? J'ai un horrible mal de tête.
— Oh ! Mon pauvre chéri ! s'écria-t-elle en le couvrant d'un regard plein d'adoration. Je reviens tout de suite, mon lapin. »
Tracy la suivit du regard.
« Vous ne craignez pas qu'elle vous donne du diabète, remarqua-t-elle.
— Elle est délicieuse, n'est-ce pas ? Comment allez-vous, madame la duchesse ?
— Je ne pense pas que cela vous intéresse.
— Oh ! Mais si. Assez d'ailleurs pour que je vous

donne un conseil d'ami : n'essayez pas de cambrioler ce château.

— Pourquoi ? Auriez-vous l'intention de me précéder ? »

La prenant par le bras, Jeff l'entraîna à l'écart près du piano où un jeune homme massacrait avec âme des airs américains. La musique couvrait leurs voix.

« J'avais effectivement une petite idée de ce genre, reprit Jeff. Mais c'est trop dangereux.

— Vraiment ? »

Tracy commençait à prendre plaisir à la conversation. C'était si agréable de pouvoir être soi-même, de cesser de jouer un rôle. « Hypocrite signifiait acteur en grec, se dit-elle. C'était le mot juste. »

« Écoutez-moi, Tracy, continua Jeff d'un air sérieux. Renoncez. Vous ne sortiriez déjà pas vivante du parc. La nuit, ils y lâchent un chien de garde dressé pour tuer. »

Tracy l'écoutait avec une attention soutenue. Il projetait *vraiment* de cambrioler le château.

« Portes et fenêtres sont défendues par des systèmes d'alarme reliés directement à un commissariat. En admettant même que vous parveniez à vous introduire dans la maison, celle-ci est truffée de rayons infrarouges invisibles.

— Je sais tout cela, fit Tracy avec un peu de suffisance.

— Alors vous devez également savoir que l'alarme ne se déclenche pas lorsque vous pénétrez dans un de ces faisceaux mais lorsque vous en *sortez*. Ils réagissent au changement de température. Il est impossible de les traverser sans faire retentir l'alarme. »

Tracy ignorait ce détail. *Comment Jeff l'avait-il appris ?*

« Pourquoi me dites-vous tout cela ? »

Il lui sourit et jamais il ne lui avait paru plus séduisant.

« Je ne voudrais pas que vous vous fassiez prendre, duchesse. J'aime bien votre compagnie. Nous pourrions être très bons amis, vous savez, Tracy.

— Vous vous trompez, lui assura-t-elle. Ah ! Voici Mlle Diabète. Je vous laisse. Amusez-vous bien. »

Alors qu'elle s'éloignait, elle entendit la petite amie de Jeff déclarer :

« Je t'ai apporté une coupe de champagne pour avaler ton cachet, mon pauvre lapin. »

Le dîner fut somptueux. Chaque plat était accompagné du vin adéquat servi par des laquais en gants blancs. Ce furent d'abord des asperges nappées d'une sauce aux truffes et un consommé aux morilles. Vinrent ensuite une selle d'agneau, des légumes cueillis dans les jardins du comte et une salade. Puis enfin le dessert — coupes de glace, et surtout d'argent remplies de petits fours —, le café et le cognac. On offrit des cigares aux hommes et, aux femmes, de petits flacons de parfum Joy en cristal.

Après le dîner, le comte de Matigny se tourna vers Tracy.

« Vous aviez manifesté de l'intérêt pour certains de mes tableaux. Aimeriez-vous aller les voir ?

— Avec le plus grand plaisir. »

La galerie de tableaux du comte était un musée privé composé de maîtres italiens, d'impressionnistes français et de Picasso. C'était un enchantement de formes et de couleurs signées Manet et Renoir, Canaletto et Guardi. Il y avait un superbe Tiepolo, un Guercino, un Titien et un mur presque entier de Cézanne. Cette collection avait une valeur absolument inestimable.

Tracy les contempla longuement, s'imprégnant de leur beauté.

« J'espère qu'ils sont bien gardés.

— Les voleurs se sont attaqués à trois reprises à mes trésors, répondit le comte en souriant. Le premier a été tué par mon chien, le second estropié et le troisième condamné à la prison à perpétuité. Ce château est une forteresse imprenable, ma chère.

— Voilà qui est rassurant. »

Un éclair illumina les fenêtres.

« Le feu d'artifice commence, observa le comte. Venez, je pense que cela vous amusera. »

Prenant la main douce de Tracy dans sa main parcheminée, il ajouta :

« Je pars demain matin pour Deauville où j'ai une villa. J'ai invité quelques amis le week-end prochain. Vous ne vous y déplairiez pas.

— J'en suis certaine, répondit Tracy d'un air de regret. Mais malheureusement mon époux s'impatiente et insiste pour que je rentre. »

Le feu d'artifice dura près d'une heure, temps que Tracy mit à profit pour reconnaître les lieux. Jeff avait dit vrai : les chances de succès étaient infimes. Mais c'était ce qui en faisait un défi pour Tracy. Elle savait que dans la chambre du comte se trouvaient deux millions de dollars de bijoux et quelques chefs-d'œuvre, dont un Léonard de Vinci.

« Ce château est une caverne d'Ali Baba, lui avait dit Gunther. Il est gardé en conséquence. Ne tentez rien à moins d'avoir un plan infaillible. »

« Eh bien, j'ai un plan, se dit Tracy. Je saurai demain s'il est ou non infaillible. »

Le lendemain, la nuit était fraîche et le ciel, couvert, donnait aux hauts murs d'enceinte du château un air lugubre et menaçant. Vêtue d'une salopette noire, de chaussures à semelles de crêpe, de gants de chevreau et portant un sac en bandoulière, Tracy frissonna, envahie par le souvenir des murs du pénitencier.

Elle avait garé sa camionnette de location à l'arrière du château, contre le mur. De l'autre côté, un grondement féroce s'éleva soudain. Puis ce furent des aboiements furieux. Le doberman devait bondir à l'assaut du mur. Tracy imaginait sa masse puissante et ses crocs.

« Maintenant », murmura-t-elle à l'adresse de son compagnon.

Un homme menu, vêtu lui aussi de noir et chargé d'un sac à dos, sortit du véhicule en tenant une femelle doberman. Elle était en chaleur et, dans le parc, les aboiements se muèrent en geignements excités.

Tracy aida l'homme à hisser la chienne sur le toit de la camionnette qui atteignait presque le sommet du mur.

« Un, deux, trois... », murmura-t-elle.

Et tous deux firent basculer la chienne de l'autre côté du mur. Il y eut deux aboiements brefs, une série de reniflements, un bruit de course, puis ce fut le silence.

« Allons-y », dit Tracy à son compagnon.

Jean-Louis acquiesça. Elle l'avait trouvé à Antibes. C'était un voleur qui avait passé la majeure partie de sa vie en prison. Il n'était pas d'une intelligence remarquable mais avait du génie en matière de serrures et de systèmes d'alarme ; il était parfait pour ce travail.

Une fois sur le mur, Tracy y fixa une échelle de corde et tous deux descendirent dans le parc. Celui-ci, brillamment éclairé et plein d'invités joyeux la veille, offrait à présent un aspect sinistre.

Derrière Tracy, Jean-Louis jetait autour de lui des regards apeurés, craignant de voir surgir les dobermans.

Le château disparaissait jusqu'au toit sous un manteau de lierre centenaire dont Tracy avait testé la solidité la veille. Elle se hissa sur une première racine qui tint bon. Poursuivant son escalade, elle scruta le parc au-dessous d'elle : aucun signe des chiens. « Pourvu que cela les occupe un bon bout de temps. »

Parvenue sur le toit, elle fit signe à Jean-Louis et attendit qu'il la rejoigne. Puis elle alluma sa torche et, dans le faisceau de lumière, ils virent une lucarne. Jean-Louis sortit un diamant de vitrier de son sac à dos ; il lui fallut moins d'une minute pour découper la vitre.

En se penchant au-dessus de l'ouverture, Tracy vit qu'une toile d'araignée de fils électriques leur barrait le passage.

« Vous allez y arriver ? murmura-t-elle.

— *Je peux faire ça**. Pas de problème. »

Il prit dans son sac un fil de trente centimètres muni à chaque bout d'une borne. Avec des mouvements lents, il chercha le début du fil d'alarme, le dénuda et brancha la borne à l'autre extrémité. Puis, prenant une pince, il sectionna le fil avec soin. Tracy se raidit, s'attendant à entendre hurler une sonnerie. Mais rien ne se produisit.

« *Voilà, c'est fini** », dit Jean-Louis en souriant.

« Faux, pensa-t-elle. C'est à peine le début. »

Ils utilisèrent une seconde échelle pour se glisser à l'intérieur. Pour l'instant, tout allait bien. Ils avaient réussi à atteindre le grenier sans encombre. En songeant à ce qui les attendait, Tracy frissonna.

Elle sortit des lunettes à infrarouges.

« Mettez-les », dit-elle à Jean-Louis en lui en tendant une paire.

Elle avait trouvé un moyen de distraire le doberman, mais le système d'alarme à infrarouges lui avait posé un problème plus difficile. Jeff avait dit vrai : ces rayons invisibles quadrillaient la maison. Tracy prit plusieurs profondes inspirations. *Concentrez votre énergie, votre* chi. *Détendez-vous.* Son esprit prit peu à peu la clarté du cristal. *Lorsqu'une personne pénètre dans un de ces rayons, rien ne se passe. Mais, dès qu'elle en sort, le détecteur capte la différence de température et l'alarme se déclenche, de sorte que le cambrioleur n'a pas le temps d'ouvrir le coffre ni de faire quoi que ce soit avant l'arrivée de la police.*

Et c'était là, d'après Tracy, le point faible du système. Il fallait faire en sorte que l'avertisseur ne sonne qu'*après* l'ouverture du coffre. Elle avait trouvé la solution la veille, à six heures trente du matin, et en découvrant que le cambriolage était possible, elle avait éprouvé cette exaltation qu'elle connaissait bien.

Tracy mit ses lunettes et, aussitôt, la pièce fut baignée d'une étrange lumière rougeâtre. Un rayon infrarouge barrait la porte du grenier.

« Glissez-vous dessous, dit-elle à Jean-Louis. Attention ! »

Ils rampèrent sous le rayon et se retrouvèrent dans un couloir sombre qui menait à la chambre du comte de Matigny. Sa torche à la main, Tracy ouvrit la marche. Toujours grâce à ses lunettes, elle vit un autre rayon défendant l'entrée de la chambre presque à ras du sol. Elle l'enjamba d'un bond, imitée par Jean-Louis.

Elle éclaira les murs de la pièce. Les tableaux étaient là, grandioses et imposants.

« Promettez-moi de me rapporter le Vinci, avait dit Gunther. Et les bijoux. »

Tracy décrocha le tableau, le retourna et le coucha sur le plancher. Elle sépara soigneusement la toile du cadre, la roula et la mit dans son sac. Il ne restait que le coffre. Il se trouvait à l'autre bout de la pièce dans une alcôve fermée par des rideaux.

En les ouvrant, Tracy découvrit quatre rayons infrarouges allant du sol au plafond et se croisant. Atteindre le coffre sans les traverser était impossible.

« *Bon Dieu de merde** ! s'exclama Jean-Louis, consterné. On est coincé. On ne peut passer ni dessous ni dessus.

— Vous allez faire ce que je vous dirai », ordonna Tracy.

Elle se plaça derrière lui, lui enlaçant la taille de ses bras.

« Maintenant, avancez, dit-elle. Le pied gauche d'abord.

— Mais nous allons entrer dans les rayons !

— Exact. »

Ils avancèrent jusqu'au point de convergence des rayons. Tracy s'immobilisa.

« A présent, écoutez-moi, dit-elle. Je voudrais que vous alliez jusqu'au coffre...

— Mais les rayons...

— Ne vous inquiétez pas, tout ira bien », affirma-t-elle en espérant ne pas se tromper.

Jean-Louis avança d'un pas hésitant. Tout était silencieux. Il tourna vers Tracy de grands yeux effrayés. Elle restait debout au milieu des rayons, la chaleur de son corps empêchant les détecteurs de déclencher l'alarme. Jean-Louis se précipita vers le coffre. Tracy garda une immobilité de statue, sachant que la sonnerie retentirait au moindre de ses mouvements.

Du coin de l'œil, elle vit Jean-Louis sortir des instruments de son sac et s'attaquer à la combinaison. Elle resta figée, prenant de lentes et profondes inspirations. Le temps s'arrêta. Jean-Louis semblait ne jamais devoir en finir. Sa jambe droite commença à s'ankyloser. Une crampe lui tordit le mollet. Elle serra les dents. Elle n'osait pas bouger.

« Encore combien de temps ? demanda-t-elle.

— Dix, quinze minutes. »

Les minutes s'égrenèrent comme autant de siècles. Les muscles de sa jambe gauche se contractèrent à leur tour, lui donnant envie de hurler de douleur. Elle était clouée dans les rayons, au supplice. Elle entendit un déclic : le coffre était ouvert.

« *Magnifique ! C'est la banque**. Vous voulez tout ?

— Pas de papiers. Seulement les bijoux. S'il y a de l'argent, il est pour vous.

— *Merci**. »

Elle l'entendit fouiller dans le coffre. Quelques instants plus tard, il revenait vers elle.

« *Formidable* !* dit-il. Comment sortir d'ici sans déclencher l'alarme ?

— Elle se déclenchera.

— Quoi !

— Mettez-vous devant moi.

— Mais...

— Faites ce que je vous dis. »

Terrifié, il lui obéit.

Tracy retint son souffle. Rien ne se passa.

« Bon, maintenant nous allons reculer très lentement jusqu'à la porte.

— Et après ? »

Ses yeux paraissaient énormes derrière les lunettes à infrarouges.

« Après, mon ami, nous prenons nos jambes à notre cou. »

Centimètre par centimètre, ils reculèrent vers les rideaux, toujours dans les rayons.

« Bon, fit Tracy en prenant une profonde inspiration. Quand je dirai *maintenant*, nous repartons par le même chemin. »

Jean-Louis déglutit et acquiesça silencieusement. Tracy le sentait trembler contre elle.

« *Maintenant !* »

Faisant volte-face, elle se précipita vers la porte, suivie de Jean-Louis. A peine eurent-ils quitté les rayons qu'une sonnerie hurla, assourdissante.

Ils coururent jusqu'au grenier, grimpèrent à l'échelle, dégringolèrent le long du lierre et volèrent jusqu'au mur d'enceinte où les attendait la seconde échelle. Un instant plus tard, ils étaient sur le toit de la camionnette. Tracy se mit au volant et Jean-Louis sauta à ses côtes.

Tandis que la camionnette filait sur la petite route, Tracy aperçut une voiture noire garée sous un bosquet. Les phares en illuminèrent l'intérieur un bref instant : Jeff Stevens était au volant, un gros doberman à ses côtes. Tracy éclata de rire et lui envoya un baiser.

Au loin, on entendait les sirènes des voitures de police qui approchaient.

26

Biarritz n'est plus ce qu'elle était au début du siècle, heure de sa splendeur. Le casino Bellevue, autrefois célèbre, est fermé pour des travaux plus que nécessaires tandis que le casino municipal, délabré, abrite désormais de petites boutiques et une école de danse. Sur les collines, les vieilles villas ont pris un air de misère digne.

Pourtant, de juillet à septembre, l'élite européenne continue d'affluer à Biarritz pour y profiter des jeux, du soleil et de ses souvenirs. Ceux qui n'y possèdent pas de propriété descendent au luxueux hôtel du Palais, 1, avenue Impératrice. Ancienne résidence d'été de Napoléon III, l'hôtel est situé dans un cadre exceptionnel sur un promontoire dominant l'Atlantique : d'un côté se dresse le phare entouré d'immenses rocs déchiquetés qui surgissent de l'eau comme des monstres préhistoriques, de l'autre, la promenade de Biarritz.

Par un après-midi de la fin août, la baronne de Chantilly entra dans le hall de l'hôtel du Palais. C'était une élégante jeune femme aux cheveux blond cendré, vêtue d'une robe Givenchy de soie bleu et blanc rehaussant une silhouette que les femmes se retournaient pour regarder avec envie et que les hommes admiraient, bouche bée.

« *Ma clé, s'il vous plaît**, demanda Tracy au concierge.
— Mais certainement, madame », répondit-il en lui tendant plusieurs messages.

Elle se dirigeait vers l'ascenseur quand un homme à

lunettes, à l'aspect défraîchi, se détourna de la vitrine exposant des foulards Hermès qu'il regardait et la heurta de plein fouet, précipitant son sac à main à terre.

« Oh ! Mon Dieu, je suis désolé ! s'exclama-t-il en ramassant son sac. Excusez-moi. »

La baronne de Chantilly lui adressa un signe de tête altier et passa son chemin.

Le liftier lui ouvrit la porte et la conduisit au troisième étage. Tracy avait pris la suite 312, ayant appris que le choix de la chambre est souvent aussi important que l'hôtel lui-même. A Capri, c'était le bungalow 522 du Quisiana ; à Majorque, la suite Royale du Son Vida qui dominait les montagnes et la baie ; à New York, la suite 4717 du Helmsley Palace et, à Amsterdam, la chambre 325 de l'Amstel où l'on s'endormait bercé par le doux clapotis des eaux du canal.

La suite 312 de l'hôtel du Palais offrait une vue panoramique sur l'Océan et la ville. De ses fenêtres, Tracy pouvait voir les vagues s'écraser contre ces rocs millénaires qui dressaient hors de l'eau leurs silhouettes. Au-dessous d'elle s'étendait une immense piscine en forme de rein dont le bleu éclatant tranchait sur le gris de l'Atlantique. Elle était entourée d'une terrasse fleurie de parasols. Quant à la suite elle-même, elle était tapissée de soie damassée bleu et blanc. Tapis et rideaux étaient, eux, d'un rose fané et le bois des portes et des persiennes était patiné par le temps.

Après avoir fermé à clé derrière elle, Tracy enleva sa perruque blonde et se massa le cuir chevelu. La baronne était un de ses meilleurs rôles. Le *Debrett's Peerage and Baronetage* et l'*Almanach de Gotha* offraient un choix immense de titres aristocratiques. Ladies et duchesses, princesses, baronnes et comtesses de tous les pays y fourmillaient. Ces ouvrages étaient précieux pour Tracy. Ils donnaient l'histoire de chaque famille sur plusieurs siècles, le nom des pères, mères et enfants, celui des écoles et des propriétés ainsi que l'adresse des résidences familiales. Choisir une famille en vue et en devenir une lointaine cousine était un jeu d'enfant — surtout si l'on était une cousine *fortunée*. Titres et argent impressionnaient les gens.

Tracy sourit en songeant à l'inconnu qui l'avait bousculée dans le hall. Cela avait commencé.

A huit heures du soir, la baronne de Chantilly était assise dans le bar de l'hôtel lorsque ce même inconnu s'approcha de sa table.

« Pardonnez-moi, fit-il d'un ton hésitant. Mais je tiens à m'excuser encore de mon impardonnable maladresse de cet après-midi.

— Je vous en prie, répondit gracieusement Tracy. C'était un accident.

— Vous êtes très aimable. Mais j'aurais meilleure conscience si vous me permettiez de vous offrir un verre.

— Si vous le souhaitez.

— Permettez-moi de me présenter, dit-il en s'asseyant en face d'elle. Je suis le Pr Adolf Zuckerman.

— Marguerite de Chantilly.

— Que prenez-vous ? demanda-t-il en appelant le garçon.

— Du champagne. Mais peut-être... »

Le professeur la rassura d'un geste.

« J'en ai les moyens. En fait, je vais bientôt être en mesure de m'offrir tout ce que je désirerai.

— Vraiment ? fit Tracy avec un sourire poli. Vous m'en voyez ravie. »

Zuckerman commanda une bouteille de Bollinger.

« Il m'est arrivé quelque chose d'extraordinaire, confia-t-il à Tracy. Je ne devrais pas en parler à une inconnue, mais c'est plus fort que moi. Pour tout vous dire, poursuivit-il à voix basse en se penchant vers elle, je ne suis qu'un simple professeur de lycée — ou plutôt je l'étais encore tout récemment. J'enseigne l'histoire, un métier agréable mais qui n'a rien de très excitant. »

Tracy l'écoutait avec un intérêt poli.

« Plus exactement, cela n'avait rien d'excitant jusqu'à ces derniers mois.

— Serait-il indiscret de vous demander ce qui s'est passé, professeur ?

— Je faisais des recherches sur l'Invincible Armada afin de rendre mon cours plus intéressant et, dans les archives d'un musée local, j'ai trouvé par hasard un vieux document égaré. Il fournit des renseignements précis sur une expédition organisée en 1588 par le prince Philippe au cours de laquelle un navire chargé de lingots d'or *aurait* sombré et disparu pendant une tempête.

— Aurait sombré, répéta Tracy d'un air songeur.

— Oui, car selon ce document le capitaine et son équipage avaient en fait sabordé le bâtiment dans une crique déserte avec l'intention de revenir ensuite chercher le trésor. Ils ont été attaqués et tués par des pirates avant de pouvoir exécuter leur plan. Si ce document a survécu, c'est parce qu'aucun des pirates ne savait lire : ils ne se doutaient pas de ce qu'ils avaient entre les mains ! »

Sa voix tremblait d'excitation. Il s'assura que personne ne pouvait l'entendre avant de poursuivre dans un murmure :

« Maintenant, il est en *ma* possession et il contient toutes les indications permettant de retrouver ce navire.

— Quelle magnifique découverte pour vous, professeur, observa Tracy d'un ton admiratif.

— La cargaison d'or vaut probablement cinquante millions de dollars aujourd'hui. Il ne me reste qu'à la remonter à la surface.

— Qu'est-ce qui vous en empêche ? »

Il haussa les épaules d'un air gêné.

« L'argent. Il me faut équiper un bateau pour cette opération.

— Je vois. Et cela représente une grosse somme ?

— Cent mille dollars. Je dois dire que j'ai fait une terrible bêtise. J'ai pris vingt mille dollars — toutes mes économies — pour venir jouer au casino de Biarritz dans l'espoir de gagner assez pour... »

Sa voix mourut.

« Et vous avez tout perdu. »

Adolf Zuckerman acquiesça d'un hochement de tête, les yeux brillants de larmes derrière ses lunettes.

Le champagne arriva. Le serveur fit sauter le bouchon et remplit leurs coupes.

« A votre chance, dit Tracy en levant la sienne.
— Merci. »

Ils dégustèrent leur champagne en gardant un silence méditatif.

« Pardonnez-moi de vous avoir ennuyée avec mes malheurs, dit le professeur.
— Mais je trouve votre histoire passionnante. Vous êtes sûr que l'or est là ?
— Oh oui ! Cela ne fait pas l'ombre d'un doute. J'ai les instructions de route du navire et une carte établie par le capitaine lui-même. Je connais l'emplacement exact du trésor.
— Mais il vous faut cent mille dollars ?
— Oui, répondit-il avec un rire amer. Pour un trésor de cinquante millions de dollars.
— *C'est possible**... »

Elle s'interrompit.

« Vous disiez ?
— Envisagiez-vous de prendre un associé ?
— Un associé ? fit-il, l'air surpris. Non, je comptais m'en occuper seul. Mais, évidemment, maintenant que j'ai tout perdu...
— Et si je vous donnais ces cent mille dollars, professeur ?
— Il n'en est pas question, madame, répondit-il d'un ton ferme. Vous pourriez perdre votre argent.
— Mais puisque vous êtes certain que ce trésor existe ?
— Oui, bien sûr, pourtant des problèmes peuvent surgir. Il n'y a aucune garantie.
— La vie en offre peu. Votre problème est *très intéressant**. Si je vous aide à le résoudre, cela pourrait être avantageux pour nous deux.
— Non, je ne me pardonnerais jamais de vous faire courir ce risque, si minime soit-il.
— Je peux me le permettre, lui assura Tracy. Et mon investissement pourrait me rapporter beaucoup, *n'est-ce pas** ?
— Il y a évidemment cet aspect des choses. »

Il se tut, pesant le pour et le contre, manifestement tourmenté de scrupules.

« Si vous êtes vraiment décidée, dit-il enfin, nous partagerons les bénéfices moitié, moitié.

— *D'accord**, répondit Tracy avec un sourire ravi. J'accepte.

— Après déduction des frais, bien entendu, ajouta-t-il vivement.

— *Naturellement**. Quand pouvons-nous commencer ?

— Immédiatement, fit-il avec une énergie soudaine. j'ai déjà trouvé le bateau qu'il nous faut. Il est doté d'un système de dragage moderne. Mais il nous faudra donner un petit pourcentage sur le trésor à ses quatre membres d'équipage.

— *Bien sûr**.

— Il faudrait que nous puissions commencer assez vite, sinon nous risquerions de perdre ce bateau.

— Vous aurez la somme dans cinq jours.

— Magnifique ! s'exclama le professeur. Ah ! Quel heureux hasard que notre rencontre, vous ne trouvez pas ?

— *Oui, sans doute**.

— A notre aventure ! » Il leva son verre.

« Puisse-t-elle être aussi profitable que je le pressens ! » renchérit Tracy en levant le sien.

Elle jeta un coup d'œil autour d'elle et se figea. Assis à une table à l'autre bout de la pièce, Jeff Stevens la regardait, un sourire amusé aux lèvres. Il était accompagné d'une femme séduisante couverte de bijoux.

Il lui fit un signe de tête auquel elle répondit par un sourire en se rappelant leur dernière rencontre aux abords du château du comte de Matigny. « Cette fois, c'est moi qui ai marqué un point », pensa-t-elle avec satisfaction.

« Permettez-moi de prendre congé, disait Adolf Zuckerman. J'ai beaucoup à faire. Je reprendrait contact avec vous. »

Il baisa la main qu'elle lui tendait gracieusement et s'éloigna.

« Comment votre ami a-t-il pu se résoudre à vous abandonner ? Vous êtes superbe en blonde. »

Tracy leva les yeux : Jeff était devant elle.

« Mes félicitations, poursuivit-il en prenant la place occupée quelques instants plus tôt par Zuckerman. Votre incursion chez Matigny était ingénieuse ; du travail bien ficelé.

— Venant de vous, c'est un éloge, Jeff.

— Vous me coûtez beaucoup d'argent.

— Vous vous y habituerez.

— Que voulait le Pr Zuckerman ? demanda-t-il en jouant avec une coupe vide.

— Ah ! Vous le connaissez ?

— Si l'on peut dire.

— Il... euh... il voulait juste prendre un verre.

— Et vous parler de son trésor sous les mers ?

— Comment le savez-vous ? demanda Tracy, sur la défensive.

— Ne me dites pas que vous vous êtes laissé prendre ? fit-il avec stupeur. C'est le plus vieux coup du monde.

— Pas cette fois.

— Vous voulez dire que vous l'avez *cru* !

— Je ne peux pas vous en parler, répondit-elle avec raideur. Mais il se trouve que le professeur dispose de renseignements précis. »

Jeff eut un hochement de tête incrédule.

« Il essaie de vous avoir, Tracy. Quelle somme vous a-t-il demandé d'investir dans sa chasse au trésor ?

— En quoi cela vous regarde-t-il ? C'est mon argent et mon affaire.

— D'accord, dit-il en haussant les épaules. Mais vous ne direz pas que ce vieux Jeff ne vous a pas prévenue.

— Vous ne seriez pas vous-même intéressé par cet or, par hasard ? »

Il leva les bras au ciel avec un désespoir feint.

« Pourquoi me soupçonnez-vous de tous les maux ?

— Parce que je n'ai pas confiance en vous. Qui était la femme qui vous accompagnait ? »

Elle regretta immédiatement sa question.

« Suzanne ? Une amie.

— Riche, naturellement ?

— Je crois en effet qu'elle a un peu d'argent, répondit-il avec un sourire nonchalant. Aimeriez-vous déjeuner avec nous demain ? Le chef de son yacht de soixante-seize mètres fait des...

— Merci. Je ne voudrais pour rien au monde gâcher votre déjeuner. Que lui vendez-vous ?

— C'est personnel.

— Je n'en doute pas », fit-elle avec plus d'âpreté qu'elle ne l'avait voulu.

Elle l'observa à la dérobée. Il était d'une beauté indécente : des traits réguliers, de beaux yeux gris ourlés de longs cils et un cœur de serpent. Un serpent très intelligent.

« Vous n'avez jamais songé à vous lancer dans des affaires honnêtes ? demanda-t-elle. Vous réussiriez sans doute très bien.

— Quoi ! fit-il d'un air outré. Et renoncer à tout cela ? Vous plaisantez ?

— Avez-vous toujours été escroc ?

— Escroc ! Je suis un *entrepreneur,* corrigea-t-il d'un ton de reproche.

— Comment êtes-vous devenu... euh... entrepreneur ?

— Je me suis enfui de chez moi à quatorze ans pour rejoindre une fête foraine.

— A quatorze ans ? »

C'était le premier aperçu qu'avait Tracy de ce que recouvraient ses manières charmantes et mondaines.

« C'était une bonne expérience. J'ai appris à me débrouiller. Lorsque cette merveilleuse guerre du Vietnam est arrivée, je me suis engagé dans les Bérets verts, ce qui a complété mon éducation. L'enseignement principal que j'en ai tiré, c'est que la guerre est la plus grande escroquerie qui soit. En comparaison, vous et moi ne sommes que des amateurs. »

Il changea brutalement de sujet.
« Aimez-vous la pelote basque ?
— Si vous la vendez, non, sans façon.
— C'est un jeu. J'ai deux places pour ce soir et Suzanne n'est pas libre. Voulez-vous venir ? »
Tracy se surprit à dire oui.

Ils dînèrent dans un petit restaurant où ils dégustèrent un succulent *confit de canard à l'ail* accompagné d'un vin du cru.
« C'est la spécialité de la maison », lui apprit Jeff.
Ils parlèrent politique, littérature et voyages, et Tracy fut étonnée de l'étendue des connaissances de Jeff.
« Quand on se retrouve seul à quatorze ans, on apprend vite, lui dit-il. Vous découvrez d'abord les ressorts qui vous font agir, puis ceux des autres. L'escroquerie ressemble au jiu-jitsu. Dans ce sport, vous vous servez de la force de l'adversaire pour le battre ; dans une escroquerie, de sa cupidité. Vous faites le premier pas et il accomplit le reste. »
Tracy sourit en se demandant si Jeff savait à quel point ils se ressemblaient. Elle prenait beaucoup de plaisir à sa compagnie, tout en étant convaincue qu'il n'hésiterait pas à la doubler à la première occasion. C'était un homme dont il fallait se méfier, ce qu'elle avait l'intention de faire.

L'arène de la pelote basque — grande comme un terrain de football — était située sur les hauteurs de Biarritz. Elle était bornée par deux immenses frontons verts et flanquée de gradins. Lorsque Tracy et Jeff arrivèrent, il ne restait guère de place tant la foule des spectateurs était dense.
Les pelotaris entrèrent en action, chaque équipe envoyant alternativement la balle contre le mur de ciment et la rattrapant au rebond dans leur chistera, ce long et

étroit panier qu'ils portaient fixé au bras. C'était un jeu rapide et dangereux.

Lorsque l'un des joueurs manquait la balle, la foule hurlait.

« Ils prennent cela très au sérieux, remarqua Tracy.

— Les paris engagés sont importants. Les Basques sont des joueurs passionnés. »

Les spectateurs continuaient à affluer si bien que Tracy se trouva peu à peu serrée contre Jeff. S'il fut sensible à ce contact, il n'en laissa rien paraître.

La vitesse et la férocité du jeu semblaient augmenter de minute en minute et, avec elles, les cris de la foule.

« Est-ce aussi dangereux que cela en a l'air ?

— Cette balle fend l'air à près de cent soixante kilomètres-heure, baronne. Si vous la prenez en pleine tête, vous êtes mort. Mais il est rare qu'un joueur commette ce genre d'erreur. »

Il lui tapota distraitement la main, le regard rivé sur les joueurs.

Ceux-ci étaient des professionnels aux mouvements parfaitement maîtrisés. Mais, au milieu du jeu, sans avertissement, la balle de l'un d'eux heurta le fronton sous un mauvais angle et rebondit à une vitesse terrifiante droit sur le banc de Tracy et Jeff. Ce fut un sauve-qui-peut général. Empoignant Tracy, Jeff la précipita à terre avec lui. Ils entendirent la balle siffler au-dessus de leur tête et s'écraser contre le mur latéral. Tracy sentait le corps musclé de Jeff pressé contre elle. Son visage était très près du sien.

Il resta un instant immobile, puis se dégagea et l'aida à se relever. Une gêne soudaine s'installa entre eux.

« Je... je crois que j'ai eu assez d'émotions fortes pour ce soir, dit Tracy. J'aimerais rentrer. »

Ils se séparèrent dans le hall de l'hôtel.

« J'ai passé une soirée très agréable », dit Tracy.

Elle était sincère.

« Vous ne comptez pas vraiment vous lancer dans cette absurde histoire de trésor, Tracy ?

— Si.

— Vous croyez toujours que cet or m'intéresse, n'est-ce pas ? demanda-t-il après l'avoir longuement dévisagée.
— Et ça n'est pas le cas ? »
Son visage se durcit.
« Bonne chance.
— Bonne nuit, Jeff. »
Tracy le regarda quitter l'hôtel. Sans doute allait-il rejoindre Suzanne. « Pauvre femme. »
« Ah ! Bonsoir, madame, dit le concierge. J'ai un message pour vous. »
Il était du Pr Zuckerman.

Adolf Zuckerman avait un problème, un très gros problème. Il était dans le bureau d'Armand Grangier, si terrifié qu'il en avait mouillé son pantalon. Grangier était le propriétaire d'un casino clandestin situé dans une élégante villa de la rue de Frias. Que le casino municipal soit fermé ou non importait peu à Grangier, car son établissement était assidûment fréquenté par une clientèle fortunée. A la différence des casinos surveillés par l'État, les mises y étaient illimitées et c'était là que les flambeurs de haut vol venaient jouer à la roulette, au chemin de fer et aux dés. La clientèle de Grangier comptait princes arabes, aristocrates anglais, hommes d'affaires orientaux et chefs d'État africains. Des jeunes femmes peu vêtues circulaient dans la salle en servant champagne et whisky offerts par la maison. Armand Grangier savait depuis longtemps que les riches aiment avoir certaines choses pour rien. Il pouvait se permettre ces libéralités. Ses roulettes et ses jeux de cartes étaient truqués.

Son club était habituellement rempli de séduisantes jeunes femmes accompagnées de messieurs plus âgés et fortunés. Celles-ci tombaient tôt ou tard sous le charme de Grangier, une miniature d'homme aux traits parfaits, aux yeux d'un brun liquide et à la bouche sensuelle. Il mesurait un mètre soixante-deux, petite taille qui, alliée à sa beauté, agissait sur les femmes comme un aimant. Il professait pour chacune une feinte admiration.

« Vous êtes irrésistible, *chérie**, mais, malheureusement pour vous et moi, je suis éperdument amoureux de quelqu'un. »

Et c'était vrai, quoique ce *quelqu'un* changeât chaque semaine. Biarritz offrait un réservoir inépuisable de ravissants jeunes gens à qui Armand Grangier donnait à tour de rôle sa petite place au soleil.

Il avait dans le milieu et dans la police des relations suffisamment puissantes pour lui permettre de conserver son casino. Il s'était élevé à la force du poignet, passant de trafics mineurs à celui de la drogue avant de régner enfin en maître sur son fief de Biarritz. Ceux qui se mettaient en travers de sa route découvraient trop tard combien ce petit homme pouvait être dangereux.

Ce jour-là, il soumettait Adolf Zuckerman à un interrogatoire serré.

« Parle-moi un peu de cette baronne à qui tu as fait le coup du trésor englouti. »

A son ton furieux, Zuckerman comprit que quelque chose n'allait pas, mais alors pas du tout !

« C'est une veuve à qui son mari a laissé une grosse fortune. Elle m'a promis les cent mille dollars », commença-t-il d'une voix hésitante.

Puis se rassurant peu à peu au son de sa propre voix, il poursuivit :

« Lorsque nous aurons l'argent, nous lui dirons naturellement que le bateau a eu un accident et qu'il nous faut cinquante mille dollars de plus. Puis, ce sera encore cent mille dollars et ainsi de suite, comme d'habitude... Quel est le problème, chef ? demanda-t-il devant l'expression méprisante de Grangier.

— Le problème, répondit celui-ci d'un ton cinglant, c'est que je viens de recevoir un appel d'un de mes amis de Paris. Il a fait un faux passeport pour ta baronne. Elle s'appelle Tracy Whitney et est américaine. »

Zuckerman eut brusquement la bouche sèche.

« Elle... elle paraissait vraiment intéressée, chef.

— Connard ! Elle est du métier. Tu as essayé d'escroquer un escroc !

— Mais alors, pourquoi a-t-elle marché ? bafouilla Zuckerman.
— Je l'ignore, professeur, fit Grangier d'un ton glacial. Mais j'ai bien l'intention de le découvrir. Ensuite, j'enverrai cette dame prendre un bain dans la baie. Personne ne se moque d'Armand Grangier. Maintenant, tu vas lui téléphoner en lui disant qu'un de tes amis t'a proposé la moitié de ces cent mille dollars et que je vais passer la voir. Tu crois que tu es capable de faire ça ?
— Bien sûr, chef ! répondit Zuckerman avec empressement. Ne vous inquiétez pas.
— Justement, dit lentement Grangier. Je m'inquiète beaucoup à ton sujet, professeur. »

Armand Grangier n'aimait pas les mystères. Le coup du trésor englouti marchait depuis des siècles, mais il fallait que les victimes soient crédules. Aucun escroc ne pouvait s'y laisser prendre. C'était là le mystère qui préoccupait Grangier. Dès qu'il l'aurait mis au jour, il livrerait cette femme à Bruno Vicente. Vicente aimait bien jouer un peu avec ses victimes avant de s'en débarrasser.

Armand Grangier sortit de sa limousine et pénétra dans le hall de l'hôtel du Palais. Il se dirigea vers Jules Bergerac, un Basque aux cheveux blancs qui travaillait là depuis l'âge de treize ans.

« Quelle suite occupe la baronne de Chantilly ? »

Les règles hôtelières interdisaient rigoureusement au personnel de divulguer le numéro de chambre de leurs clients. Mais les règles ne s'appliquaient pas à M. Grangier.

« Suite 312, monsieur.
— *Merci**.
— Et la chambre 311.
— Quoi ? fit Grangier en s'immobilisant.
— La baronne a également la chambre contiguë à sa suite.
— Ah ? Et qui l'occupe ?
— Personne.

— Vous en êtes sûr ?
— *Oui, monsieur**. Elle la ferme toujours à clé. Les femmes de chambre ont reçu l'ordre de ne pas y pénétrer. »

Grangier fronça les sourcils.

« Vous avez un passe ?

— Bien sûr », répondit le concierge qui le lui tendit sans un instant d'hésitation.

Il le regarda se diriger vers l'ascenseur. On ne discutait pas avec un homme comme Grangier.

En arrivant devant la porte de la baronne, Grangier la trouva entrebâillée. Il entra. Le salon était désert.

« Il y a quelqu'un ? »

Une voix féminine lui répondit.

« Je suis dans mon bain. Je vous rejoins dans un instant. Servez-vous à boire, je vous en prie. »

Grangier déambula dans la suite qu'il connaissait bien pour y avoir, au cours des ans, logé de nombreux amis. Il pénétra dans la chambre à coucher. Des bijoux précieux étaient négligemment étalés sur la coiffeuse.

« Je suis à vous tout de suite ! dit-elle de la salle de bains.

— Prenez votre temps, baronne. »

« Baronne, *mon cul* !* se dit-il. Quel que soit ton petit jeu, *chérie**, tu vas t'en mordre les doigts ! » Il se dirigea vers la porte de communication donnant sur la chambre voisine. Elle était fermée à clé. Granger l'ouvrit avec le passe. Une forte odeur de renfermé régnait dans la pièce. Le concierge lui avait dit que personne ne l'occupait. Mais alors pourquoi... Il aperçut soudain quelque chose d'incongru : partant d'une douille murale, un gros cordon électrique courait sur le sol et disparaissait dans un cabinet. Curieux, Grangier alla en ouvrir la porte. Accrochés par des pinces à linge, des billets de cent dollars humides séchaient sur un fil. Sur un petit bureau, une étoffe recouvrait un objet. En la soulevant, Grangier découvrit une petite presse dans laquelle était pris un billet de cent dollars encore humide, des feuilles de papier vierge de la taille adéquate et un massicot — plusieurs billets mal coupés étaient éparpillés sur le sol.

« Que faites-vous ici ? »

Grangier fit volte-face. Enveloppée dans un drap de bain, les cheveux mouillés, Tracy Whitney venait d'entrer dans la pièce.

« *Fausse monnaie !* dit Grangier. Vous allez nous payer avec de faux billets. »

Elle parut sur le point de nier avec indignation, puis répondit d'un air de défi :

« C'est vrai. Mais cela n'aurait eu aucune importance. Personne ne peut les distinguer des vrais.

— C'est de l'escroquerie ! »

Il allait se faire un plaisir de la supprimer.

« Ces billets sont parfaits.

— Vraiment ! » fit-il avec mépris.

Décrochant l'un d'eux, Grangier y jeta un œil négligent. Puis il l'examina de plus près : l'imitation était excellente.

« Qui en a fait les planches ? demanda-t-il.

— Que vous importe ? Écoutez, je peux avoir ces cent mille dollars vendredi. »

Grangier la contempla d'un air perplexe. Puis comprenant soudain, il éclata de rire.

« Bon Dieu ! s'exclama-t-il, vous êtes vraiment stupide ! Il n'y a pas de trésor.

— Que voulez-vous dire ? fit Tracy, abasourdie. Le Pr Zuckerman m'a affirmé...

— Et vous l'avez cru ! Voyons, baronne, vous n'avez pas honte ? »

Grangier examina une nouvelle fois le billet qu'il avait en main.

« Je le garde.

— Prenez-en autant que vous voulez, fit Tracy en haussant les épaules. Ce n'est que du papier.

— Vous ne craignez pas que des femmes de chambre entrent ici ? demanda-t-il en prenant une poignée de billets.

— Je les paie généreusement pour qu'elles ne le fassent pas. Et, quand je sors, je ferme ce cabinet à clé. »

« Elle ne manque pas de culot, se dit Grangier. Mais cela ne lui sauvera pas la vie. »

« Ne quittez pas cet hôtel, ordonna-t-il. Je voudrais vous faire rencontrer un de mes amis. »

Armand Grangier avait eu l'intention de livrer immédiatement la jeune femme à Bruno Vicente. Un instinct le retint. Il examina à nouveau un des billets. Il avait souvent eu de la fausse monnaie en main, mais jamais rien d'aussi parfait. Celui qui avait fait les planches était un génie. La qualité du papier ; la netteté des inscriptions ; celle des couleurs, parfaitement tranchées en dépit de l'humidité du billet ; le portrait de Benjamin Franklin : tout était impeccable. Cette garce avait raison. Il était *vraiment* difficile de faire la différence entre ces billets et les vrais. Grangier se demanda s'ils tromperaient des gens avertis. L'idée était tentante.

Il décida de retarder l'intervention de Bruno Vicente.

Le lendemain matin, de bonne heure, il fit appeler Zuckerman et lui tendit un des billets de cent dollars.

« Va le changer à la banque.

— Oui, chef. »

Grangier regarda le professeur quitter son bureau en toute hâte. Sa stupidité méritait cette punition. S'il était arrêté, il ne révélerait pas la provenance du billet — pas s'il tenait à la vie. Mais, s'il réussissait à le passer... « Je verrai », se dit Grangier.

Un quart d'heure plus tard, Zuckerman était de retour avec l'équivalent de cent dollars en francs.

« Vous n'avez plus besoin de moi, chef ?

— Tu n'as eu aucun problème ? demanda Grangier, le regard rivé sur les francs.

— Non, pourquoi ?

— Tu vas retourner à la même banque. Voici ce que tu leur diras... »

Adolf Zuckerman entra dans la Banque de France et

demanda à voir le directeur. Cette fois-ci, il n'ignorait pas les risques qu'il courait, mais affronter la colère de Grangier aurait été plus dangereux.

« En quoi puis-je vous être utile ? demanda le directeur.

— Eh bien..., commença Zuckerman en dissimulant mal sa nervosité. J'ai joué au poker hier soir avec des Américains rencontrés dans un bar... »

Il s'interrompit.

« Et vous avez perdu une grosse somme, fit le directeur en hochant la tête d'un air compréhensif. Vous désirez peut-être un prêt ?

— Non. En réalité, je... j'ai gagné. Mais ces hommes ne m'ont pas paru très honnêtes. Ils m'ont payé avec ces billets, dit-il en lui tendant deux coupures de cent dollars. Et j'ai peur que... qu'ils soient faux. »

Zuckerman retint son souffle lorsque le directeur prit les billets de ses doigts boudinés pour les examiner.

« Vous avez de la chance, monsieur, déclara-t-il en souriant. Ils sont vrais. »

Zuckerman souffla. « Dieu merci ! » Tout s'arrangeait à merveille.

« Aucun problème, chef. Il m'a assuré qu'ils étaient authentiques. »

C'était presque trop beau pour être vrai. Grangier réfléchit. Il avait déjà l'esquisse d'un plan.

« Va me chercher la baronne. »

Tracy était assise dans le bureau Empire d'Armand Grangier.

« Vous et moi allons nous associer, lui annonça celui-ci.

— Je n'ai pas besoin d'associé et..., commença Tracy en se levant.

— Asseyez-vous. »

Leurs regards se croisèrent. Elle obéit.

« Biarritz est ma ville. Essayez de passer un seul de ces billets et vous serez arrêtée avant d'avoir compris ce qui se passe. Il arrive des choses désagréables aux jolies femmes dans nos prisons. Vous ne pouvez rien faire ici sans moi.

— Je vous achète ma protection, en quelque sorte.
— Faux. Ce que vous m'achetez, c'est votre vie. »
Tracy le croyait sans peine.

« Maintenant, dites-moi où vous avez eu votre presse ? »

Grangier se délecta de la voir hésiter, manifestement au supplice.

« Je l'ai achetée à un Américain installé en Suisse, dit-elle enfin à contrecœur. Il a travaillé vingt-cinq ans comme graveur à la Monnaie aux États-Unis. A sa mise à la retraite, des problèmes se sont élevés et on lui a refusé sa pension. Il s'est senti floué et a décidé de se venger. Il a donc dérobé quelques planches de cent dollars censées avoir été détruites et utilisé ses relations pour obtenir le papier dont se sert le ministère des Finances. »

« Voilà qui explique la qualité de ces billets », se dit Grangier dont l'exaltation croissait.

« Quelle est la production quotidienne de votre presse ?
— Elle n'imprime qu'un billet par heure. Il faut traiter les deux côtés du papier et...
— Il n'existe pas de presse plus importante ? coupa-t-il.
— Si, il en possède une qui sort cinquante billets toutes les huit heures, cinq mille dollars par jour. Mais il en demande un demi-million de dollars.
— Achetez-la.
— Je n'ai pas cette somme.
— Moi, si. Quand pouvez-vous l'avoir ?
— Tout de suite, je pense. Mais... »

Grangier décrocha son téléphone.

« Louis ? Il me faut l'équivalent de cinq cent mille dollars en francs. Prends ce qu'il y a dans le coffre et va chercher le reste à la banque. Apporte le tout ici. *Vite* !* »

Tracy donnait des signes d'agitation.
« Je ferais mieux de m'en aller et...
— Vous restez ici.
— Je devrais vraiment...
— Asseyez-vous et taisez-vous. Je réfléchis. »
Grangier avait des associés qu'il aurait dû mettre dans le coup. « Ils ne souffriront pas de ce qu'ils ignorent », décida-t-il. Il garderait la presse pour lui et remplacerait l'argent pris sur le compte en banque du casino par les faux billets qu'il imprimerait. Il demanderait ensuite à Bruno Vicente de s'occuper de Tracy Whitney. Elle n'aimait pas les associés.
Armand Grangier non plus.

Deux heures plus tard, l'argent arriva dans un gros sac.
« Vous allez quitter l'hôtel du Palais, dit Grangier à Tracy. Je possède une villa discrète sur les hauteurs de la ville. Vous y resterez jusqu'à la conclusion de l'opération. »
Il poussa le téléphone vers elle.
« Appelez votre ami en Suisse pour lui annoncer que vous achetez sa presse.
— J'ai son numéro de téléphone à l'hôtel. Je l'appellerai de là-bas. Donnez-moi l'adresse de votre maison. Je lui demanderai d'y expédier la presse et...
— Non ! Je ne veux pas qu'on puisse remonter jusqu'à moi. Je la ferai prendre à l'aéroport. Nous en reparlerons ce soir. Je passerai à votre hôtel à vingt heures. »
Tracy se leva.
« Veillez bien sur cet argent, ajouta Grangier en désignant le sac. Je n'aimerais pas qu'il arrive quoi que ce soit... à lui ou à vous.
— Vous n'avez rien à craindre.
— Je sais, fit Grangier avec un sourire froid. Le Pr Zuckerman va vous raccompagner à votre hôtel. »
Le sac posé entre eux, Zuckerman et Tracy repartirent

dans la limousine de Grangier. Absorbés dans leurs pensées, ils gardèrent le silence. Sans savoir ce qui se passait, Zuckerman pressentait qu'il en profiterait. La femme était le nœud de l'affaire. Grangier lui avait ordonné de la surveiller et il comptait bien lui obéir.

Grangier était d'humeur euphorique, ce soir-là. Cette Whitney devait avoir négocié l'achat de la presse. Elle lui avait dit que celle-ci pouvait imprimer cinq mille dollars par jour. Mais il avait des projets plus ambitieux. Il ferait fonctionner la presse vingt-quatre heures sur vingt-quatre, ce qui porterait la production à quinze mille dollars — cent mille dollars par semaine. Un million toutes les dix semaines. Et ce n'était qu'un début. Bientôt il connaîtrait le nom du graveur et s'entendrait avec lui pour obtenir d'autres machines. Sa fortune n'aurait plus de limites.

A vingt heures précises, la limousine de Grangier s'arrêta devant l'hôtel du Palais. En pénétrant dans le hall, il nota avec satisfaction que Zuckerman surveillait attentivement l'entrée.

« Annoncez à la baronne que je suis ici, ordonna-t-il au concierge. Demandez-lui de descendre me rejoindre.

— Elle est partie, monsieur Grangier.

— Vous vous trompez. Appelez-la. »

Jules Bergerac était au supplice : contredire Armand Grangier était malsain.

« Je lui ai apporté sa note moi-même, monsieur.

— *Impossible* !* Quand ?

— Peu après son retour à l'hôtel. Elle souhaitait régler en liquide et m'a demandé de lui monter sa note. »

Armand Grangier réfléchissait intensément.

« En liquide ? Des francs français ?

— Oui, monsieur.

— A-t-elle emporté des bagages, des cartons ? demanda Grangier d'un ton fiévreux.

— Non. Elle a dit qu'elle les ferait prendre plus tard. »

Elle était donc partie en Suisse avec *son* argent pour acheter la presse.

« Conduisez-moi à sa suite. Vite !
— *Oui, monsieur**. »
Jules Bergerac décrocha précipitamment la clé et courut avec lui vers l'ascenseur.
« Pourquoi restes-tu là, imbécile ? cria Grangier en passant près de Zuckerman. Elle est partie.
— C'est impossible, fit le professeur, éberlué. Elle n'est pas descendue dans le hall. Je l'aurais vue !
— *Je l'aurais vue !* répéta Grangier avec mépris. Guettais-tu les bonnes d'enfants, les vieilles dames à cheveux gris, les femmes de chambre sortant par la porte de service ?
— Pourquoi l'aurais-je fait ?
— Rentre au casino ? Je m'occuperai de toi plus tard. »

Rien n'avait changé dans la suite depuis la dernière visite de Grangier. La porte donnant sur la chambre adjacente était ouverte. Il se précipita vers le cabinet : la presse y était toujours, Dieu merci ! Tracy Whitney avait fui trop précipitamment pour l'emporter. C'était une erreur. « Et ce n'est pas la seule », se dit Grangier. Elle l'avait eu de cinq cent mille dollars mais elle allait le payer. La police l'aiderait à la retrouver et, lorsqu'elle serait dans la prison de Biarritz, ses hommes s'occuperaient d'elle. Ils lui feraient dire qui était le graveur, puis la réduiraient définitivement au silence.

Armand Grangier appela la direction générale de la police et demanda l'inspecteur Dumont avec qui il eut un entretien de trois minutes.

« Je vous attends », dit-il avant de raccrocher.

Un quart d'heure après, son ami l'inspecteur arriva accompagné d'un homme à la silhouette androgyne d'une laideur peu commune. Son front protubérant semblait sur le point de jaillir hors de son visage et, derrière les verres épais de ses lunettes, il avait le regard perçant d'un fanatique.

« Voici M. Daniel Cooper, dit l'inspecteur Dumont. Il s'intéresse lui aussi à la femme dont vous m'avez parlé.

— Selon vos dires, elles serait impliquée dans une affaire de fausse monnaie ? dit Cooper.
— Oui, répondit Grangier. Elle est en route pour la Suisse. Vous allez pouvoir l'arrêter à la frontière : j'ai les preuves qu'il vous faut. Voici la presse sur laquelle elle imprimait ses billets », dit-il en les entraînant vers le cabinet.

Daniel Cooper regarda attentivement la machine.

« Elle imprimait de l'argent là-dessus ?

— C'est ce que je viens de vous dire », répondit sèchement Grangier.

Il sortit un billet de sa poche.

« Voici une des fausses coupures qu'elle m'a données. »

Daniel Cooper alla à la fenêtre pour l'examiner à la lumière.

« C'est un vrai billet, déclara-t-il.

— En apparence seulement. Elle utilisait des planches volées achetées à un graveur ayant travaillé à la Monnaie de Philadelphie. Elle les imprimait sur cette presse.

— Vous êtes stupide, déclara grossièrement Cooper. Ceci est une presse ordinaire. La seule chose qu'on puisse y imprimer, ce sont des en-têtes.

— De en-têtes ? répéta Grangier, saisi de vertige.

— Vous avez vraiment *cru* à cette fable, à une presse transmuant le papier en vrais billets de cent dollars ?

— Je vous dis que j'ai vu de mes propres yeux... »

Il s'interrompit. Qu'avait-il vu ? Quelques billets humides sur un fil, du papier blanc et un massicot. L'énormité de l'escroquerie commença à lui apparaître. Il n'y avait pas de contrefaçon ; pas de graveur en Suisse ; Tracy Whitney ne s'était jamais laissé prendre à l'histoire du trésor submergé. Cette garce s'en était servie comme d'un appât pour l'escroquer de cinq cent mille dollars. Si jamais cela se savait...

Les deux hommes l'observaient.

« Souhaitez-vous porter plainte, Armand ? » demanda l'inspecteur Dumont.

Comment aurait-il pu le faire ? Que pouvait-il dire ?

Qu'on l'avait trompé alors qu'il s'apprêtait à financer une opération de fausse monnaie ? Et quelle allait être la réaction de ses associés en apprenant qu'il leur avait volé un demi-million de dollars et qu'il les avait perdus ? Il fut pris de panique.

« Non, je... je ne souhaite pas porter plainte », répondit-il d'une voix étouffée.

« En Afrique, se dit-il. Ils ne me retrouveront jamais en Afrique. »

« La prochaine fois, se disait Cooper. Je la prendrai la prochaine fois. »

27

Tracy suggéra Majorque comme lieu de rencontre à Gunther Hartog. Elle adorait cette île, l'un des endroits vraiment pittoresques du monde.

« C'était autrefois un refuge de pirates, dit-elle à Gunther. Nous nous y sentirons chez nous.

— Il vaudrait mieux qu'on ne vous voie pas ensemble.

— Comptez sur moi. »

Tout avait commencé par un appel de Gunther.

« J'ai quelque chose pour vous qui sort de l'ordinaire, Tracy. Une gageure comme vous les aimez. »

Le lendemain matin, elle s'envola pour Palma. A cause de la *circulation** rouge d'Interpol la concernant, son départ de Biarritz et son arrivée à Majorque furent portés à la connaissance des autorités locales. Une équipe de policiers la surveilla en permanence dès qu'elle franchit le seuil de l'hôtel Son Vida où elle avait réservé la suite Royale.

Le commissaire Ernesto Marze avait eu un entretien avec l'inspecteur Trignant d'Interpol.

« Je suis convaincu que Tracy Whitney est un dangereux malfaiteur, avait déclaré celui-ci.

— Tant pis pour elle. Si elle tente quoi que ce soit à Majorque, elle s'apercevra que notre justice est expéditive.

— Il y a autre chose, monsieur.
— *Sì ?*
— Vous allez avoir un visiteur américain. Il s'appelle Daniel Cooper. »

Aux yeux des policiers qui la filaient, Tracy ne semblait avoir d'autre but que le tourisme. Elle fit le tour de l'île, visitant le cloître de San Francisco, le pittoresque château Bellver et la plage d'Illetas. Elle assista à une corrida à Palma, dîna de *sobrasadas* et de *camaiot* sur la place de la Reine, toujours seule.
Elle se rendit à Formentor, Valdemosa et La Granja, et visita les usines de perles de Manacor.
« *Nada*, déclarèrent les policiers à Ernesto Marze. Elle est ici en touriste, commissaire. »
La secrétaire de ce dernier entra dans son bureau.
« Un Américain du nom de Daniel Cooper désire vous voir, monsieur. »
Ernesto Marze avait de nombreux amis américains. Il aimait les Américains et, malgré ce que lui avait dit l'inspecteur Trignant, il pressentait qu'il allait sympathiser avec ce Daniel Cooper.
Il se trompait.
« Vous êtes des imbéciles, tous autant que vous êtes, déclara sèchement Cooper. Elle n'est pas ici en touriste. Elle prépare quelque chose. »
Le commissaire Marze eut beaucoup de mal à garder son sang-froid.
« Vous avez dit vous-même que Mlle Whitney choisit toujours des cibles spectaculaires, qu'elle aime tenter l'impossible. Nous n'avons rien à Majorque qui soit digne des talents de cette *señorita*.
— A-t-elle rencontré quelqu'un, parlé à quelqu'un ? »
Le ton insolent de cet *ojete* !
« Non, personne.
— Alors, elle va le faire », affirma Daniel Cooper.
« Je sais enfin ce que sale Américain veut dire », se dit le commissaire.

Majorque compte deux cents grottes connues, les plus célèbres étant les Cuevas del Drach — les grottes du Dragon — situées près de Porto Cristo, à une heure de Palma. Ce sont d'immenses cavernes voûtées, sculptées de stalactites et de stalagmites, qui s'enfoncent profondément sous terre. Un silence sépulcral y règne que rompt par endroits le murmure de rivières souterraines aux eaux vertes, bleues ou blanches.

C'est une féerie de sculptures d'ivoire pâle, un réseau infini de labyrinthes qu'éclairent faiblement des torches stratégiquement disposées.

Personne ne peut y pénétrer sans guide, mais elles sont pleines de touristes dès l'ouverture.

Tracy choisit un samedi pour aller les visiter, jour d'affluence record où des visiteurs de tous les pays s'y pressaient par centaines. Elle acheta son billet et se perdit dans la foule. Accompagné de deux hommes du commissaire Marze, Daniel Cooper la suivait de près. Un guide précéda les visiteurs le long d'étroits sentiers de pierre rendus glissants par l'eau qui s'égouttait de stalactites pointant du haut de la voûte de squelettiques doigts accusateurs.

Des renfoncements permettaient aux touristes de quitter le chemin pour admirer plus longuement les concrétions de calcaire évoquant d'immenses oiseaux, d'étranges animaux ou des arbres. La lumière, insuffisante, laissait le long du sentier de grandes nappes d'obscurité. Ce fut dans l'une d'elles que Tracy disparut.

Daniel Cooper se précipita en avant, mais elle s'était évanouie. La foule était si compacte qu'il était impossible de la voir, impossible de savoir si elle était derrière ou devant lui. « Elle est venue ici dans un but précis, se dit-il. Mais lequel ? »

Dans une caverne de la taille d'une arène, au plus profond des grottes, face au Grand Lac, se trouve un théâtre romain. Un spectacle y est donné toutes les heures aux visiteurs qui prennent place dans l'obscurité sur les bancs de pierre construits pour les recevoir.

Tracy monta jusqu'à la dixième rangée, puis gagna le vingtième siège. Le spectateur occupant le vingt et unième se tourna vers elle.

« Des problèmes ?

— Aucun, Gunther », répondit-elle en l'embrassant sur la joue.

Le brouhaha babélien des conversations était tel qu'elle dut se pencher vers lui pour l'entendre.

« J'ai pensé qu'il était préférable qu'on ne nous voie pas ensemble, disait-il. Vous êtes peut-être surveillée. »

Tracy parcourut du regard l'immense grotte obscure et bondée.

« Nous sommes en sécurité ici. Il doit s'agir d'une affaire importante, ajouta-t-elle, curieuse.

— En effet. Un de mes clients, très fortuné, aimerait acquérir un tableau : le *Puerto* de Goya. Il versera un demi-million de dollars à celui qui le lui procurera — déduction faite de ma commission.

— Y a-t-il d'autres personnes sur l'affaire ? demanda Tracy.

— Oui. A mon avis, les chances de succès sont limitées.

— Où se trouve ce tableau ?

— A Madrid, au musée du Prado.

— *Au Prado !* »

Un mot traversa l'esprit de Tracy : *impossible*.

Penché tout contre elle, Gunther lui parlait à l'oreille sans se soucier du vacarme croissant.

« Cela demande beaucoup d'ingéniosité. C'est pourquoi j'ai pensé à vous, ma chère Tracy.

— Je suis flattée. Cinq cent mille dollars ?

— Quitte et net. »

Brusquement, le silence se fit : le spectacle commençait. Des lampes invisibles s'allumèrent tandis qu'une musique s'élevait dans l'immense grotte. Sur le grand lac qui occupait le centre de la scène, une gondole apparut dans le feu des projecteurs. A son bord, un organiste jouait un air mélodieux qui se répercutait sur l'eau. Muets d'admiration, les spectateurs regardèrent l'arc-en-ciel de lumières qui illuminait la grotte tandis que la gondole traversait lentement le lac pour s'évanouir avec les derniers accents de la musique.

« Fantastique, dit Gunther. Ce spectacle méritait à lui seul le voyage.

— J'adore les voyages, observa Tracy. Et savez-vous quelle ville j'ai toujours rêvé de voir, Gunther ? Madrid. »

Posté à la sortie des grottes, Daniel Cooper vit Tracy en émerger.

Elle était seule.

28

Situé sur la place de la Lealtad de Madrid, le Ritz passe pour le meilleur hôtel d'Espagne. Il reçoit depuis plus d'un siècle les monarques d'une dizaine de pays d'Europe ; présidents, dictateurs et milliardaires y ont séjourné. Tracy en avait entendu dire tant de merveilles que la réalité la déçut. Le hall défraîchi avait un aspect misérable.

Le sous-directeur la conduisit aux appartements qu'elle avait choisis : la suite 411-412 de l'aile sud de l'hôtel qui donnait sur la rue Felipe-V.

« Cela vous convient-il, mademoiselle Whitney ? »

Tracy alla à la fenêtre. De l'autre côté de la rue, en contrebas, se dressait le musée du Prado.

« C'est parfait, merci. »

Un bruit assourdissant montait de la rue où la circulation était dense. Mais Tracy avait ce qu'elle voulait : une vue à vol d'oiseau du Prado.

Elle commanda un dîner léger qu'elle prit dans sa chambre. Lorsqu'elle se mit au lit, elle se dit qu'essayer d'y dormir devait être une forme moderne de torture médiévale.

A minuit, le policier posté dans le hall fut relevé par un de ses collègues.

« Elle n'a pas quitté sa chambre. Je pense qu'elle n'en bougera plus jusqu'à demain. »

A Madrid, la Dirección General de Seguridad occupe tout un pâté de maisons sur la Puerta del Sol. C'est un bâtiment de pierre grise et de brique rouge arborant une grosse tour d'horloge à son sommet. Le drapeau espagnol rouge et jaune flotte au-dessus de l'entrée, gardée par un policier en uniforme beige coiffé d'un calot brun et équipé d'une mitraillette, d'une matraque, d'un revolver et de menottes. C'est là que les liaisons avec Interpol sont assurées.

La veille, un câble urgent X-D avait averti le commissaire Santiago Ramiro de l'arrivée imminente de Tracy Whitney. Celui-ci avait relu deux fois la dernière phrase, puis appelé l'inspecteur Trignant au siège parisien d'Interpol.

« Je ne comprends pas votre message, lui avait-il dit. Vous me demandez la pleine collaboration de mes services pour un homme qui n'est même pas policier ? Pour quelle raison ?

— Je pense que vous trouverez M. Cooper très utile. Il comprend Mlle Whitney.

— Qu'y a-t-il à comprendre ? C'est une criminelle. Ingénieuse, peut-être, mais nos prisons sont pleines de détenus ingénieux. Elle n'échappera pas à nos filets.

— *Bon**. Et vous consulterez M. Cooper ?

— Si vous dites qu'il peut nous être utile, je n'y vois pas d'objection, avait répondu le commissaire à contrecœur.

— *Merci, monsieur**.

— *De nada, señor.* »

Comme son collègue de Paris, le commissaire Ramiro ne portait pas les Américains dans son cœur. Il les trouvait grossiers, matérialistes et naïfs. « Celui-là sera peut-être différent, se dit-il. Je le trouverai probablement sympathique. »

Il le détesta au premier coup d'œil.

« Elle a berné la moitié des polices d'Europe, déclara celui-ci, à peine entré dans son bureau. Et il en ira sans doute de même avec vous.

— Nous n'avons besoin des conseils de personne, répondit le commissaire en se maîtrisant à grand-peine. La *señorita* est surveillée en permanence depuis son arrivée à l'aéroport Bajaras ce matin. Qu'elle ramasse ne serait-ce qu'une épingle tombée de la poche d'un passant et je vous assure qu'elle sera jetée en prison. Elle ne connaît pas la police espagnole.
— Elle n'est pas ici pour ramasser des épingles.
— Pourquoi est-elle ici, à votre avis ?
— Je n'en suis pas certain. Mais je peux vous affirmer que ce sera un gros coup.
— Tant mieux, fit le commissaire avec suffisance. Nous ne la lâcherons pas d'une semelle. »

Lorsque Tracy se réveilla, épuisée par la nuit de tortures que lui avait value son lit signé Tomás de Torquemada, elle commanda un petit déjeuner avec du café noir et alla contempler le Prado. C'était une imposante forteresse de pierre et de brique entourée d'arbres et de pelouses. De chaque côté des colonnes doriques qui ornaient la façade, des escaliers jumeaux conduisaient à l'entrée principale ; deux portes latérales s'ouvraient au niveau de la rue. Écoliers et touristes de tous les pays faisaient la queue devant le musée. A dix heures précises, les gardes déverrouillèrent les deux grandes portes principales et les visiteurs commencèrent à pénétrer dans le musée par le tambour central et les deux entrées latérales.

La sonnerie du téléphone fit sursauter Tracy. Hormis Gunther, personne ne savait qu'elle était à Madrid.

« Allô ?

— *Buenos días, señorita.* »

La voix lui était familière.

« J'appelle de la Chambre de commerce de Madrid qui m'a chargé de veiller à ce que votre séjour dans notre ville soit aussi agréable que possible.

— Comment avez-vous su que j'étais ici, Jeff ?

— La Chambre de commerce sait tout, *señorita*. C'est la première fois que vous venez à Madrid ?

— Oui.

— *¡Bueno !* Je vais pouvoir vous faire découvrir la ville. Combien de temps comptez-vous rester ici, Tracy ? »

La question était tendancieuse.

« Oh ! Je ne sais pas encore, répondit-elle d'un ton léger. Le temps de faire un peu de tourisme et quelques achats. Et vous, que faites-vous à Madrid ?

— La même chose, répondit-il sur le même ton. Tourisme et emplettes. »

Tracy ne croyait pas aux coïncidences. Jeff était à Madrid pour la même raison qu'elle : le *Puerto*.

« Êtes-vous libre ce soir ? » demanda-t-il.

C'était un défi.

« Oui.

— Parfait. Je vais réserver une table au Jockey. »

Tracy ne se faisait aucune illusion sur Jeff ; pourtant, lorsqu'elle le vit dans le hall de l'hôtel, elle en éprouva un plaisir déraisonnable.

« *¡Fantástico, querida !* s'exclama-t-il en lui prenant la main. Vous êtes ravissante. »

Tracy s'était habillée avec soin : ensemble Valentino bleu marine, étole de zibeline de Russie, escarpins Maud Frizon et sac à main marqué du H d'Hermès.

Attablé dans un coin du hall devant un verre de Perrier, Daniel Cooper les regardait, gonflé d'un sentiment de puissance. « La justice est mienne, dit le Seigneur. Et je suis Son glaive, l'instrument de Sa vengeance. Ma vie est une pénitence et tu vas m'aider à expier mes péchés. Je vais te punir. »

Cooper savait qu'aucune police au monde n'était assez intelligente pour arrêter Tracy Whitney. « Mais moi, je le suis, se disait-il. Elle m'appartient. »

Tracy était devenue plus qu'une mission pour Cooper : elle l'obsédait. Il emportait ses photos et son dossier partout où il allait et, le soir, avant de se coucher, il les étudiait avec amour. Il était arrivé trop tard à Biarritz. Elle lui avait échappé à Palma, mais, maintenant qu'Interpol avait retrouvé sa trace, il était résolu à ne plus la perdre.

Il rêvait de Tracy. Nue dans une cage géante, elle le suppliait de la libérer. « Je t'aime, disait-il, mais je ne te libérerai jamais. »

Le Jockey était un petit restaurant élégant sur la place Amador de los Rios.

« La cuisine y est excellente », assura Jeff.

Tracy le trouvait particulièrement séduisant ce soir-là. Il brûlait d'une ardeur intérieure égale à la sienne. Elle savait pourquoi : ils se mesuraient l'un à l'autre, rivalisant d'ingéniosité dans une joute à l'enjeu élevé. « Je vais gagner, se dit-elle. Je trouverai un moyen de voler ce tableau avant lui. »

« Il court des bruits étranges, disait Jeff.

— Quel genre de bruits ?

— Avez-vous entendu parler de Daniel Cooper ? Un enquêteur de compagnie d'assurances. Très intelligent.

— Non, pourquoi ?

— Méfiez-vous. Il est dangereux. Je n'aimerais pas qu'il vous arrive quoi que ce soit.

— Ne vous inquiétez pas.

— Oh ! Mais je me suis fait du souci, Tracy.

— A mon sujet ? fit-elle en riant. Pourquoi ?

— Vous êtes quelqu'un de très exceptionnel, répondit-il d'un ton léger en couvrant sa main de la sienne. Votre présence donne du sel à l'existence, mon amour. »

« Il est si convaincant, songea Tracy. Si je n'étais pas avertie, je le croirais. »

« Si nous commandions ? dit-elle. Je meurs de faim. »

Pendant les jours qui suivirent, Jeff et Tracy explorèrent Madrid. Ils n'étaient jamais seuls. Deux hommes du commissaire Ramiro les suivaient, accompagnés par Daniel Cooper. Ramiro avait accordé à cet Américain bizarre la permission de se joindre aux équipes de surveillance, pour ne pas l'avoir sur le dos. L'Américain était *loco*. Il était convaincu que Whitney allait voler un trésor au nez et à la barbe de la police. *Qué ridículo !*

Tracy et Jeff dînèrent dans les grands restaurants de Madrid : Horcher, le Príncipe de Viana et la Casa Botín. Jeff l'emmena également dans des établissements inconnus des touristes : Casa Paco, La Chuletta et El Lacón où ils savourèrent des spécialités locales telles que le *cocido madrileño* et l'*olla podrida*. Ils se rendirent aussi dans un petit bar où on servait de délicieuses *tapas*.

Partout où ils se rendaient, Daniel Cooper et les deux policiers n'étaient jamais loin.

Daniel Cooper se demandait quel était le rôle de Jeff Stevens dans l'acte qui se jouait. Était-il la prochaine victime de Tracy ? Un complice ?

« De quels renseignements disposez-vous sur Jeff Stevens ? demanda-t-il au commissaire Ramiro.

— *Nada*. Il n'a pas de casier judiciaire, il est ici en touriste. Une rencontre de voyage, sans doute. »

L'intuition de Cooper lui disait qu'il n'en était rien. Mais ça n'était pas Jeff Stevens qui l'intéressait. « Tracy, se disait-il. C'est toi que je veux. »

Après une soirée qui s'était terminée assez tard, Jeff raccompagna Tracy jusqu'à la porte de sa chambre.

« Pourquoi ne m'inviterais-tu pas à prendre un dernier verre ? »

Tracy fut presque tentée.

« Pense à moi comme à une sœur, Jeff, répondit-elle en lui effleurant la joue d'un baiser.

— Quelle est ta position sur l'inceste ? »

Elle avait déjà refermé sa porte.

Quelques minutes plus tard, il lui téléphona de sa chambre.

« Que dirais-tu de passer la journée avec moi à Ségovie demain ? Cette magnifique vieille cité n'est qu'à quelques heures de Madrid.

— C'est une merveilleuse idée. Merci pour cette agréable soirée, Jeff. Bonne nuit. »

Elle resta longtemps éveillée, l'esprit assailli de pensées indésirables. Cela faisait si longtemps qu'elle refusait tout attachement sentimental. Charles lui avait fait très mal. Elle ne voulait pas souffrir de nouveau. Jeff Stevens était un compagnon amusant, mais elle savait qu'il ne devait jamais devenir plus que cela. Tomber amoureuse de lui serait facile. Stupide. Désastreux. Agréable. Elle eut beaucoup de mal à trouver le sommeil.

L'excursion à Ségovie fut parfaite. Ils quittèrent Madrid dans une petite voiture louée par Jeff et traversèrent cette région de vignobles de l'Espagne. Une Seat banalisée les suivit toute la journée.

Ce n'était pas une voiture ordinaire. Les Seat sont les seuls véhicules de fabrication espagnole. Le modèle classique ne fait que cent chevaux, mais les voitures de la Policía Nacional et de la Guardia Civil sont gonflées à cent cinquante, de sorte que Tracy Whitney et Jeff Stevens ne risquaient pas d'échapper à Daniel Cooper et aux deux autres policiers.

Tracy et Jeff arrivèrent à Ségovie à une heure et déjeunèrent dans un charmant restaurant de la place principale à l'ombre d'un aqueduc romain deux fois millénaire. Ils se promenèrent dans la cité médiévale, visitèrent la cathédrale Santa María, l'hôtel de ville Renaissance avant de se rendre en voiture à l'Alcazar, antique forteresse romaine perchée sur un éperon rocheux, très haut au-dessus de la ville. Le panorama était grandiose.

« Si nous restions ici assez longtemps, je parie que nous verrions don Quichotte et Sancho Pança chevaucher dans la plaine, remarqua Jeff.

— Tu aimes partir à l'assaut des moulins à vent, n'est-ce pas ?

— Tout dépend de leur forme », répondit-il en se rapprochant d'elle.

Tracy s'éloigna du bord de la falaise.

« Parle-moi encore de Ségovie. »

Le charme fut rompu. Jeff était un guide enthousiaste, savant en histoire, en archéologie et en architecture. Tracy devait faire des efforts constants pour se rappeler qu'il était également escroc. Elle ne se souvenait pas d'avoir jamais passé journée plus agréable.

« La seule chose qu'ils volent, c'est notre temps, grommela José Pereira, un des policiers espagnols. Vous ne voyez pas que ce sont des amoureux ? Vous êtes sûr qu'elle manigance quelque chose ?

— Oui », s'écria Cooper.

Ses réactions l'intriguaient. Il voulait prendre Tracy Whitney, la punir comme elle le méritait. Elle n'était qu'une criminelle parmi tant d'autres, une mission. Et, pourtant, chaque fois que son compagnon lui prenait le bras, il frémissait de fureur.

« Si tu n'es pas trop fatiguée, je connais un restaurant épatant, proposa Jeff à leur retour à Madrid.

— Avec plaisir. »

Tracy ne voulait pas voir finir cette journée. « Je m'accorde un jour, un seul jour pour être comme les autres femmes. »

Les Madrilènes dînent tard. Peu de restaurants servent avant vingt et une heures. Jeff réserva une table au Zalacaín pour dix heures. C'était un restaurant élégant où la cuisine était excellente et le service parfait. Bien que Tracy n'eût pas commandé de dessert, le serveur lui apporta une pâtisserie feuilletée. Elle n'avait jamais rien mangé de plus délicieux.

« C'était un merveilleux dîner, dit-elle, rassasiée et heureuse. Merci.

— Je suis content que ça t'ait plu. C'est ici qu'il faut amener les gens qu'on souhaite impressionner.

— Chercherais-tu à m'impressionner, Jeff ?

— Et comment ! répondit-il en souriant, Ce n'est pas fini. »

Il l'emmena dans une *bodega* peu engageante, un café enfumé rempli de travailleurs espagnols en blouson de cuir qui buvaient accoudés au bar ou attablés à la dizaine de tables que comptait la salle. Tracy et Jeff s'assirent près du *tablado*, une estrade légèrement surélevée où deux hommes jouaient de la guitare.

« Tu connais un peu le flamenco ?

— Je sais seulement que c'est une danse espagnole.

— Gitane, corrigea Jeff. On en voit des imitations pour touristes dans les night-clubs de Madrid. Ce soir, tu vas découvrir le véritable flamenco. »

Son enthousiasme fit sourire Tracy.

« Tu vas voir un *cuadro flamenco* classique. C'est un groupe de chanteurs, de danseurs et de guitaristes. Ils jouent d'abord ensemble, puis chacun à leur tour. »

Assis à l'autre bout du café, près de la cusine, Daniel Cooper se demandait de quoi ils pouvaient bien discuter avec autant d'animation.

« C'est une danse très subtile parce que tout doit s'harmoniser : les mouvements, la musique, les costumes, le rythme...

— Comment se fait-il que tu en saches autant ? demanda Tracy.

— Je connaissais une danseuse de flamenco. »

« Naturellement », se dit Tracy.

La *bodega* fut plongée dans une demi-obscurité tandis que des projecteurs éclairaient la petite scène. Puis la magie commença. Un groupe d'artistes monta nonchalamment sur l'estrade. Les femmes portaient des jupes et des corsages colorés ; peignes et fleurs ornaient leur belle coiffure andalouse. Les hommes étaient serrés dans le pantalon et le gilet traditionnels et des bottillons de cuir de Cordoue étincelaient à leurs pieds. Une femme assise se mit à chanter sur la mélodie mélancolique jouée par les guitaristes.

Yo quería dejar
A mi amante,
Pero antes de que pudiera,
Hacerlo ella me abandonó
Y destrozó mi corazón.

« Tu comprends ce qu'elle dit ? murmura Tracy.

— Oui. "Je voulais quitter mon amant, mais avant que je ne le puisse, c'est lui qui m'a abandonnée et m'a brisé le cœur." »

Une danseuse s'avança au centre de l'estrade. Elle commença par un simple *zapateado*, un pas frappé que précipitèrent progressivement les pulsations des guitares. Le rythme s'accéléra et la danse prit une violence sensuelle, brodant sur des pas nés cent ans plus tôt chez les gitans. Tandis que la musique s'intensifiait, s'exaltait, que les figures classiques de la danse de succédaient, de l'*alegría* au *fandanguillo*, de la *zambra* à la *seguiriya*, sur un rythme toujours plus effréné, les autres artistes encourageaient la danseuse de la voix.

Les cris de « *Olé tu madre* », « *Olé tu santos* », « *Anda, anda* », les *jaleos* et les *piropos* traditionnels exacerbaient la frénésie de la danseuse.

Lorsque musique et danse s'arrêtèrent, un silence vibrant s'abattit sur la salle. Puis un tonnerre d'applaudissements éclata.

« Elle est merveilleuse ! s'exclama Tracy.

— Attends. »

Une seconde femme s'avança. Elle avait la sombre beauté classique des Castillanes. Absorbée en elle-même, elle semblait oublieuse de la présence des spectateurs. Les guitaristes se mirent à jouer un *boléro* plaintif et bas, un *canto* aux accents orientaux. Un homme rejoignit la danseuse. Les castagnettes firent entendre leur claquement rythmé.

Les artistes assis mêlèrent alors à la musique leur *jaleos*, le battement de leurs mains, la soulignant, la soulevant, l'amplifiant jusqu'à ce que la pièce vibrât de l'écho du *zapateado*, cette mesure hypnotique frappée par l'orteil, le talon, le pied tout entier selon des variations infinies de ton et de sensations rythmiques.

Les danseurs se séparaient et se rapprochaient avec une fièvre sensuelle croissante, s'aimant avec une violence farouche et sauvage sans que leurs corps ne s'effleurent, jusqu'à atteindre un paroxysme qui fit hurler la foule. Les lumières s'éteignirent, puis se rallumèrent sans que cessât leur clameur. Tracy se surprit à crier avec les autres, les sens embrasés. Elle n'osait pas regarder Jeff, consciente du désir qui vibrait entre eux. Ses yeux se posèrent sur ses mains puissantes et bronzées. Elles les imagina la caressant lentement, ardemment, fiévreusement et dissimula sous la table ses mains tremblantes.

Ils n'échangèrent que peu de mots sur le trajet du retour. Devant la porte de sa chambre, Tracy se retourna en disant :

« J'ai passé... »

Jeff avait pris ses lèvres et ses bras l'enlacèrent d'eux-mêmes, l'attirant contre elle.

« Tracy... »

Ses lèvres formaient déjà le mot « oui » et ce ne fut qu'au prix d'un suprême effort de volonté qu'elle parvint à dire :

« La journée a été longue, Jeff. Je tombe de sommeil.
— Oh !
— Je crois que demain je me reposerai.
— Bonne idée, répondit-il d'un ton uni. Je ferai sans doute la même chose. »

Ils ne se croyaient ni l'un ni l'autre.

29

A dix heures le lendemain matin, Tracy se trouvait dans la longue queue qui attendait devant le Prado. Lorsque les portes s'ouvrirent, un gardien en uniforme actionna le tourniquet qui n'admettait qu'un visiteur après l'autre.

Après avoir acheté son billet, Tracy gagna avec la foule la rotonde centrale. Daniel Cooper et l'agent Pereira restèrent à bonne distance. L'excitation de Cooper allait croissant. Il était certain que Tracy Whitney n'était pas au Prado en simple touriste. Quel que fût son plan, il était en voie d'exécution.

Tracy parcourut lentement les salles remplies de Rubens, de Titien, de Tintoret, de Bosch et des tableaux de Dhoménikos Théotokópoulos, devenu célèbre sous le nom d'El Greco. Les Goya étaient exposés dans une galerie du rez-de-chaussée.

Tracy nota que chaque salle était surveillée par un gardien qui avait près de lui un bouton rouge d'alarme. Elle savait que, si la sonnerie retentissait, les issues du musée seraient instantanément condamnées pour rendre toute fuite impossible.

Elle s'assit au centre de la salle des Muses, consacrée aux peintres flamands du XVIIIe siècle, et promena ses regards autour d'elle. Elle remarqua de petites ouvertures rondes de chaque côté de la porte ; il s'agissait sans doute du système d'infrarouges, branché la nuit. Dans les autres musées que Tracy avait visités, les gardiens, blasés et somnolents, prêtaient peu d'attention au flot continu des visiteurs. Ici, ils restaient vigilants. Des fanatiques dégradaient des œuvres d'art un peu partout dans le monde et le Prado prenait toutes les précautions pour protéger ses trésors d'un tel risque.

Dans différentes salles, des artistes avaient dressé leur chevalet et copiaient les tableaux des grands maîtres. Tracy remarqua qu'ils faisaient eux aussi l'objet d'une surveillance attentive.

Après avoir visité l'étage principal, elle descendit l'escalier qui menait aux salles Francisco de Goya.

« Elle n'est ici que pour admirer les tableaux, dit Pereira à Cooper. Elle...

— Vous vous trompez », répondit celui-ci en dévalant les marches à son tour.

Il sembla à Tracy que les Goya étaient plus étroitement surveillés que les autres. A juste titre, car la richesse et la beauté des œuvres exposées étaient extraordinaires. Tracy passa de l'une à l'autre, envoûtée par le génie de l'artiste. L'*Autoportrait* où il ressemblait à un dieu Pan... *La Famille de Charles V* d'une richesse de couleurs prodigieuse... *La Maja vêtue* et la célèbre *Maja nue*.

Et là, à côté du *Sabbat*, le *Puerto*. Tracy s'immobilisa, le cœur battant. Au premier plan, un groupe d'hommes et de femmes magnifiquement vêtus se tenaient debout devant un mur de pierre tandis qu'à l'arrière-plan, noyé dans une brume lumineuse, on voyait des bateaux de pêche mouillés dans un port et un phare lointain. Dans le coin inférieur gauche du tableau, on distinguait la signature de Goya.

C'était son objectif. *Cinq cent mille dollars.*

Tracy jeta un coup d'œil autour d'elle. Il y avait un gardien à l'entrée et, au-delà, le long du couloir qui menait aux autres salles, d'autres encore. Elle contempla longuement le *Puerto*. Au moment où elle s'apprêtait à partir, elle vit un groupe de touristes descendre l'escalier. Jeff Stevens était parmi eux. Elle se détourna et se hâta de quitter le musée avant qu'il ne l'aperçût.

« Elle a l'intention de voler un tableau au Prado. »

Le commissaire Ramiro regarda Daniel Cooper d'un air incrédule.

« *Cagajón !* Personne ne peut voler quoi que ce soit au Prado.

— Elle y a passé toute la matinée, insista Cooper.

— Il n'y a jamais eu, et il n'y aura jamais de vol au Prado. Et savez-vous pourquoi, *señor* ? Parce que c'est impossible.

— Elle n'utilisera aucun des procédés habituels. Il faut que vous fassiez protéger les conduits d'aération du musée contre d'éventuels gaz toxiques. Si les gardiens boivent du café pendant leur service, cherchez à savoir où ils se le procurent et s'il peut être drogué. Vérifiez l'eau potable... »

La patience du commissaire était à bout. Il lui avait déjà été assez pénible de supporter cet Américain laid et grossier pendant une semaine et de gaspiller le temps précieux de ses hommes à faire suivre Tracy Whitney vingt-quatre heures sur vingt-quatre alors que la Policía Nacional était soumise à des restrictions budgétaires. Mais que ce *pito* se permette de lui donner des leçons sur la conduite de *son* département, c'était plus qu'il n'en pouvait supporter.

« Selon moi, cette dame est ici en vacances. J'arrête la surveillance.

— Non ! s'écria Cooper, consterné. Vous ne pouvez pas faire ça. Tracy Whitney est... »

Le commissaire se redressa de toute sa taille.

« Je vous prierais de me laisser seul juge de ce que je peux ou ne peux pas faire, *señor*. Si vous ne voyez rien d'autre à ajouter... Je suis très occupé. »

Daniel Cooper bouillait d'une rage impuissante.

« J'aimerais continuer seul.

— A protéger le Prado des terribles menaces de cette femme ? dit le commissaire en souriant. Mais je vous en prie, *señor*. Je vais enfin pouvoir dormir tranquille. »

30

« Les chances de succès sont limitées, avait dit Gunther Hartog à Tracy. Cela demande beaucoup d'ingéniosité. »

« C'est l'euphémisme du siècle », se dit Tracy.

Elle contemplait le toit du Prado de la fenêtre de sa suite en repassant dans son esprit ce qu'elle avait appris sur le musée. Le système d'alarme était débranché pendant les heures d'ouverture, c'est-à-dire de dix à dix-huit heures, mais les gardiens surveillaient alors chaque pièce.

« En admettant même qu'on puisse décrocher un tableau du mur, il serait impossible de l'emporter. » Tous les sacs étaient fouillés à la sortie.

Elle envisagea ensuite une incursion nocturne. Les inconvénients étaient nombreux. Des projecteurs illuminaient le toit du musée, le rendant visible à des kilomètres à la ronde. Cet obstacle franchi, il restait encore les rayons infrarouges et les veilleurs de nuit.

Le Prado semblait imprenable.

Quel pouvait être le plan de Jeff ? Tracy était convaincue qu'il allait tenter de s'emparer du Goya. « Je donnerais cher pour savoir ce que ce petit futé a en tête. » Il n'y avait qu'une chose dont elle fût sûre : elle ne se laisserait pas devancer. Il fallait qu'elle trouve une solution.

Elle retourna au Prado le lendemain matin. Rien n'avait changé, hormis les visiteurs. Tracy guetta en vain Jeff ; il ne se montra pas.

« Il sait déjà comment il va s'y prendre, se dit-elle. Le salaud. Il n'a déployé ce charme que pour tenter de me distraire. »

Elle refoula sa colère pour retrouver un esprit logique et clair.

Elle se dirigea à nouveau vers le *Puerto*. Son regard se posa sur les toiles voisines, les gardiens, les peintres amateurs assis devant leur chevalet, la foule qui allait et venait... Brusquement les battements de son cœur s'accélérèrent.

« Je sais ce que je vais faire ! »

Tracy entra dans une cabine publique de Gran Vía. Daniel Cooper qui l'observait du seuil d'un café aurait donné une année de salaire pour savoir qui elle appelait. Il était certain qu'elle téléphonait à l'étranger, et en P.C.V. pour qu'il n'y ait pas trace de la communication. Il remarqua qu'elle portait une robe de lin vert citron qu'il ne lui avait encore jamais vue et qu'elle avait les jambes nues. « Pour que les hommes puissent les regarder, se dit-il. Fille publique. »

Il bouillait de rage.

Dans la cabine, Tracy en était à la fin de sa conversation.

« Veillez bien à ce qu'il soit rapide, Gunther. Il aura deux minutes tout au plus. Tout va dépendre de sa rapidité. »

Adressé à : J. J. Reynolds.
Réf.   : Dossier n° Y-72-830-412.
Objet   : Tracy Whitney.

J'ai la conviction que Tracy Whitney est à Madrid pour commettre un forfait d'envergure, vraisemblablement au musée du Prado. La police espagnole se montre peu coopérative, mais je continue à surveiller personnellement la suspecte et l'appréhenderai au moment opportun.

Deux jours plus tard, à neuf heures du matin, assise dans les jardins du Retiro — ce beau parc s'étendant au centre de Madrid —, Tracy donnait à manger aux pigeons. Avec son lac, ses arbes, ses pelouses bien entretenues et ses théâtres miniatures pour les enfants, le Retiro est un endroit très apprécié des Madrilènes.

Cesar Porretta, un vieil homme grisonnant légèrement bossu, s'avança le long de l'allée. Parvenu à la hauteur de Tracy, il s'assit à côté d'elle, ouvrit un sac en papier et se mit à jeter des miettes de pain aux oiseaux.

« *Buenos días, señorita*.
— *Buenos días*. Voyez-vous le moindre problème ?
— Non, *señorita*. Ce qu'il me faut, c'est la date et l'heure.
— Je ne les ai pas encore. Mais bientôt. »

Il sourit, découvrant une bouche édentée.

« La police va être folle furieuse. Personne n'a jamais rien tenté de ce genre.
— C'est pour cela que ça marchera, répondit Tracy. Je vous ferai signe. »

Elle jeta une dernière miette aux pigeons, puis s'éloigna, sa jupe de soie virevoltant de manière provocante autour de ses genoux.

Pendant que Tracy s'entretenait avec Cesar Porretta, Daniel Cooper fouillait sa suite. Posté dans le hall, il l'avait vue quitter l'hôtel pour le parc. Comme elle ne s'était pas fait monter le petit déjeuner, il en avait conclu qu'elle allait le prendre dehors et s'était accordé une demi-heure. Pour pénétrer dans sa suite, il avait évité les femmes de chambre de l'étage et crocheté sa serrure. Il savait ce qu'il cherchait : la copie d'un tableau. Il ignorait comment Tracy comptait la substituer à l'original, mais était certain qu'elle ne pouvait avoir d'autre plan.

Il fouilla la suite avec une efficacité rapide et silencieuse, gardant la chambre à coucher pour la fin. Il inspecta le placard à vêtements, puis ouvrit les tiroirs de la commode, un par un. Ils étaient remplis de sous-vêtements. Cooper prit une petite culotte rose qu'il frotta contre sa joue en imaginant la chair odorante de Tracy. Son parfum imprégna soudain la pièce. Il rangea la culotte et fouilla rapidement les autres tiroirs. Il n'y avait pas de tableau.

Cooper entra dans la salle de bains. Il restait des gouttes d'eau dans la baignoire. Il la vit nue, l'eau caressant ses seins, son bassin ondulant voluptueusement. Il était en érection. Il prit une serviette encore humide qu'il porta à ses lèvres. L'odeur de Tracy tournoyait autour de lui tandis qu'il défaisait son pantalon. Il frotta un morceau de savon sur la serviette et commença à se caresser, face au miroir, le regard plongé dans ses yeux brûlants.

Quelques minutes plus tard, il quitta la suite aussi silencieusement qu'il y était entré et se rendit dans une église du voisinage.

Le lendemain matin, lorsque Tracy quitta le Ritz, Daniel Cooper la suivit. Il y avait entre eux une intimité nouvelle. Il connaissait son odeur ; il l'avait vue dans son bain, avait regardé son corps nu se tordre de plaisir dans l'eau tiède. Elle lui appartenait totalement. Il pouvait la détruire. Tracy flâna le long de la Gran Vía, s'arrêtant devant les vitrines, puis pénétra dans un grand magasin. Daniel Cooper lui emboîta le pas en restant à une distance prudente. Il la vit parler à une vendeuse, puis se diriger vers les toilettes. Il attendit près de la porte en rongeant son frein : c'était le seul endroit où il lui était impossible de la suivre.

S'il avait pu le faire, il aurait vu Tracy s'adressant à une énorme matrone.

« *Mañana*, disait-elle en se remettant du rouge à lèvres devant la glace. Demain matin à onze heures.

— Non, *señorita*, ça ne lui plaira pas. Vous ne pouviez

pas choisir un plus mauvais jour. Le prince du Luxembourg arrive demain en visite officielle. Les journaux disent qu'on lui fera visiter le Prado. Les équipes de gardiens seront renforcées, et il y aura des policiers partout dans le musée.

— Plus il y en aura, mieux ce sera. Demain. »

La femme la regarda quitter les toilettes en grommelant :

« *La cucha es loca...* »

Le prince et son escorte étaient attendus au Prado à onze heures précises, et la Guardia Civil gardait les rues environnantes. En raison d'un retard dans la cérémonie qui avait lieu au palais présidentiel, ils n'arrivèrent que vers midi. Les motos de la police apparurent avec un hurlement de sirènes et escortèrent une demi-douzaine de limousines noires jusqu'à l'entrée du musée.

Christian Machada attendait nerveusement Son Altesse royale. Il avait procédé à une inspection méticuleuse du Prado pour s'assurer que tout était en ordre et recommandé aux gardiens une vigilance accrue. Fier de son musée, le directeur souhaitait faire bonne impression au prince.

« Avoir des amis haut placés ne fait jamais de mal, se disait-il. *Quién sabe ?* Je serai peut-être même invité à dîner au palais présidentiel en compagnie de Son Altesse. »

Son seul regret était de ne pouvoir empêcher les hordes de touristes de déambuler de salle en salle. Mais la protection du prince serait assurée par ses gardes du corps et par les gardiens. Tout était prêt pour le recevoir.

La visite royale commença au premier étage. Le directeur accueillit Son Altesse avec effusion et l'accompagna dans les salles où étaient exposées les œuvres des peintres espagnols du XVIe siècle : Juan de Juanes, Pedro Machuca, Fernando Yáñez.

Le prince avançait lentement, goûtant cette fête pour l'œil déployée devant lui. Il protégeait les arts et admirait les peintres qui ressuscitaient le passé et le rendaient éternel. N'ayant aucun don pour la peinture, il enviait les artistes qui, debout devant leur chevalet, s'efforçaient de dérober quelques étincelles de génie aux grands maîtres.

Lorsque le cortège officiel eut achevé la visite du premier étage, Machada déclara avec fierté :

« Si Votre Altesse le permet, je vais maintenant vous conduire aux salles Goya. »

Tracy passa une matinée éprouvante. En ne voyant pas le prince arriver, la panique s'empara d'elle. Elle avait tout prévu et chronométré à la seconde près, mais la présence du prince était indispensable.

Elle déambula de pièce en pièce, se mêlant à la foule, s'efforçant de ne pas attirer l'attention. « Il n'arrive pas, se dit-elle enfin. Je vais devoir tout annuler. » Au même instant, les sirènes de police retentirent dans la rue.

Daniel Cooper qui surveillait Tracy de la salle voisine les entendit aussi. Sa raison lui disait qu'il était impossible à quiconque de voler un tableau au Prado, mais son intuition lui affirmait que Tracy allait essayer de le faire et il se fiait à son intuition. Il se rapprocha de Tracy, dissimulé par la foule compacte. Il ne voulait pas la perdre de vue un seul instant.

Tracy se trouvait dans la salle jouxtant celle du *Puerto*. Elle voyait Cesar Porretta, le bossu, copier *La Maja vêtue*, exposée à côté du *Puerto*. Un gardien se tenait à un mètre de lui. Une femme reproduisait avec application *La Laitière de Bordeaux* en essayant d'en retrouver les bruns et les verts éclatants.

Un groupe de Japonais voleta dans la pièce, pépiant comme une volée d'oiseaux exotiques. « *Maintenant !* » se dit Tracy. C'était le moment qu'elle avait attendu. Son cœur battait si fort qu'elle craignait que le gardien ne l'entende. Elle s'écarta pour laisser passer le groupe de Japonais, reculant vers la femme peintre. L'un des touristes la frôla au passage et elle tomba en arrière comme si on l'avait poussée, bousculant l'artiste qu'elle envoya rouler à terre avec chevalet, toile et gouaches.

« Oh ! Je suis terriblement désolée ! s'exclama-t-elle. Je vais vous aider. »

Elle se précipita à sa rescousse, foulant aux pieds les tubes de peinture éparpillés qui maculèrent le plancher. Daniel Cooper qui avait vu la scène se rapprocha, les sens en éveil, convaincu que Tracy venait d'entrer en action.

Le gardien accourut en criant :

« ¿Qué pasa ? ¿ Qué pasa ? »

L'incident avait attiré les visiteurs qui se pressaient autour de l'artiste, piétinant les tubes écrasés et barbouillant le plancher. Le prince devait apparaître d'un instant à l'autre. Pris de panique, le gardien hurla :

« Sergio ! ¡Ven acá ! ¡Pronto ! »

Son collègue de la salle voisine arriva en toute hâte. Cesar Porretta se trouvait seul avec le *Puerto*.

Tracy se tenait au centre du tumulte. Les deux gardiens tentaient vainement d'écarter les touristes de la zone maculée de peinture.

« Va chercher le directeur, cria Sergio. ¡En seguida ! »

Son collègue courut vers l'escalier. « ¡Que birria ! Quel gâchis ! »

Deux minutes plus tard, Christian Machada surgissait sur les lieux du désastre. Il jeta un coup d'œil horrifié au plancher et s'écria :

« Allez chercher des femmes de ménage. Vite ! Qu'elles apportent des chiffons et de la térébenthine. ¡Pronto ! »

Un jeune assistant s'élança.

« Retournez à votre poste, ordonna sèchement le directeur à Sergio.

— Oui, monsieur. »

Tracy regarda le gardien fendre la foule pour regagner la salle où travaillait Cesar Poretta.

Cooper n'avait pas quitté Tracy des yeux, guettant ses moindres gestes. Rien ne s'était produit. Elle ne s'était pas approchée des tableaux et n'avait pas adressé de signe d'intelligence à un complice quelconque. Elle n'avait fait que de renverser un chevalet et des tubes de peinture. C'était délibéré, Cooper en était sûr, mais dans quelle intention ? Il pressentait confusément que le plan de Tracy, quel qu'il fût, avait déjà été mis à exécution. Il parcourut les murs de la salle du regard : aucun tableau ne manquait.

Cooper se précipita dans la salle voisine. A l'exception du gardien et d'un vieux peintre bossu qui copiait *La Maja vêtue*, elle était vide. Les tableaux étaient à leur place. Pourtant quelque chose clochait : il le *savait*.

Il retourna auprès du directeur qu'il avait déjà rencontré.

« J'ai des raisons de croire qu'un tableau a été volé ici, il y a quelques minutes », déclara-t-il.

Le directeur dévisagea avec stupeur cet Américain au regard égaré.

« S'il en était ainsi, les gardiens auraient donné l'alarme.

— Je pense qu'une copie a sans doute été substituée à un original.

— Il y a une faille dans votre théorie, *señor*, fit le directeur avec un sourire indulgent. La plupart des gens ignorent que chaque tableau est protégé par un détecteur. Si on tente de les soulever — ce qui me paraît inévitable pour opérer une substitution —, le système d'alarme se déclenche instantanément.

— Peut-il être débranché ? demanda Cooper qui n'était pas satisfait.

— Non, car si le fil était coupé, l'alerte serait également donnée. Il est *impossible* de voler un tableau dans ce musée, *señor*. Notre système de sécurité est infaillible. »

Cooper se sentait frustré. Les paroles du directeur étaient convaincantes. Cela paraissait effectivement impossible. Pourquoi alors Tracy Whitney avait-elle renversé ces tubes de peinture ?

« Pourriez-vous m'accorder une faveur ? insista-t-il.

Demandez à votre personnel de vérifier qu'aucun tableau ne manque. Je serai à mon hôtel. »

Il ne pouvait rien faire de plus.

A dix-neuf heures, Christian Machada téléphona à Cooper.

« J'ai personnellement inspecté le musée, *señor*. Tous les tableaux sont à leur place. »

Apparemment, il s'était donc bien agi d'un accident. Avec l'instinct du chasseur, Daniel Cooper sentait pourtant que sa proie lui avait échappé.

Jeff avait invité Tracy à dîner au Ritz.

« Tu es particulièrement éblouissante, ce soir.

— Merci. Je me sens merveilleusement bien.

— C'est ma compagnie. Viens avec moi à Barcelone, la semaine prochaine. C'est une ville fascinante. Tu aimerais...

— Je regrette, Jeff, c'est impossible. Je quitte l'Espagne.

— Vraiment ? fit-il d'un ton désolé. Quand ?

— Dans quelques jours.

— Oh ! Je suis si déçu. »

« Tu le seras encore davantage en apprenant que j'ai volé le *Puerto* », se dit Tracy. Elle se demanda comment il avait compté s'y prendre. Mais cela n'avait désormais plus la moindre importance : elle l'avait emporté sur Jeff Stevens. Inexplicablement, elle éprouvait une ombre de regret.

Assis dans son bureau, Christian Machada savourait sa tasse de café noir du matin en se félicitant du succès de la visite princière. Hormis le regrettable incident des tubes de peinture écrasés, tout s'était passé comme prévu. Le prince et sa suite avaient pu être occupés jusqu'au nettoyage du gâchis. Le directeur sourit en pensant à ce stupide enquêteur américain qui avait essayé de le convaincre qu'un vol avait eu lieu. « Pas plus hier qu'aujourd'hui ou que demain », se dit-il avec assurance.

Sa secrétaire entra dans son bureau.

« Excusez-moi, monsieur. Un certain M. Rendell désire vous voir. Il m'a demandé de vous remettre ceci. »

C'était une lettre à l'en-tête du Kunsthaus Museum de Zurich.

« Cher et estimé confrère,

« Je vous recommande par la présente M. Henri Rendell, notre grand expert en tableaux. M. Rendell fait actuellement le tour des musées du monde et souhaite tout particulièrement admirer votre incomparable collection.

« Je vous remercie par avance de l'accueil que vous voudrez bien lui faire. »

La lettre portait la signature du conservateur du musée.

« Tout le monde vient me voir tôt ou tard », pensa Christian Machada avec satisfaction.

« Faites-le entrer », dit-il à sa secrétaire.

Henri Rendell était un homme élancé et distingué, à la calvitie naissante. Il s'exprimait avec un fort accent suisse. En lui serrant la main, Machada remarqua que sa main droite était amputée de l'index.

« C'est la première fois que j'ai l'occasion de visiter Madrid, déclara Henri Rendell. Et je me fais une joie d'admirer vos célèbres œuvres d'art.

— Je crois que vous ne serez pas déçu, répondit Machada. Mais venez, je vous en prie, je vais vous accompagner moi-même. »

Ils parcoururent lentement les différentes salles : la rotonde consacrée aux peintres flamands, à Rubens et à ses disciples, puis la galerie centrale remplie de maîtres espagnols. Henri Rendell contemplait chaque tableau en échangeant avec le directeur des propos d'experts sur le style des différents artistes, leur sens de la perspective et de la couleur.

« Et maintenant, l'orgueil de l'Espagne ! déclara Machada en conduisant son hôte à la galerie Goya du rez-de-chaussée.

— Quelle fête pour l'œil ! s'exclama Rendell avec émotion. Je vous en prie, arrêtons-nous un instant ! »

Machada attendit, heureux de son enthousiasme.

« Je n'ai jamais rien vu d'aussi superbe », déclara Rendell.

Il parcourut la salle, étudiant chaque tableau.

« *Le Sabbat*, dit-il. Extraordinaire ! »

Les deux hommes continuèrent leur progression.

« *L'Autoportrait*... fantastique ! »

Christian Machada était aux anges.

Rendell s'arrêta devant le *Puerto*.

« Un joli faux.

— Quoi ? s'écria Machada en lui saisissant le bras. Qu'avez-vous dit, *señor* ?

— Que c'était un joli faux.

— Vous vous trompez ! fit le directeur, outragé.

— Je ne crois pas.

— Et moi, je vous affirme que ce tableau est authentique. Je connais sa provenance. »

Henri Rendell s'approcha du tableau qu'il examina attentivement.

« Eh bien, c'est qu'on vous aura menti sur cela aussi. Ce tableau est d'Eugenio Lucas y Padilla, le disciple de Goya. Vous savez qu'il a peint des centaines de faux Goya.

— Bien entendu, répondit sèchement le directeur. Mais celui-ci n'est pas du nombre.

— Je m'incline devant votre jugement, fit Rendell en haussant les épaules.

— J'ai acheté ce tableau moi-même. Il a été examiné au spectographe et a subi avec succès les tests de pigments.

— Je n'en doute pas. Lucas peignait à la même époque que Goya en utilisant les mêmes matériaux. »

Henri Rendell se pencha sur la signature du peintre.

« Mais, si vous souhaitez en avoir le cœur net, il y a

un moyen très simple, reprit-il. Demandez à vos restaurateurs de vérifier la signature. L'orgueil de Lucas le poussait à signer ses œuvres ; mais son portefeuille l'obligeait à peindre la signature de Goya au-dessus de la sienne, ce qui augmentait considérablement le prix de vente. »

Puis, jetant un coup d'œil à sa montre, il ajouta :

« Excusez-moi, mais j'ai malheureusement un rendez-vous. Je vous suis reconnaissant de m'avoir fait partager vos trésors.

— Je vous en prie », répondit le directeur avec froideur.

« Cet homme est un imbécile », se dit-il.

« Si je puis vous être d'une quelconque utilité, je suis à la Villa Magna. Merci encore, monsieur. »

Christian Machada le suivit du regard. Comment ce Suisse stupide osait-il prétendre que son précieux Goya était un faux !

Il se tourna vers le tableau : il était superbe, un chef-d'œuvre. Il se pencha sur la signature. Parfaitement normale. Était-ce possible ? Il y avait ce ferment de doute... Tout le monde savait qu'Eugenio Lucas y Padilla avait peint des centaines de faux de Goya au point d'en faire un métier. Le *Puerto* avait coûté trois millions cinq cent mille dollars à Machada. S'il s'était laissé abuser, sa réputation porterait une tache infamante. Il ne pouvait y songer sans frémir.

Henri Rendell avait dit une chose sensée : il y avait un moyen simple de s'assurer de l'authenticité du tableau. Il allait vérifier la signature, puis téléphonerait à Rendell pour lui suggérer poliment de changer de métier.

Le directeur appela son assistant et lui ordonna de faire transporter le *Puerto* à l'atelier de restauration.

L'expertise d'un chef-d'œuvre est une opération très délicate, car la moindre imprudence entraîne la destruction d'une œuvre aussi inestimable qu'irremplaçable. Les restaurateurs du Prado étaient des spécialistes. La plupart d'entre eux étaient des peintres sans succès qui avaient choisi ce travail pour continuer à exercer leur art de prédilection. Ils commençaient comme apprentis, étudiant auprès des restaurateurs confirmés, et travaillaient des années avant de devenir assistants et de pouvoir toucher eux-mêmes aux chefs-d'œuvre, toujours sous le contrôle de leurs aînés.

Juan Delgado, responsable de la restauration au Prado, plaça le *Puerto* sur un chevalet spécial.

« Je voudrais que vous vérifiez la signature, lui dit le directeur.

— *Si, señor director* », répondit Delgado en dissimulant son étonnement.

Il imbiba un premier morceau de coton d'alcool isopropylique qu'il posa près de lui, puis versa sur un second du distillat de pétrole, le produit neutralisant.

« Je suis prêt, *señor*.

— Eh bien, allez-y. Doucement ! »

Machada eut soudain du mal à respirer. Il regarda Delgado effleurer le G de la signature avec le premier morceau de coton, puis en neutraliser aussitôt l'effet avec le second pour que l'alcool ne pénètre pas trop profondément. Les deux hommes se penchèrent sur la toile.

« Je suis désolé, di Delgado en fronçant les sourcils, mais je ne peux rien affirmer. Il faudrait que j'utilise un solvant plus puissant.

— Faites-le ! » ordonna le directeur.

Delgado ouvrit une autre bouteille, imbiba un troisième coton de diméthylpétone, le passa à nouveau sur la première lettre de la signature, y appliquant immédiatement après le second coton. L'odeur âcre et prenante des produits chimiques emplissait la pièce. Pétrifié, Christian Machada regarda le tableau, n'en croyant pas ses yeux : le G de Goya s'était estompé et révélait un L, nettement visible.

« Je... je continue ? demanda Delgado qui avait pâli.

— Oui », répondit Machada d'une voix rauque.

Lentement, lettre par lettre, la signature de Goya s'effaça et celle de Lucas se matérialisa. Chaque nouvelle lettre faisait l'effet d'un coup de massue à Machada.

Lui, le directeur du plus grand musée du monde, s'était laissé abuser. Le conseil d'administration le saurait, le monde le saurait, le roi d'Espagne le saurait : il était déshonoré.

Il regagna son bureau d'un pas chancelant et téléphona à Henri Rendell.

Les deux hommes étaient assis dans le bureau de Christian Machada.

« Vous aviez raison, dit le directeur d'un air abattu. C'est un Lucas. Je vais être la risée de tous quand cela se saura.

— Lucas a trompé plus d'un expert, répondit Rendell pour le consoler. Il se trouve que ses faux sont une de mes marottes.

— Je l'ai payé trois millions cinq cent mille dollars.

— Vous ne pouvez pas les récupérer ? »

Le directeur secoua la tête avec désespoir.

« Non, je l'ai acheté à une veuve qui m'a affirmé qu'il appartenait à la famille de son mari depuis trois générations. Si je lui intentais un procès, l'affaire s'éterniserait et ce serait désastreux pour l'image du Prado. Tous les tableaux deviendraient suspects. »

Henri Rendell réfléchissait intensément.

« Il n'y a aucune raison de donner une quelconque publicité à cette affaire. Pourquoi ne pas exposer la situation à vos supérieurs et vous débarrasser discrètement du Lucas ? Vous pourriez demander à Sotheby ou Christie de le vendre aux enchères.

— Non, car se serait mettre le monde entier au courant. »

Le visage de Rendell s'éclaira brusquement.

« Je vais peut-être pouvoir vous aider. Je connais une personne susceptible d'acheter ce Lucas. Il en fait la collection. C'est un homme d'une parfaite discrétion.

— Je serai ravi de m'en débarasser. Je ne veux plus jamais le revoir : un *faux* parmi mes merveilleux trésors ! J'aimerais pouvoir le *donner*, ajouta-t-il avec amertume.

— Ce ne sera pas nécessaire. Mon client serait probablement prêt à l'acquérir pour... disons cinquante mille dollars. Dois-je l'appeler ?
— Ce serait très aimable à vous, monsieur. »

Hâtivement réuni, le conseil d'administration décida qu'il fallait éviter que l'affaire ne s'ébruite. Tous convinrent que le plus sage était de se débarrasser du faux aussi vite et aussi discrètement que possible. Les administrateurs en costume sombre quittèrent ensuite silencieusement la salle de réunion sans adresser un mot à Machada, éperdu de honte.

La vente fut conclue l'après-midi même. Henri Rendell se rendit à la Banque d'Espagne dont il revint muni d'un chèque certifié de cinquante mille dollars. L'Eugenio Lucas y Padilla lui fut remis, enveloppé dans une toile d'emballage très ordinaire.

« Le conseil d'administration serait ennuyé de voir cet incident s'ébruiter, observa Machada avec délicatesse. Mais je leur ai assuré que votre client était discret.

— Vous pouvez être tranquille », promit Rendell.

En quittant le musée, il se rendit en taxi dans un quartier résidentiel du nord de Madrid, monta avec le tableau au troisième étage d'un immeuble et frappa à la porte. Tracy lui ouvrit. Cesar Poretta se tenait derrière elle.

Henri Rendell répondit par un large sourire à leur regard interrogateur.

« Ils étaient terriblement pressés de s'en débarrasser.

— Entrez ! » fit Tracy en l'étreignant.

Porretta posa le tableau sur une table.

« Et maintenant, déclara-t-il, vous allez assister à un miracle : la résurrection d'un Goya. »

Il ouvrit une bouteille d'alcool mentholé dont l'odeur emplit la pièce et en imbiba un coton qu'il passa délicatement sur la signature de Lucas. Celle-ci s'effaça peu à peu, et la signature de Goya apparut.

« Fantastique ! s'exclama Rendell avec émerveillement.

— C'est une idée de Mlle Whitney, dit le bossu. Elle m'a demandé s'il était possible de dissimuler la signature originale sous une fausse, puis d'imiter sur celle-ci la signature de Goya.

— Porretta a trouvé le moyen de le faire, intervint Tracy.

— C'était ridiculement simple, fit celui-ci avec modestie. Cela m'a pris moins de deux minutes. L'astuce était dans le choix des peintures. J'ai d'abord recouvert la signature de Goya d'un vernis au tampon blanc pour la protéger. Puis j'ai imité celle de Lucas en me servant d'une peinture siccative à base acrylique. J'ai enfin reproduit le nom de Goya avec de la peinture à l'huile et un léger vernis. En effaçant la signature supérieure, ils ont découvert celle de Lucas. S'ils avaient continué, ils auraient retrouvé la signature originale. Naturellement ils ne l'ont pas fait. »

Tracy leur tendit à chacun une épaisse enveloppe en les remerciant.

« La prochaine fois que vous aurez besoin d'un expert, n'hésitez pas, dit Rendell avec un clin d'œil.

— Comment allez-vous faire pour sortir le tableau d'Espagne ? demanda Cesar Porretta.

— Un passeur va venir le prendre ici. Attendez-le. »

Elle leur serra la main et partit.

En retournant au Ritz, Tracy jubilait. « Tout est une question de psychologie », se disait-elle. Elle avait compris dès le début qu'il serait impossible de voler le *Puerto*. Il lui avait donc fallu mystifier la direction du Prado de telle sorte que ce soit elle qui souhaite se débarrasser du tableau. Tracy imagina la tête qu'allait faire Jeff en découvrant qu'elle l'avait pris de vitesse et éclata de rire.

Elle attendit le passeur dans sa suite. Lorsqu'il arriva, elle téléphona à Cesar Porretta.

« Le passeur est chez moi, dit-elle. Je vous l'envoie. Veillez à...

— Quoi ! hurla Porretta. Que dites-vous ? Il est venu prendre le tableau ici il y a une demi-heure ! »

31

Paris
Mercredi 9 juillet. Midi

Dans un bureau proche de la rue Matignon, Gunther Hartog disait :
« Je comprends votre déconvenue, Tracy, mais Jeff Stevens a touché au but le premier.
— Le dernier, vous voulez dire, corrigea Tracy avec amertume.
— Jeff m'a apporté le *Puerto*. Je l'ai expédié à mon client. »
Jeff l'avait battue. Alors qu'elle s'épuisait à trouver un plan, il avait tranquillement attendu, lui laissant faire le travail et courir tous les risques pour recueillir le fruit de ses efforts au dernier moment. Comme il avait dû se moquer d'elle ! *Vous êtes quelqu'un de très exceptionnel, Tracy.* Elle ne pouvait penser à la soirée de danses flamenco sans se sentir humiliée au plus profond d'elle-même. « Mon Dieu ! J'ai failli me montrer tellement ridicule ! »

« Je n'aurais jamais cru pouvoir tuer quelqu'un, mais j'étriperais volontiers Jeff Stevens !
— Voyons, ma chère, pas ici, j'espère. Il va arriver d'un instant à l'autre.

— Quoi ! s'écria Tracy en se levant d'un bond.

— Je vous ai dit que j'avais quelque chose à vous proposer, reprit Gunther. Mais il vous faut un partenaire. A mon avis, il est le seul qui...

— Je préférerais mourir de faim ! Jeff Stevens est le plus méprisable...

— Il m'a semblé entendre mon nom ? »

Jeff était sur le seuil, un sourire angélique aux lèvres.

« Tracy, ma chérie ! Tu es plus éblouissante que jamais ! Gunther, comment allez-vous, cher ami ? »

Les deux hommes se serrèrent la main tandis que Tracy restait muette, en proie à une rage froide.

« Tu m'en veux sans doute un peu ? remarqua Jeff en soupirant.

— Un peu ! Je... »

Elle ne trouvait pas ses mots.

« J'ai trouvé ton plan génial, Tracy. Vraiment admirable. Tu n'a commis qu'une erreur : il ne faut jamais se fier à un Suisse amputé d'un index. »

Tracy prit une profonde inspiration, cherchant à se maîtriser.

« Je vous verrai plus tard, Gunther.

— Tracy...

— Non ! Quoi que vous ayez en tête, c'est non s'il doit y participer.

— Laissez-moi au moins vous expliquer de quoi il s'agit.

— Ce n'est pas la peine. Je...

— Dans trois jours, De Beers va faire transporter quatre millions de dollars de diamants de Paris à Amsterdam sur un avion-cargo d'Air France. J'ai un client qui est impatient d'en faire l'acquisition.

— Pourquoi ne demandez-vous pas à votre ami de les voler pendant leur transport à l'aéroport ? Il est expert en la matière. »

« Elle est superbe quand elle est en colère », se dit Jeff.

« Ces diamants sont trop bien gardés, répondit Gunther. C'est pendant le vol que nous les subtiliserons.

— *Pendant* le vol ? fit Tracy en le regardant avec stupeur. Dans un avion-cargo ?

— Il nous faut quelqu'un d'assez menu pour se dissimuler dans un des containers. Après le décollage, il lui faudra simplement se glisser hors de la caisse, ouvrir le container De Beers, y prendre le colis contenant les diamants, le remplacer par une réplique préparée à l'avance et regagner sa caisse.

— Et je suis assez petite pour entrer dans une caisse ?

— Il ne s'agit pas seulement de cela, Tracy. Il nous faut quelqu'un d'intelligent et qui ait un parfait sang-froid.

— L'idée me plaît, Gunther, déclara-t-elle après avoir réfléchi. C'est d'avoir à travailler avec *lui* qui ne me plaît pas. Ce monsieur est un escroc.

— N'est-ce pas notre cas à tous, cher ange ? dit Jeff. Gunther nous offre un million de dollars si nous réussissons.

— Un million de dollars ? répéta Tracy en se tournant vers Gunther.

— Oui, à partager entre vous deux.

— Je connais quelqu'un qui travaille à la gare de fret, expliqua Jeff. C'est ce qui rend l'opération possible. Il nous aidera à tout organiser ; c'est un gars sûr.

— Pas comme toi, répliqua Tracy. Au revoir, Gunther. »

Elle quitta la pièce d'une démarche majestueuse.

« Elle vous en veut vraiment pour cette affaire de Madrid, Jeff. Je crains qu'elle ne revienne pas sur sa décision.

— Vous vous trompez, répondit gaiement Jeff. Je la connais : elle ne pourra pas résister. »

« Les caisses-palettes sont scellées avant d'être chargées sur l'avion », expliquait Ramon Vauban.

C'était un jeune Français, au visage prématurément vieilli et au regard mort. Expéditionnaire au fret d'Air France, c'était de lui que dépendait le succès de l'opération.

Vauban, Tracy, Gunther et Jeff étaient assis à la table d'un bateau-mouche, près du bastingage.

« Si la caisse est scellée, comment puis-je y entrer ? demanda Tracy d'un ton brusque.

— Pour les embarquements de dernière minute, nous utilisons des caisses spéciales bâchées sur un côté et qui sont fermées par des cordes. Par mesure de sécurité, les cargaisons précieuses, comme les diamants, n'arrivent qu'au dernier moment afin d'être chargées les dernières et déchargées les premières.

— Les diamants seront donc dans l'une de ces caisses bâchées ? demanda Tracy.

— Oui, mademoiselle, et vous aussi. Je m'arrangerai pour que la caisse vous contenant soit placée à côté de celle des diamants. Une fois l'avion en vol, vous aurez à couper les cordes, ouvrir la caisse De Beers, remplacer la boîte renfermant les diamants par un emballage identique, regagner votre container et le refermer.

— Lorsque l'avion atterrira à Amsterdam, les gardes prendront cette fausse boîte pour aller la livrer aux diamantaires, intervint Gunther. Avant que la substitution ne soit découverte, nous vous aurons fait quitter le pays en avion. Il ne peut rien vous arriver, Tracy, croyez-moi. »

Cette dernière phrase la fit frémir.

« Je ne risque pas de mourir de froid, là-haut ?

— Les avions-cargos sont chauffés de nos jours, répondit Vauban en souriant. Ils transportent souvent du bétail ou des animaux familiers. Non, vous serez bien ; un peu à l'étroit, peut-être, mais c'est tout. »

Tracy avait finalement accepté d'*écouter* Jeff et Gunther. Cinq cent mille dollars pour quelques heures d'inconfort. Elle avait examiné toutes les hypothèses : cela pouvait marcher. « Si seulement Jeff Stevens n'y participait pas ! » se disait-elle.

Elle éprouvait à son égard un ensemble de sentiments complexes qui la plongeait dans le désarroi et la rendait furieuse contre elle-même. Il avait agi pour le plaisir de lui damer le pion. Il l'avait trahie, trompée, et maintenant il se moquait d'elle.

Les trois hommes la regardaient, attendant sa réponse. Le bateau-mouche passait sous le plus vieux pont de Paris que l'esprit de contradiction des Français leur fait appeler le Pont-Neuf. Sur la berge, deux amoureux s'embrassaient. Tracy aperçut le visage radieux de la jeune fille. « Elle est idiote », se dit-elle. Elle prit sa décision. Regardant Jeff droit dans les yeux, elle déclara :

« D'accord, j'accepte. »

Elle sentit la tension se dissiper autour de la table.

« Nous n'avons pas beaucoup de temps, remarqua Vauban en la fixant de ses yeux morts. Mon frère travaille pour un affréteur. C'est dans son entrepôt que vous prendrez place dans le container. J'espère que vous ne souffrez pas de claustrophobie ?

— Ne vous en faites pas pour moi. Combien de temps dure le voyage ?

— Vous passerez quelques minutes sur l'aire de chargement et une heure en vol.

— Quelle est la dimension de la caisse ?

— Vous y tiendrez assise. Elle contiendra également des marchandises pour vous dissimuler. On ne sait jamais... »

« Il ne peut rien vous arriver, avaient-ils assuré. Mais on ne sait jamais... »

« J'ai fait la liste de ce dont tu auras besoin, dit Jeff. Tout est prêt. »

Le culot de ce salaud ! Il avait été si sûr qu'elle accepterait.

« Vauban veillera à ce que ton passeport ait les tampons d'entrée et de sortie requis de façon à ce que tu puisses quitter les Pays-Bas sans problème. »

Le bateau accostait.

« Nous pourrons régler les derniers détails demain matin, dit Vauban. Il faut que j'aille travailler. *Au revoir**.

— Pourquoi n'irions-nous pas dîner tous les trois pour fêter ça ? proposa Jeff.

— Je regrette, s'excusa Gunther. Mais j'ai déjà un rendez-vous. »

Jeff se tourna vers Tracy.

« Veux-tu...

— Non, merci, répondit-elle très vite. Je suis fatiguée. »

Elle avait donné le premier prétexte venu, mais elle se rendit compte qu'elle était épuisée. Sans doute était-ce le contrecoup de cette tension permanente à laquelle elle était soumise depuis si longtemps. Elle éprouvait un léger vertige. « Quand j'en aurai terminé avec cette affaire, je rentrerai à Londres pour un long repos », se promit-elle. Elle avait un début de migraine. « J'en ai vraiment besoin. »

« Je t'ai apporté un petit cadeau », dit Jeff en lui tendant une boîte joliment emballée.

Elle contenait un magnifique foulard de soie brodée des initiale T. W.

« Merci. »

« Il peut se le permettre, pensa-t-elle avec colère. Il l'a acheté avec mes cinq cent mille dollars. »

« Tu es sûre de ne pas vouloir dîner avec moi ?

— Certaine. »

A Paris, Tracy descendait au Plaza Athénée dans une ravissante suite qui donnait sur un jardin intérieur. Il y avait un restaurant élégant dans l'hôtel, mais elle était trop fatiguée ce soir-là pour s'habiller. Elle entra au Relais, le café du Plaza, et commanda une soupe. Elle toucha à peine à son assiette et monta se coucher.

Assis à l'autre bout de la salle, Daniel Cooper nota l'heure.

Daniel Cooper avait un problème. A son retour à Paris, il avait pris rendez-vous avec l'inspecteur Trignant. Celui-ci s'était montré plus que froid, car il venait d'avoir le commissaire Ramiro au téléphone, lequel lui avait exposé ses griefs contre l'Américain pendant une bonne heure.

« Il est fou ! avait-il tonné. J'ai gaspillé du temps, de l'argent et des hommes à faire suivre cette Tracy Whitney qui, selon lui, devait cambrioler le Prado. Elle s'est révélée être une simple touriste, comme je l'avais dit dès le départ. »

Cette conversation avait amené l'inspecteur Trignant à penser que Daniel Cooper se trompait peut-être du tout au tout sur Tracy Whitney. Il n'y avait pas l'ombre d'une preuve contre cette femme. Qu'elle se fût trouvée dans différentes villes au moment des forfaits n'avait rien de probant.

Si bien que, lorsque Daniel Cooper était entré dans son bureau en déclarant : « Tracy Whitney est à Paris. Je voudrais qu'elle soit placée sous surveillance vingt-quatre heures sur vingt-quatre », l'inspecteur avait répondu :

« A moins que vous ne puissiez me fournir la preuve que cette femme projette quelque chose de précis, je ne peux rien faire pour vous. »

Cooper l'avait fixé de son regard brûlant en déclarant :

« Vous êtes un imbécile. »

Il avait été reconduit à la porte sans cérémonie.

Cela avait marqué le début de sa longue filature solitaire. Il suivait Tracy partout : dans les boutiques, les restaurants et les rues de Paris. Il se passait de sommeil et souvent, aussi, de repas. Daniel Cooper ne pouvait permettre à Tracy Whitney de le battre. Sa mission ne serait accomplie que lorsqu'il l'aurait fait emprisonner.

Allongée dans son lit, Tracy passa en revue ce qu'il lui faudrait faire le lendemain. Son mal de tête avait empiré malgré l'aspirine qu'elle avait prise. Elle transpirait et il lui semblait qu'une chaleur étouffante régnait dans la pièce. « Demain, ce sera fini. La Suisse, voilà où j'irai. A l'air frais des montagnes suisses. Au château. »

Elle régla son réveil à cinq heures du matin. Lorsqu'il sonna, elle était dans sa cellule et Culotte d'acier hurlait : « Debout là-dedans ! Grouillez ! » Le couloir retentissait de l'écho des sonneries. Tracy se réveilla. Elle se sentait oppressée et la lumière lui blessa les yeux. Elle dut faire un effort pour gagner la salle de bains. Des plaques rouges marbraient son visage. « Je ne peux pas être malade maintenant. Pas aujourd'hui. Il y a trop à faire. »

Elle s'habilla lentement, essayant de ne pas penser à la douleur qui lui taraudait les tempes. Elle enfila une combinaison noire à poches profondes, des chaussures à semelles de crêpe et se coiffa d'un béret basque. Son cœur battait irrégulièrement sans qu'elle sût si cela était dû à son appréhension ou à son malaise. Elle se sentait faible. La tête lui tournait. Sa gorge était irritée et douloureuse. Elle prit le foulard que Jeff lui avait offert et l'enroula autour de son cou.

Le Plaza Athénée donne sur l'avenue Montaigne. Mais à partir du hall, un étroit couloir envahi de poubelles conduit à l'entrée de service qui ouvre, elle, sur la rue du Boccador. Posté près de l'entrée principale, Daniel Cooper ne vit donc pas Tracy quitter l'hôtel. Curieusement, à peine fut-elle partie qu'il le sentit. Se précipitant dehors, il parcourut l'avenue du regard. Tracy n'y était pas.

Une Renault grise vint prendre Tracy devant l'entrée de service et se dirigea vers l'Étoile. Il n'y avait presque aucune circulation à cette heure matinale. Le chauffeur — un adolescent boutonneux qui ne parlait apparemment pas anglais — filait à vive allure. « Si seulement il pouvait ralentir », se disait Tracy qui avait mal au cœur.

Une demi-heure plus tard, la voiture s'arrêtait devant un entrepôt. « Brucere et Cie », lut Tracy au-dessus de l'entrée. Elle se souvint que c'était le nom de la société où travaillait le frère de Ramon Vauban.

« *Vite** ! » murmura l'adolescent en ouvrant la portière.

Un homme sortit de l'entrepôt d'un air furtif.

« Venez, dit-il. Dépêchez-vous. »

Tracy le suivit d'un pas chancelant jusqu'au fond de l'entrepôt où se trouvaient plusieurs containers scellés, prêts à partir pour l'aéroport. L'homme s'arrêta devant une caisse bâchée partiellement remplie de meubles.

« Entrez. Vite ! »

Tracy se sentit défaillir. « Je ne peux pas entrer là-dedans, se dit-elle. Je n'en sortirai pas vivante. »

« Vous vous sentez mal ? » demanda l'homme en la dévisageant.

C'était le moment de faire marche arrière, de déclarer forfait...

« Ça va », marmonna-t-elle.

Ce serait vite fini. Dans quelques heures, elle serait en route pour la Suisse.

L'homme lui tendit un rouleau de corde, un couteau à double tranchant, une torche et un coffret à bijoux bleu noué d'une faveur rouge.

Tracy prit une profonde inspiration et entra dans le container où elle s'assit. Une bâche fut immédiatement rabattue sur l'ouverture. Elle entendit le bruit des cordes qu'on nouait autour de la caisse, puis la voix de l'homme, à peine audible.

« A partir de maintenant : interdiction de parler, de bouger et de fumer. »

« Je ne fume pas », voulut dire Tracy. Mais elle n'en eut pas la force.

« *Bonne chance**. J'ai percé de trous pour que vous puissiez respirer. N'oubliez pas de le faire, surtout ! »

Puis, riant de sa plaisanterie, il s'éloigna. Tracy était seule dans le noir.

La caisse était exiguë. Des chaises en occupaient presque tout l'espace. Tracy avait l'impression d'être en feu. Elle avait la peau brûlante et respirait avec difficulté. « J'ai dû attraper une sorte de virus, se dit-elle. Il va devoir attendre. J'ai un travail à faire. Essaie de penser à autre chose. »

« Vous n'avez pas à vous inquiéter, lui avait dit Gunther. Lorsqu'ils déchargeront l'avion à Amsterdam, votre caisse sera transportée dans un hangar privé. Jeff vous y attendra. Donnez-lui les bijoux et retournez à l'aéroport. On vous remettra un billet d'avion pour

Genève au guichet Swissair. Quittez Amsterdam le plus rapidement possible. Dès que la police découvrira le vol, elle bouclera la ville. Rien ne peut vous arriver, mais, pour parer à toute éventualité, voici l'adresse et la clé d'une maison sûre à Amsterdam. Elle est inoccupée. »

Tracy avait dû somnoler, car elle se réveilla en sursaut : elle se sentit soulevée de terre, puis balancée dans les airs. Elle se retint aux parois de sa caisse qui atterrit rudement sur une surface dure. Une portière claqua, un moteur vrombit. Un instant plus tard, le camion s'ébranlait.

Ils étaient en route pour l'aéroport.

L'opération avait été strictement minutée. La caisse contenant Tracy devait arriver sur l'aire de fret quelques minutes après le container De Beers. Le chauffeur avait des instructions précises : « Roulez à quatre-vingts kilomètres à l'heure. »

La circulation paraissait plus dense qu'à l'accoutumée, mais il ne s'inquiétait pas. Il arriverait à temps à l'aéroport et toucherait une gratification de cinquant mille francs, assez pour emmener sa femme et ses deux enfants en vacances. « Aux États-Unis, se dit-il. On ira à Disneyworld. »

Il jeta un coup d'œil à la pendule du tableau de bord. Aucun problème. Il avait dix minutes pour effectuer les cinq kilomètres qui le séparaient de sa destination.

Il atteignit la bretelle conduisant au fret d'Air France à l'heure prévue et dépassa les bâtiments gris et bas de Roissy. Il se dirigeait vers l'immense entrepôt rempli de colis et de containers empilés sur des chariots quand il entendit une explosion. Le camion fit une embardée et se mit à vibrer.

« Merde ! jura-t-il. J'ai crevé. »

L'énorme 747 cargo d'Air France était en cours de chargement. Son nez relevé révélait une soute sillonnée de rails. Sur une plate-forme à la hauteur de l'ouverture, des containers attendaient, prêts à glisser dans le ventre de l'avion. Il y en avait trente-huit — vingt-huit sur le pont principal et dix dans des soutes annexes. Au plafond, un tuyau de chauffage courait d'un bout à l'autre de l'immense carlingue. Câbles et fils étaient visibles. Il n'y avait pas de fioritures dans cet avion.

Le chargement était presque terminé. Ramon Vauban jura en regardant sa montre pour la énième fois. Le camion était en retard. Les diamants De Beers étaient déjà dans leur caisse ; la bâche avait été rabattue et fixée par des cordes. Vauban en avait marqué une des parois de peinture rouge pour que Tracy l'identifie sans mal. Il regarda glisser la caisse à l'intérieur de l'avion où elle fut arrimée. Il restait encore une place à côté d'elle. Trois containers attendaient encore sur la plate-forme. « Mais que font-ils donc, bon Dieu ? »

Dans la soute, le contremaître cria :

« On y va, Ramon. Qu'est-ce qu'on attend ?

— Une minute », répondit-il.

Il courut vers l'entrée de la zone de fret. Aucun signe du camion.

« Vauban ! Que se passe-t-il ? »

Il se retourna. Un contrôleur approchait.

« Finissez de charger et faites partir cet avion.

— Oui, monsieur. J'attendais seulement que... »

A cet instant précis, le camion de Brucere et Cie pénétra à toute allure dans l'entrepôt et s'arrêta devant Vauban dans un hurlement de freins.

« Voici le dernier container, déclara-t-il.

— Eh bien, dépêchez-vous ! » ordonna le contrôleur.

Vauban fit transporter la caisse du camion au pont de chargement.

« Tu peux y aller ! » cria-t-il au contremaître.

Quelques instants plus tard, la caisse était dans la soute. Le nez de l'avion s'abaissa, les réacteurs vrombirent, puis l'énorme 747 roula vers la piste d'envol. « A elle de jouer maintenant », se dit Vauban.

Une terrible tempête avait éclaté. Submergé par une

vague géante, le navire sombrait. « Je me noie, pensa Tracy. Il faut que je sorte d'ici. »

Elle se débattit et heurta quelque chose : le bord d'un canot de sauvetage qui roulait et tanguait. Elle essaya de se redresser et se cogna la tête contre le pied d'une table. Dans un éclair de lucidité, elle se rappela où elle était. Elle avait le visage et les cheveux trempés de sueur. La tête lui tournait. Elle brûlait de fièvre. Combien de temps était-elle restée sans connaissance ? Le vol ne durait qu'une heure. Étaient-ils sur le point d'atterrir ? « Non, tout va bien, c'est un cauchemar. Je suis dans mon lit à Londres et je dors. J'appellerai le docteur. » Elle suffoquait. Elle lutta pour atteindre le téléphone mais retomba : ses membres étaient de plomb. L'avion entra dans une zone de turbulences et elle fut projetée contre une paroi. Hébétée, elle chercha à se concentrer. « Combien de temps me reste-t-il ? » Elle oscillait entre le cauchemar et une réalité douloureuse. « Les diamants. » Il fallait qu'elle arrive jusqu'aux diamants. Mais d'abord... d'abord, il fallait qu'elle coupe les cordes qui l'enfermaient.

Elle plongea la main dans sa poche et s'aperçut que soulever le couteau lui demandait un terrible effort. « Pas assez d'air. Il me faut de l'air. » Elle passa une main sous la bâche, chercha à tâtons une des cordes qu'elle coupa. Il lui sembla que cela avait duré une éternité. L'ouverture s'était agrandie. Elle coupa une autre corde et put se glisser dehors. L'air était froid. Elle était glacée et se mit à trembler de tous ses membres. Les soubresauts de l'avion aggravaient sa nausée. « Il faut que je tienne le coup. » Elle se força à se concentrer. « Qu'est-ce que je fais ici ? Quelque chose d'important... Oui... les diamants. »

Sa vue se brouillait ; tout dansait devant ses yeux. « Je ne vais pas y arriver. »

L'avion piqua brusquement, la précipitant rudement au sol où elle s'écorcha les mains sur les rails d'acier. Elle attendit qu'il cesse de caracoler pour se relever péniblement. Le rugissement des réacteurs se confondait avec le bourdonnement de ses oreilles. « Les diamants ; il faut que je trouve les diamants. »

Elle alla d'un container à l'autre en vacillant, cherchant à distinguer la peinture rouge. Dieu merci ! Elle était là, sur le troisième. Elle s'immobilisa, cherchant à se rappeler ce qu'elle devait faire. Elle avait tant de mal à se concentrer. « Si je pouvais me coucher et dormir, juste quelques minutes, tout irait bien. J'ai seulement besoin de dormir. » Mais elle n'avait pas le temps ; ils pouvaient atterrir d'un instant à l'autre. Tracy essaya de couper les cordes. « Vous les trancherez sans peine », lui avaient-ils dit.

Mais elle avait à peine la force de tenir le couteau. « Je ne peux pas échouer. » Elle se remit à trembler, si violemment que le couteau lui échappa des mains. « Ça ne va pas marcher. Ils vont me prendre et me remettre en prison. »

Elle hésita, accrochée à la corde, souhaitant retourner dans sa caisse pour y dormir à l'abri jusqu'à ce que tout soit fini. Ce serait si facile. Puis, lentement, pour ne pas déchaîner la douleur qui lui martelait le crâne, elle se baissa et ramassa le couteau. Elle se mit à couper la corde.

Celle-ci finit pas céder. Tracy écarta la bâche et scruta l'intérieur du container. Elle ne voyait rien. Au moment où elle sortait sa torche, elle sentit un brusque changement de pression.

L'avion commençait sa descente sur Amsterdam.

« Il faut que je me dépêche. » Ses membres lui refusaient tout service. Elle resta immobile, les bras ballants. « Bouge ! » s'ordonna-t-elle.

Elle éclaira l'intérieur de la caisse bourrée de paquets, d'enveloppes et de petits colis. Posées sur une caisse se trouvaient deux petites boîtes bleues nouées d'un ruban rouge. « Deux ! Il ne devait y en avoir... » Elle cligna les yeux : les deux boîtes se fondirent en une seule. Une aura lumineuse semblait entourer tout ce qu'elle voyait.

Elle prit la boîte et sortit la réplique de sa poche. Une nausée lui tordit l'estomac. Elle ferma les yeux, luttant pour la refouler. Puis, alors qu'elle s'apprêtait à mettre la fausse boîte sur la caisse, elle se rendit compte qu'elle ne savait plus si c'était la bonne. Elle contempla fixement les deux boîtes. Où étaient les diamants ? Dans sa main droite ou dans la gauche ?

L'avion accentua sa descente. Il allait atterrir ; il fallait qu'elle se décide. Elle posa une des boîtes en priant que ce soit la bonne, puis s'écarta du container. Elle sortit un rouleau de corde de sa combinaison. « Je dois en faire quelque chose. Quoi ? » Sa tête bourdonnait, l'empêchait de réfléchir... Elle se souvint. *Après avoir coupé la corde, mettez-la dans votre poche. Remplacez-la par la neuve. Ne laissez rien traîner qui puisse éveiller les soupçons.*

Cela avait paru si facile sous le chaud soleil qui inondait le bateau-mouche. Et, maintenant, c'était impossible ; elle n'avait plus de forces. Les gardes trouveraient la corde coupée, fouilleraient l'avion et elle serait arrêtée. Un cri jaillit du plus profond d'elle-même : « Non ! Non ! »

Au prix d'un effort herculéen, Tracy commença à enrouler la corde neuve autour du container. Elle sentit un cahot, puis un second : l'avion avait touché la piste. Les réacteurs s'inversèrent, la projetant en arrière. Sa tête heurta le sol et elle perdit connaissance.

Le 747 accélérait à présent, roulant vers le terminal. Tracy gisait sur le sol, ses cheveux flottant sur son visage livide. Le silence la fit revenir à elle. L'avion s'était arrêté. Elle se souleva sur un coude, puis se mit péniblement à genoux. Elle se redressa en chancelant, s'appuyant au container pour ne pas tomber. La nouvelle corde était en place. Serrant la boîte de diamants contre sa poitrine, elle se fraya un chemin jusqu'à sa caisse, se glissa sous la bâche et, à bout de souffle, trempée de sueur, s'affaissa. « J'ai réussi. » Elle avait encore quelque chose à faire, quelque chose de très important. *Quoi ? Recollez ensemble les bouts de corde de votre caisse.*

Elle chercha le rouleau de ruban adhésif dans sa

poche. Il n'y était plus. Sa respiration, difficile et saccadée, l'assourdissait. Elle crut entendre des voix et retint son souffle pour écouter. Oui, elle ne s'était pas trompée ; quelqu'un riait. La porte de l'avion allait s'ouvrir d'une seconde à l'autre. Les manutentionnaires entreraient, verraient la corde coupée et la découvriraient. Il fallait qu'elle trouve un moyen de réunir ces deux bouts de corde. Elle s'agenouilla et sentit le rouleau, tombé de sa poche pendant les turbulences. Soulevant la bâche, elle chercha les bouts de corde à tâtons. Elle les maintint ensemble, essayant maladroitement de les entourer de ruban adhésif.

Elle ne voyait rien. La sueur qui ruisselait de son front l'aveuglait. Elle ôta son foulard pour s'essuyer le visage. C'était mieux. Elle parvint à coller la corde et laissa retomber la bâche. Il ne lui restait qu'à attendre. Elle toucha son front plus brûlant que jamais.

« Il ne faut pas que je reste au soleil. Il peut être très dangereux sous les tropiques. »

Elle était en vacances aux Caraïbes. Jeff était venu lui apporter des diamants, mais il avait plongé dans la mer et disparu. Elle essayait de le sauver, mais il lui échappait. L'eau la submergeait. Elle étouffait ; elle se noyait.

Elle entendit les manutentionnaires entrer dans la soute.

« A l'aide ! hurla-t-elle. Sauvez-moi, je vous en prie ! »

Son hurlement n'était qu'un murmure que personne n'entendit.

Les containers furent déchargés.

Tracy était évanouie lorsque sa caisse fut déposée sur un camion Brucere et Cie. Oublié sur le sol de l'avion-cargo gisait le foulard que Jeff lui avait offert.

Tracy fut réveillée par une lumière brutale : quelqu'un soulevait la bâche de sa caisse. Elle ouvrit lentement les yeux. Le camion se trouvait dans un entrepôt.

Debout devant elle, Jeff lui souriait.

« Tu as réussi ! Tu es extraordinaire. Où est cette boîte ? »

Hébétée, elle le regarda la prendre à côté d'elle.

« On se retrouve à Lisbonne », dit-il, faisant volte-face.

Mais il s'arrêta brusquement et se pencha sur elle.

« Tu as une mine affreuse, Tracy. Tu vas bien ? »

Elle pouvait à peine parler.

« Jeff, je... »

Il était déjà parti.

Tracy ne garda qu'un souvenir très vague de ce qui se passa ensuite. On lui avait préparé des vêtements.

« Vous avez l'air malade, mademoiselle, dit une femme. Voulez-vous que j'appelle un médecin ?

— Non, pas de médecin », murmura Tracy.

On vous remettra un billet d'avion pour Genève au guichet Swissair. Quittez Amsterdam le plus rapidement possible. Dès que la police découvrira le vol, elle bouclera la ville. Rien ne peut vous arriver, mais, pour parer à toute éventualité, voici l'adresse et la clé d'une maison sûre à Amsterdam. Elle est inoccupée.

L'aéroport. Il fallait qu'elle aille à l'aéroport.

« Taxi, marmonna-t-elle. Taxi. »

La femme hésita un instant, puis haussa les épaules.

« D'accord, je vais en appeler un. Attendez-moi ici. »

Tracy flottait de plus en plus haut, toujours plus près du soleil.

« Votre taxi est arrivé », dit un homme.

Si seulement les gens la laissaient tranquille. Elle voulait dormir, seulement dormir.

« Où allez-vous, mademoiselle ? » demanda le chauffeur.

On vous remettra un billet d'avion pour Genève au guichet Swissair.

Elle était trop malade pour prendre l'avion. Ils l'arrêteraient et appelleraient un docteur. On la questionnerait. Il lui fallait quelques minutes de sommeil. Ensuite, elle irait bien.

« Où allez-vous ? » répéta une voix impatiente.

Elle n'avait nulle part où aller. Elle lui donna l'adresse de la maison sûre.

La police l'interrogeait. Elle refusait de répondre et, pour la punir, ils l'enfermaient dans une pièce qu'ils transformaient en fournaise. Puis quand la chaleur devenait insupportable, ils baissaient la température jusqu'à ce que de la glace se forme sur les murs.

Tracy lutta contre le froid et ouvrit les yeux. Elle gisait sur un lit, secouée de tremblements convulsifs. Il y avait bien une couverture, mais elle n'avait pas la force de s'en couvrir. Sa robe était trempée, son visage et son cou moites.

« Je vais mourir ici. » *Mais où était-elle ?*

« La planque. Je suis en lieu sûr. » Le mot lui parut si drôle qu'elle éclata d'un rire qui se mua en une douloureuse quinte de toux. Tout s'était mal passé. Elle n'était pas parvenue à s'enfuir. La police devait être en train de passer Amsterdam au peigne fin pour la retrouver. *Mlle Whitney avait un billet d'avion pour Genève et ne l'a pas utilisé ? Alors, elle doit encore être à Amsterdam.*

Elle se demanda depuis combien de temps elle était sur ce lit. Elle regarda sa montre, mais ne put distinguer les chiffres. Elle voyait tout en double. Il y avait deux lits, deux commodes, quatre chaises. Elle cesssa de trembler et se mit à brûler de fièvre. Elle aurait voulu ouvrir une fenêtre mais était trop faible pour bouger. La pièce redevint glaciale.

Elle était dans l'avion, enfermée dans sa caisse, hurlant à l'aide.

Tu as réussi ! Tu es vraiment extraordinaire. Où est cette boîte ?

Jeff avait pris les diamants. Il était sans doute en route pour le Brésil avec leurs deux parts. Il s'y amuserait en compagnie d'une de ses femmes et se moquerait d'elle. Il l'avait battue une fois de plus. Elle le haïssait. Non, ce n'était pas vrai. Si. Elle le méprisait.

Elle passait de la lucidité au délire. La balle de pelote

basque arrivait sur elle. Jeff l'empoignait, la jetait sur le sol ; ses lèvres étaient tout près des siennes... Ils dînaient au Zalacaín. *Tu es quelqu'un de très exceptionnel, Tracy.*

« Je vous offre le match nul », disait Boris Melnikov.

Elle tremblait à nouveau. Elle était à bord d'un train qui roulait à une vitesse vertigineuse dans un tunnel ; elle savait qu'à la fin du tunnel elle mourrait. Tous les passagers étaient descendus, sauf Alberto Fornati. Il était furieux. Il la secouait en hurlant :

« Au nom du ciel, ouvre les yeux ! Regarde-moi ! »

Au prix d'un effort surhumain, Tracy ouvrit les yeux. Jeff était penché au-dessus d'elle. Son visage était blême et sa voix vibrait de colère. Elle était en train de rêver, bien entendu.

« Depuis combien de temps es-tu dans cet état ?

— Tu es au Brésil », murmura-t-elle.

Puis elle ne se souvint plus de rien.

Lorsqu'on apporta à l'inspecteur Trignant le foulard marqué des initiales T. W. trouvé dans l'avion-cargo d'Air France, il le contempla, puis ordonna :

« Trouvez-moi Daniel Cooper. »

32

Au nord-ouest des Pays-Bas, face à la mer du Nord, le village pittoresque d'Alkmaar attire de nombreux touristes. Ils visitent rarement un quartier à l'est. Jeff y avait séjourné plusieurs fois en compagnie d'une hôtesse de l'air de la K.L.M. qui lui avait appris le néerlandais. Il se souvenait de cet endroit et de la discrétion des habitants dont la curiosité était modérée. C'était le refuge idéal.

Il avait d'abord pensé conduire Tracy à l'hôpital. Mais cela aurait été trop dangereux et comme ils ne pouvaient rester un instant de plus à Amsterdam, il l'avait enveloppée dans une couverture et portée jusqu'à sa voiture. Elle était restée sans connaissance pendant le trajet. Son pouls était irrégulier et sa respiration faible.

A Alkmaar, Jeff s'arrêta dans une petite auberge. L'hôtelier le regarda avec curiosité porter Tracy à sa chambre.

« Nous sommes en voyage de noces, expliqua Jeff. Ma femme est tombée malade — des ennuis respiratoires. Il lui faut du repos.

— Voulez-vous que j'appelle un médecin ? »

Jeff n'était pas certain de la réponse.

« Je vous le dirai. »

Il fallait avant tout qu'il essaie de faire tomber la fièvre de Tracy. Il la coucha sur le grand lit de la chambre et entreprit de lui ôter ses vêtements trempés de sueur. Il la redressa pour lui retirer sa robe, puis lui enleva chaussures et bas. Elle était brûlante. Il mouilla une serviette d'eau fraîche dont il lui tamponna délicatement tout le corps. Après l'avoir couverte, il s'assit à son chevet, écoutant avec inquiétude sa respiration saccadée.

« Si elle ne va pas mieux demain, il faudra que j'appelle un médecin », se dit-il.

Le lendemain matin, les draps étaient de nouveau trempés. Tracy était toujours sans connaissance, mais il sembla à Jeff qu'elle respirait plus librement. Ne voulant pas s'exposer aux questions d'une femme de chambre, il alla lui-même demander des draps propres à la gouvernante. Après avoir lavé Tracy avec une serviette humide, il refit son lit comme il l'avait vu faire aux infirmières.

Il accrocha un panneau « NE PAS DÉRANGER » sur la porte et partit en quête d'une pharmacie. Il acheta de l'aspirine, un thermomètre, une éponge et de l'alcool à quatre-vingt-dix. Lorsqu'il regagna la chambre, Tracy était toujours évanouie. Il prit sa température : quarante. Il la frictionna à l'alcool et la fièvre tomba.

Une heure plus tard, elle était remontée. Il allait devoir appeler un médecin. Mais celui-ci insisterait pour conduire Tracy à l'hôpital. On lui poserait des questions. Jeff ignorait si la police les recherchait. Si tel était le cas, ce serait la détention préventive pour eux deux. Il fallait qu'il fasse quelque chose. Il écrasa quatre cachets d'aspirine, glissa la poudre entre les lèvres de Tracy, puis de l'eau, cuillerée par cuillerée, jusqu'à ce qu'elle l'ait avalée. Il la baigna de nouveau. Quand il eut achevé de la sécher, il lui sembla que sa peau était moins brûlante. Son pouls lui parut plus régulier. Il posa la tête contre sa poitrine. Sa respiration était-elle plus facile ? Il n'en était pas certain. Il n'était sûr que d'une chose qu'il répéta encore et encore, comme une litanie :

« Tu vas guérir. »

Il effleura son front d'un baiser.

Jeff n'avait pas dormi depuis quarante-huit heures. Il était épuisé et avait les yeux battus. « Je dormirai plus tard, se promit-il. Je vais fermer les yeux pour les reposer un peu. »

Il s'endormit.

Tracy se réveilla ; les contours flous du plafond se précisèrent. Elle n'avait aucune idée de l'endroit où elle se trouvait. Il lui fallut de longues minutes pour sortir de son engourdissement. Elle se sentait endolorie, moulue et avait l'impression de revenir d'un long et éprouvant voyage. A demi somnolente, elle parcourut la pièce du regard. Elle eut un battement de cœur : Jeff dormait dans un fauteuil près de la fenêtre. C'était impossible. La dernière fois qu'elle l'avait vu, il partait avec les bijoux. Que faisait-il ici ? Et soudain, le cœur serré, elle sut : elle lui avait donné la mauvaise boîte — celle qui contenait de faux diamants — et Jeff avait cru qu'elle l'avait trompé. Il avait dû la retrouver dans la maison d'Amsterdam et l'amener dans cet endroit inconnu.

Au moment où elle se redressait, Jeff se réveilla. Un sourire illumina son visage.

« Ça fait plaisir de te voir de retour ! »

Sa voix exprimait un soulagement si intense que Tracy en fut confuse.

« Je suis désolée, dit-elle dans un murmure rauque. Je t'ai donné la mauvaise boîte.

— Quoi ?

— Je me suis trompée de boîte.

— Non, Tracy, répondit-il avec douceur. Tu m'as donné les vrais diamants. Ils ont déjà été envoyés à Gunther. »

Elle le regarda avec stupeur.

« Mais alors... pourquoi... pourquoi es-tu ici ?

— Lorsque tu m'as remis les diamants, tu avais une mine de déterrée, dit-il en s'asseyant au bord de son lit. J'ai préféré t'attendre à l'aéroport pour m'assurer que tu prendrais bien ton avion. En ne te voyant pas arriver, j'ai su que tu avais des ennuis. Je suis allé à la planque où je t'ai trouvée. Je ne pouvais pas te laisser mourir là-bas, conclut-il d'un ton léger. La police aurait eu un indice. »

Tracy le regardait d'un air perplexe.

« Dis-moi quelle est la raison qui t'a fait revenir ?

— C'est l'heure de prendre ta température, dit-il vivement. Pas mal, observa-t-il quelques minutes plus tard. Même pas trente-huit. Tu es une malade épatante.

— Jeff...

— Fais-moi confiance. Tu as faim ? »

Tracy se découvrit soudain un appétit féroce.

« Je suis affamée.

— Bon signe. Je vais aller te chercher quelque chose. »

Il revint avec un sac plein de lait, de jus d'orange, de fruits frais et de *broodjes*, petits pains garnis de différentes sortes de fromage, de viande ou de poisson.

« Et voici la version hollandaise de la soupe au poulet. Ça devrait faire l'affaire. Maintenant, mange doucement. »

Il l'aida à s'asseoir et à manger. Il était tendre et attentionné. Tracy, méfiante, se disait : « Il a une idée derrière la tête. »

« J'ai téléphoné à Gunther, annonça Jeff. Il a reçu les diamants et déposé ta part sur ton compte en banque suisse.

— Pourquoi n'as-tu pas tout gardé ? ne put-elle s'empêcher de demander.

— Parce qu'il est temps que nous en finissions avec ce genre de jeux tous les deux, répondit-il d'un ton sérieux. D'accord ? »

C'était l'une de ses ruses, mais elle était trop lasse pour y réfléchir.

« D'accord.

— Si tu me donnais tes mesures, je pourrais aller t'acheter quelques vêtements. Les Néerlandais ont l'esprit large, mais je crois que, si tu te promenais comme ça, ils seraient quand même choqués. »

Tracy remonta ses couvertures, prenant conscience de sa nudité. Il lui semblait se souvenir que Jeff l'avait dés-

habillée, baignée... Il avait compromis sa sécurité pour la soigner. Pourquoi ? Elle avait cru le comprendre. « Je ne le comprends pas du tout, se dit-elle. Pas du tout. »
Elle s'endormit.

Dans l'après-midi, Jeff revint avec deux valises pleines de robes de chambre, de chemises de nuit, de sous-vêtements, de robes et de chaussures. Il avait acheté un nécessaire à maquillage, un peigne, une brosse, un sèche-cheveux et une brosse à dents, ainsi que des vêtements de rechange pour lui-même et l'*International Herald Tribune*. Le récit du vol de diamants y figurait en première page. Selon le journal, la police savait comment les malfaiteurs s'y étaient pris mais ne disposait d'aucune indice.

« Tout va bien ! dit gaiement Jeff. Il ne nous reste qu'à te remettre sur pied. »

Daniel Cooper avait suggéré que la découverte du foulard ne soit pas communiquée à la presse.

« Nous savons à qui il appartient, avait-il dit à l'inspecteur Trignant. Mais cela ne constitue pas une preuve suffisante pour une inculpation. Ses avocats produiraient la liste de toutes les femmes d'Europe dont les initiales sont identiques. »

De l'avis de Cooper, la police s'était déjà ridiculisée. « Dieu me la donnera. »

Assis sur un banc de bois dans une petite église sombre, il pria : « Faites-la mienne, Seigneur. Accordez-moi de la punir pour me permettre de racheter mes péchés. L'esprit du mal qui est en elle doit être exorcisé et son corps nu, flagellé... » En imaginant Tracy nue et à sa merci, il sentit les prémices d'une érection et se précipita hors de l'église de peur que Dieu ne s'en aperçoive et ne lui inflige de nouvelles punitions.

Lorsque Tracy s'éveilla, il faisait nuit. Elle alluma sa

lampe de chevet. Elle était seule. Il l'avait quittée. Une brusque panique s'empara d'elle. Elle s'était laissée aller à dépendre de Jeff : une erreur stupide. « C'est bien fait pour moi », pensa-t-elle avec amertume. « Fais-moi confiance », lui avait-il dit, et elle s'était fiée à lui. Or il ne s'était occupé d'elle que pour assurer sa sécurité, rien de plus. Elle en était venue à penser qu'il avait de l'affection pour elle. Elle avait *voulu* lui faire confiance, *voulu* croire qu'elle ne lui était pas indifférente. Elle se laissa aller contre les oreillers et ferma les yeux. « Il va me manquer. Il va terriblement me manquer. »

Le ciel lui jouait un tour pendable. Pourquoi fallait-il que ce soit lui ? La raison importait peu. Il allait falloir qu'elle s'arrange pour partir d'ici au plus vite, qu'elle trouve un endroit où elle pourrait se rétablir, se sentir en sécurité. « Oh ! Espèce de damnée idiote ! Esp... »

Elle entendit la porte s'ouvrir.

« Tracy ? Tu dors ? Je t'ai apporté des livres et des revues. J'ai pensé que... »

Il s'interrompit devant son expression.

« Hé ! ça ne va pas ?

— Si, murmura-t-elle. Maintenant, si. »

Le lendemain matin, elle n'avait plus de fièvre.

« J'aimerais sortir un peu, dit-elle. Tu crois que nous pourrions aller nous promener ? »

On les regarda avec intérêt lorsqu'ils descendirent dans le hall. Le couple qui tenait l'hôtel se montra ravi de la guérison de Tracy.

« Votre mari a été merveilleux. Il a tenu à vous soigner lui-même. Il était terriblement inquiet. Une femme a bien de la chance d'être aimée à ce point. »

Tracy aurait été prête à jurer que Jeff rougissait.

« Ils sont adorables, remarqua-t-elle quand ils furent dehors.

— Des sentimentaux », répliqua-t-il.

Jeff dormait sur un lit d'appoint près de celui de Tracy. Cette nuit-là, elle pensa de nouveau à la manière

dont il s'était occupé d'elle, la veillant, la soignant, la frictionnant... Elle avait une conscience aiguë de sa présence. Elle se sentait protégée.
Elle se sentait troublée.

Peu à peu, au fur et à mesure que Tracy retrouvait ses forces, Jeff et elle passèrent davantage de temps à explorer la petite ville. Ils allèrent jusqu'à l'Alkmaader Meer en suivant des ruelles pavées datant du Moyen Âge. Ils passèrent des heures dans les champs de tulipes qui entouraient la ville, visitèrent le marché aux fromages, le vieux pesage et le musée municipal. A l'étonnement de Tracy, Jeff s'adressait aux habitants dans leur langue.
« Quand l'as-tu apprise ? demanda-t-elle.
— Je connaissais une Néerlandaise. »
Elle regretta d'avoir posé la question.
Grâce à sa jeunesse et à sa vigueur, sa convalescence fut rapide. Lorsqu'il la sentit assez forte, Jeff loua des bicyclettes et ils allèrent visiter les moulins à vent qui parsemaient la campagne. Merveilleuses vacances que Tracy aurait voulu ne jamais voir finir.
Jeff ne cessait de l'étonner. Il la traitait avec une sollicitude et une tendresse qui faisaient fondre ses défenses, sans lui faire les moindres avances. Il représentait une énigme. Elle pensait aux femmes ravissantes qu'elle avait vues avec lui, certaine qu'aucune ne lui aurait résisté. Pourquoi restait-il avec elle dans ce petit coin perdu ?
Tracy se surprit à parler de souvenirs qu'elle avait cru ne jamais devoir confier à personne. Elle parla à Jeff de Joe Romano et de Tony Orsatti, d'Ernestine Littlechap, de la Grosse Bertha et d'Amy Brannigan. Il fut indigné, peiné et compatissant. Il lui parla de sa belle-mère, d'oncle Willie, de sa vie de forain et de son mariage avec Louise. Tracy ne s'était jamais sentie aussi proche de quelqu'un.
Brusquement, l'heure du départ sonna.
« La police ne nous recherche pas, Tracy, déclara Jeff, un matin. Je crois que nous devrions partir. »

Elle en éprouva de la tristesse.
« Entendu, dit-elle. Quand ?
— Demain.
— Je ferai mes bagages demain matin. »

Cette nuit-là, Tracy ne put trouver le sommeil. Elle était sensible à la présence toute proche de Jeff. Ces quelques jours inoubliables touchaient à leur fin.
« Tu dors ? murmura-t-elle.
— Non...
— A quoi penses-tu ?
— A notre départ demain. Cet endroit va me manquer.
— Tu vas me manquer, Jeff. »
Les mots avaient jailli avant qu'elle pût les retenir.
« A quel point ? demanda-t-il en se redressant.
— Terriblement. »
Un instant plus tard, il était près de son lit.
« Tracy...
— Chut ! Ne parle pas. Serre-moi dans tes bras. »
Cela commença lentement. Des caresses légères, veloutées ; une exploration tendre et sensuelle. Puis cela s'accéléra, s'intensifia, prit un rythme fiévreux, frénétique, jusqu'à devenir une bacchanale, une orgie de plaisir, sauvage et débridée. Son sexe la caressa, la martela, l'emplissant d'un plaisir si insoutenable qu'elle eut envie de crier. Elle était au centre d'un arc-en-ciel. Elle se sentit emportée par une vague de fond, soulevée, toujours plus haut. Puis ce fut une explosion au plus profond d'elle-même qui la secoua d'un long frisson. La tempête s'apaisa peu à peu et elle ferma les yeux. Les lèvres de Jeff la caressèrent, descendant, descendant toujours, jusqu'au centre d'elle-même, et elle fut prise dans un nouveau tourbillon de sensations délicieuses.

Elle attira Jeff dans ses bras et l'étreignit. Elle sentait son cœur battre contre le sien. Elle le serra, toujours plus étroitement, mais sans pouvoir se rapprocher assez de lui. Se glissant au pied du lit, elle effleura sa peau de baisers légers et tendres, caressa son membre dressé, l'écouta gémir de plaisir quand elle le prit dans sa bouche. Puis Jeff s'allongea sur elle. Il la pénétra et cela recommença, plus excitant encore, une fontaine versant une insoutenable jouissance. « Maintenant, je sais, se dit Tracy. Pour la première fois, je sais. Mais je dois me souvenir que ce n'est que pour cette nuit ; un merveilleux cadeau d'adieu. »

Ils firent l'amour toute la nuit, parlèrent de tout et de rien et ce fut comme si des vannes longtemps fermées s'étaient ouvertes pour eux deux. A l'aube, alors que les canaux commençaient à étinceler sous les premiers rayons du soleil, Jeff dit :

« Épouse-moi, Tracy. »

Elle était sûre d'avoir mal entendu. Mais les mots revinrent et Tracy sut que c'était insensé, impossible, voué à l'échec, que c'était merveilleux et fou et que, naturellement, ce serait un succès.

« Oui, murmura-t-elle. Oh oui ! »

Elle se mit à pleurer, blottie contre lui. « Je ne serai plus jamais seule, se disait-elle. Nous sommes faits l'un pour l'autre. Jeff fait partie de tous mes lendemains. »

Beaucoup plus tard, Tracy demanda :
« Quand as-tu su, Jeff ?
— Quand je t'ai trouvée dans cette maison et que je t'ai crue mourante. J'en étais à moitié fou.
— Je croyais que tu t'étais enfui avec les diamants.
— Ce n'était pas l'argent qui m'intéressait à Madrid, dit-il en l'enlaçant. C'était le jeu, la gageure. C'est pour cela que nous faisons ce métier toi et moi, non ? On te donne un problème insoluble et tu te demandes s'il n'y aurait pas quand même un moyen d'y parvenir.
— Je sais. Au début, je le faisais parce que j'avais besoin d'argent. Mais, ensuite, c'est devenu autre chose : le plaisir de rivaliser d'astuce avec des gens riches, intelli-

gents et sans scrupule. J'aime vivre sur le fil tranchant du danger.
— Tracy..., dit Jeff après un long silence, que dirais-tu d'arrêter ?
— Arrêter ? Pourquoi ?
— Nous étions seuls jusqu'à présent. Maintenant, tout est différent. Je ne supporterais pas qu'il t'arrive quelque chose. Pourquoi prendre de nouveaux risques ? Nous avons tout l'argent qu'il nous faut. Nous pourrions prendre notre retraite.
— Et que ferions-nous ?
— Oh ! Nous trouverons bien quelque chose, fit-il en souriant.
— Sérieusement, Jeff, à quoi occuperions-nous notre vie ?
— A faire ce qui nous plaît, mon amour. Nous voyagerons et nous nous consacrerons à nos passe-temps favoris. J'ai toujours été passionné par l'archéologie. J'aimerais aller faire des fouilles en Tunisie pour tenir une promesse faite à un vieil ami. Nous pouvons financer nos propres fouilles. Nous ferons le tour du monde.
— C'est un programme tentant.
— Alors ? »
Elle le contempla.
« Si c'est ce que tu désires, murmura-t-elle.
— Crois-tu que nous devrions en informer la police ? » dit-il en l'étreignant.
Ils éclatèrent de rire.

C'était les plus vieilles églises que Cooper eût jamais fréquentées. Certaines dataient même de l'époque païenne et il se demandait parfois s'il priait Dieu ou le diable. Il alla se recueillir au béguinage, à Saint-Bavokerk, à Pieterskerk et à Nieuwekerk, et sa prière était toujours la même : « Accordez-moi de la faire souffrir comme je souffre. »

Gunther Hartog appela le lendemain. Jeff était sorti.
« Comment vous sentez-vous ? demanda-t-il.
— Merveilleusement bien. »
Depuis qu'il avait appris ce qui lui était arrivé, Gunther téléphonait quotidiennement. Tracy décida de ne pas lui parler de la décision prise par Jeff et elle. C'était un secret qu'elle voulait garder quelque temps, un trésor à contempler et à chérir.
« Vous vous entendez bien avec Jeff ?
— On ne peut mieux, répondit-elle en souriant.
— Accepteriez-vous de travailler encore ensemble ? »
Elle ne pouvait plus se taire.
« Nous... nous nous arrêtons, Gunther.
— Je ne comprends pas, dit-il après un court silence.
— Jeff et moi — comme on dit dans les vieux films de James Cagney — avons décidé de reprendre le droit chemin.
— Quoi ? Mais pourquoi ?
— C'est une idée de Jeff et j'ai accepté. Plus de risques.
— Si je vous disais que le travail que j'ai en tête vous rapportera deux millions de dollars et qu'il n'y a absolument aucun risque ?
— Cela me ferait beaucoup rire, Gunther.
— Je suis sérieux, ma chère. Vous vous rendriez à Amsterdam qui n'est qu'à une heure de l'endroit où vous êtes, et...
— Il va falloir trouver quelqu'un d'autre.
— Vous êtes malheureusement les seuls à pouvoir le faire, répondit-il en soupirant. Promettez-moi au moins d'en parler à Jeff.
— Entendu. Mais ça ne changera rien.
— Je rappellerai ce soir. »
Lorsque Jeff revint, Tracy lui fit part de la conversation.
« Tu lui as dit que nous étions devenus d'honnêtes citoyens ?
— Bien sûr. Je lui ai conseillé de chercher quelqu'un d'autre.
— Mais il ne veut pas en entendre parler.

— Il affirme avoir absolument besoin de nous. Selon lui, il n'y a aucun danger et il nous suffira d'un léger effort pour empocher deux millions de dollars.
— Ce qui veut dire que ce qu'il a en tête est gardé comme Fort Knox.
— Ou le Prado...
— Ton plan était superbe, chérie, fit Jeff en souriant. En fait, je crois que c'est là que j'ai commencé à tomber amoureux de toi.
— Et moi, c'est quand tu m'as volé mon Goya que j'ai commencé à te haïr.
— Sois honnête : tu me haïssais depuis plus longtemps que ça.
— C'est vrai. Qu'allons-nous répondre à Gunther ?
— Tu lui as déjà répondu. Nous en avons fini avec ce secteur d'activités.
— Tu ne penses pas que nous devrions au moins l'entendre ?
— Tracy ! Nous étions d'accord pour...
— Nous allons à Amsterdam de toute manière, non ?
— Oui, mais...
— Eh bien, alors, ça ne nous coûterait pas grand-chose de l'écouter. »
Jeff la dévisagea d'un air soupçonneux.
« Tu as *envie* de le faire, n'est-ce pas ?
— Absolument pas ! Mais quel mal peut-il y avoir à le rencontrer... ? »

Ils se rendirent à Amsterdam le lendemain et descendirent à l'Amstel. Gunther Hartog les y rejoignit.
Ils s'arrangèrent pour être assis côte à côte comme de simples touristes dans un bateau panoramique faisant une promenade sur le fleuve Amstel.
« Je suis ravi d'apprendre que vous allez vous marier, dit Gunther. Toutes mes félicitations.
— Merci, Gunther. »
Tracy savait qu'il était sincère.
« Je respecte votre désir de vous retirer, mais c'est une

occasion si unique que je me suis senti obligé de la porter à votre connaisance. Cela pourrait être un chant du cygne extrêmement rémunérateur.

— Nous vous écoutons », dit Tracy.

Gunther se pencha vers eux et se mit à parler à voix basse.

« Deux millions si vous réussissez, déclara-t-il en conclusion.

— C'est impossible, dit Jeff d'un ton catégorique. Tracy... »

Mais elle réfléchissait intensément au plan à adopter.

La direction générale de la police d'Amsterdam, un gracieux bâtiment de brique de cinq étages, est située au coin de la Marnix Straat et d'Elandsgracht. Un long couloir de stuc parcourt le rez-de-chaussée et un escalier de marbre dessert les différents étages. Dans une salle de réunion, la Gemeentepolitie était en conférence. Parmi les six policiers néerlandais de la pièce, le seul étranger était Daniel Cooper.

L'inspecteur Joop Van Duren était un géant dont le visage charnu s'ornait d'une somptueuse moustache et qui avait une tonitruante voix de basse. Il s'adressait à Toon Willems, le préfet de police, un homme soigné, nerveux et compétent.

« Tracy Whitney est arrivée à Amsterdam ce matin, monsieur. Interpol est convaincu qu'elle est auteur du vol De Beers. M. Cooper, ici présent, pense qu'elle est dans notre ville pour se livrer à un nouveau forfait.

— En avez-vous des preuves, monsieur ? » demanda le préfet en se tournant vers Cooper.

Il n'en avait pas besoin. Il connaissait Tracy corps et âme. Si elle était à Amsterdam, c'était pour commettre un nouveau crime, quelque chose de phénoménal que leurs pauvres imaginations étaient bien incapables de concevoir. Cooper se contraîgnit au calme.

« Aucune, répondit-il. C'est pourquoi elle doit être prise la main dans le sac.

— Et que nous suggérez-vous ?
— Nous devons la surveiller nuit et jour. »
Le « nous » gêna le préfet de police. Il s'était entretenu avec l'inspecteur Trignant. « Cooper est odieux, avait dit celui-ci, mais il sait de quoi il parle. Si nous l'avions écouté, nous aurions arrêté Tracy Whitney la main dans le sac. » C'était l'expression que Cooper venait d'utiliser.

Toon Willems prit sa décision. Celle-ci était en partie influencée par l'impuissance de la police française — largement commentée par la presse — à appréhender les responsables du vol de diamants. Là où les Français avaient échoué, la police néerlandaise réussirait.

« Très bien, déclara-t-il. Si cette dame est venue aux Pays-Bas pour tester l'efficacité de notre police, nous allons lui donner satisfaction. Prenez toutes les mesures qui vous paraîtront nécessaires », conclut-il en se tournant vers l'inspecteur Van Duren.

Amsterdam est divisée en six districts de police responsables chacun de leur territoire. Sur les ordres de l'inspecteur Van Duren, ces divisions furent supprimées et des policiers de différents districts composèrent les équipes de surveillance.

« Je veux qu'elle soit filée vingt-quatre heures sur vingt-quatre, ordonna l'inspecteur. Ne la perdez pas de vue un seul instant. Eh bien, ajouta-t-il à l'adresse de Daniel Cooper, êtes-vous satisfait ?
— Je ne le serai que lorsqu'elle sera arrêtée.
— Elle le sera. Nous nous vantons d'avoir la meilleure police du monde, monsieur Cooper. »

Amsterdam est un paradis pour les touristes avec ses moulins à vent, ses maisons à pignons appuyées de guingois les unes aux autres le long de canaux bordés d'arbres, et ses maisons flottantes décorées de géraniums, de plantes et de linge séchant au vent. Tracy n'avait jamais rencontré de peuple plus chaleureux que les Néerlandais.

« Ils ont l'air si heureux.

— N'oublie pas que ce sont les premiers hippies : ils ont la tulipe à la main depuis longtemps. »

Tracy rit et lui prit le bras. Être auprès de lui était un tel bonheur. « Il est tellement merveilleux. » Et Jeff la regardait en se disant : « Je suis l'homme le plus heureux du monde. »

Ils se comportèrent en touristes, ils flânèrent le long de l'Albert Cuyp Straat, marché en plein air où se succèdent étalages d'antiquités, de fruits, de légumes, de fleurs et de vêtements. Ils s'attardèrent sur Dam Square où les jeunes gens se rassemblent pour écouter des chanteurs itinérants et des groupes punks, visitèrent Volendam, vieux village pittoresque sur le Zuiderzee, et Madurodam, les Pays-Bas en miniature. En passant devant l'aéroport de Schiphol, Jeff déclara :

« Il n'y a pas si longtemps, la mer du Nord occupait le terrain de l'aéroport. Schiphol veut dire ''cimetière de navires''.

— Je suis impressionnée, dit Tracy en se blottissant contre lui. C'est agréable d'être amoureuse de quelqu'un d'aussi calé.

— Et je n'ai pas fini de t'épater ! Le quart des Pays-Bas a été gagné sur la mer. Le pays tout entier est à cinq mètres au-dessous du niveau de la mer.

— Ce n'est pas très rassurant.

— Ne t'inquiète pas. »

La Gemeentepolitie les suivait partout et, chaque soir, Daniel Cooper étudiait les rapports transmis à l'inspecteur Van Duren. Ils ne contenaient rien d'anormal, mais cela ne dissipait pas les soupçons de Cooper. « Elle prépare quelque chose, se disait-il. Un gros coup. Je me demande si elle sait qu'elle est suivie, si elle sait que je vais la détruire ? »

Aux yeux des policiers, Tracy et Jeff n'étaient que de simples touristes.

« Vous êtes sûr de ne pas vous tromper ? demanda

l'inspecteur à Cooper. Après tout, ils pourraient n'être ici que pour leur plaisir.

— Non, je ne me trompe pas, répondit Cooper avec obstination. Continuez la surveillance. »

Il avait le pressentiment que le temps pressait. Si Tracy Whitney ne passait pas bientôt à l'action, la police renoncerait une fois de plus à la filature. Il ne fallait pas que cela arrive. il se joignit aux équipes de policiers qui la suivaient.

Tracy et Jeff avaient pris des suites communicantes à l'Amstel.

« Par respect des convenances, avait dit Jeff. Mais ne crois pas te débarrasser de moi comme ça.

— Promis ? »

Il restait auprès d'elle jusqu'à l'aube et ils s'aimaient longuement. Jeff était un amant tour à tour tendre et attentionné, impétueux et sauvage.

« C'est la première fois que je sais pourquoi j'ai un corps, murmura Tracy une nuit. Merci, mon amour.

— Tout le plaisir est pour moi.

— La moitié seulement. »

Leurs promenades en ville n'étaient guidées que par leur fantaisie. Ils déjeunèrent au restaurant Excelsior de l'hôtel de l'Europe, dînèrent au Bowedery, mangèrent jusqu'au dernier les vingt-deux plats du menu indonésien du Bali, goûtèrent l'*erwtensoep*, la célèbre soupe de pois hollandaise, la *hutspot*, mélange de pommes de terre, de carottes et d'oignons, le *boerenkool met worst*, préparation où entrent treize légumes et de la saucisse fumée. Ils flânèrent dans le Walletjes, le quartier rouge d'Amsterdam où de grasses prostituées en kimono exhibaient leurs charmes opulents en vitrine. Le rapport quotidien remis à l'inspecteur Joop Van Duren se terminait toujours par ces mots : « Rien à signaler. »

« Patience, se disait Cooper. Patience. »

Sur ses instances, l'inspecteur Van Duren alla demander au préfet de police l'autorisation de placer des micros clandestins dans les suites des suspects. Elle lui fut refusée.

« Lorsque vos soupçons seront fondés sur quelque chose de concret, revenez me voir, déclara le préfet. Jusque-là, je ne peux vous permettre de mettre sur écoute des gens qui ne sont coupables pour l'instant que de visiter les Pays-Bas. »

Cette conversation eut lieu un vendredi. Le lundi suivant, Tracy et Jeff se rendirent Paulus Potter Straat dans le quartier des diamantaires et visitèrent l'usine de taille du diamant des Pays-Bas. Daniel Cooper accompagnait l'équipe de filature. Un guide anglophone conduisit la foule des touristes à travers l'usine en leur expliquant les diverses phases de la taille, puis les introduisit dans une vaste salle où une grande variété de diamants était exposée dans des vitrines, leur vente étant la principale raison d'être de cette visite guidée. Au centre de la pièce, théâtralement présenté sur un piédestal noir, se trouvait le plus beau diamant que Tracy eût jamais contemplé.

« Mesdames et messieurs, déclara le guide avec fierté, vous avez devant vous le célèbre diamant Lucullan dont vous avez certainement entendu parler. Il a appartenu à un acteur de théâtre qui l'avait acheté pour son épouse, une star de cinéma. Il est estimé à dix millions de dollars. C'est une pierre parfaite, l'un des plus beaux diamants du monde.

— Cela doit être une proie tentante pour les voleurs », remarqua Jeff à haute voix.

Daniel Cooper s'avança pour mieux entendre.

« *Nee, mijnheer* », répondit le guide avec un sourire indulgent. Il désigna le garde armé qui se tenait près du piédestal.

« Ce diamant est mieux gardé que le trésor de la Couronne de la Tour de Londres. Si quelqu'un touche le globe de verre qui le protège, une sonnerie retentit et — *vlug !* — toutes les portes et les fenêtres de cette pièce se verrouillent instantanément. La nuit, il est défendu par un système électronique. Si quelqu'un entre dans la pièce, l'alerte est immédiatement donné au commissariat central.

— Je suppose que personne ne le volera jamais », fit Jeff en se tournant vers Tracy.

Cooper échangea un regard avec un des policiers. L'inspecteur Van Duren fut averti l'après-midi même.

Le lendemain, Tracy et Jeff visitèrent le Rijksmuseum. Jeff acheta un plan du musée et ils traversèrent le hall principal pour gagner la galerie d'honneur où étaient exposés les Fra Angelico, les Murillo, les Rubens, les Van Dyck et les Tiepolo. Ils avancèrent lentement, s'arrêtant devant chaque tableau, puis entrèrent dans la salle de *La Ronde de nuit*. Ils y restèrent et le séduisant agent de première classe Fien Hauer se dit : « Oh ! Mon Dieu ! »

Le titre officiel du tableau est *La Compagnie du capitaine Frans Banning Cocq et le lieutenant Willem Van Ruytenburch*. Il dépeint un groupe de soldats se préparant à faire leur ronde sous le commandement d'un capitaine à l'uniforme chamarré. Des cordons rouges empêchaient les touristes de s'en approcher et un gardien était posté à proximité.

« C'est difficile à croire, dit Jeff à Tracy, mais Rembrandt a passé un mauvais quart d'heure à cause de ce tableau.

— Pourquoi ? Il est extraordinaire.

— Son client — le capitaine du tableau — a trouvé qu'il donnait trop d'importance aux autres personnages. J'espère qu'il est bien surveillé ? ajouta-t-il à l'adresse du gardien.

— *Ja, mijnheer.* Pour voler quoi que ce soit dans ce musée, il faut déjouer les rayons électroniques, les caméras et, la nuit, deux gardiens accompagnés de chiens policiers.

— Je suppose que ce tableau restera éternellement entre ces murs », dit Jeff.

Plus tard dans l'après-midi, la conversation fut rapportée à l'inspecteur Van Duren.

« *La Ronde de nuit !* s'exclama-t-il. *Alstublieft !* Impossible ! »

Daniel Cooper cligna ses yeux hagards et myopes.

Dans la salle des Congrès d'Amsterdam se tenait une rencontre de philatélistes. Tracy et Jeff furent parmi les premiers visiteurs. Le hall était étroitement surveillé car certains timbres avaient une valeur inestimable. Cooper et un policier regardèrent le couple déambuler parmi les collections de timbres rares. Ils s'arrêtèrent devant un timbre hexagonal couleur fuchsia émis par la Guinée britannique.

« Qu'il est laid ! dit Tracy.
— Ne soit pas si dure, chérie : il est unique au monde.
— Combien vaut-il ?
— Un million de dollars.
— C'est exact, monsieur, approuva le philatéliste. La plupart des gens ne s'en douteraient pas. Mais je vois que vous aimez ces timbres comme moi. Ils contiennent toute l'histoire du monde. »

Tracy et Jeff passèrent à la vitrine suivante et regardèrent un timbre inversé où un avion volait sur le dos.

« Celui-ci est intéressant, remarqua Tracy.
— Il vaut...
— Soixante-quinze mille dollars, dit Jeff.
— Oui, monsieur. »

Ils passèrent à un timbre hawaïen bleu de deux *cents*.

« Celui-ci vaut deux cent cinquante mille dollars », dit Jeff à Tracy.

Daniel Cooper les suivait de près, mêlé à la foule.

« En voici un qui est très rare », dit Jeff en désignant un timbre de l'île Maurice d'un *penny*. « Au lieu de ''postpaid[1]'', un graveur rêveur a imprimé ''post *office*[2]''. Il vaut un nombre considérable de *pence* aujourd'hui.

---

1. Port payé.
2. Bureau de poste.

— Ils ont l'air si petits, si vulnérables, dit Tracy. Et si faciles à emporter. »

Derrière le stand, un gardien sourit.

« Un voleur n'irait pas loin, mademoiselle, dit-il. Ces vitrines sont protégées électroniquement. Des gardes armés surveillent le centre jour et nuit.

— Tant mieux ! fit Jeff d'un air sérieux. On n'est jamais assez prudent de nos jours. »

Cet après-midi-là, Daniel Cooper et l'inspecteur Van Duren se rendirent chez le préfet de police. Van Duren lui tendit les derniers rapports de filature et attendit.

« Il n'y a rien de probant, déclara le préfet. Mais je reconnais que vos suspects ont l'air à l'affût de proies lucratives. Eh bien, c'est entendu, inspecteur, je vous autorise à placer des micros dans leurs chambres. »

Daniel Cooper jubilait. Désormais Tracy Whitney n'aurait plus de vie privée. Il allait savoir tout ce qu'elle pensait, disait et faisait. Il l'imagina au lit avec Jeff et sentit à nouveau contre sa joue sa culotte rose. Si douce, si parfumée.

Cet après-midi-là, il se rendit à l'église.

Le soir même, dès que Tracy et Jeff eurent quitté l'hôtel pour aller dîner, une équipe de techniciens se mit au travail, truffant leurs suites de minuscules microphones qu'ils dissimulèrent derrière les tableaux, dans les lampes et sous les tables de chevet.

L'inspecteur Van Duren avait réquisitionné une suite à l'étage au-dessus. Un technicien y installa un récepteur radio doté d'une antenne et y brancha un magnétophone.

« Vous n'avez pas besoin d'être ici pour le faire marcher, expliqua-t-il. L'enregistrement se déclenchera automatiquement dès que quelqu'un parlera. »

Mais Daniel Cooper *voulait* être présent. Il *fallait* qu'il le soit. Car telle était la volonté de Dieu.

33

Le lendemain matin de bonne heure, Daniel Cooper, l'inspecteur Van Duren et son jeune assistant, l'agent Witkamp, dans la suite, écoutaient la conversation qui avait lieu à l'étage au-dessous.

« Encore un peu de café, disait Jeff.

— Non, merci, chéri. Tu devrais goûter ce fromage : il est vraiment délicieux. »

Un court silence suivit.

« Mmm... tu as raison. Qu'aimerais-tu faire aujourd'hui, Tracy ? Nous pourrions aller à Rotterdam.

— Nous pourrions aussi nous reposer tranquillement ici.

— Ce n'est pas une mauvaise idée. »

Daniel Cooper savait ce qu'ils entendaient par « se reposer » ; son visage se crispa.

« La reine inaugure un nouvel orphelinat.

— Je trouve que les Néerlandais sont le peuple le plus hospitalier et le plus généreux du monde. Ce sont des iconoclastes ; ils détestent règles et règlements.

— Bien sûr, fit Jeff en riant. C'est bien pour ça que nous les aimons tant. »

Une conversation banale entre amoureux. « Elle est si à l'aise, si désinvolte, avec lui », se dit Cooper. *Mais elle le paierait cher.*

« En parlant de générosité, disait Jeff. Devine qui séjourne dans cet hôtel ? Maximilien Pierpont. Je l'ai raté sur le *Queen Elizabeth II*.

— Et moi sur l'Orient-Express.
— Il est sans doute ici pour piller une nouvelle société. Nous devrions profiter de cet heureux hasard pour nous occuper de lui, tu ne crois pas ?
— Avec le plus grand plaisir, chéri, fit Tracy en riant.
— Je crois savoir que notre ami a la manie de se promener partout avec de précieux bibelots. J'ai dans l'idée que...
— *Dag, mijnheer, dag, mevrouw,* dit une voix féminine. Voulez-vous que je fasse vos chambres maintenant ? »
L'inspecteur Van Duren se tourna vers l'agent Witkamp.
« Surveillez Maximilien Pierpont. Si Whitney ou Stevens entrent en contact avec lui, je veux en être immédiatement informé. »

L'inspecteur Van Duren faisait son rapport au préfet de police Toon Willems.
« Plusieurs cibles sont susceptibles de les intéresser, monsieur. Ils parlent beaucoup d'un riche Américain du nom de Maximilien Pierpont. Ils ont assisté à une rencontre philatélique, sont allés voir le diamant Lucullan et on passé deux heures devant *La Ronde de nuit.*
— *Een diefstal van de Nachtwacht ? Nee !* Impossible ! »
Le préfet de police se demanda s'il ne perdait pas le temps précieux de ses hommes. Il y avait trop de conjectures et pas assez de faits dans cette affaire.
« Pour l'instant, vous n'avez pas la moindre idée de ce qu'ils manigancent ?
— Non, monsieur. Je ne suis pas certain qu'ils le sachent eux-mêmes. Dès qu'ils se décideront, ils nous en informeront.
— Que voulez-vous dire ? fit le préfet en fronçant les sourcils.
— Les micros. Ils ne savent pas que nous les écoutons. »

Ce fut le lendemain à neuf heures du matin que les efforts de la police portèrent leurs fruits. Tracy et Jeff finissaient de déjeuner. A l'étage au-dessus, Daniel Cooper, l'inspecteur Van Duren et l'agent Witkamp étaient à l'écoute.

« Voilà un article intéressant, disait Jeff. Notre ami avait raison. Écoute un peu : "La Banque Amro se prépare à expédier cinq millions de dollars de lingots d'or aux Antilles néerlandaises." »

« C'est absolument imp..., commença l'agent Witkamp.

— Chut ! »

« Je me demande combien pèsent cinq millions de dollars en or ? disait Tracy.

— Je peux te le dire, ma chérie : sept cent cinquante-huit kilos. Cela représente environ soixante-sept lingots. Ce qu'il y a d'absolument merveilleux avec l'or, c'est son anonymat. Il suffit de le faire fondre pour qu'il t'appartienne. Mais il serait assez difficile de le sortir des Pays-Bas.

— En admettant que ce soit possible, comment ferions-nous pour nous en emparer ? En allant les chercher au guichet ?

— Quelque chose dans ce goût.

— Tu plaisantes ?

— Jamais avec une somme pareille. Tu n'as pas envie d'aller faire un petit tour du côté de cette banque ?

— Qu'est-ce que tu mijotes ?

— Je te le dirai en cours de route. »

Une porte se ferma, et ce fut le silence.

L'inspecteur tortillait sa moustache.

« *Nee !* Ils ne peuvent pas s'emparer de cet or, c'est impossible. J'ai personnellement approuvé les mesures de sécurité.

— S'il y a une faille quelque part, Tracy Whitney la trouvera », affirma Cooper d'un ton péremptoire.

L'inspecteur Van Duren eut toutes les peines du monde à se maîtriser. Cet Américain bizarre était une plaie ; son inébranlable sentiment de supériorité l'exaspérait. Mais Van Duren était un policier dans l'âme et on lui avait ordonné de collaborer avec ce déplaisant petit homme.

« Renforcez les équipes de surveillance, ordonna-t-il à Witkamp. *Immédiatement !* Je veux que tous les gens qu'ils rencontrent soient photographiés et interrogés. Compris ?

— Oui, inspecteur.

— Et de la discrétion, surtout. Ils ne doivent pas s'apercevoir qu'ils sont filés.

— Oui, inspecteur.

— Voilà, dit Van Duren en se tournant vers Cooper. Êtes-vous rassuré ? »

Cooper ne prit pas la peine de lui répondre.

Pendant les cinq jours qui suivirent, Jeff et Tracy donnèrent beaucoup de travail aux hommes de l'inspecteur. Daniel Cooper étudiait quotidiennement tous les rapports. Le soir, il s'attardait dans la suite de l'Amstel après le départ des policiers, guettant les plaintes amoureuses du couple. Il n'entendait jamais rien, mais dans son imagination Tracy gémissait : « Oh ! oui, chéri, oui, oui ! Oh ! Mon Dieu... c'est si bon ! Maintenant, oh ! maintenant ! »

Puis venait un long soupir voluptueux et un silence velouté.

« Bientôt tu m'appartiendras, se disait-il. Personne d'autre ne t'aura. »

Pendant la journée, Jeff et Tracy se séparaient. L'un et l'autre étaient suivis. Jeff entra dans une imprimerie près de Leidesplein. Deux policiers le virent discuter avec animation avec l'imprimeur. Lorsqu'il partit, l'un des agents lui emboîta le pas tandis que l'autre pénétrait à son tour dans la boutique. Il exhiba sa carte de police plastifiée barrée de rouge et de bleu et portant timbre officiel et photographie.

« Que voulait l'homme qui vient de sortir d'ici ?

— Il n'a plus de cartes de visite et m'a demandé de lui en imprimer de nouvelles.

— Faites voir. »
L'imprimeur lui montra un modèle manuscrit.

Service de sécurité d'Amsterdam
Cornelius Wilson, inspecteur

Le lendemain, l'agent de première classe Fien Hauer vit Tracy entrer dans une oisellerie. Quand elle en sortit un quart d'heure plus tard, Fien Hauer alla interroger le vendeur.

« Que voulait la dame qui vient de sortir d'ici ?
— Elle m'a acheté des poissons rouges, un couple d'inséparables, un canari et un pigeon. »

Étrange assortiment.

« Un pigeon, dites-vous ? Un pigeon ordinaire ?
— Oui, mais aucune oisellerie ne les garde en magasin. Je lui ai dit qu'il nous faudrait le temps de lui en trouver un.
— Et où devez-vous les livrer ?
— A son hôtel. L'Amstel. »

A l'autre bout de la ville, Jeff s'entretenait en tête à tête avec le directeur de la banque Amro. Leur conversation dura une demi-heure et, lorsque Jeff s'en alla, un policier questionna le directeur.

« Pourriez-vous me dire de quoi vous avez discuté avec l'homme que vous venez de recevoir ?
— M. Wilson ? C'est l'inspecteur de la compagnie de sécurité avec laquelle nous travaillons. Ils sont en train de revoir l'ensemble du système de sécurité.
— Vous a-t-il demandé des renseignements sur le dispositif actuellement en place ?
— Eh bien, oui.
— Et vous les lui avez donnés ?
— Bien entendu. Mais j'ai pris la précaution de téléphoner pour m'assurer de son identité.
— A qui avez-vous téléphoné ?
— A la compagnie de sécurité... Leur numéro figurait sur sa carte. »

A quinze heures, le même jour, un fourgon blindé s'arrêta devant la banque Amro. De l'autre côté de la rue, Jeff en prit un photo. Au même instant, dissimulé dans l'embrasure d'une porte, un policier photographiait Jeff.

A la direction générale de la police, l'inspecteur Van Duren présentait au préfet Toon Willems les preuves qui s'accumulaient désormais rapidement.
« Que signifie cela ! demanda celui-ci de sa voix grêle.
— Je vais vous le dire, intervint Daniel Cooper. Tracy Whitney a l'intention de s'emparer de ce chargement de lingots d'or. »
Les regards se tournèrent vers lui.
« Et vous savez sans doute aussi comment elle compte accomplir ce miracle ? dit le préfet.
— Oui. »
Il en savait plus qu'eux, car il connaissait le cœur, l'âme et l'esprit de Tracy Whitney. Il s'était insinué en elle pour pouvoir penser comme elle, raisonner comme elle... et prévoir chacun de ses actes.
« Elle utilisera un faux fourgon blindé, se présentera à la banque avant le vrai et repartira avec les lingots.
— Voilà qui me paraît extravagant, monsieur Cooper.
— Je ne sais pas quel est leur plan, intervint l'inspecteur Van Duren. Mais il est certain qu'ils manigancent quelque chose, monsieur. Nos enregistrements le prouvent. »
Daniel Cooper pensa aux autres bruits, ceux qu'il avait imaginés, les murmures nocturnes, les gémissements et les soupirs. Elle se conduisait comme une chienne en chaleur. Mais, là où il l'enfermerait, aucun homme ne l'approcherait plus jamais.
« Ils se sont arrangés pour connaître les mesures de sécurité de la banque Amro ainsi que l'heure de passage du fourgon blindé, disait l'inspecteur. Ils... »
Le préfet de police examinait le rapport placé devant lui.

« Des inséparables, un pigeon, des poissons rouges, un canari... Croyez-vous que ces bêtises aient un rapport avec le vol ?
— Non, dit Van Duren.
— Oui », dit Cooper.

Vêtue d'un ensemble veste-pantalon aigue-marine, l'agent de première classe Fien Hauer suivait Tracy le long de Prinsengracht. Celle-ci traversa le pont Magere et, à la déconvenue de l'agent, entra dans une cabine téléphonique. La conversation dura cinq minutes et, si l'agent Fien Hauer avait pu l'écouter, elle n'en aurait pas été plus éclairée.

« Nous pouvons avoir entière confiance en Margo, disait Gunther à Londres. Mais il lui faut du temps. Au moins deux semaines. »

Après avoir écouté Tracy, il reprit :

« Je comprends. je vous avertirai dès que tout sera prêt. Soyez prudents. Mes amitiés à Jeff. »

Tracy raccrocha. En quittant la cabine, elle fit un signe amical à la femme en tailleur-pantalon aigue-marine qui attendait son tour.

Le lendemain matin, à onze heures, un policier téléphona à l'inspecteur Van Duren.

« Je suis dans une agence de location de camions, inspecteur. Jeff Stevens vient d'en louer un.
— Quel genre de véhicule ?
— Un camion de livraison.
— Allez me chercher ses dimensions. Je reste en ligne. »

Quelques minutes plus tard, l'agent était de retour.

« Je les ai, inspecteur. C'est...
— Une camionnette de six mètres de long, deux mètres quinze de large et un mètre quatre-vingts de haut, dit l'inspecteur. Essieux doubles. »

Un silence stupéfait lui répondit.

« Oui, inspecteur, dit enfin l'agent. Comment le savez-vous ?

— Peu importe. De quelle couleur est-elle?
— Bleue.
— Qui file Jeff Stevens ?
— Jacobs.
— *Goed.* Venez immédiatement à mon bureau. »
Joop Van Duren raccrocha.
« Vous aviez raison, dit-il à Cooper. Sauf pour la couleur : elle est bleue.
— Il va la faire repeindre dans un garage. »

Le garage se trouvait sur le Damrak. Deux hommes peignirent la camionnette au pistolet tandis que Jeff attendait. Sur le toit, un policier prenait des photos à travers une lucarne.
Une heure plus tard, elles étaient sur le bureau de l'inspecteur. Il les poussa vers Daniel Cooper.
« Il la fait peindre en gris fer comme le vrai fourgon blindé. Nous pourrions déjà les arrêter, vous savez.
— Sous quelle inculpation ? Impression de fausses cartes de visite ? Peinture de camion ? Il n'y a qu'une seule manière d'obtenir leur condamnation, et c'est de les prendre sur le fait. »
« Ce petit enfoiré va bientôt me donner des ordres », pensa l'inspecteur.
« Que va-t-il faire maintenant, d'après vous ? » demanda-t-il.
Cooper examinait les photos avec attention.
« Ce véhicule ne supportera pas le poids des lingots. Il va faire renforcer le plancher. »

C'était un garage écarté de la Muider Straat.
« *Goede Morgen, mijnheer.* Que puis-je pour vous ? demanda le mécanicien.
— Je compte transporter de la ferraille dans ce camion, expliqua Jeff. J'ai peur que le plancher ne soit pas assez solide et j'aimerais que vous le consolidiez. C'est possible ? »

Le garagiste examina le véhicule.
« *Ja,* aucun problème.
— Parfait.
— Vous l'aurez *vrijdag.* Vendredi.
— J'espérais pouvoir le reprendre demain.
— *Morgen ? Nee. Ik...*
— Je vous paierai le double.
— *Donderdag.* Jeudi.
— Demain, et vous aurez le triple du prix. »
Le garagiste se frotta le menton d'un air pensif.
« A quelle heure demain ?
— Midi.
— D'accord.
— *Dank wel.*
— *Tot uw dienst.* »
A peine Jeff avait-il quitté le garage qu'un policier y pénétrait.

Au cours de la même matinée, l'équipe de policiers qui suivait Tracy la vit s'entretenir pendant une demi-heure avec le propriétaire d'une péniche sur le canal Oude Schans. Après son départ, un des policiers alla trouver celui-ci qui savourait un grand verre de *bessenjenever,* un alcool fort.

« Que voulait cette jeune femme ?
— Elle m'a loué ma péniche pour une semaine. Elle veut faire une excursion sur les canaux avec son mari.
— A dater de quel jour ?
— Vendredi. C'est une manière agréable de passer ses vacances, monsieur. Si votre épouse et vous étiez intéressés par... »
Le policier était déjà loin.

Le pigeon commandé par Tracy lui fut livré à son hôtel dans une cage. Daniel Cooper retourna voir l'oiseleur.

« Quel genre de pigeon lui avez-vous vendu ?
— Oh ! Ceux qu'on voit partout.
— Vous êtes certain qu'il ne s'agit pas d'un pigeon voyageur ?

— Oui, répondit l'homme en riant. D'autant plus certain que je l'ai attrapé hier soir dans Vondelpark. »

Des centaines de kilos d'or et un pigeon. « Pourquoi ? » se demanda Daniel Cooper.

Cinq jours avant l'enlèvement du chargement de lingots d'or de la banque Amro, une grosse pile de photographies s'était accumulée sur le bureau de l'inspecteur Joop Van Duren.

« Chacune d'entre elles est un maillon de la chaîne qui se refermera sur elle », pensait Cooper. Si la police d'Amsterdam manquait d'imagination, il devait reconnaître qu'elle était méticuleuse. Photographies et dossiers rendaient compte, étape par étape, des préparatifs du vol. Tracy n'échapperait pas à la justice.

« Son châtiment sera ma rédemption. »

Lorsque Jeff alla reprendre son camion fraîchement repeint, il le conduisit à un petit garage privé qu'il avait loué près d'Oude Zijds Kolk, le plus vieux quartier d'Amsterdam. Six caisses de bois vides portant l'inscription « MACHINES » furent également livrées dans ce garage.

L'inspecteur en avait une photo sur son bureau quand il écouta le dernier enregistrement effectué à l'Amstel.

« Lorsque tu conduiras le camion de la banque à la péniche, ne dépasse pas la limitation de vitesse, disait Jeff. Je veux connaître la durée exacte du trajet. Voici un chronomètre.

— Tu ne viens pas avec moi ?

— Non, je vais avoir beaucoup à faire.

— Et Monty ?

— Il arrivera jeudi soir. »

« Qui est ce Monty ? demanda l'inspecteur Van Duren.

— Sans doute l'homme qui se fera passer pour le second convoyeur, dit Cooper. Il va leur falloir des uniformes. »

La boutique de location de costumes se trouvait dans un centre commercial, Pieter Cornelisz Hooft Straat.

« Je voudrais deux uniformes pour une soirée costumée, dit Jeff au vendeur. Vous avez exactement ce qu'il me faut en vitrine. »

Une heure plus tard, l'inspecteur Van Duren avait en main la photo d'un uniforme de garde.

« Il en a demandé deux et dit au vendeur qu'il passerait les chercher jeudi. »

La taille d'un des uniformes laissait penser qu'il était destiné à quelqu'un de plus imposant que Jeff Stevens.

« Notre ami Monty devrait mesurer environ un mètre quatre-vingt-dix et peser dans les cent kilos. Nous allons demander à Interpol de faire fonctionner ses ordinateurs », dit l'inspecteur à Cooper.

Dans le garage privé qu'il avait loué, Jeff était perché sur le toit du camion. Tracy était au volant.

« Tu es prête ? demanda-t-il. Vas-y ! »

Tracy pressa un bouton sur le tableau de bord. Une bâche s'abattit de chaque côté du camion. On y lisait : « HEINEKEN, BIÈRE HOLLANDAISE. »

« Ça marche ! » s'écria Jeff.

« Heineken ? *Alstublieft !* »

L'inspecteur Van Duren jeta un regard aux policiers réunis dans son bureau. Une série de photographies agrandies et de notes était accrochée aux murs.

Assis au fond de la pièce, Daniel Cooper considérait cette réunion comme une perte de temps. Il avait prévu ce que feraient Tracy et son amant. Ils étaient tombés dans un piège qui se refermait sur eux. Alors que l'excitation des policiers allait croissant, la sienne était retombée.

« Toutes les pièces du puzzle sont en place, disait l'inspecteur. Les suspects connaissent l'heure à laquelle le vrai fourgon doit s'arrêter devant la banque Amro. Ils comptent arriver une demi-heure plus tôt en se faisant passer pour des convoyeurs de fonds. Lorsque le véritable camion arrivera, ils seront loin. »

Van Duren désigna la photographie d'un fourgon blindé.

« Voici l'aspect qu'aura leur véhicule en s'éloignant de la banque. Mais, dès qu'ils auront pris une rue adjacente, il se transformera soudain en ceci. »

Il montrait la photo du camion Heineken.

« Comment comptent-ils faire sortir l'or du pays ? demanda un policier.

— D'abord par péniche, répondit l'inspecteur. Le réseau de canaux qui sillonnent les Pays-Bas est si dense qu'ils pourraient s'y perdre indéfiniment. »

Il désigna une photo aérienne du camion roulant le long du canal.

« Ils ont chronométré la durée de leur trajet de la banque à la péniche. Ils ont le temps de charger les lingots à bord et de partir avant que leur subterfuge ne soit découvert. »

Van Duren se dirigea vers la dernière photographie, celle d'un cargo.

« Il y a deux jours, Jeff Stevens a passé un contrat avec l'*Oresta* qui doit partir de Rotterdam la semaine prochaine. La cargaison — des "machines" — a pour destination Hong Kong. Eh bien, messieurs, conclut-il, nous allons légèrement modifier leur plan. Mais nous les laisserons prendre les lingots et les charger dans leur camion. »

Il se tourna vers Daniel Cooper en souriant.

« La main dans le sac. Nous allons prendre ces habiles malfaiteurs la main dans le sac. »

Suivie par un policier, Tracy entra au bureau de l'American Express où on lui remit un paquet de taille moyenne. Elle retourna immédiatement à son hôtel.

« Impossible de savoir ce qu'il contenait, dit l'inspecteur Van Duren à Cooper. Nous avons fouillé leurs suites mais n'y avons rien trouvé que nous n'y ayons déjà vu. »

Les ordinateurs d'Interpol ne purent fournir aucun renseignement sur Monty et ses cent kilos.

Jeudi soir, en fin de soirée, Daniel Cooper, l'inspecteur Van Duren et l'agent Witkamp se trouvaient dans la suite de l'Amstel.

« Si nous arrivons à la banque une demi-heure avant les gardes, cela nous laissera assez de temps pour charger les lingots et partir, disait Jeff. Lorsque le fourgon arrivera, nous serons déjà en train de charger l'or dans la péniche.

— J'ai demandé au mécanicien de vérifier le camion et de faire le plein. Il est prêt.

— On est presque contraint de les admirer, remarqua l'agent Witkamp. Ils ne laissent rien au hasard.

— Ils finissent tous par commettre une erreur », répliqua l'inspecteur.

Daniel Cooper écoutait.

« Quand tout sera fini, que dirais-tu d'aller effectuer ces fouilles dont je t'ai parlé ? disait Jeff.

— En Tunisie ? J'en rêve déjà.

— Parfait. Je vais m'en occuper. A partir de maintenant, nous nous consacrerons à ne rien faire et à jouir de l'existence. »

« A mon avis, le programme de leurs vingt prochaines années est déjà établi, murmura l'inspecteur. Je crois que nous pouvons aller nous coucher, ajouta-t-il en s'étirant. Tout est prêt pour demain et nous avons besoin d'une bonne nuit de sommeil. »

Daniel Cooper ne pouvait pas dormir. Il imaginait Tracy empoignée et malmenée par la police, la terreur peinte sur son visage. Cela l'excitait. Il alla à la salle de bains et se fit couler un bain très chaud. Puis, ôtant lunettes et pyjama, il se glissa dans l'eau fumante. C'était presque fini ; elle paierait comme il avait déjà fait payer d'autres putains de son espèce. Demain à la même heure, il pourrait rentrer chez lui. « Non, pas chez moi, se corrigea-t-il. Dans mon appartement. » *Chez lui* était un endroit chaud et rassurant où sa mère l'aimait plus que tout au monde.

« Tu es mon petit homme, lui disait-elle. Je ne sais pas ce que je ferais sans toi. »
Daniel Cooper avait quatre ans lorsque son père disparut. Il crut d'abord que c'était sa faute, mais sa mère lui expliqua que c'était celle d'une autre femme. Il haït cette femme parce qu'elle faisait pleurer sa mère. Il ne l'avait jamais vue mais savait que c'était une putain parce que c'était ainsi que sa mère l'appelait. Plus tard, il fut heureux que cette femme ait emmené son père, car désormais il avait sa mère tout à lui. Dans le Minnesota, les nuits sont froides. Elle le faisait se blottir près d'elle sous les chaudes couvertures de son lit.
« Un jour, je t'épouserai », lui promettait-il.
Et elle lui caressait les cheveux en riant.
Daniel était toujours le premier de la classe. Il voulait que sa mère soit fière de lui.
Vous avez un fils très doué, madame Cooper.
Je sais. Il n'y a personne d'aussi intelligent que mon petit homme.
Lorsque Daniel eut sept ans, sa mère se mit à inviter à dîner leur voisin, un homme énorme et velu. Daniel tomba malade. Une forte fièvre le cloua au lit pendant une semaine et sa mère promit de ne plus jamais recommencer. *Tu es le seul être au monde dont j'ai besoin, Daniel.*
Personne ne pouvait être plus heureux que lui. Sa mère était la plus belle femme de la terre. Quand elle s'absentait, Daniel se glissait dans sa chambre et ouvrait les tiroirs de sa commode. Il prenait ses dessous, si doux, et les frottait contre sa joue. Ils sentaient... oh ! si bon.
Étendu dans la baignoire de sa suite, les yeux clos, Daniel Cooper se remémora ce jour terrible où sa mère

avait été assassinée. C'était le jour de son douzième anniversaire. On lui avait permis de quitter l'école plus tôt parce qu'il avait mal à l'oreille. Il s'était fait plus souffrant qu'il ne l'était en réalité pour pouvoir rentrer se faire réconforter et dorloter par sa mère. Il entra dans la maison et gagna la chambre à coucher de sa mère. Elle était là, nue sur leur lit. Mais elle n'était pas seule. Elle faisait des choses abominables à l'homme qui habitait à côté de chez eux. Daniel la vit embrasser son torse velu et son gros ventre, puis descendre jusqu'à l'énorme masse rouge qui se dressait entre ses jambes. Avant qu'elle ne la prenne dans sa bouche, il l'entendit dire dans un gémissement :

« Oh ! Je t'aime ! »

Ce fut plus abominable que le reste. Daniel courut à sa salle de bains où il vomit. Comme il s'était souillé, il se déshabilla et se nettoya soigneusement parce que sa mère lui avait appris à être propre. Son oreille lui faisait vraiment mal. Il entendit des bruits de voix dans le couloir.

« Il vaut mieux que tu partes maintenant, disait sa mère. Il faut que je prenne un bain et que je m'habille. Daniel va bientôt rentrer de l'école. Je lui ai préparé une petite fête pour son anniversaire. A demain, mon chéri. »

La porte d'entrée se referma. Il entendit l'eau couler dans la salle de bains de sa mère. Mais ce n'était plus sa mère, c'était une putain qui faisait des choses dégoûtantes avec les hommes, des choses qu'elle n'avait jamais faites avec lui.

Toujours nu, il entra dans la salle de bains. Elle était dans la baignoire, un sourire sur son visage de putain.

« Daniel, mon chéri, dit-elle en le voyant. Que... »

Il avait une paire de ciseaux de couturière à la main.

« Daniel... »

Sa bouche s'ouvrit, dessinant un O rose, mais pas un son n'en sortit jusqu'à ce qu'il plonge son arme dans le sein de l'étrangère étendue dans la baignoire. Il accompagna ses hurlements de ses propres cris : « Putain ! Putain ! Putain ! »

Un duo mortel qui continua jusqu'à ce qu'enfin sa voix seule résonne. « Putain... Putain... »

Couvert de sang, il entra sous la douche et se frotta jusqu'à avoir la peau en feu.

Cet homme, à côté, avait tué sa mère et cet homme devait être puni.

Ensuite, tout sembla se dérouler avec une extraordinaire précision et comme au ralenti. Daniel essuya les ciseaux avec une serviette pour en effacer ses empreintes, puis les jeta dans la baignoire. Ils heurtèrent l'émail avec un bruit sourd. Il s'habilla et téléphona à la police. Deux voitures arrivèrent avec un hurlement de sirènes, puis une autre, pleine de policiers. Ils posèrent des questions à Daniel. Il leur dit qu'il avait quitté l'école de bonne heure et qu'il avait vu leur voisin, Fred Zimmer, sortir de la maison. Interrogé à son tour, l'homme reconnut être l'amant de Mme Cooper mais nia l'avoir tuée. Le témoignage de Daniel pendant le procès entraîna la condamnation de Zimmer.

« En rentrant de l'école, tu as vu ton voisin sortir en courant de chez toi ?

— Oui, monsieur.

— L'as-tu vu distinctement ?

— Oui, monsieur. Il avait les mains pleines de sang.

— Qu'as-tu fait ensuite, Daniel ?

— Je... j'avais si peur ! Je savais que quelque chose de terrible était arrivé à ma mère.

— Es-tu entré dans la maison ?

— Oui, monsieur.

— Et que s'est-il passé ?

— J'ai crié : ''Maman !'' et elle n'a pas répondu. Alors je suis allé dans la salle de bains et... »

Secoué de sanglots convulsifs, le jeune garçon dut être emmené hors du tribunal.

Fred Zimmer fut exécuté treize mois plus tard.

Le jeune Daniel avait entre-temps été envoyé chez une parente éloignée qui habitait le Texas. Tante Mattie était une femme austère, une baptiste à la morale rigide et véhémente, convaincue que les feux de l'enfer attendaient les pécheurs. C'était un foyer sans amour, sans joie et sans pitié où Daniel grandit, torturé par la culpabilité et terrifié par sa damnation à venir. Peu après l'assassinat de sa mère, il commença à avoir des troubles visuels. Les médecins qualifièrent le problème de psychosomatique. « Il fait un blocage ; il refuse de voir quelque chose. »

Les verres de ses lunettes s'épaissirent.

A dix-sept ans, Daniel fuit sa tante et le Texas pour toujours. Il fit de l'auto-stop jusqu'à New York où il fut engagé comme garçon de bureau à la Compagnie internationale de protection des assurances. Trois ans plus tard, il était promu enquêteur. Il devint le meilleur de la société. Il ne demandait jamais ni augmentation de salaire ni amélioration de ses conditions de travail. Ces détails lui étaient indifférents. Il était le bras droit du Seigneur, Son fléau. Il punissait les pécheurs.

Daniel Cooper sortit de son bain et alla se coucher. « Demain, se dit-il. Demain verra le châtiment de la putain. »

Il aurait aimé que sa mère fût là pour y assister.

34

Amsterdam
Vendredi 22 août. 8 heures

Daniel Cooper et deux policiers se trouvaient à leur poste d'écoute de l'Amstel.
« Tu veux du pain, Jeff ? Du café ?
— Non, merci. »
« C'est le dernier petit déjeuner qu'ils prendront ensemble », se dit Cooper.
« Sais-tu ce que j'attends avec impatience, chéri ? Notre petit voyage en péniche.
— C'est aujourd'hui le grand jour, et c'est à la *péniche* que tu penses ! Pourquoi ?
— Parce que nous y serons seuls tous les deux. Tu crois que je suis folle ?
— Sans l'ombre d'un doute. Mais tu es ma folle préférée.
— Un baiser. »
« Elle devrait être plus tendue, se dit Cooper. Je veux qu'elle soit tendue. »
« Je vais regretter cette ville, Jeff.
— Essaie de te consoler en envisageant le côté enrichissant de notre expérience.
— Tu as raison », fit Tracy en riant.
A neuf heures, la conversation continuait. « Ils devraient se préparer, pensait Cooper, régler les derniers

détails de leur plan. Et ce Monty ? Où vont-ils le retrouver ? »

« Pourrais-tu t'occuper du concierge avant de régler notre note, chérie ? disait Jeff. Je vais être très occupé.
— Bien sûr. Il a été merveilleux. Pourquoi n'y a-t-il pas de concierge dans les hôtels américains ?
— Sans doute parce que c'est une tradition européenne. Sais-tu quelle en est l'origine ?
— Non.
— En 1627, le roi de France a fait construire une prison à Paris et en a confié la charge à un aristocrate en lui conférant le titre de *comte des cierges**. Il était payé deux livres et on lui donnait les cendres des cheminées du roi. Plus tard, le terme s'est appliqué à tous ceux qui administraient une prison ou un château et a fini par s'étendre aux hôtels. »

« Mais qu'est-ce qu'ils racontent, bon Dieu ! se dit Cooper. Il est neuf heures et demie : ils devraient partir. »

« Ne me dis pas comment tu sais tout cela... Tu connaissais une belle concierge, naturellement. »

Une autre voix féminine se fit entendre.

« *Goede morgen, mevrouw, mijnheer.*
— Il n'y a pas de belle concierge, dit Jeff.
— *Ik begrijp het niet*, dit la voix féminine.
— S'il y en avait, je suis sûre que tu les trouverais », dit Tracy.

« Que diable se passe-t-il ? s'écria Cooper.
— Je ne sais pas, fit l'un des policiers, l'air dérouté. La femme de chambre est en train d'appeler la gouvernante. Elle est entrée dans la chambre mais elle dit qu'elle ne comprend pas... Elle entend des voix mais ne voit personne.
— Quoi ! »

Se levant d'un bond, Cooper s'élança vers les escaliers. Quelques secondes plus tard, il faisait irruption dans la suite de Tracy, suivi des policiers. Exception faite de la femme de chambre, elle était vide. Sur une table, en face du divan, un magnétophone tournait.

« Je crois que je vais prendre du café, finalement, disait Jeff. Il est encore chaud ?
— Oui », répondit Tracy.
Cooper et les policiers regardèrent fixement l'appareil.
« Je... je ne comprends pas, bégaya l'un d'eux.
— Le numéro de la police ? demanda Cooper.
— 22-22-22. »
Cooper se précipita vers le téléphone.
La voix enregistré de Jeff disait :
« Tu sais, je trouve vraiment que leur café est meilleur que le nôtre. Je me demande comment ils le font. »
« Daniel Cooper à l'appareil ! hurla Cooper. Trouvez l'inspecteur Van Duren. Dites-lui que Tracy Whitney et Jeff Stevens ont disparu. Qu'il vérifie si leur camion a quitté le garage. Je pars immédiatement pour la banque. »
Il raccrocha avec violence.
« As-tu déjà goûté du café infusé avec des coquilles d'œufs ? demandait Tracy. C'est vraiment très... »
Daniel Cooper avait quitté la pièce.

« Tout va bien, disait l'inspecteur Van Duren. Le camion n'est plus dans le garage. Ils sont en route. »
Van Duren, Daniel Cooper et deux policiers attendaient dans un poste de commandement installé sur le toit d'un immeuble, face à la banque Amro.
« En découvrant les micros, ils ont sans doute décidé d'agir plus vite, dit l'inspecteur. Mais ne vous inquiétez pas, mon ami. Regardez. »
Il poussa Cooper vers un télescope grand angle. En bas, dans la rue, un concierge astiquait consciencieusement la plaque de cuivre de la banque... un balayeur nettoyait le trottoir... un vendeur de journaux était posté à un coin de rue... trois cantonniers travaillaient. Tous étaient équipés de talkies-walkies miniatures.
L'inspecteur utilisa le sien.
« Point A ? dit-il.

— Je vous entends, inspecteur, dit le concierge.
— Point B ?
— Je vous reçois, monsieur, répondit le balayeur.
— Point C ? »
Le vendeur de journaux leva la tête et fit un signe affirmatif.
« Point D ? »
Les trois cantonniers s'immobilisèrent.
« Nous sommes prêts, inspecteur, dit l'un d'eux.
— Vous pouvez être tranquille, dit Van Duren à Cooper. L'or est en sécurité dans la banque. Ils ne peuvent s'en emparer qu'en venant le chercher. Dès qu'ils franchiront le seuil, des barrages fermeront la rue. Ils ne peuvent nous échapper. »
Il jeta un coup d'œil à sa montre.
« Le camion devrait arriver d'un instant à l'autre. »

A l'intérieur de la banque, la tension montait. Les employés avaient reçu des directives ; les gardes avaient ordre d'aider les malfaiteurs à charger l'or dans le fourgon blindé. Tous devaient se montrer coopératifs.
Dans la rue, les policiers déguisés continuaient à travailler, guettant discrètement l'arrivée du camion.
« Aucun signe de ce foutu camion ? demanda l'inspecteur Van Duren pour la dixième fois.
— *Nee*.
— Ils ont treize minutes de retard, dit l'agent Witkamp en regardant sa montre. S'ils... »
Le talkie-walkie crachota brusquement.
« Ils arrivent, inspecteur ! Ils traversent Rozengracht et se dirigent vers la banque. Vous devriez les apercevoir dans une minute. »
L'atmosphère devint électrique. L'inspecteur donna ses ordres.
« Appel à toutes les unités ! Soyez prêts. Les poissons entrent dans le filet. Laissez-les faire. »
Un fourgon blindé gris s'arrêta devant l'entrée de la

banque. Deux gardes en uniforme en descendirent et pénétrèrent dans le bâtiment.

« Où est-elle ? Où est Tracy Whitney ? dit Cooper.

— Aucune importance, répondit l'inspecteur. Elle ne doit pas être loin des lingots. »

« Et même si c'est le cas, ce n'est pas grave, se dit Cooper. Les enregistrements suffiront à établir sa culpabilité. »

Des employés nerveux aidèrent les deux gardes à placer les lingots sur des chariots, puis à les rouler jusqu'au camion. Cooper et Van Duren suivirent les opérations du haut de leur toit.

Le chargement prit huit minutes. Lorsque, les portes du fourgon refermées, les deux gardes s'apprêtèrent à remonter dans le véhicule, l'inspecteur hurla ses ordres :

« *Vlug ! Pas op !* Maintenant ! Cernez-les ! »

Tout se passa en un éclair. Le concierge, le vendeur de journaux, les cantonniers et un essaim de policiers se ruèrent vers le fourgon qu'ils encerclèrent, l'arme au poing, tandis que des cordons de police barraient les deux extrémités de la rue.

L'inspecteur Van Duren se tourna vers Daniel Cooper, un sourire aux lèvres.

« Cela vous suffit-il comme flagrant délit ? »

« C'est enfin fini », pensa Cooper.

Ils descendirent rapidement dans la rue. Entourés par un cercle de policiers armés, les deux gardes étaient face au mur, les mains en l'air. Daniel Cooper et l'inspecteur se frayèrent un chemin jusqu'à eux.

« Vous pouvez vous retourner, dit Van Duren. Vous êtes en état d'arrestation. »

Livides, les deux hommes obéirent. Cooper et l'inspecteur les regardèrent, médusés : c'étaient de parfaits inconnus.

« Qui... qui êtes-vous ? demanda l'inspecteur.

— Les... les gardes de la compagnie de sécurité,

bégaya l'un d'eux. Ne tirez pas. Je vous en prie, ne tirez pas !

— Ils ont eu un problème de dernière minute, dit l'inspecteur d'une voix hystérique. Ils ont renoncé au dernier moment ! »

Un flot de bile s'accumula dans l'estomac de Cooper. Elle se mit à remonter lentement jusqu'à sa gorge si bien que, lorsqu'il put enfin parler, sa voix n'était qu'un murmure étranglé.

« Non. Ils n'ont eu aucun problème.

— Que voulez-vous dire ?

— Ils n'ont jamais eu l'intention de s'emparer de cet or. Ces préparatifs n'étaient qu'un leurre.

— C'est impossible ! Nous avons les photos. Et le camion, la péniche, les uniformes... ?

— Vous ne comprenez donc pas ? Ils *savaient*. Ils savaient depuis le début que nous les suivions.

— Oh ! Mon Dieu ! s'écria l'inspecteur en pâlissant. *Waar zijnze ?* Où sont-ils ? »

Paulus Potter Straat, Tracy et Jeff se dirigeaient vers l'usine de taille du diamant des Pays-Bas. Jeff arborait barbe et moustache ; des éponges de mousse gonflaient ses joues et son nez. Il était vêtu de vêtements de sport et portait un sac à dos. Perruque noire, robe de maternité, maquillage épais et lunettes de soleil noires formaient le déguisement de Tracy. Elle était chargée d'une grosse serviette et d'un paquet rond enveloppé de papier brun. Ils entrèrent dans le hall de réception de l'usine et se joignirent à un groupe de touristes.

« Si vous voulez bien me suivre, mesdames et messieurs, disait le guide. Vous allez voir travailler nos tailleurs de diamants et pourrez ensuite faire votre choix parmi nos pierres de toute beauté. »

La foule le suivit à l'intérieur de l'usine. Tracy les accompagna tandis que Jeff s'attardait, restant en arrière. Dès qu'il fut seul, il fit demi-tour et descendit en courant un escalier menant au sous-sol. Ouvrant son sac à dos, il en sortit une combinaison graisseuse qu'il enfila et une petite boîte à outils. Puis il s'approcha du disjoncteur et regarda sa montre.

A l'étage au-dessus, Tracy suivit le groupe de salle en salle, jetant de temps à autre un coup d'œil à sa montre tandis que le guide expliquait les différents procédés permettant de transformer le diamant brut en pierres polies à facettes. La visite avait cinq minutes de retard sur l'horaire prévu. Tracy faisait des vœux pour que le guide pressât le mouvement.

Ils atteignirent enfin la salle d'exposition. S'approchant du piédestal, le guide déclara avec fierté :

« Sous ce globe se trouve le Lucullan, l'un des plus précieux diamants du monde. Il a appartenu à un acteur de théâtre qui l'avait acheté pour son épouse, une star du cinéma. Il est estimé à dix millions de dollars et est protégé par le plus moderne... »

Les lumières s'éteignirent. Une sonnerie retentit instantanément et des rideaux de fer s'abattirent avec fracas devant les portes et les fenêtres, condamnant toutes les issues. Quelques touristes se mirent à hurler.

« Je vous en prie ! cria le guide. Gardez votre calme ! Ce n'est rien. Un simple court-circuit. Dans un instant, notre générateur va... »

La lumière revint.

« Vous voyez, dit le guide. Tout va bien. »

Un Allemand en short tyrolien désigna les rideaux de fer.

« Qu'est-ce que c'est ?

— Une mesure de sécurité », répondit le guide.

Sortant de sa poche une clé de forme bizarre, il l'introduisit dans une fente pratiquée dans le mur. Les rideaux se relevèrent. Sur le bureau, le téléphone sonna.

« Allô ? fit le guide en décrochant. Hendrik à l'appareil. Merci, capitaine. Non, tout va bien. C'était une fausse alerte. Un court-circuit probablement. Je vais faire vérifier l'installation. Oui, monsieur. »

Il raccrocha et se tourna vers les visiteurs.

« Mes excuses, mesdames et messieurs. Mais vous

comprendrez qu'un diamant de cette valeur nous oblige à conserver la plus grande vigilance. Et maintenant, pour ceux d'entre vous qui souhaiteraient acquérir un de nos très beaux diamants... »

Les lumières s'éteignirent de nouveau. La sonnerie hurla et les rideaux de fer s'abattirent.

« Sortons d'ici, Harry ! cria une femme.
— Tu ne pourrais pas te taire, non ! » grogna son époux.

Au sous-sol, Jeff écoutait les cris des visiteurs au-dessus de sa tête. Il attendit quelques instants, puis remit le courant.

La lumière revint.

« Mesdames et messieurs ! hurla le guide au-dessus du vacarme. C'est un problème technique. »

Il ressortit sa clé, l'introduisit dans la fente. Les rideaux se levèrent.

Le téléphone sonna. Il courut décrocher.

« Ici Hendrik. Non, capitaine. Oui. Nous le ferons réparer le plus rapidement possible. Merci. »

Jeff entra dans la pièce, sa boîte à outils à la main, sa casquette d'ouvrier rejetée en arrière.

« Qu'est-ce qui ne va pas ? On nous a appelé. Il paraît que vous avez des problèmes avec votre installation électrique ?
— Les lumières n'arrêtent pas de s'éteindre, expliqua le guide. Essayez de réparer ça au plus vite, s'il vous plaît. »

Un sourire contraint aux lèvres, il se tourna vers les visiteurs.

« Si vous voulez bien venir par ici, vous pourrez choisir de magnifiques diamants à des prix très raisonnables. »

Le groupe s'approcha des vitrines. Dissimulé par la foule, Jeff sortit un petit objet cylindrique de sa poche, le dégoupilla et le jeta derrière le piédestal. L'engin se mit à émettre fumée et étincelles.

« Hé ! dit Jeff. Le voilà votre problème. Un fil électrique endommagé sous le plancher.

— Au feu ! cria une femme.

— Pas de panique, s'il vous plaît ! hurla le guide. Que tout le monde garde son calme. »

Puis se tournant vers Jeff, il ajouta d'un ton pressant : « Réparez ça. Vite !

— Aucun problème, répondit Jeff en s'approchant des cordons de velours qui entouraient le piédestal.

— Non ! s'écria le guide. C'est interdit.

— Oh ! Moi, ça m'est égal, fit Jeff en haussant les épaules. Vous vous débrouillerez. »

Il fit mine de s'en aller. La fumée s'épaississait de minute en minute. Les visiteurs recommençaient à s'affoler.

« Attendez ! implora le guide. Juste un instant. »

Il courut au téléphone et composa un numéro.

« Capitaine ? Hendrik à l'appareil. Il faudrait que vous coupiez le système d'alarme : nous avons un problème. Oui, monsieur. Combien de temps vous faut-il ? demanda-t-il en se tournant vers Jeff.

— Cinq minutes.

— Cinq minutes, répéta le guide au téléphone. *Dank wel.* »

Il raccrocha.

« Le système d'alarme sera débranché dans dix secondes. Au nom du ciel, dépêchez-vous ! C'est quelque chose que nous ne faisons jamais !

— Je n'ai que deux mains, l'ami. »

Au bout des dix secondes, Jeff passa de l'autre côté des cordons et s'approcha du piédestal. Hendrik fit un signe au garde armé. Celui-ci hocha la tête et riva son regard sur Jeff qui travaillait derrière le piédestal.

« Maintenant, mesdames et messieurs, comme je vous le disais, nous avons ici un choix de diamants de toute beauté à des prix défiant la concurrence. Nous acceptons les cartes de crédit, les chèques de voyage... et même le liquide, conclut-il avec un rire.

— Est-ce que vous achetez des diamants ? demanda Tracy à voix haute.

— Comment ? fit le guide en la contemplant avec étonnement.

— Mon mari fait de la prospection. Il vient juste de rentrer d'Afrique du Sud et voudrait que je vende ces pierres... »

Tout en parlant, elle ouvrit sa serviette. Mais elle la tenait à l'envers et une cascade de diamants scintillants se déversa sur le plancher.

« Mes diamants ! s'écria Tracy. Aidez-moi ! »

Un silence impressionnant lui répondit. Puis la tempête se déchaîna. Les visiteurs policés se muèrent en une bande vociférante qui se jeta à quatre pattes. Et ce fut la mêlée générale.

« J'en ai...

— Attrape tout ce que tu peux, John...

— Lâche ça ! C'est à moi... »

Le guide et le garde, muets d'horreur, furent ballottés par une marée furieuse d'hommes et de femmes avides se battant pour remplir leurs poches de diamants.

« Reculez ! hurla le garde. Arrêtez ! »

Il fut précipité à terre.

Un groupe de touristes italiens entra à son tour dans la pièce. Dès qu'ils comprirent ce qui se passait, ils se jetèrent dans la bagarre. Le garde tenta de se relever, mais lutter contre la mer humaine qui le submergeait était impossible ; il fut piétiné. Le monde était devenu fou. Ce cauchemar semblait ne jamais devoir finir.

Quand, hébété, il parvint enfin à se redresser, il se fraya un chemin à travers la foule en folie, gagna le piédestal et s'immobilisa, pétrifié. Le Lucullan avait disparu. La femme enceinte et l'électricien aussi.

Tracy se débarrassa de son déguisement dans les toilettes publiques de l'Oosterpark. Chargée de son paquet emballé de papier brun, elle alla s'asseoir sur un banc. Tout marchait bien. En songeant à la foule se battant pour quelques zircons sans valeur, elle éclata de rire. Jeff venait vers elle. Il portait un costume gris sombre et n'avait ni barbe ni moustache. Tracy se leva d'un bond.

« Je t'aime », lui dit-il en souriant.

Il sortit le Lucullan de sa poche et le lui tendit.

« Confie-le à ton ami, chérie. A plus tard. »

Tracy le suivit des yeux, le visage radieux. Ils s'aimaient. Ils s'envoleraient séparément pour le Brésil. Ensuite, ils resteraient ensemble pour le restant de leurs jours.

Après s'être assurée que personne ne l'observait, Tracy défit son paquet. Il contenait une petite cage occupée par un pigeon gris ardoise. Lorsqu'il était arrivé au bureau de l'American Express, Tracy l'avait emmené dans sa suite et libéré l'autre pigeon qui s'était gauchement envolé par la fenêtre. Sortant un petit sac en peau de chamois de son sac, elle y mit le diamant. Puis, prenant le pigeon dans sa cage, elle attacha soigneusement le sac à une de ses pattes.

« Brave petite Margo. Rapporte-le à la maison. »

Un policier surgit de nulle part.

« Hé ! Un instant ! Qu'est-ce que vous faites ? »

Tracy sursauta, le cœur battant à tout rompre.

« Que... qu'ai-je fait de mal ? »

Le policier regardait la cage. Il avait l'air furieux.

« Vous le savez très bien ! Nourrir ces pigeons est une chose, mais les attraper et les mettre en cage est interdit. Alors, libérez-le avant que je ne vous conduise au poste. »

Tracy déglutit et prit une profonde inspiration.

« Tout de suite, monsieur l'agent. »

Levant les bras, elle jeta le pigeon dans les airs, le visage illuminé d'un ravissant sourire. L'oiseau monta, toujours plus haut, décrivit un cercle, puis prit la direction de Londres, trois cent soixante-dix kilomètres à l'ouest. Selon les dires de Gunther, un pigeon voyageur fait soixante-cinq kilomètres à l'heure de moyenne ; Margo atteindrait donc sa destination dans moins de six heures.

« Ne refaites plus jamais ça, dit l'agent de police.

— Non, promit Tracy. Plus jamais. »

En fin d'après-midi, Tracy était à l'aéroport de Schiphol. Elle s'apprêtait à embarquer dans un avion en partance pour le Brésil. Daniel Cooper l'observait, plein d'amertume. Tracy Whitney avait volé le Lucullan ; il avait su que c'était elle dès qu'on lui avait appris la disparition du diamant. C'était son style : audacieux et imaginatif. Mais il ne pouvait rien faire. L'inspecteur Van Duren avait montré les photos de Tracy Whitney et de Jeff Stevens au garde.

« Non, je ne les ai jamais vus. Le voleur avait une barbe et des moustaches. Ses joues et son nez étaient beaucoup plus gros. La dame aux diamants était enceinte et avait les cheveux noirs. »

On n'avait pas retrouvé trace du diamant. Jeff et Tracy avaient été consciencieusement fouillés ainsi que leurs bagages.

« Le Lucullan est toujours à Amsterdam, en avait conclu l'inspecteur Van Duren. Je vous jure que nous le trouverons. »

« Ils ne le retrouveront jamais », se disait Cooper avec colère. Elle avait substitué un pigeon à l'autre. Le diamant avait quitté le pays emporté par un pigeon voyageur.

Impuissant, Cooper regarda Tracy s'avancer vers la porte d'embarquement. Elle était la première personne qui l'eût jamais battu. Il irait en enfer par sa faute.

En atteignant la porte, Tracy hésita. Puis se retournant, elle regarda Cooper droit dans les yeux. Elle savait qu'il l'avait suivie à travers toute l'Europe, un peu comme une Némésis. Il y avait quelque chose d'étrange chez cet homme, quelque chose d'effrayant et de pathétique. Inexplicablement, elle éprouva de la pitié pour lui. Elle lui fit un petit geste d'adieu, puis de détourna et monta à bord de l'avion.

Daniel Cooper effleura dans sa poche sa lettre de démission.

C'était un luxueux 747 de la Pan Am. Tracy, en première classe, occupait le siège 4 B. Elle était aux anges. Dans quelques heures, elle serait auprès de Jeff. Ils se marieraient au Brésil. « Fini les aventures, se dit-elle. Mais cela ne me manquera pas, je le sais. La vie de Mme Stevens sera bien assez passionnante. »

« Excusez-moi »

Tracy leva les yeux. Un homme d'âge mûr au visage bouffi de noceur était debout dans l'allée.

« C'est ma place, mon chou », dit-il en désignant le siège près du hublot.

Tracy s'effaça pour le laisser passer. Sa jupe remonta légèrement et il attarda un regard appréciateur sur ses jambes.

« Belle journée pour voyager, hein ? » fit-il en la dévisageant avec insistance.

Tracy se détourna. Elle n'avait aucune envie d'engager la conversation avec cet inconnu. Elle voulait penser à la vie nouvelle qui l'attendait avec Jeff. *Ils s'installeraient quelque part et deviendraient des citoyens modèles ; les très respectables M. et Mme Jeff Stevens.*

Son voisin lui donna un petit coup de coude.

« Puisque nous allons passer ce vol côte à côte, ma petite dame, pourquoi ne pas faire connaissance ? Je m'appelle Maximilien Pierpont. »

J'aimerais vous dédier cette édition de Si c'était demain *à vous tous, chers membres du Club, qui avez réservé à mes précédents romans un accueil si chaleureux, si unanime. Je me dois — je vous dois —, de faire que chacun de mes romans soit meilleur que le précédent — de vous apporter le divertissement et le plaisir dans la lecture, de vous rendre impossible de lâcher ce livre avant le dernier mot de la dernière page.*

Sidney Sheldon

FICHE D'IDENTITÉ

Sidney Sheldon est sans conteste l'un des géants de la littérature actuelle. A travers le monde, ses romans sont lus par des millions de lecteurs. Son second roman, *De l'autre côté de minuit,* bat tous les records, avec 52 semaines sur la liste des best-sellers du *New York Times,* et ses autres romans se placent régulièrement en tête des ventes.

La carrière de Sidney Sheldon est jalonnée de prix et de récompenses en tous genres, dont un Oscar à Hollywood et un Edgar Award, qui récompense les meilleures œuvres policières de l'année (décerné par l'Association américaine des écrivains de romans policiers). Selon l'une des principales revues spécialisées américaines, Sheldon est « l'écrivain le plus lu à travers le monde » — avec plus de 100 millions d'exemplaires dans 30 pays.

Il n'est pas un des romans de Sheldon qui n'ait inspiré un film ou une série télévisée, et ce, avec un succès qui ne se dément jamais. Mais également, on n'aurait pas tout dit si l'on passait sous silence le fait que Sidney Sheldon est un farouche adversaire de la censure sous toutes ses formes — à ce titre, il est aux États-Unis le secrétaire national de la Coalition for Literacy (la « ligue contre l'analphabétisme »).

Avant de se lancer dans la carrière de romancier, Sidney Sheldon était déjà un scénariste en renom. Il fut notamment couronné par un Oscar à Hollywood pour le scénario de *Deux sœurs vivaient en paix* (1947), avec Cary Grant, pour qui il écrivit également *La femme rêvée.* Durant les douze années qui suivirent, il écrivit pour une pléthore d'acteurs, dont Bing Crosby et Kirk Douglas, signant plus d'une trentaine de films et de *musicals,* comme *Parade du printemps* et *Annie Get Your Gun.*

Ayant quitté les studios de la Metro Goldwin Mayer, où il officiait simultanément comme scénariste, réalisateur et producteur, Sheldon se vit proposer la création, pour la télévision, du *Patty Duke Show,* que tous les Américains connaissent bien ; suivit une longue série de shows et feuilletons à succès, comme *I Dream of Jeannie* et *Hart to Hart*. Puis Sheldon s'attela à son premier roman *La face dans l'ombre*.

Dès son second roman *De l'autre côté de minuit* (porté à l'écran avec, dans le rôle principal, Marie-France Pisier), Sheldon s'imposait comme un romancier à succès. Ses titres suivants, dont *Toby* et *Liés par le sang* (porté à l'écran avec Romy Schneider et Audrey Hepburn), le consacraient comme un des grands maîtres du suspense.

Le dernier roman de Sheldon, son huitième, *Windmills of the Gods*, représente le record des commandes enregistrées par son éditeur, William Morrow and Company ; de même, les droits d'exploitation acquis par la chaîne de télévision CBS crèvent littéralement le plafond.

Trois autres romans de Sheldon, *Maîtresse du jeu*, *Jennifer ou la fureur des anges* et *Si c'était demain* ont inspiré des séries télévisées.

Actuellement en cours de tournage, *Windmills of the Gods* aura pour vedette principale Robert Wagner (qui fut notamment le « Prince Vaillant » des bandes dessinées porté à l'écran), au côté de Jaclyn Smith. Sheldon lui-même sera le producteur exécutif de cette série télévisée, dont la diffusion sur les écrans américains est prévue pour février 1988.

Lorsque Sheldon passa de l'écriture de scénarios au roman, ce fut pratiquement par hasard. « La vision que j'avais de mes personnages, explique-t-il, était tellement fondée sur l'introspection — dans le sens où je voulais montrer ce qui leur passait par la tête —, que la seule façon d'y parvenir m'apparut être la forme narrative. » Surmontant ses craintes devant l'inconnu, Sheldon se lança dans l'écriture de *La face dans l'ombre,* dont l'éditeur William Morrow and Company lui acheta les droits, après que le manuscrit eut essuyé les refus successifs de cinq éditeurs. Ce premier titre — au regard des chiffres de ventes auxquels Sheldon nous a désormais habitués —, n'eut qu'un succès plutôt modeste ; en revanche, tous ses romans suivants ont été d'énormes best-sellers.

A propos de
« SI C'ÉTAIT DEMAIN »
par
SIDNEY SHELDON

Si c'était demain, mon septième roman, est également l'un de ceux que j'ai eu le plus de plaisir à écrire. Comme beaucoup de gens le savent désormais, avant de devenir un romancier à proprement parler, j'écrivais des scénarios pour le cinéma et la télévision, ainsi que des pièces pour Broadway. Je suis venu au roman sur le tard, pour ainsi dire par hasard.

Un des grands plaisirs du roman, comparé à l'écriture filmique, est la liberté totale que vous offre la forme narrative. Ecrire pour l'écran, c'est n'être qu'un maillon au milieu d'une floppée de collaborateurs. Il y a les stars qui refusent de dire telle réplique, les réalisateurs qui décident au pied levé d'aller tourner telle scène à Miami et non plus à Paris, les gens du casting et les producteurs qui veulent changer vos personnages, et j'en passe...

Au contraire, quand vous écrivez un roman, il vous appartient en propre, complètement. C'est vous-même qui créez vos personnages — vous êtes Dieu incarné... Vous pouvez donner la vie et la reprendre, rendre tel ou tel personnage joyeux ou morose, donner à l'histoire un « happy ending » ou une fin triste... Je ne connais rien de plus excitant.

J'ai une façon de travailler bien à moi. Lorsque j'attaque un nouveau roman, je n'ai pas la moindre intrigue en tête — tout juste l'ébauche d'un personnage. Pour *Si c'était demain,* il n'en a pas été autrement. Mon idée de départ était qu'il serait intéressant d'écrire l'histoire d'une femme escroc, sachant que la plupart du temps, les escrocs dont on parle sont des hommes. Au demeurant, dans tous mes romans, excepté *La face dans l'ombre,* le personnage principal est une femme. D'après moi, les femmes sont plus complexes que les hommes, plus intéressantes à mettre en situation. Une femme en danger, je trouve que c'est déjà l'assurance du plus passionnant des suspenses.

C'est pourquoi j'ai créé le personnage de Tracy Whitney. Mais ça n'était pas sans problèmes... Comment faire de Tracy un personnage sympathique ? Comment amener mon lecteur à l'aimer vraiment ? Aussi, je fis d'elle une employée de banque, programmeuse informatique, s'apprêtant à épouser un homme d'affaires de Philadelphie, un conservateur, un homme de l'establishment, dont elle attendait un enfant. A ce stade, la vie de Tracy est encore un vrai lit de roses... Mais c'est alors qu'elle apprend le suicide de sa mère, à La Nouvelle-Orléans. Tracy se rend là-bas pour prendre les dernières dispositions, et elle ne tarde pas à découvrir que sa mère a été bel et bien acculée au suicide par deux sbires de la Mafia, deux escrocs qui l'ont forcée à brader l'affaire familiale.

C'est généralement à ce point d'une intrigue que mes personnages commencent à « voler de leurs propres ailes ». Ce sont eux qui font et racontent l'histoire, ils prennent leur destin en mains. Comme ma façon à moi d'« écrire » c'est de dicter de bout en bout mon premier jet à ma secrétaire, la plupart du temps, je suis sidéré lorsqu'en fin de journée, jetant un coup d'œil sur les pages dactylographiées, j'y découvre des situations dont je n'avais pas la moindre idée le matin même... Je ne sais pas d'où cela me vient, mais une fois les rouages « en marche », mes personnages se débrouillent tout seuls et je me retrouve tout simplement embarqué avec eux dans l'histoire.

Mais revenons à Tracy. Elle décide de venger la mort de sa mère, mais elle manque son coup : elle se retrouve derrière les barreaux, condamnée pour meurtre sur un faux témoignage. Son fiancé l'abandonne, elle perd son enfant. Tout son univers bascule. Dès lors, la sympathie du lecteur lui est acquise — il est avec elle.

Bien que libérée de prison pour avoir héroïquement sauvé de la noyade la fille du directeur du pénitencier où elle était incarcérée, Tracy est désormais un « gibier de potence » : elle n'a plus sa place dans la société, ne trouve plus de travail. La voici mûre pour se laisser entraîner dans l'engrenage du crime, et aussi, pour se venger de ceux qui ont anéanti sa vie. Dès lors, Tracy se lance dans l'escroquerie de haut vol.

C'est ici qu'un nouveau problème se pose à moi : comment forger de toutes pièces une série de « coups » qui soient du « jamais vu » tout en restant parfaitement crédibles ? Dans chacun de mes romans, le souci de la préci-

sion et de l'authenticité occupe une place essentielle : le lecteur n'est pas dupe, inutile d'essayer de lui faire prendre les vessies pour des lanternes... Selon moi, c'est justement l'authenticité qui fait la différence entre un petit roman bien ficelé, comme on dit, et un vrai bon roman. Respecter le lecteur, c'est ma règle d'or — et c'est aussi pourquoi je m'efforce toujours de faire en sorte que chacun de mes romans soit encore meilleur que le précédent... Je me sens responsable face à mon public.

Pour en revenir à mes fameux « coups », je voulais des crimes qui sortent de l'ordinaire, tout en restant réalistes et réalisables. Les lettres — il y en eut plusieurs —, que j'adressai à Interpol, l'organisme de coordination internationale de la police criminelle (basé à Saint-Cloud), restèrent sans réponse. Aussi contactai-je mon éditeur français, lui exposai mon problème. Rendez-vous fut pris, nous nous verrions à Paris. Mon éditeur arrangea un dîner en mon honneur, auquel il avait convié le directeur de la police de Paris, le chef d'Interpol et plusieurs officiers de police. A cette occasion, le « patron » d'Interpol m'invita à déjeuner et, tenant promesse, il me fit visiter son quartier général : là, non seulement il m'ouvrit ses fichiers, mais il poussa l'amabilité jusqu'à mettre un traducteur à ma disposition.

De retour aux États-Unis, je pris contact avec les responsables de la brigade de la répression du banditisme de New York, ainsi qu'avec le FBI (Federal Bureau of Investigation) : dans un cas comme dans l'autre, je pus rencontrer aussi bien les gens à la tête de ces organismes, que leurs agents et détectives.

Brassant fichiers et dossiers, je pus « emprunter » des masses d'informations, modifiant ici, enjolivant là, modelant les faits en les adaptant à mes personnages. Pour écrire ma scène de la partie d'échecs, je m'en remis aux précieux conseils d'un champion international. Etait-il possible à un simple escroc de battre en partie simultanée deux grands joueurs d'échecs ? « Ça n'est pas possible... » telle fut sa réponse, et il m'aida à rendre la chose crédible dans mon roman.

Lorsque je voulus savoir comment on pouvait se cacher dans la soute d'un avion-cargo, les gens d'Air France eurent l'amabilité de me laisser visiter un de leurs avions-cargos et suivre dans le détail les opérations de chargement et de déchargement, ainsi que les contrôles de douane, et autres.

Cette rigueur et cette précision dans le détail m'apparaissent très importantes, et je ne ménage pas mes efforts pour que tout cela sonne « vrai ». De la même façon, si l'un de mes personnages est attablé dans un restaurant exotique situé aux antipodes, on peut être sûr que j'ai mangé les mêmes plats que lui, avant lui, et dans ce même restaurant... Ou encore : Tracy voyage à bord du « Queen Elizabeth II » ? C'est qu'avant elle j'ai moi-même fait une croisière à bord du célèbre transatlantique.

Si c'était demain m'a demandé quasiment deux ans de travail. Lorsque le personnage de Tracy Whitney se fut dessiné dans mon esprit, je pus commencer ma « dictée quotidienne » : mon premier jet, avoisinant les 1 200 pages, fut terminé en quatre mois environ. Puis je repris tout à la page 1, commençant mon travail de réécriture. Ici ou là, c'étaient 100 ou 200 feuillets qui partaient d'un coup à la poubelle... J'éliminai purement et simplement certains personnages, en inventai de nouveaux — il m'en coûta quelques mois de travail supplémentaire. Cette phase terminée, je repris de nouveau à zéro et recommençai l'opération. Je n'ai jamais hésité à réécrire dix fois le même roman, jusqu'à ce que j'estime avoir vraiment donné le meilleur de moi-même — c'est une méthode de travail à laquelle je me tiens une bonne fois pour toutes.

La dernière phase de mon travail consista à suggérer à mon éditeur new-yorkais de prendre un peu de vacances — le temps de lire mon manuscrit : car jusqu'alors, il n'en avait pas lu une traître ligne...

J'espère que la petite histoire de *Si c'était demain* enrichira encore le plaisir de la lecture. Que mon lecteur éprouve autant de plaisir à lire ce roman que j'en ai eu moi-même à l'écrire — alors mes vœux seront comblés...

Sidney Sheldon

Aubin Imprimeur
LIGUGÉ, POITIERS

Achevé d'imprimer en août 1987
pour le compte de France Loisirs
123, bd de Grenelle, 75015 Paris
N° d'édition 12812 / N° d'impression L 24862
Dépôt légal, août 1987

Imprimé en France

Bibliothèque
Verner, Ont.

West Nipissing Public Library